VLADIMIR NABOKOV

Lectures on Russian Literature

俄罗斯文学讲稿

弗拉基米尔·纳博科夫

丁骏 王建开 译

上海译文出版社

图书在版编目（CIP）数据

俄罗斯文学讲稿 /（美）纳博科夫（Vladimir Nabokov）著；
丁骏，王建开译. —上海：上海译文出版社，2018.6（2020.12重印）
（纳博科夫文学讲稿三种）
书名原文：Lectures on Russian Literature
ISBN 978-7-5327-7618-4

Ⅰ.①俄… Ⅱ.①纳…②丁…③王… Ⅲ.①俄罗斯
文学—文学评论—文集 Ⅳ.①I512.06-53

中国版本图书馆CIP数据核字（2017）第206595号

Vladimir Nabokov
LECTURES ON RUSSIAN LITERATURE
Copyright © 1981 by the Estate of Vladimir Nabokov.
Editor's Introduction copyright © by Fredson Bowers.
Published by special arrangement with Houghton Mifflin Harcourt
Through BIG APPLE AGENCY, ING., LABUAN, MALAYSIA.
Simplified Chinese edition copyright © 2018 by Shanghai Translation Publishing House
All rights reserved, including the right of reproduction in whole or in part in any form.

图字：09-2015-042号

俄罗斯文学讲稿	Vladimir Nabokov	出版统筹　赵武平
Lectures on Russian Literature	弗拉基米尔·纳博科夫　著	责任编辑　邹　滢
	丁　骏　王建开　译	装帧设计　@broussaille 私制

上海译文出版社有限公司出版、发行
网址：www.yiwen.com.cn
200001 上海福建中路193号
上海信老印刷厂印刷

开本890×1240　1/32　印张12.5　插页2　字数261,000
2018年6月第1版　2020年12月第4次印刷

ISBN 978-7-5327-7618-4/I·4665
定价：62.00元

本书中文简体字专有出版权归本社独家所有，非经本社同意不得转载、摘编或复制
如有质量问题，请与承印厂质量科联系　T：021-39907735

眼见在国家这条臃肿章鱼的操纵下,一双双怯懦的手,一根根驯顺的触须把文学——本是火一般绚烂的、天马行空的、充满自由的文学——变成了那样脏乎乎的一团,想不恣意嘲讽,想不极尽鄙夷之能事,太难了。不仅如此:我已学会珍视自己内心的憎恶,因为我知道我对此反应如此激烈,也是在尽我所能拯救俄罗斯文学的精神。批评的权利仅次于创作的权利,也是思想和言论自由所能赐予我们的最宝贵的礼物。你们生活在自由之中,在开放的精神中出生、成长,也许会把遥远异域传来的关于监狱生活的故事当成是气喘吁吁的流亡者的夸大其词。有这样一个国家,在大约四分之一个世纪的时间里,文学在那里被限制于解说一个奴隶贩卖公司的广告,这对于将写书、读书与持有、发表个人观点看作是一回事的人们来说,几乎匪夷所思。但是如果你无法相信存在这样的情形,你也许至少可以想象一下,而一旦你做了这样的想象,你就会重新单纯且骄傲地意识到,自由的人写下真正的书,给自由的人读,这何其珍贵。*

弗拉基米尔·纳博科夫

* 本段出自单独的一页,没有标题,标示为第十八页;纳博科夫关于俄罗斯伟大作家的讲座有过一个序言,是对苏维埃文学的介绍性回顾,这似乎是保留下来的唯一一页。——原编者注

目 录

原编者前言 　　　　　　　　　　　　　　　　弗莱德森·鲍尔斯　I

俄罗斯作家、审查官及读者 　　　　　　　　　　　　　　　　3
尼古拉·果戈理 　　　　　　　　　　　　　　　　　　　　　19
　《死魂灵》 　　　　　　　　　　　　　　　　　　　　　　19
　《外套》 　　　　　　　　　　　　　　　　　　　　　　　67
伊凡·屠格涅夫 　　　　　　　　　　　　　　　　　　　　　77
　《父与子》 　　　　　　　　　　　　　　　　　　　　　　86
费奥多尔·陀思妥耶夫斯基 　　　　　　　　　　　　　　　116
　《罪与罚》 　　　　　　　　　　　　　　　　　　　　　131
　《鼠洞回忆录》 　　　　　　　　　　　　　　　　　　　137
　《白痴》 　　　　　　　　　　　　　　　　　　　　　　150
　《群魔》 　　　　　　　　　　　　　　　　　　　　　　153
　《卡拉马佐夫兄弟》 　　　　　　　　　　　　　　　　　158
列夫·托尔斯泰 　　　　　　　　　　　　　　　　　　　　164
　《安娜·卡列宁》 　　　　　　　　　　　　　　　　　　164

《伊凡·伊里奇之死》	276
安东·契诃夫	287
《带小狗的女人》	299
《在沟里》	309
《海鸥》笔记	329
马克西姆·高尔基	348
《在木筏上》	356
非利士人和非利士主义	359
翻译的艺术	365
跋	374
附录	376

原编者前言

弗莱德森·鲍尔斯

弗拉基米尔·纳博科夫在美国的学术生涯始于一九四〇年，据他本人说，在之前他"不厌其烦地写了一百份有关俄罗斯文学的讲稿——大约两千页，此举甚可庆幸……使我得以在卫斯理大学和康奈尔大学逍遥了二十年"。这些讲稿（每一份均仔细按照美国五十分钟的课时设计）看起来是纳博科夫一九四〇年五月抵达美国之后开始写的，一直写到他第一次上课为止，即一九四一年在斯坦福大学的暑期班讲授俄罗斯文学时。一九四一年的秋季学期，纳博科夫开始了在卫斯理大学的正式教职，那时的俄语系就是他本人，一开始他上的是语言和语法课，但他很快就拓展出一门"俄语201"，讲俄罗斯文学翻译概论。一九四八年他转到康奈尔大学，身份是斯拉夫语文学副教授，教授的课程包括"文学311-312"、"欧洲小说名家"、"文学325-326"，以及"俄罗斯文学翻译"。

本书中的俄罗斯作家似乎在"欧洲小说名家"和"俄罗斯文学翻译"两门课程中都有分布，这两门课的课表也不时变动。"名家"课上纳博科夫通常会讲简·奥斯丁、果戈理、福楼拜、狄更斯，有时也会讲屠格涅夫，但并不规律；第二学期他会讲托尔斯泰、史蒂文森、卡夫卡、普鲁斯特以及乔伊斯。本书中的陀思妥耶夫斯基、契诃夫和高尔基是"俄罗斯文学翻译"课上的，据纳博科夫的儿子德米特里说,这门课也包括一些不太知名的俄罗斯作家,但相关讲稿没有保存下来。

一九五八年纳博科夫因《洛丽塔》的成功可以不用再上课,他曾计划出版一本书,收入那些关于俄罗斯和欧洲文学的讲稿。但他从来没有把这个计划付诸行动,尽管十四年前他的一本小书《尼古拉·果戈理》收入了经过修改的有关《死魂灵》和《外套》的课堂讲稿。他也曾一度计划出一部教科书版的《安娜·卡列宁》[①],但启动一段时间之后又放弃了。本书保留了我们收集到的纳博科夫关于俄罗斯作家的全部讲座手稿。

与第一本《文学讲稿》中对欧洲作家的处理相比,纳博科夫在本书中呈现素材的方式有些不同之处。在有关欧洲作家的讲稿中,纳博科夫完全不理会作家的生平,而且任何不会在课堂上念的作品,他也不会为学生写内容介绍,哪怕一个简略梗概都没有。对一位作家他只重点关注他的一本书。而在讲授俄罗斯作家时,他一般的做法是给一个扼要全面的生平简介,然后对这个作家的其他作品做一个总结,随后才是仔细研论一部让学生们学习的主要作品。我们也许可以这样推测:这一标准的学术研究法代表了纳博科夫在斯坦福大学和卫斯理大学时最初的教学尝试。从一些散见的评论中可以看到纳博科夫似乎感觉他那时要教的学生对于俄罗斯文学几乎一无所知。因此当时学术界约定俗成的教学法也许在他看来最适用以向学生们介绍陌生的作家,以及陌生的文明。及至在康奈尔大学上"欧洲小说名家"时,纳博科夫已经形成了更具个性、更成熟的教学方式,比如那些关于福楼拜、狄更斯、乔伊斯的讲座,但他在康奈尔讲课时似乎从来没有改动过已经写成的卫斯理时期的讲稿。然而,由

[①] 《安娜·卡列宁》就是中国读者熟知的《安娜·卡列尼娜》。之所以译作"卡列宁",是基于纳博科夫在关于托尔斯泰的讲稿中对这个名字的分析说明,他认为"卡列尼娜"是误译,"卡列宁"才是正确的译法。因为纳博科夫对俄罗斯人名英译有自己独到见解,本书中的人名中译并未严格对应这些俄罗斯文学名著的任何一种中文译本,而是由译者独立处理。

于开俄罗斯文学课对纳博科夫来说驾轻就熟，所以很可能在康奈尔时他的讲课还是有变化的，比如更多的即兴评论，授课更灵活。他曾在《独抒己见》中这样写道："慢慢地，在讲台上我学会了让眼睛上下移动看起来不那么明显，不过那些机敏的学生心里一直很清楚我就是在读稿子，而不是讲话。"事实上，他关于契诃夫的一些讲座，尤其是关于托尔斯泰的《伊凡·伊里奇之死》的讲座，读讲稿是不可能的，因为并不存在完成的手稿。

我们还可以发现比结构上的区别更为微妙的一层区别。讲授十九世纪的俄罗斯作家对纳博科夫来说可谓极其得心应手。这些作家（当然包括普希金）在他眼中代表了俄罗斯文学的绝对高度，不仅如此，他们的欣欣向荣正与他所鄙视的实用主义针锋相对，这种实用主义存在于当时的文学评论家之中，也存在于后来的苏维埃时代，纳博科夫对后者的批判尤其犀利。《俄罗斯作家、审查官及读者》这篇公开演讲恰恰体现了他的这一态度。在他的课堂讲稿中，屠格涅夫作品中的社会元素被批评，陀思妥耶夫斯基笔下的社会元素被嘲笑，而到了高尔基那里，则是全部作品被猛烈抨击。正如在《文学讲稿》中纳博科夫强调，学生不能把《包法利夫人》当作是十九世纪法国乡村中产阶级生活的历史，他把最高的赞誉留给了契诃夫，因为契诃夫拒绝让社会评论干涉他对自己眼中的人的细致描摹。《在沟里》艺术地再现了生活的原貌，以及人的原貌，毫无扭曲，如果关注制造出这些角色的社会制度，则随之而来的扭曲是不可避免的。同样地，在托尔斯泰的系列讲座中，纳博科夫半开玩笑地表达了他的遗憾：他觉得托尔斯泰没有意识到安娜柔美脖颈上的黑色鬈发之美在艺术上要比列文（托尔斯泰）的农业观点重要得多。《文学讲稿》对于艺术性的强调宽泛而又统一；然而，在这些俄罗斯文学讲稿中，这一强调似乎更激烈，因为在纳博科夫心中，艺术性的原则不仅要和一九五〇年代读者们先入为主的想法抗争，他在前一本书中即如是说，而且——更重要的是，对作者而言——艺术性的原则要与敌对的、最终已经取胜的实用主义态度抗争,这是十九世纪俄罗斯评论家的态度,继而在苏联硬化为国家级的教条。

托尔斯泰的世界完美呈现了纳博科夫失落的家园。这个世界以及属于这个世界的人的消失让他伤感不已,他一再强调俄国黄金时代的小说,尤其是果戈理、托尔斯泰和契诃夫的小说,对生活的艺术性再现正是源于这份伤感。在美学中,艺术性当然就与贵族性相去不远,纳博科夫如此反感陀思妥耶夫斯基的虚假感伤主义,也许正是他自己体内的这两种强大气质使然。他对高尔基的鄙视则更是气质使然无疑。由于纳博科夫讲的是俄罗斯文学翻译,所以他不可能详细讨论风格的重要性;但似乎可以肯定的是,纳博科夫不喜欢高尔基,除了因为在他看来高尔基缺乏再现人物和情景的能力,很大程度上也是因为高尔基的劳动人民风格(政治因素除外)。纳博科夫无法欣赏陀思妥耶夫斯基的风格,他对这个作家一向评价不高可能也是受此影响。纳博科夫几次引用托尔斯泰的俄语原文,向读者说明声音与感官相结合的神奇效果,可谓极富说服力。

纳博科夫在这些讲座中采用的教学姿态与《文学讲稿》并无二致。他知道他是在给学生们讲一个他们并不熟悉的话题。他知道他必须引诱自己的听众,领着他们一起在文学中品味那个已经消失了的世界中的丰富生活和复杂的人们,这一时期的文学在他看来是俄罗斯的文艺复兴。于是,他大量引用原文,仔细阐释文本,通过这样的方式让他的学生们理解自己在阅读时应该会产生的情感,以及经历情感之后的心理反应,纳博科夫试图引导这些情感,并塑造对伟大文学的理解,这种理解是基于有意识的、理智的欣赏,而非基于他眼中枯燥的文学批评理论。他全部的方法就是吸引他的学生来分享他自己阅读伟大作品时的激动,将他们围裹进一个不同的现实世界,却也是更为真实的一个世界,或者说这个世界与真实世界有着极为艺术的相似性。可以说这些私人性质的讲稿强调的都是人们共同的经验。当然,与纳博科夫对狄更斯的衷心欣赏、对乔伊斯的深入洞察,甚至身为作家而产生的与福楼拜的共鸣相比，只有俄罗斯文学才对他有着更为切肤的私人意义。

然而，这并不意味着这些讲稿缺乏批判性的分析。他指出《安娜·卡列宁》里那个双重噩梦的含义，这让深藏的重要主题一目了然。安娜的梦预示了她的死，这并非此梦的唯一意义：某个灵光突显的尴尬瞬间，纳博科夫突然把这个梦同伏伦斯基征服安娜之后的内心感受联系在一起，那是在他们第一次肉体结合之后。伏伦斯基在那场赛马会上害死了他的坐骑弗鲁弗鲁，这一事件的含义也没有被忽略。尽管安娜与伏伦斯基的爱充满激情，但他们精神上的贫瘠以及以自我为中心的情感却注定了他们的悲剧结局，这是一个视角独特的见解；相反吉娣与列文的婚姻寄托了托尔斯泰关于和谐、责任、温情、真理以及天伦之乐的理想。

纳博科夫对托尔斯泰的时间安排很着迷。读者与作者的时间感完全重合，制造出终极的现实感，对此纳博科夫没有追问究竟，而是称之为一个不解之谜。不过，安娜—伏伦斯基和吉娣—列文两条线索在时间进度上有矛盾，纳博科夫对此有详细有趣的描述。他指出托尔斯泰对安娜自杀当天坐在马车里穿过莫斯科时的内心描写预示了詹姆斯·乔伊斯的意识流技巧。他还有与众不同的观察点，比如他说伏伦斯基兵团里的两个军官代表了现代文学最早的对同性恋的描写。

纳博科夫一再说明契诃夫如何让平常的事物在读者眼中显出非凡的价值。他批评屠格涅夫对人物生平的介绍常打断叙事，主要故事结束后每个人物的结局之间的关系也都落入俗套，但纳博科夫毕竟还能欣赏屠格涅夫精致的浮雕式描写，以及他调节适度的迂回风格，他把这种风格比作"墙壁上一只受了日光蛊惑的蜥蜴"。如果说陀思妥耶夫斯基的标志性煽情让他不快，比如他怒不可遏地说起《罪与罚》中拉斯柯尔尼科夫和那个妓女凑在一起读《圣经》的片段，他毕竟也还欣赏陀思妥耶夫斯基狂放的幽默感；他说《卡拉马佐夫兄弟》的作者本可以成为一个伟大的剧作家，却偏偏挣扎着写了一部失败的小说，这一见解可谓独一无二。

如果一位教师加评论家可以在他自己的作品中达到作家的高度，这标志着他是一位伟大的教师、伟大的评论家。尤其那些关于托尔斯泰的讲稿最给人阅读的欣喜，是整本书的精华所在，纳博科夫时不时参与进托尔斯泰那令人头晕目眩的想象经验中。他以解释性的描述带领读者体验《安娜·卡列宁》的故事，这些描述本身就是一件艺术品。

也许纳博科夫为他的学生们所做的最大贡献不仅仅在于他对共同经验的强调，更在于这些共同经验是由他来指明的。身为作家，他可以与那些被他评论的作家们平起平坐，通过他对于写作艺术的理解让其他作家的故事和人物在他自己笔下鲜活起来。他坚持强调智慧的阅读，并发现读者若想探知伟大作品的究竟，最好用的一把钥匙乃是对细节的把握。他对《安娜·卡列宁》的评述是一个信息宝库，可以提升读者对这部小说的内在生命的感知。这种对细节的科学而又艺术的欣赏正是纳博科夫本人身为作家的特点所在，也是他的教学法的精髓要旨。他如此总结自己的感受："在我教书的那几年里，我努力为学文学的学生们提供有关细节的确切信息，细节的结合产生感官的火花，一本书才得以获得生命。"*在这个意义上，一般的观点无足轻重。托尔斯泰对通奸大致是个什么态度，这谁都能明白，但是一个好的读者要想欣赏托尔斯泰的艺术，则必须在脑海中构想出

---

* 对于这段话，约翰·西蒙有如下评论："尽管纳博科夫拒绝原始状态的现实，他仍然需要'那些滑稽又骗人的部分'，即所谓的事实——一种强大的现实的假象，而不是现实的类似，他本人也许会这样说。正如他在一次访谈中所说的，除非你熟悉乔伊斯的都柏林大街，熟悉一八七〇年彼得堡-莫斯科特快列车上类似卧铺的车厢，否则你就不可能明白《尤利西斯》和《安娜·卡列宁》到底在讲什么。换言之，作者利用某些具体的现实，但只是作为诱饵，目的是把读者网进他小说里的更宏大的非现实——或者说更宏大的现实。"(《黑板前的小说家》，《时代周刊文学副刊》[一九八一年四月二十四日]，第458页。) 当然，如果读者不能理解、吸收这一细节，他将始终身在小说想象的现实之外。安娜去往彼得堡的那次旅行意义重大，事实上，如果没有纳博科夫对一些细节的解释，则她那个噩梦的主题也就无法被理解。——原编者注

一百年前莫斯科到彼得堡的夜车上一节火车车厢里的布局。"接着他继续说道,"图表在这里是最有用的。"*所以我们就看到了《父与子》中巴扎洛夫和阿尔卡狄十字交叉旅程的黑板图表,安娜和伏伦斯基坐同一辆火车从莫斯科到彼得堡,纳博科夫又手绘了安娜所在的卧铺车厢里的布局。吉娣滑冰时穿的衣服由一幅现代时装图改绘而成。我们还读到网球在当时的打法,俄罗斯人早饭、午饭和晚饭分别吃什么,在什么时间吃。科学家对事实的尊重,作家对充满想象力的伟大作品背后复杂微妙的激情轨迹的理解,这两者的结合正是纳博科夫的精髓,也是这些讲稿的独特魅力之一。

这是一种教学法,但其结果是纳博科夫与听众—读者之间有了一种分享经验的温馨感觉。他通过情感与读者交流他对文学作品的理解,令读者如沐春风,只有当评论家本身也是伟大的艺术家时,才可能有这样的本领。纳博科夫深深感受到文学的魔力,这魔力在他看来无非就是为了带来愉悦,这是我们从这些讲稿中学习到的,另有一件轶事同样可以说明纳博科夫的这一想法:一九五三年九月,康奈尔大学的"文学311"课程第一次上课,弗拉基米尔·纳博科夫让学生们把选修这门课的原因写下来。第二堂课上,他赞许地告诉大家有一位学生是这样回答的:"因为我喜欢听故事。"

本书的编辑方法

本书中的文章是弗拉基米尔·纳博科夫所写的课堂讲稿,因此不可能被当作真正意义上的文学作品,与出了单行本的关于果戈理的课堂讲稿不同,后者曾经过他的修改,这是不可能也不必要掩饰的事实。(本书中的果戈理部分节选自《尼古拉·果戈理》[纽约:新方向出版社,一九四四]。)这些讲稿的准备和修改程度,甚至完成后的

---

* 《独抒己见》,第十四章。——原编者注

结构都有很大差异。大多数是纳博科夫的手写稿，只偶尔有些部分（通常是生平介绍）由他妻子薇拉在打字机上打出来作为授课的辅助材料。准备程度也各不相同，高尔基的讲稿全是手写的粗略笔记，托尔斯泰则有很大一部分是打字的，主要是整体介绍性的内容，似乎是计划在出版《安娜·卡列宁》的讲座时作为补充之用（本书中《安娜·卡列宁》部分的附录即纳博科夫为他自己的出版计划所作的补充）。如果存在打字部分，纳博科夫通常都会对内容再作修改，他会用笔添加新的评论，或者润色词句。因此打字部分与手写部分相比更为流畅。有几页手写稿似乎是誊写过的，但一般情况下明显都是初稿，在初写及回顾的过程中也都有很多修改痕迹。

放讲稿的文件夹里还有一些独立材料，显然是备课最初阶段需要的简单的背景资料，有些弃之不用，有些则经过很多修改后用在讲稿中。另有一些独立材料性质难以确定，不知道它们是卫斯理大学的基本课程在不同年份、不同地点重复授课时的扩充资料（似乎没有太多改动，除了后来在康奈尔大学讲授的托尔斯泰部分），还是为以后的修改所作的资料收集。所有此类既非生平背景又非准备材料的内容都被再次利用，加在本书所收讲稿的恰当之处。

将这些手稿变成一个阅读版本所面临的问题主要存在于以下两个方面：结构以及风格。在结构上，授课的顺序，或者说关于任何一位作家的讲稿的组织，一般都没有什么大问题，但问题还是会出现，尤其是关于托尔斯泰的讲稿，由一系列不相关联的部分组成。比如，纳博科夫到底是想先结束安娜的故事，然后再重点讲列文这条线，并以此收尾，还是说想让安娜和伏伦斯基的主线自始至终贯穿这个系列讲座，就像本书所呈现的，对此我们能找到的线索显得互相矛盾。同样不清楚的是，《地下室手记》（即《鼠洞回忆录》）是要放在陀思妥耶夫斯基讲稿的最后，还是要跟在《罪与罚》的后面。因此，即便像关于《安娜·卡列宁》的那篇文章，虽然至少有过出版的初步准备，但目前的结构也殊可存疑。这个问题在《伊凡·伊里奇之死》的讲稿中尤其严重,这篇讲稿只由一些笔记片段组成。处于两个极端之间的是类似关于契诃夫的系列讲稿,其中有些部分结构清晰。《带小狗的女人》是一篇完整的讲稿,但是《在沟里》就只有潦草的笔记,附带说明要读故事中的哪几页。关于《海鸥》的手写稿是单独发现的,但似乎也属于这个系列。这篇手稿形式上是初稿,但似乎已经获得纳博科夫的首肯,因为开头部分已由打字机打出,然后是一句用俄语写的话,参见手稿的其余部分。

某些讲稿有必要作些小小的结构调整,主要是上下文连贯出现问题的地方,有一些文件夹里纳博科夫的评论散见在不同地方——有时候是独立的文章,但有时候只是些按语或问题——这些内容就由编者加入正文,目的是最大程度地保留纳博科夫所做的关于作家、作品以及文学艺术的讨论。

纳博科夫的授课方式包括使用大量引文,以此作为向学生传递他的文学艺术观的辅助手段。在为本书编辑这些讲稿的过程中,我们沿用了纳博科夫的方法,极少删减他的引文,除了一些最长的部分。因为引文有助于读者回忆原著,或者在纳博科夫的专业指引下将原著介绍给一个新的读者。因此,一般引用哪些内容是根据纳博科夫关于读哪几段原文的指示(通常他在教室里用的那本原著上也会做记号),效果是让读者也能加入讨论,仿佛他是在场的听众一般。为了让带引文的讨论更流畅,传统的首行缩进处的引号被省去不用,此外,除了开始和结尾处的引号以及一般的对话引号,引文与文章其他部分之间的区分被刻意地淡化了。编者有时也会补充引文来说明纳博科夫的某些论点或描述,只要能有帮助,尤其如果他上课时用过的原著版本已经找不到了,我们没有做过记号的段落可作指引,只知道讲稿中说明哪些是原著要读的部分。

纳博科夫授课时用过的原著版本得以保存下来的只有《安娜·卡列宁》和契诃夫的几本书。这些书上做了引文记号,也有关于上下文的评语,大多数可以在手写稿中找到,但还有一些地方是纳博科夫在提醒自己关于作品风格可以说点什么,或者哪些内容需要念引文或者口头提及加以强调。这些版本中的评语都被尽可能加进了讲稿中适当的地方。纳博科夫对康斯坦斯·加尼特翻译的俄罗斯文学作品极其不满。他上课用的《安娜·卡列宁》里的引文不仅做了记号,而且字里行间都是他对翻译错误的改正,或者他自己对原作的翻译。本书中的引文当然是经纳博科夫本人修改过的翻译,但是他因康斯坦斯·加尼特的翻译失误而对译者的能力大加嘲讽,此类评论则一般都被省略了。关于托尔斯泰的讲稿比较特殊,可能因为曾一度计划出版而重写过,其中很多引文都在文章中用打字机打出,而纳博科夫惯常的做法则是记下要引用哪些段落,在他上课用的版本的什么地方。(他上课用的那本《包法利夫人》全书写满评注,而《安娜·卡列宁》情况不同,在第一部分之后就只有选读的部分被修改过。)用打字机打出来的引文也带来问题,因为这些加尼特的译文被他修改过,但是和他上课用的书里所作的修改又常常不太一致,而且这些段落常被删节。还有一个独立的部分,应该是为出版准备的,但没有收入本书,这部分被标注为"对加尼特版《安娜·卡列宁》第一部分的修改",其中被引用到的内容与手稿和书里的修改版本都不一样。本书中的引文到底使用这三个翻译版本中的哪一个,这一选择很难完全让人满意,因为所有的修改似乎都是独立进行的。在这样的情况下,修改的时间先后意义不大,最有用的做法是向读者尽可能多地提供纳博科夫对加尼特版本所作的修改,我们主要使用手稿版本,但如果他在书里或者打字稿里有进一步的改动,则这些改动也会被加入进来。

让不同的讲稿适合规定的教学课时,纳博科夫深刻意识到这一需要,常常可以在页边发现写着在哪个时间点应该已经讲到某个特定的问题。在讲稿中有一些段落,甚至独立的句子或短语被放在方括号中。其中有些括号似乎是说如果时间紧的话,这些内容可以略过不讲。其他的括号也是代表他觉得可以省略的内容,但原因不是时间限制，而是出于内容或表达方面的考虑；有些方括号中的内容后来确实被删除了，另有一些则改用圆括号，表示不再属于可考虑省略的范围。所有没有被删除的方括号中的内容都被原封不动地收入本书，但是不再保留括号，以免干扰读者的阅读。我们当然尊重作者所做的删除决定，除了屈指可数的几处编者感觉可能是出于时间考虑才被省略，或者也有一些是因为位置不对，编者就把这些删除的内容转移到更合适的上下文中。另一方面，纳博科夫还有一些评论只针对他的学生，往往是教学主题，由于本书是阅读版，这些内容被省略，尽管本书还是很大程度上保留了纳博科夫的授课风格。这样的省略包括类似如下的内容：他将安娜·卡列宁比作雅典娜时说"你们都记得她是谁吧"；他命令本科生一定要欣赏安娜在她儿子十岁生日时去看望他的那个悲惨场景；他用一个长"u"（他说这个字母念起来像"笼中啁啾"，值得保留的比喻）拼写丘特切夫①的名字；在分析托尔斯泰的结构时他对涉世未深的听众这样说道："我知道'共时性'（synchronization）是个大词，一个五音节词——但是我们可以这样安慰自己：要放在几个世纪之前，它就会是个六音节词了。顺便说一句，这个词不是从sin——s, i, n——来的，而是s, y, n，它的意思是安排不同事件同时存在。"不过，有些课堂上的旁白只要成熟的读者读来并无不妥也都保留下来了，纳博科夫给学生下的大多数命令同样被保留。

从风格上来说，如果由纳博科夫本人来写这本书，他的语言和句法将会是另一副模样，毕竟这些课堂讲稿与他几次公开演讲的讲稿相比，风格差异十分明显，后者是经他精雕细琢过的。纳博科夫写这些讲稿和课堂笔记的时候从未想过日后将不经加工便出版，因此如果将手稿中有时可以说是相当粗糙的原文一字不差地抄录出版，则无疑迂腐至极。对诸如前后矛盾之处，疏忽所致的错误，不完整的

---

① Tyutchev（1803—1873），俄国诗人，被同时代人忽视，但在现代被认为可与普希金、莱蒙托夫比肩。

文字,包括需要补充带引号的过渡段落等,本书的编辑在处理时有更多的自由,这也许无可厚非。另一方面,没有读者会愿意看到有人企图"改进"纳博科夫的文字,哪怕是原文比较粗糙的地方。因此综合法被坚决否定,本书力求忠诚再现纳博科夫的语言,唯一的例外是如果原文意外漏了某些词,以及因大意造成的重复,通常是因为修订不全面。

编辑对讲稿的修订改正并未在书中注明。文中的脚注都是纳博科夫本人所做,偶尔有一些是编辑做的,一般是关于加进本书的某些独立摘记,有的出自手稿,有的出自课堂上用的带评注的原著版本。讲稿的技术性细节没有被收入,比如纳博科夫通常用俄语为自己写的提醒笔记,也包括他为了授课时发音准确而对元音音量所做的标注,以及某些人名和特殊词汇的音节重读标注。编辑在某处加入某个未说明出处的部分,如果没有做注向读者说明,那是为了不打断讲稿行文的流畅。

俄语名字在英语中的音译也会出现问题,因为纳博科夫自己的翻译也常常不统一;他因出版关于托尔斯泰的讲稿这一计划而为《安娜·卡列宁》的第一部分列了一个名单,但即便在这个名单里,音译名字的拼写也不是与他手稿里的形式完全吻合,甚至这个拼写系统内部名字与名字之间也不统一。如果引文出自其他译者的译本,则又会带来各种不同的拼写系统。在这样的情况下,最好的做法似乎是根据一个统一的系统对讲稿中所有的俄语人名做一个彻底的修订,这一系统由西蒙·卡林斯基教授和弗拉基米尔·纳博科夫夫人共同制定,修订也由他们二位共同完成,特此致谢。

《跋》的内容选自纳博科夫对全班同学的最后讲话,说完这番话之后他再讨论期末考试的具体内容和要求。他说他曾在这门课开始时描述了一九一七至一九五七年之间的俄罗斯文学。被保存的手稿中没有发现这份讲稿,只有一页纸上的内容似乎与此相关,这些内容被收作本书的题词。

纳博科夫上课用的原著版本一般都是挑选廉价的普及版。纳博科夫赞赏博纳·吉伯特·格涅对俄罗斯作品的翻译，但少有其他译者。纳博科夫上课使用的文本如下：托尔斯泰的《安娜·卡列宁》（纽约：现代图书馆，一九三〇）；《契诃夫合集》，亚莫林斯基主编（纽约：斯堪的纳维亚出版社，一九四七）；《俄罗斯文学宝库》，格涅翻译主编（纽约：前卫出版社，一九四三）。

俄罗斯文学讲稿

俄罗斯作家、审查官及读者[*]

"俄罗斯文学"作为一个概念，一个直接印象，在外国人的脑子里一般反映为俄国在十九世纪中期到二十世纪最初十年间曾经涌现出一打伟大的文学家，仅此而已。这一概念在俄罗斯读者脑中则更为丰满，因为除了小说家之外，它还包括了一批无法翻译的诗人；尽管如此，俄罗斯本国人也只是聚焦于十九世纪这一光芒四射的星体之上。换言之，"俄罗斯文学"是一个近代现象。俄罗斯文学也有其局限性，而外国人却倾向于认为它是完整的，已经一劳永逸地完成了。这主要是由于在过去四十年里，苏维埃统治之下产生的文学作品全是典型的地方性文学，一片荒芜。

我曾做过一个统计，十九世纪初至今所产生的被公认为最优秀的俄罗斯小说和诗歌，按一般印刷统计大约两万三千页。显然，无论法国还是英国文学，都不能被浓缩到这样的程度。英法文学绵延好几个世纪，著作数量之众可谓骇人。这就引出我要说的第一点。俄罗斯文学迷人的便利之处在于，如果除去仅有的一本中世纪著作，所有的作品可以盛进一只容量为一个世纪的双耳细颈瓶——至于这以后所产生的那点零头，加个小奶罐就够了。一个几乎没有内生的文学传统的国家，只用了一个世纪的时间，一个十九世纪，便创造出了在艺术价值、影响范围以及所有其他方面都足以与英国或是法国的光辉作品相提并论的文学，唯一的差距只在数量，而英法传世经典的创作都开始得早得多。十九世纪的俄国在除了美学价值之外所有其他精神层面的发展中,并没有以同样异常的速度达到能与西方最古老国家的文化相比肩的高度,正因为如此,美学价值的奇迹般的奔涌才可能在这样一个年轻的文明内部发生。我很清楚,对这段往昔的俄罗斯文化的认识,并不是一个外国人概念中的俄罗斯历史的组成部分。大革命之前俄国自由主义思想的发展这一问题,已经被二十世纪二三十年代执政者精明的宣传彻底混淆和扭曲了。他们把俄罗斯现代化的功劳据为己有。然而,在普希金和果戈理的时代,俄罗斯民族的很大一部分人口确实被遗忘在冰天雪地之中,在明亮的琥珀色窗户之外,缓缓飘落的雪花之后;而这一悲剧的源头在于,在一个以苦难不幸闻名、以其无数草民的悲惨生活闻名的国度里,一种精致优雅的欧洲文化来得未免太快太急了——但这已经是另一个问题了。

抑或并非完全不相干。在概述俄罗斯近代文学史的过程中,或者更确切地说,在定义那些竞相争夺艺术家灵魂的力量的过程中,如果我足够幸运,我或许能触及所有真正的艺术所共有的深刻的悲悯力,盖因艺术永恒的价值与这个混沌世间的苦难,这两者之间总是存着一道巨罅——这个世界将但凡不能用作最新指南手册的文学作品视作奢侈品或是玩具,这也实在无可厚非。

对于一个艺术家而言,在一个自由的国家里他不会真的被强迫制作指南手册,这是个安慰。那么,从这个有限的视角来看,十九世纪的俄国说也奇怪,倒真是一个自由的国家:书籍有可能被禁,作家有可能被流放,检察官有可能是恶棍和蠢货,长着络腮胡子的沙皇有可能又跺脚又咆哮;但是让整个文学团体只书写为国家所认可的东西,这一苏联时代的奇妙发明——这一手段,在旧俄国毕竟闻所未闻,尽管很多反动政要毫无疑问都盼着能找到这样一个工具。一位强硬的决定论者或许会这样说:民主社会里的一份杂志会对它的作

---

* 一九五八年四月十日康奈尔大学艺术节上的发言。——原编者注

者施加经济压力,迫使他们表达所谓读者大众所需要的东西——而一个警察国家则会施加更直接的压力,迫使作者在小说中传递适当的政治口信,在这两种压力之间也许可以说只不过是存在程度的差别。但是事实并非如此,原因很简单:在一个自由的国家有很多不同的期刊和哲学思想,但在一个独裁统治下,只有一个政府。这是质的区别。假使我,一个美国作家,打算写一部反传统的小说,这样说吧,有一个快乐的无神论者、一个无党派的波士顿人,他娶了一位美丽的黑人姑娘,同样是个无神论者,生了一大群孩子,小可爱们都是不可知论者,他过着幸福的生活,与人为善,一生风平浪静,直到一百零六岁在睡梦中安详离世——结果很可能是,纳博科夫先生,尽管您才华横溢,我们觉得 [这种情况下不会是我们认为,总归是我们觉得] 没有哪个美国出版商会冒险出这本书,原因很简单,不会有书商愿意接下这本书。这是一个出版商的观点,每个人都有权利有自己的观点。要是真有哪个不靠谱的公司到底还是把我这个快乐的无神论者的书给出版了,也不会真有人把我流放到阿拉斯加的荒郊野外去。另一方面,美国的作家也从来不会被政府勒令撰写弘扬自由企业和清晨祷告之喜悦的宏伟小说。在苏联政权建立之前,艺术家们在俄国也受限制,但不会接受命令。他们——那些十九世纪的作家、作曲家、画家——确信自己生活在一个有压迫和奴役的国家,但是他们毕竟还是有一项巨大的优势,这是我们此时此刻才体会到的,即与他们生活在现代俄国的孙辈们相比,他们不会被迫违心地说这里没有压迫,这里没有奴役。

在两股同时争夺艺术家灵魂的势力之中,两个审判艺术家作品的批评家之中,第一位是政府。在十九世纪,政府始终有这样一个意识,即任何在创作性方面独树一帜、鹤立鸡群的作品都是一个不和谐的音符,是迈向革命的一大步。政府这种警惕的最单纯形式在三四十年代尼古拉一世身上体现得最淋漓尽致。与其继任者的非利士主义相比,尼古拉一世的冷酷个性的渗透力要深入彻底得多。他对文学所倾注的热忱但凡出自真心就可称得上感人了。他孜孜不倦地要与同时代的俄罗斯作家建立起所有可能的关系——集父亲、教父、保姆、乳母、监狱长以及文学批评家的角色于一身。姑且不论他作为一国之君所显示的品性，必须承认他在对待俄罗斯缪斯的态度上最不济也就是个流氓，最好可算个小丑。他一手建立的审查体系持续到一八六〇年代，在六十年代的大革命中有所松懈，于十九世纪末重又巩固，二十世纪初审查体系曾一度崩毁，然则苏维埃革命之后，它又戏剧性地卷土重来，且变本加厉。

4　　十九世纪上半叶，爱管闲事的官员、把拜伦当作意大利革命者的警察局长、自命不凡的老审查官、政府养活的某些记者、不事声张但也过于敏感的教会，这一君主制、顽固派和阿谀奉承的政府部门的综合体对作家们确实颇多妨碍，但也为他们提供了惹恼政府、嘲弄政府的绝妙乐趣，他们的文字千变万化，九曲十八弯，具有叫人兴味盎然的颠覆性，愚蠢的政府对此完全手足无措。蠢人可能是个危险的顾客，但蠢人的脖子上顶着如此不堪一击的脑瓜子，这让危险成了一流的消遣；无论俄国的旧体制有着怎样的缺陷，必须承认，它尚存一项了不起的优点——就是没脑子。审查官必须搞明白一堆深奥的政治影射，而不是简单打击显而易见的淫秽内容，这就让他们的任务格外艰巨。在沙皇尼古拉一世的统治时期，俄国诗人确实得小心谨慎，普希金对法国的调皮偶像们的模仿，对德·巴尔尼①和伏尔泰的模仿，也确实很容易被审查机制碾压。但是小说是高洁的。俄罗斯文学并没有其他文学所具有的直言不讳的文艺复兴传统，直到今天，俄国小说整体上仍然是所有小说中最贞洁的。当然了，苏联的俄罗斯文学更不用说就是纯洁本身。难以想象一个俄国作家会写出一部《查泰莱夫人的情人》来。

　　因而，政府是与艺术家斗争的第一种力量。第二种对付十九世

---

① Évariste de Parny（1753—1814），法国诗人。

纪俄国作家的力量是反政府的、关心社会公益的实用主义批评观，即当时激进的有着公民意识的政治思想家们。必须强调的是，与那些由政府养活着的恶棍，或是紧紧围靠着摇摇欲坠的皇冠、昏聩老朽的反动派们相比，这些人一般来说在文化、诚信、抱负、脑力以及品性方面都要高出太多。一位激进的批评家唯一关心的就是人民的福祉，并将所有其他一切——文学、科学、哲学——仅仅视作改善底层百姓的社会和经济状况以及改变国家政治结构的手段。这样的一位批评家通常刚正不阿，一派英雄气概，对于流放生活的缺衣少食全然不放在心上，同样不放在他心上的也包括艺术的细微精妙。这些人与君主专制斗争——一八四〇年代的火一般的别林斯基[①]，一八五〇、一八六〇年代的顽固的车尔尼雪夫斯基[②]和杜勃罗留波夫[③]，用心良好却令人生厌的米哈伊洛夫斯基[④]，以及很多其他同样诚实固执的家伙——他们也许都可以归到同一个类目之下：政治激进派，从属于法国空想社会主义者以及德国唯物论者，预告了最近这些年里盛行的革命社会主义和严酷共产主义。不要将他们与真正的俄国自由主义混为一谈，后者与西欧其他国家和美国的文明民主才是绝对一脉相承。翻看六七十年代的期刊，你会震惊于这些人在一个君主统治的国家里竟能表达出如此暴力的观点。尽管这些激进的批评家不乏可取之处，但是从艺术的角度来说，他们和政府一样令人头痛。政府和革命，沙皇和激进派，在艺术上是一样的非利士人。激进的批评家与君主专制相抗争，但他们也发展出了自己的专制统治。他们一心要强制推行的那些口号、观念、理论，其本身对艺术而言就和体制内的保守主义一样格格不入。他们对作家的要求就是一个改造社会的中心思想，除此之外都是废话，在他们看来一本书要称得上好书，

[①] Belinski（1811—1848），俄国革命民主主义者，哲学家、文学评论家。
[②] Chernyshevski（1828—1889），俄国革命民主主义者，唯物主义哲学家，作家和批评家。
[③] Dobrolyubov（1836—1861），俄国文学评论家、诗人。
[④] Mihaylovski（1842—1904），俄国社会学家，政治家、自由主义民粹派代表。

就必须有造福于民的实际用途。他们的热情中存在着一个致命的缺陷。他们真诚而勇敢地追求提倡自由和平等，但是他们又要绑架艺术以服务于当下的政治，这是在违背他们自己的信条。沙皇们认为作家应该是国家的仆人，激进的批评家们则认为作家应该是大众的仆人。最终，在我们这个时代，一种新的政权，进入了黑格尔三段式中的"合"的阶段，将大众与国家的概念合二为一，于是以上这两种思想路线不可避免地相遇并联合起来了。

十九世纪二十年代和三十年代，艺术家与他的批评者之间产生冲突的最好的例子之一就是普希金，俄国的第一位伟大作家。以沙皇尼古拉本人为首的官僚集团对普希金恨得牙痒痒，以他在体制内所处的职位，他非但不好好做国家的仆人、撰写官文歌颂传统美德（如果他非写作不可的话），反而写出极其傲慢、极其独立、极其邪恶的文字来，在他清新别致的韵文中，在他引人入胜的想象力中，在他对大大小小的暴君的自然嘲笑中，一种危险的自由思想一目了然。教会哀叹他的轻浮。警长、官员、政府养活的批评家们称他为肤浅的冒牌诗人；又因为他高调拒绝用他的笔去记录政府办公室里的无聊活动，普希金这位当时有着最高学识教养的欧洲人之一，竟被某公爵叫作笨蛋，又被某将军称为蠢货。国家企图扼杀普希金的天才，为此而使用的手段包括流放、严酷审查、无休止的纠缠、慈父般的教诲，最后培植了一批本地恶棍，而这些人最终将普希金推向那场致命的决斗，对手不过是个可鄙的保皇派法国冒险家。

另一方面，影响力极大的激进批评家们虽然身处极端的君权统治之下，还是有办法在读者面很广的期刊上发表他们的革命观点——这些激进的批评家是在普希金短暂一生的最后几年中涌现的，他们同样对这个人恨得牙痒痒，他不去做人民和社会事业的公仆，倒去写那些极其微妙、极其独立、极其有想象力的诗文，而且这世上所有的一切他都写，在他那些对大大小小的暴君的随意嘲讽中（太过随意了）也许能捕捉到一些革命的意图，但其价值也因他的兴趣之广泛而被冲淡了。他韵文中的恣意潇洒被谴责为贵族姿态的装饰卖弄；他艺术家的遗世独立被宣布为一种社会罪行；二流作家摇身而为冷静的政治思想家，称普希金是肤浅的冒牌诗人。六七十年代的著名评论家们，公众舆论的偶像，喊普希金蠢人，还口口声声说对俄国人民来讲，一双耐用的靴子要比这世上所有的普希金和莎士比亚都更重要。把极端激进主义者和极端君主主义者对俄国最伟大的诗人所用的别称作一个比较，你会震惊于它们可怕的相似度。

三四十年代末的果戈理的经历多少有些不同。首先我要说的是，果戈理的剧本《钦差大臣》和他的小说《死魂灵》都是他自己的想象力的产物，是他内心的噩梦，里面装满了属于他的无与伦比的小妖怪们。这些作品呈现的不是也不可能是果戈理所处时代的俄国的画面，先不说别的原因，果戈理几乎完全不了解俄国；他没能写出一部《死魂灵》的续集，其真实原因在于他没有足够的素材，用那些完全由他自己想象出来的人物写一部纪实作品，以此去提高他的国家的道德水准，这本来就是不可能的。然而，激进的批评家们在他的剧本和小说中却读出了对行贿受贿、粗鄙人生、政府恶行以及农奴制的控诉。果戈理的作品被赋予了一种革命意图，而他本人明明是位循规蹈矩的良民，有很多保守党派的权贵朋友，对于别人在自己的作品中发现的这些东西不禁大惊失色，于是在之后的写作中他都想努力证明之前的剧本和小说完全不是革命性的，而恰恰是要顺应宗教传统，顺应他日后发展出的神秘主义。陀思妥耶夫斯基年轻时卷入幼稚的政治活动，因此被政府流放，差点处以极刑；但是后来他在自己的作品中歌颂谦恭的美德、顺服、苦难，于是他就被激进的批评家们在他们的文章里谋杀了。同样的一群批评家还曾猛烈地攻击托尔斯泰，用他们的话来说，托尔斯泰是在描写有头衔的贵妇和老爷们的浪漫情事，而教会则开除了他的教籍，因为他胆敢发展出一套他自己的信仰来。

我想这些例子已经足够了吧。可以毫不夸张地说,所有十九世纪的俄国作家都经历了这个奇怪的双重炼狱。

7 　　了不起的十九世纪也走到了尽头。一九〇四年契诃夫去世,一九一〇年托尔斯泰走了。随后出现的一代新作家是最后的光芒,一阵急扫而过的天才的骤风。在革命之前的二十年里,小说、诗歌以及绘画中的现代主义达到顶峰。舞台灯光下出现的是詹姆斯·乔伊斯的前辈安德烈·别雷①,象征主义派作家亚历山大·勃洛克②,以及其他几位先锋派诗人。自由革命成功后不到一年的时间,布尔什维克的领导人们推翻了克伦斯基的民主政权,正式开始了他们的铁腕统治,大多数俄国作家远走他乡;还有一些留下了,比如未来主义诗人马雅可夫斯基③。国外的观察家们把进步文学和进步政治混为一谈,而这种混淆又被驻外苏维埃宣传机构迫不及待地一把抓住,推波助澜。事实上从一开始苏联政府就是在为一种特定的文学打基础,这是一种原始的、画地为牢的、政治性的、由警察控制的、彻底保守而又传统的文学。苏联政府以让人叹服的坦诚宣布文学是国家的工具,这与旧政权谨小慎微、三心二意、杂乱无章的企图不可同日而语。在过去的四十年里,这一诗人与警察之间达成的快乐协议履行得滴水不漏。其成果即所谓的苏联文学,这种文学是保守的中产阶级文学,因其对政府各种观点的温顺诠释而无可救药地千篇一律。

"由我们来指引你的笔"——这就是基本律法,他们期待由此产生出"重要"文学。律法浑圆的躯体上长着敏锐的辩证法的触须:下一步就是对作家的作品进行全盘计划,如同对国家的经济体系一样。这可以保证让作家获得用干部们的话来说"无穷无尽的丰富题材",他们这样说的时候都会面带不太自然的干笑。经济与政治道路

---

① Andrei Bely (1880—1934),俄国小说家、诗人、文学批评家。
② Alexander Blok (1880—1921),俄国诗人。
③ Mayakovsky (1893—1930),苏联诗人、剧作家、演员。

上的每一个转弯都意味着文学上的转弯：今天的内容是"工厂"；明天是"农场"；接着，"破坏活动"；然后，"红军"，凡此种种（多么丰富啊！）。苏联作家们则气喘吁吁地从模范医院奔到模范煤矿或者模范水坝，一面满心恐慌，生怕自己要是不够敏捷的话，很可能等到他的书出版的那一天，他所赞美的某个苏联信条或者某位苏联英雄已经双双被禁了。

苏联政府在过去四十年中从来没有失去对艺术的控制。偶尔螺丝也会稍有松动，以便观察可能发生什么，赐予个体的表达某些空间；这种情况下出现的新书无论有多平庸，都会被国外的乐观主义者们宣布为政治上的抗议。我们都知道那些大部头的畅销书，《静静的顿河》、《人不仅仅是为了面包》、《乍德的小屋》——一堆堆的俗套老套，一筐筐的陈词滥调，却被国外的评论家们描述成"富有力量"、让人"欲罢不能"之类的。然而，呜呼，即便这个苏联作家确实达到某个艺术水准，比如厄普顿·刘易斯①的水平——就不指名道姓了——即便如此，事实仍然令人沮丧：苏联政府，这一地球上最非利士人式的组织，不可能允许个人追求的存在，不可能允许创作的勇气，以及任何新的、原创的、难的、奇怪的东西的存在。斯大林取代列宁之后，这个国家的哲学理念半点儿没变，现在正在崛起的是克鲁晓夫（Krushchev），还是赫鲁晓夫（Hrushchyov），不管他叫什么吧，反正一切还是照旧。我想引用赫鲁晓夫在最近一次党代会上关于文学所说的一段话："文学和艺术领域的创作活动必须贯彻为共产主义斗争的精神，必须给人们的心中注满乐观主义以及坚持信念的力量，必须加强社会主义意识和集体纪律。"这种集体风格，抑扬顿挫的修辞，训导教诲的句式，滚雪球式的新闻体，我还挺喜欢。

作者的想象力和自由意志受到特定的限制，每一篇无产阶级小说都必须有一个皆大欢喜的结局，苏联人总是胜利者，由于读者事先

---

① Upton Lewis，作者虚构的人名，有嘲讽之意。

知道每个故事的官方结局，作者面临的编织有趣情节的艰巨任务便格外可怕。在一部盎格鲁-撒克逊人的惊悚小说里，坏蛋一般会受到惩罚，那位坚强沉默的男子总会赢得喋喋不休的弱女子的芳心。但在西方国家不会有政府法令禁止一个故事，就因为它不遵循某种大家伙喜闻乐见的传统；所以我们多少会希望看到那个邪恶但浪漫的家伙能安然逃脱，而那个善良但无聊的伙计最后会被坏脾气的女主角奚落一顿。

但是苏联作家没有这样的自由。他作品的结尾由法律决定，读者和作者一样了解那将是个怎样的结尾。那么，他如何才能让他的读者有悬念感呢？已经有人想出一些办法了。首先，欢喜的结局其实是和这个国家有关，而不是故事里的人物，苏联国家才是所有苏联小说的真正主角，因此我们可以让一些小角色——尽管他们都是相当优秀的共产党员——死于非命，只要保证那个完美的国家最后大获全胜；事实上，有一些狡猾的作者据说可以做到在最后一页让那个共产党员主角的死成为美好的共产主义精神的胜利：我的死是为了苏维埃社会主义共和国联盟的生。这是一种方式——但也是危险的方式，因为作者有可能被指控在杀死主角的同时杀死了象征，燃烧着的甲板上的男孩还有整个海军军队。如果是个谨慎又机敏的作者，他会让那个遭受不幸的共产党员身上带一点儿瑕疵，某些微不足道的——哦，多么微不足道！——政治思想上的偏差，或者资产阶级折中主义的倾向，这些瑕疵不会影响他的行为和死亡能激起的同情，但足以让他个人所受的灾难成为理所当然。

一位能干的苏联作家为创作一个工厂或者农场而着手收集一群人物，这和一位推理小说作家为一个即将发生谋杀的农舍或者火车收集一群人物基本上是一样的。在一个苏联故事里，犯罪的形式一般是某个秘密敌人对苏联的某项事业的进行或者计划搞各种破坏。也和一个普通的推理小说一样，各种人物的刻画会让读者不太确定那个苛刻、阴郁的家伙是否真的是坏蛋，而那个油嘴滑舌、性格开朗的交际能手是否真的是好人。我们的侦探一般是个上了年纪的工人,通常在俄国内战中瞎了一只眼睛,或者是个身体特别棒的年轻姑娘,被总部派来调查为什么某样东西的产量下降速度如此惊人。各种人物的选择——比如,工厂里的工人——是为了表现国家意识的各种层次,有些是坚定诚实的现实主义者,另一些还怀揣着对大革命最初几年的浪漫记忆,还有一些毫无知识经验,却有不少共产党人的可靠直觉。读者留意情节和对话,留意这里那里的暗示,也努力想找出这些人中谁是真诚的,谁有不可告人的秘密。情节越来越复杂,直至达到高潮,坚强沉默的姑娘揭开恶棍的面具,我们发现的也许就是我们一直怀疑的——总在破坏工厂的不是那个总会念错马克思定理的长相丑陋、个子矮小的老工人,老天保佑他善良的小小灵魂吧;破坏分子其实是那个对马克思学说倒背如流的聪明又好脾气的家伙,他的不可告人的秘密就是他的继母有一个表哥是资本家的侄子。除了在结构上与最老掉牙的犯罪推理小说相似,我们还必须留意其"伪宗教"的一面。小个子老工人被证明是好人,这也是恶心的模仿,其原型就是智商不高但信仰坚定的人将进入天国,而了不起的法利赛人只能到相反的地方去。这些情景中最有意思的要数苏联小说里的浪漫主题。我这里有随手选的两个例子。第一段出自《宽广的心》,安东诺夫的小说,一九五七年连载发表:

> 奥尔佳沉默不语。
> "啊,"弗拉基米尔叫道,"你为什么不能像我爱你一样地爱我。"
> "我爱我的祖国。"她说道。
> "我也爱我的祖国。"他喊道。
> "还有一样,我爱得更加强烈。"奥尔佳继续说,一面从年轻人的怀抱中挣脱出来。

"那是什么?"他问道。

奥尔佳清澈的蓝眼睛看着他,飞快地答道:"就是党。"

我的另一个例子取自格拉特科夫的一部小说《能源》:

> 年轻的工人伊万抓住了钻机。他一碰到金属的表面就感到紧张,浑身一阵激动战栗。钻机震耳欲聋的声音让他把索妮娅抛到了脑后。她伸手放在他肩膀上,轻轻碰他耳朵上的头发……
>
> 她看着他,鬈发上戴的小帽像是对他的嘲讽和挑衅。两个年轻人仿佛在同一个时刻被一阵电流穿透全身。他深深叹了口气,手里的钻机攥得更紧了。

我已经描述了十九世纪争夺艺术家灵魂的不同力量,以及之后艺术在苏联所经历的压迫,我希望自己心中是鄙夷多于悲伤。在十九世纪,天才不仅得以保存,而且茁壮成长,因为公众舆论比任何沙皇都更强大,也因为另一方面,优秀的读者拒绝被进步批评家的实用主义观点左右。而在我们这个时代,俄国的大众观点被政府彻底压制,优秀的读者也许仍然存在,在托木斯克州①的某地,也叫阿托木斯克州,但是他的声音我们听不到,他的饮食被监管,他的心灵与他国外的兄弟们分离了。他的兄弟们——这是关键所在:因为正如这个世界上有天分的作家群体超越国界,有天分的读者也是一个属于全世界的人,不受空间和时间规律的限制。正是他——这位优秀的、卓越的读者——一次又一次地拯救了艺术家,使他免于被皇帝、独裁者、神父、清教徒、非利士人、政治道德家、警察、邮政部长和道学家们消灭。让我来给这位可敬的读者下个定义吧。他不属于任

---

① Tomsk,位于西伯利亚,是一座古老的俄罗斯城。

何特定的国家或阶级。没有哪个良心引导者，也没有哪个读书俱乐部能管理他的灵魂。平庸的读者会因为幼稚的情感而将自己代入这个或那个角色，并且"跳过描写部分"，而优秀的读者不会在读小说时受控于这样的情感。可敬的优秀读者不是把自己认同为书里的男孩女孩，他所认同的是构想创作出这本书的那个大脑。可敬的读者不会在一本俄罗斯小说里寻找关于俄罗斯的信息，因为他知道托尔斯泰或者契诃夫笔下的俄罗斯不是历史上的普通的俄罗斯，而是由天才个体想象创造的一个特殊世界。可敬的读者关心的不是一般观点：他感兴趣的是特定的视角。他喜欢小说不是因为小说能帮助他好好与人相处（用可怕的进步人士的套话来说）；他喜欢小说是因为他可以吸收理解故事中的每个细节，他可以欣赏作者希望被欣赏的一切，他在心底微笑，他整个人都在会心地笑，他为那些出自那位编造大师笔下的魔幻意象而激动颤栗——那位幻想编织者、魔术师、艺术家。一位伟大艺术家所创造的所有角色中，最棒的确实就是他的读者。

回首过往，在我有些感情用事的眼中，旧日的俄罗斯读者便是所有读者的典范，正如当时的俄罗斯作家是其他语言作家的典范一样。他从幼年时便开始陶醉于自己的阅读事业，还在育儿室里的时候就已经迷上了托尔斯泰或是契诃夫，保姆一面设法拿走《安娜·卡列宁》，一面说：哦，行了，还是让我来给你讲讲这个故事吧（Day-ka, ya tebe rasskazhu svoimi slovami）。优秀的读者就是这样学会了要警惕名著浓缩版的译者，警惕关于卡列宁家兄弟的白痴电影，警惕所有讨好懒人、肢解原作的手段。

总而言之，我想再次强调，不要去俄罗斯小说中寻找俄罗斯的灵魂：要去那里寻找天才的个体。把目光投向著作本身，而不是其结构背景——也不是盯着结构背景的人们的脸。

旧俄罗斯文化熏陶下的俄罗斯读者必然以普希金和果戈理为豪，但他也同样以莎士比亚和但丁、波德莱尔和爱伦·坡、福楼拜和荷马为豪,而这就是俄罗斯读者的力量所在。我对这个问题有某种私人的兴趣,因为如果我的祖辈们不曾是优秀的读者,我今天也不太可能站在这里,用这种语言谈论这些事情。我知道还有很多事情就和好的文章、好的阅读一样重要;但是无论什么事情,明智的做法是直奔实质而去,直奔本文、源头、精华而去——然后再从那里出发演绎出各种理论,无论是吸引哲学家或者历史学家,还是仅仅迎合时代精神的理论。读者生来是自由的,也应该保持自由;我将以下面这首普希金的小诗结束我的讲话,这首诗讲的不仅是诗人,也是那些热爱诗人的人们。

> 我才不稀罕,各式自吹自擂的权利
> 它们魅惑一些人渴求居高临下的眩晕;
> 我才不苦恼,因为诸神拒不
> 让我为税收争辩,
> 或阻碍君王们争战;我
> 满不在意舆论是否任意
> 去愚弄可怜的呆痴之辈,又或者审查官们是否束缚
> 涂鸦之徒一时的奇思怪想。
> 这些不过是言语、言语、言语。我的精神在战斗
> 为的是更深邃的自由,为的是更佳美的权利。
> 我们侍奉的是谁呢?——人民抑或社稷?
> 我这样的诗人才不在乎——让他们翘首以待吧。
> 不向任何人解释,做自己的
> 随从和主人,只取悦自己,
> 既不弯下脖颈,也不扭曲内心的谋略,
> 以及良知,只为获得貌似
> 权力之物,却不过是势力者的一件外套;闲庭漫步吧,
> 将这一切置之脑后,赞叹神圣的

大自然之美,感受自己的灵魂
融化在人类巧思妙想的流光溢彩中
——这才是祝福,这些才是权利! *13*

[纳博科夫译自俄文]

纳博科夫关于《死魂灵》的讲稿中的一页,描绘地主。

尼古拉·果戈理
（一八〇九——一八五二）

《死魂灵》
（一八四二）

在《死魂灵》和《钦差大臣》这两部作品中，有社会头脑的俄罗斯评论家们看到的是对世俗的poshlust①的谴责，这种世俗的poshlust充溢农奴制的官僚主义的俄罗斯外省；这样的看法错失了原作真正的要义。果戈理作品中的主人公只不过碰巧是些俄国的乡绅和官僚，这些人物的虚构境况和社会背景完全无足轻重——就好比郝麦先生②也可以是芝加哥的一名商人，或者布鲁姆太太③可以是维斯尼-沃洛乔克④某位校长的太太一样。更重要的是，无论这些人物的境况和背景在"现实生活"中可能是什么样的，它们一律都在果戈理特殊天才的实验室中经历了彻底的置换与重构（就像在《钦差大臣》中观察到的那样），以至于在《死魂灵》中寻求真实的俄国背景完全是徒劳，一如试图根据云雾缭绕的厄耳锡诺⑤里发生的那个小小事件来对丹麦形成一个看法。如果你想要"事实"，那么让我们考察一下果戈理在俄国外省有过什么样的经历。在波多尔斯克一个小酒馆待过八个小时，在库尔斯克停留了一周，其余是乘马车旅行时沿途的车窗见闻，再加上对自己主要在乌克兰的米尔哥罗德、涅任和波尔塔瓦度过的青春的回忆——这些小镇都远在乞乞科夫的旅行路线之外。然而,《死魂灵》确乎为一个用心的读者提供了一组死魂灵的集合,属于poshlyaki("男庸人")和poshlyachki("女庸人")的肿大的灵魂。果戈理对他们的描述带着他独有的热情以及丰富的诡异细节,从而将整个故事提升到了宏大的史诗境界;而"诗"实际上正是果戈理给《死魂灵》附加的微妙的副标题。Poshlust自有其圆滑和丰满的一面,这道光泽,这些平滑的曲线,吸引着作为艺术家的果戈理。身体魁梧、体形滚圆的poshlyak("男庸人",poshlyaki的单数形式)巴维尔·乞乞科夫喝牛奶清润喉咙,然后把杯底的无花果吃下去,或是穿着睡衣在屋子中间跳舞,架子上的物品随着他的斯巴达吉格舞步而颤动(最终在狂喜中他那赤裸的粉色脚踵踢到他胖嘟嘟的臀部——也是他真正的脸——如此这般把自己踢进了死魂灵的真正的天国)。这些场景超越了乏味的乡村环境或小官僚微不足道的卑劣行径所体现出的种种低级的poshlust。但是,即便是集poshlust之大成者如乞乞科夫这样一个poshlyak,在他身上的某处也不可避免地存在一个洞隙,一道裂缝,从中你可以看到那条虫子,那个蜷缩在粉刷着poshlust的真空深处的干瘪傻瓜。购买死魂灵的想法一开始就隐约有点愚蠢可笑——这些前一次人口普查之后已经死了的农奴,他们的主人仍继续为他们支付人头税,这样做赋予这些农奴一种抽象的存在,然而对于地主们的腰包来说,这种存在却很具体,也能够被乞乞科夫这样的鬼魂收购者同样"具体地"利用。这种软弱而令人作呕的愚蠢行为却被复杂的阴谋诡计掩盖了一段时间。从道德上来讲,乞乞科夫在一个连活人都可以合法买卖和抵押的国家里,要把死人包圆的企图简直难说有何罪过可言。如果我用自家制的普鲁士蓝彩来涂脸,而不是使用政府出售的、无法私下制造的普鲁

---

① 拉丁文转写的俄语,庸俗。
② Monsieur Homais,法国小说《包法利夫人》(福楼拜)中的人物,一个小药店业主。
③ Mrs. Bloom,英国小说《尤利西斯》(詹姆斯·乔伊斯)中的人物。
④ Vyshni-Volochok,现为俄罗斯特维尔州一小镇。
⑤ Elsinore,丹麦小城,《哈姆雷特》故事的发生地。

士蓝彩,那么我的罪行根本不值一哂,也不会有作家把它写成一个普鲁士悲剧。但是,如果我把整个事情层层包裹于神秘之中,并自作聪明,给私制颜料这类罪行预设无比复杂的艰难险阻,又让一个多嘴多舌的邻居偷看到我那些装着自制涂料的瓦罐,以致自己锒铛入狱,进而被那些涂着正宗颜料的蓝脸人粗暴处置,那么这次确乎值得耻笑的就是我本人了。尽管乞乞科夫是一个基本上不真实的世界里的基本上不真实的人物,他的愚蠢却显而易见,因为从一开始他就接二连三地犯了很多大错。想从一位害怕鬼魂的老婆子那里购买死魂灵就很傻;向吹牛成性的恶霸诺兹德廖夫建议这宗让人破财的买卖更是聪明一世,糊涂一时。但是我要重复一下,对于那些想在书里找到"真正的人"、"真正的罪行"和一则"寓意"(借用一下冒牌改革家的可怕行话中最为可怕者)的读者来说,为了他们自己考虑,还是不要读《死魂灵》了。乞乞科夫的罪恶纯粹是传统之恶,因而他的命运几乎不能激起我们任何的情感波澜。这就是为什么说某些俄国读者和评论家的观点大错特错的又一原因,他们竟然认为《死魂灵》是对现实境况的如实描写。但是,一旦乞乞科夫这个传奇般的poshlyak被准确地看作果戈理的招牌人物,在果戈理式的土壤中活动,那么,买卖农奴魂灵进行诈骗的这一抽象概念就会拥有一种奇怪的生动形象,这个概念的意义也会远比我们从另一个角度,即一百年前俄国独特的社会状况,去理解它来得深邃得多。他所购买的死魂灵不仅仅是列在一张字条上的名字。这些笨拙的animula①充斥着果戈理的文学世界,他们扇动着皮革般的翅膀,从马尼洛夫或者柯罗博奇卡,到N城的家庭主妇们,还有无数在书中上蹿下跳的各色小人物。乞乞科夫本身不过是给魔鬼跑腿的,报酬也很低,一个来自冥府的旅行推销员。"我们的乞乞科夫先生"——可以想象"撒旦联合公司"会这样称呼他们这位看起来随和健康而内心哆哆嗦嗦的堕

---

① 拉丁文,微小的灵魂。

落的业务代表。乞乞科夫体现的poshlust，是魔鬼的主要属性之一，而且还须指出，果戈理对魔鬼的存在深信不疑，远胜于上帝。乞乞科夫盔甲上的那道裂缝，业已生锈的裂缝，正发出微弱但可怖的臭味（好比某个手痒的傻瓜打开龙虾罐头后又把它忘在了厨房里），这正是魔鬼盔甲上的那道天然缝隙。这是普天下poshlust之愚蠢的精要所在。

乞乞科夫从一开始就注定要走向毁灭，而且是步态微颤地奔劫数而去。只有N城的poshlyaki和poshlyachki会在此种步态中看出优雅和可亲。某些重要的时刻，当他在作那些警句连篇的讲话时（圆润的声音中稍有停顿——一声"亲爱的弟兄们"带着颤音），用蜜糖般的声调假作怜悯去掩饰自己的真实意图，他会称自己是"可怜虫"。有意思的是，一条真正的虫正在咬噬他的心肺，而且，当我们略微眯起眼睛凝视他那浑圆的身体时，那条虫子就会突然清晰可见。这使我想起以前在欧洲见过的一幅广告画，那是为汽车轮胎做的广告，画面上的人像是完全由橡胶的同心圆组成；同样，浑圆的乞乞科夫可以说就是由一条肉色大虫的褶层组成的。

如果这个服务于本书主题的令人厌恶的特殊人物得以被领会，如果我随意指出的poshlust的几个不同方面得以相互联系，形成一种艺术现象（其果戈理式的主旨即poshlust的"浑圆性"），那么，《死魂灵》就不再只是对幽默故事或社会控诉书的模拟，从今以后人们便可以对其进行充分的讨论。下面就让我们对这一样式作更为仔细的端详。

———

"在省会N镇一家旅馆门口 [故事是这样开始的] 驶来了一辆相当优雅的小型弹簧折篷马车，乘坐这种马车的多半是单身汉，比如退伍的上校、上尉、拥有百把个农奴的乡绅——总而言之，是所有被人封为'中等绅士'的那些人。在这辆折篷马车里,坐着一位绅士,外貌算不上俊朗,但也不难看:不太胖也不太瘦;不能说老,不过你也不能说他还年轻。他的到来没有在镇上引起任何骚动,也没有随之发生任何不寻常的事;只有两个俄国庄稼汉站在旅馆对面的一家小酒馆门口议论了一番,不过内容多涉及马车,而非坐在马车上的人。'你瞧那轮子,'其中一人说,'你怎么想——要是上莫斯科,这轮子拉得到还是拉不到?''能行。'另一个答道。'那要是喀山呢?我寻思拉不到喀山吧?''不行。'那一个答道。谈话就此打住。此外,当折篷马车驶近旅馆时,一个年轻人从旁经过,他身穿一条又紧又窄的斜纹布裤子,一件想赶时髦的燕尾服,里面露出硬胸,用产自图拉的手枪形铜钉扣住。年轻人回过头,朝那辆马车瞅了一眼,按住差点被风刮掉的帽子,接着赶他的路。"

　　两个"俄国庄稼汉"(典型的果戈理式冗笔修辞)的对话是纯思辨性的——费舍尔·恩温和托马斯·扬·克洛威尔的三流译本当然完全没有表现出这一点。这有点像"to-be-or-not-to-be"式的沉思冥想的原始形式。说话者不知道折篷马车是去还是不去莫斯科,就像哈姆雷特嫌麻烦不愿看一眼自己的短剑是不是没放错地方。庄稼汉对折篷马车确切的旅行路线并不感兴趣;使他们着迷的只是一个理念问题,即马车轮子就想象的距离而言其想象的耐力有多少;又由于他们不知道,也根本不在乎从N市(一个想象中的地点)到莫斯科、喀山或通布图[①]的确切距离到底是多少,这个问题于是上升到一种崇高的抽象。这两个庄稼汉体现了俄国人非同凡响的创造力,一种无中生有的创造力,果戈理以自己的灵感将其完美地表现出来。胡思乱想只在徒劳时才最为丰硕。两个庄稼汉的思索推测不依托任何实体,也不产生任何物质性的结果,但哲学和诗原本就是这种方式的产物;试图找到一则道德寓意的好事的批评家也许会推测乞乞科

[①] Timbuctoo,西非国家马里的历史名城,常用来指代遥远神秘的未知之地。

夫的肥圆浮夸注定了他的悲惨结局,那个可疑的车轮就是这肥圆性的象征。安德烈·别雷是一名天才的好事者,他很当真地把《死魂灵》整个第一卷看作一个封闭的圆环,绕着自身的轴旋转,并模糊了轮辐,随着浑圆的乞乞科夫身上一次次发生新的变革,轮子的主题也会一次次闪现。另一特别的笔触体现在那个过路人身上——对那个年轻人的描写既突兀又充满毫不相干的细节:他的出现给人感觉他是要继续留在故事里的(果戈理书中的很多小矮子都有这样的倾向——也都没有留下来)。如果换上与果戈理同时代的任何一个其他作家,下面一段一定会是这样的开场——"伊凡,这是那个年轻人的名字"……但是:一阵风吹过,打断了他的凝视,他走开了,从此再也没有被提到。下一段中那位面目不清的大厅里的步行者(他欢迎新来的人时动作迅捷极了,你根本辨认不出他的五官特征)在一分钟后从乞乞科夫的房间里走了出来,他一边下台阶,一边拼读出字条上的名字:"巴——维尔,伊——凡——诺——维奇,乞——乞——科夫";这些音节对于识别那个特殊的楼梯有分类学①上的价值。

在果戈理例如《钦差大臣》这样的作品中活动着一些"边缘角色",他们使整个故事的背景更为生动,收集这样的人物在我是件乐此不疲的事。《死魂灵》中如小酒馆仆人或者乞乞科夫的贴身男仆(他有一种特别的气味,不论他到哪里,总会立即把这气味留在他住过的地方)这些角色并不属于那个"边缘小人物"的群体。虽然他们说话不多,对乞乞科夫的历险也没有明显的影响,但这些小人物跟乞乞科夫和他遇见的乡绅们同样都活动在本书的最前台。从技术角度来讲,在戏剧中创造边缘角色主要靠某个主角去隐射一些从不在舞台上出现的人物。至于小说中的次要人物,不是因为他们的动作和言语都很少就能被赋予那种后台存在,小说里没有可以凸显他们不在前台的舞台脚灯。然而,果戈理自有妙计。他的从句里有各式

---

① 原文toxonomic value,疑为taxonomic value之误。

各样的隐喻、比喻和富有爆发力的抒情,各类边缘角色便诞生于这类从句之中。我们眼前真可谓妙笔生花,仅仅靠修辞就让各种人物跃然纸上。下面或许可以说是最典型的一个例子:

"甚至连天气也挺凑趣:既不晴,也不阴,而是带着一点蓝灰色,这种颜色只有在警卫队士兵穿的旧制服上才看得到,此外他们是一群安分的战士,除了每逢星期天会喝得醉醺醺的。"

平常的英语很难译出这种生机勃勃的句法中饱含的起伏韵辙,因而无法连接以下这个逻辑性的,或者不如说是生物性的断裂,即在同一个句子里同时出现一片灰蒙蒙的天空下的景色和一个东倒西歪的老兵,身处热闹的郊外,打着饱嗝与读者见面。而果戈理的妙招在于将"vprocbem"("此外","除了","d'ailleurs"①)作为连接词来使用,它本来仅在语法意义上是一个连接词,但这里也模拟了一种逻辑联系,在"士兵"与"安分"这两个词的并现之间,只有"士兵"一词提供了一点微弱的借口;一旦"vprocbem"这座假桥实现了它的魔力跨接,这些温顺的战士就大步跨了过来,摇摇晃晃,哼着小曲,完全进入了我们所熟悉的边缘存在。

当乞乞科夫到省长家里参加聚会时,作者顺笔提到灯光下有一群身着黑衣的绅士围着一群涂脂抹粉的女人,接着十分天真地把他们比作一堆嗡嗡作响的苍蝇——下一秒,另一个生命体便闯了进来:

"黑色的燕尾服忽闪忽闪,啪嗒啪嗒,时而单飞时而成群,一会这里一会那里,活像炎热七月的某一天里,苍蝇围住糖块扑棱,老管家婆[边缘角色来了]在敞开的窗子前把大块糖块砸成亮晶晶的小碎片;孩子们[第二代也来了!]围住她,好奇地盯着她那双粗糙的手拿着榔头上下起落的动作,轻盈的空气托起由苍蝇组成的空气舰队[这种重复是果戈理一贯的风格,他多年来一页页修改作品,仍然无法根除这些重复]正勇敢地冲向糖块,俨然一副糖块女主人的样

---

① 法语,此外,其余。

子['Polnya kbozyaiki'的字面意思是'完全的女主人',在克洛威尔版本中,伊莎贝尔·弗·哈普古德[①]把它误译为'肥胖的管家婆'],而且那老婆子视力差,阳光又照得她眼睛发花,苍蝇趁机时而三两只,时而密密麻麻的一群,把这美味彻底叮了个遍。"

请注意,阴暗天空加醉醺醺的部队这一意象结束于远方灰尘扑扑的郊外("拧耳朵的人"乌霍夫约托夫的统治区域),结束于一个苍蝇的比喻,这是对荷马式芜蔓的比喻的戏仿,尽管如此,作者已经完成了对一个完整的圈的描述。其他作者若做这样复杂而危险的翻筋斗动作都会在身下架个安全网,但果戈理不需要,而且他又成功折回到一开始的"时而三两只,时而成群"。几年前,我在英国的一次橄榄球比赛中看到名将奥勃朗斯基在奔跑的过程中击球,然后又中途改变主意,纵身跃起,用手抓住了球……尼古拉·瓦希里耶维奇也表演过类似的绝技。不用说,所有上述这些比喻(事实上是整段和整页的内容)都被托·费舍尔·恩温给删去了,他答应再版《死魂灵》,斯蒂文·格莱厄姆先生为此"万分惊喜"(参阅序言,一九一五年版本,伦敦)。顺便说一句,格莱厄姆认为"《死魂灵》就是俄国",而且"果戈理成了富人,可以在罗马和巴登-巴登过冬"。

乞乞科夫动身去地主柯罗博奇卡家时一群狗对着他狂吠不止,这段描写同样让人回味无穷。

"这当口,一群狗用各种各样的声调尽情地叫唤着:其中一条头往后仰,发出掏心掏肺的嗷嗷声,仿佛它因此可以得到一笔多么大的赏金似的;另一条急急忙忙抢着吼出几嗓子,活像村里的教堂司事;在这两只狗叫唤的当间还会传来大概是狗崽子的锲而不舍的尖叫,像是邮政车上的铃铛声;盖过这一切的是一个低音,这也许是一条能吃苦耐劳的老狗,因为它声音粗哑得就像唱诗班里的男低音,当乐曲进入高潮,男高音歌手们踮起了脚尖,拼命想迸出一个高音来,

---

[①] Isabel Florence Hapgood (1851—1928),美国作家,俄文作品译者。

所有的合唱队员也全都昂头伸脖子——这时候唯有男低音独自一人把胡子拉碴的下巴缩到了领结后面,一面两个膝盖往外翻,身子几乎沉到地面,然后就从那里迸出了'嗡——'的一声,窗玻璃为之发颤,格格乱响一气。"

就这样,作者从一只狗的叫声引出一个教会唱诗班的成员。而在另一段里(巴维尔·乞乞科夫来到索巴凯维奇家),一位音乐家一种更为复杂的方式跃然纸上,让人想到那个"灰色天兵"的比喻。

"驶近台阶跟前时他看见两张脸几乎同时出[现],人戴着顶扎丝带的帽子,脸又狭又长,像根黄瓜;另[一张]脸,圆而宽,活像摩尔达维亚南瓜,我们管这南瓜叫go[尔兰],[那里]的乡下人们把这南瓜做成巴拉莱卡琴。两根弦的轻巧[乐器,]是十几岁的机灵小伙子最喜爱的乐器,他走起路来洋洋自[得,]牙缝里吹口哨,朝着白胸脯、粉脖颈的乡下姑娘们挤眉弄眼[,围过来就是要听小伙子轻柔地拨动他的琴弦。"(伊莎贝尔·德把这里的年轻的乡巴佬译成"二十岁的多情小伙,一路像个公子般挤眉弄眼"。)

这些句子迂回复杂,让魁梧的索巴凯维奇的脑袋里生出一个乡村音乐家,这一过程可以分为三个阶段:把大脑袋比作一种特殊的南瓜,南瓜变形为一种特殊的巴拉莱卡琴,最后把巴拉莱卡琴置于一个乡村少年的手中,而他交叉着双腿(穿着崭新的高筒靴)坐在一根圆木上,就此轻拢慢捻地弹奏起来,披着落日的余晖,四周围着一群乡村少女。特别需要指出的是,往往是某个人物的出场才引出这些诗情画意的偏题描写,而在读者眼中这个刚出场的人物通常是最一本正经又冷漠古板的。

有时,一个通过这种比喻而产生的人物甚至也会急着加入到故事正文中去,结果这一暗喻就会以有趣的顿降法结束:

"据说一个溺水的人即使触到一块最小的木头片也会一把抓住,

因为当时的他根本不可能去考虑这小木头片是否连一只苍蝇也载不住,而他自己没有二百磅也有一百五十磅重。"

谁是那个不幸的泳者?他吸取暗喻的骨髓,稳健而诡异地长大,越来越重,越来越胖。我们永远不会知道他是谁——可他却差点就在书里站稳了脚跟。

作者在刻意强调这个或那个环境及背景时会作大量的细节描写,对于边缘角色来说这正是他们张扬自己存在的最简单的方法。画面开始拥有自己的生命——这让人想起赫·乔·威尔斯的小说《肖像画》里的画家,他笔下那个斜睨着眼的手风琴演奏者变活了,而且不听话,画家就用绿色的油彩东一笔西一刷和自己的画好一番搏斗。我们不妨观察一下第七章的结尾,作者试图描绘的是夜色降临到一个宁静的小镇时给人的印象。乞乞科夫成功搞定了与地主们的鬼魂交易,然后镇上的要人盛情款待了他一番,他喝得醉醺醺地上床了;他的车夫与男仆也各自偷偷出去寻欢作乐,他们跌跌撞撞地回到小酒店,很礼貌地互相搀扶,也很快去睡了。

"……发出一阵阵闷雷般的鼾声,和隔壁房间里传来的老爷的尖细的鼻息声遥相呼应。很快一切都归于静寂,整栋旅馆都进入了酣梦;只有一个小窗口里还可以看到烛光,那儿住着从梁赞来的一个中尉,他显然对长筒皮靴情有独钟,因为他已经有了四双靴子,此时正不屈不挠地试穿第五双。他不时走到床铺前面,似乎打算脱掉靴子睡下去,可就是怎么也做不到:靴子的做工的确出色;他久久地晃动他的脚,细细检查鞋后跟的精致缝口,那后跟做得棒极了。"

这一章就这样结束了——中尉仍在试穿那双不朽的靴子,皮革闪闪发亮,一片死寂的小镇上只有一扇窗户还点着灯,烛苗又直又亮,深夜的天空星尘迷蒙。这首"靴子狂想曲"是我读到过的最抒情的关于夜之寂静的描写。

类似的自然自发的描写第九章里也有,关于死魂灵交易的谣言传开后在全省引起了巨大的震动,作者希望以一种特殊的强度表现这一混乱。乡绅们年复一年就像无数的榛睡鼠蜷缩在自己的洞穴里,忽然间他们眨动双眼,倾巢出动了。

"一个叫做西索伊·巴甫努捷耶维奇的人也露脸了,还有一个叫麦克唐纳德·卡尔洛维奇[这个名字至少是独一无二的,用在这里足以强调这个人远离生活,也因此具有一种非真实性,即梦中之梦],从来没有人听说过他们;还有一个瘦长的高得不能再高的家伙[字面意思:'一个很长很长的人,你不可能见过这样高的人'],手上有一处枪伤……"

在同一章节里果戈理先详细解释了为什么他不愿指名道姓:"不管你想出什么名字,在我们国家的某个角落里——国家那么大没有什么是不可能的——总会有某一个人凑巧也叫这个名字,并且他一定会气得要死,会说作者偷偷来刺探过他的生活,想挖掘供写作用的细节素材。"之后果戈理让两位妇人谈论乞乞科夫之谜,但他没法阻止这两个喋喋不休的女人透露自己的名字,仿佛这些人物摆脱了他的控制,自己说出了作者试图掩盖的东西。还要提及一点,有些段落里有许多小人物,满纸都是他们在跌跌撞撞、东奔西跑(就像巫婆骑扫把一样骑着果戈理手中的笔),其中一段让人想起乔伊斯在《尤利西斯》中使用的抑扬顿挫的文体,颇有些怪异的时间错位感(但劳伦斯·斯特恩①也使用过这种突然提问然后再作详尽回答的写作方式)。

"然而我们的主人公可完全没有意识到这一点[指舞厅里那位年轻女子对他喋喋不休的说教式谈话已不胜厌烦],他仍一个劲儿地对她讲着各种无伤大雅的事情,他在类似场合讲过的那些事,只是地点不同而已。[是哪里呢?]在辛比尔斯克州首府,那是索普隆·伊凡诺维奇·贝茨佩奇诺伊(Bespechnoy)府上,在座的有他的女儿阿苔拉伊达·索普隆诺夫娜和她的三个嫂子:玛丽娅·加夫里

---
① Laurence Sterne(1713—1768),英国小说家,代表作《感伤的旅行》,被认为是意识流手法之先驱。

洛夫娜、亚历山德拉·加夫里洛夫娜和阿苔尔吉伊达·加夫里洛夫娜；另一次是在奔萨州省弗罗尔·瓦西里耶维奇·普伯顿诺斯多伊（Pobedonosnoy）府上；还有他的兄弟家里，在座的有他的小姨卡特琳娜·米哈依洛夫娜和她的两位表姊妹罗莎·费德洛夫娜和艾米丽娅·费德洛夫娜；还有一次在维亚特卡州皮奥特·瓦森诺夫耶维奇府上，那天他儿媳的妹妹佩拉盖娅·叶果夫娜也在，还有一个侄女索菲娅·罗丝绛斯拉夫娜和两个异母姐妹索菲娅·亚历山德罗夫娜和马克拉图拉·亚历山德罗夫娜。"

这些人名带有让人好奇的异国风味（近似德国名字），果戈理常通过这样的名字来传递一种遥远感，以及由模糊而产生的视觉错位感；奇特的混血姓名适合那些奇形怪状或者还没有成形的人物；如果说乡绅贝茨佩奇诺伊和普伯顿斯多伊只是两个微"醺"的名字（字面意思分别是"事不关己"和"凯旋"），则名单上的最后一个名字完全是噩梦呓语的典范，让人隐约想起那些我们已经领略过的俄罗斯苏格兰人。① 很难想象什么样头脑的人非要在果戈理身上看出一个"自然主义流派"的先驱和"俄罗斯生活的现实主义描绘家"。

不仅是人物，事物也同样沉溺于这种命名上的放纵。请注意N城官员打牌时给牌起的绰号："chervi"指的是"红桃"，但听起来很像"虫子"，此外，俄罗斯人的一个语言习惯是为了加强情感而把某个词的拼写拉到长得不能再长为止，于是chervi就成了chervotochina，意思变成"虫噬的果核"。piki——"方块"——法语是pique——变成pikentia，带上了滑稽的非正规拉丁语的词尾；他们还造出另一些变体词，如pikendras（仿希腊语词尾）或者pichura（隐约有鸟类词汇的感觉），有时候更为夸张一点成了pichurishchuk（鸟变成了上古时期的蜥蜴，以致颠倒了自然演化的顺序）。这些怪诞的绰号大部分是果

---

① 这里的"最后一个名字"指瓦森诺夫耶维奇（Varsonofievich），而"俄罗斯苏格兰人"是指上文分析过的常喝得醉醺醺的俄罗斯士兵。

戈理发明的，其极端庸俗和无意识性令果戈理着迷，是他揭示这些绰号使用者心态的高明招数。

———

给人类的视觉效果和昆虫复眼所摄入的图像之间的区别打一个比方，其差别之大就好比同一幅画通过最精细的网屏做成网目版画，也可以用粗陋的印刷技术做成复制品，就是普通报纸常用的图片。同样的对比也可用来说明果戈理和普通读者及普通作者看事物的不同方式。在果戈理和普希金之前，俄国文学处于半蒙昧状态。它理解的形式是理智指导下的一个轮廓；它的眼里没有颜色，只是使用欧洲从前人那里继承下来的一堆老掉牙的盲目的名词和蹩脚的形容词。天空是蓝色的，拂晓是红色的，叶子是绿色的，美人的眼睛是黑色的，云朵是灰色的，等等。是果戈理（其后是莱蒙托夫和托尔斯泰）最先看到了黄色和紫色。日出时，天空可以是浅绿色的；无云的日子里，雪也可能是深蓝色的。这些，对于所谓的"古典作家"而言，简直是异端谬论，他已习惯于十八世纪法国学院派的严格传统色谱。所以，几个世纪以来，描写艺术的发展在视觉效果方面收获颇丰，复眼变成一个统一的极其复杂的器官，那些死气沉沉的"固定颜色"（所谓idées reçues[①]）也逐步产生各自微妙细腻的色差，创造出新的描写奇迹。我怀疑以前是否有作家（在俄国肯定是没有的）曾经注意过这些东西，举个最突出的例子，比如树底下地面上光影移动的式样，或者照在树叶上的阳光所产生的颜色变幻。果戈理在《死魂灵》中关于泼留希金的花园的描写让俄国读者大惊失色，不亚于马奈给他同时代的留着络腮胡子的非利士人所带来的震撼。

"屋子后面是一座古老的大花园，一直延伸到庄园之外，隐没在

———
[①] 法语，公认的看法，也即平庸的成见。福楼拜《庸见词典》（Le Dictionnaire des idées Reçues）即对此的讽刺。

田野之间；虽说花园里芜生蔓长，岩飞石走，却给这片广漠的土地带来了一丝生气，也独有花园里那一派荒野景象格外活泼入画。一棵棵大树顶端枝繁叶茂，连成一大片一大片的绿色，姿态各异、微微颤动的树叶犹如华盖横陈天际。一段粗壮无比的白桦树的白色树干耸立在这片密密麻麻的绿色之中，它的顶端被暴风雨抑或雷电削去了，露在半空中的树身浑圆光滑，就像一根端正挺拔、莹洁璀璨的大理石圆柱；柱头已然断裂，断面歪斜，很尖利，一眼望去雪亮的柱身顶上有一片黑色，仿佛一顶头盔，抑或一只羽色深黯的鸟儿。底下大片大片的接骨木、花楸果和榛树丛被麻蛇草绞杀，这些麻蛇草沿着篱笆蜿蜒爬行，继而缠绕住无头的白桦树，直爬到它的半腰那么高。缠在白桦树半腰的麻蛇草有些垂挂下来，已经开始搭住另一棵大树的树顶，还有些悬挂在空中，把自己尖细的钩形叶瓣卷成一个个小圈，随风轻轻飘荡。阳光下的绿色灌木丛东一块西一堆，其间露出一道照不到阳光的深深的凹槽，犹如一张黑漆漆的裂开的嘴；这片景象整个儿笼罩在阴影中，在它黑色的深处隐约可以看到的不过是一条狭窄的小径，一排倒塌的栏杆，一座摇摇欲坠的凉亭，还有一株陈年柳树的空心树干。树后直立着一丛颜色发白的茂密的莎草，繁密的野草中一堆堆干枯的枝叶盘错虬结在一起。最后还有一株小枫树已经抽出巴掌大的碧绿的叶瓣，一缕阳光不知怎么到底还是设法钻到了一片叶瓣下面，把它变成了半透明，像是着了火一般奇妙，在这浓郁的黑暗中熠熠发光。

"在花园的尽头独独竖着几株修长的白杨树，使这块地方与众不同，树梢微微颤动，露出一只只硕大的鸦窠。其中几株树上有一些还未完全断裂的树枝，和凌乱的枯叶一起倒挂下来。总之，一切都美极了，无论是大自然还是艺术家都不可能单独创造出这样的美景，这份美丽只有当大自然和艺术家走到一起时才能实现，大自然用它的刻刀为人的作品加上最后一笔（通常也是人信手堆成的），减轻作品中笨拙的堆砌感，缓和其不加掩饰的明显的规律性，以及将背景彻底暴露无遗的破绽,为在单调的齐整准确原则中生发出来的一切注入一股奇异的温暖。"

我不想争辩说我的翻译有多出类拔萃,或者说这段翻译之所以别扭是由于果戈理本身不讲语法,我想说的是我的翻译至少做到了达意。在我之前也有人翻译过这段出色的文字,看看那些乱麻一团的译文也不失为一件很有趣的事。比如说伊莎贝尔·哈普古德(一八八五),她至少努力把整段文字都译了出来,但译得实在是错误百出,俄语里的"白桦"成了根本不会生长在俄国本土的"山毛榉","白杨"成了"水曲柳","接骨木"成了"丁香","羽色深黯的鸟儿"成了"乌鸦","裂开的"(ziyavshaya)成了"发光的"(应该是siyavshaya),等等。

——————

人物的特性之丰富使他们如行星般遍布小说最边缘的角落。乞乞科夫的鼻烟盒和旅行箱延续并且象征着他独特的气味;他慷慨地把那个"银色的珐琅鼻烟盒"递给别人,盒子的底部能看到几朵紫罗兰,被刻意放在那儿是为了再增添一些香气(就像礼拜天早上他会擦拭自己那半人的、让人恶心的身体,又白又肥,活像寄生在木头里的肥圆的幼虫,然后再喷上些古龙水——他过去那一段不为人知的走私经历就藏在这最后一缕病态的带着甜腥的香气之中);乞乞科夫是个骗子,是个幽灵,躲在貌似匹克威克①的圆滚滚的身体里,他努力掩盖那股从自己周身每个毛孔里散发出的地狱般的恶臭(这比他那个坏脾气的仆人身上的"体味"要恶得多),靠洒一些浪漫的香水,这个噩梦镇上的居民全都长着古怪的鼻子,专爱这种香水的味道。还有关于那个旅行箱的描写:

——————
① Pickwick,狄更斯小说《匹克威克外传》里的主人公,为人宽厚耿直。

"本作者相信，此书的读者中不乏好奇心极重者，一心想知道这只小匣子内里的构造和安排。既然本作者意在取悦，便没有理由不满足这些读者。下面就来打开匣子看个究竟。"

作者没有提醒读者接下来将展示的并不是一个简单的盒子，而是一个盒状的地狱，是乞乞科夫那个可怕的肥圆灵魂的对应物（而作者即将着手进行的正是在解剖灯的强光下暴露乞乞科夫的五脏六腑）。作者这样继续道：

"正中间摆着一只肥皂盒［乞乞科夫是魔鬼吹出的肥皂泡］；肥皂盒上面有六七层放剃刀用的狭窄的隔板［乞乞科夫的圆胖下巴总是光滑如丝，好似一个冒牌的天使娃娃］；然后是两个四方形的格子，一边放一只砂瓶，另一边放一只墨水瓶，还有几道凹槽，可放鹅毛笔、火漆以及任何长形的东西［用以收集死魂灵的文具］；此外还有各种各样的方格，有些带盖子有些不带盖子，可放一些形状短小的东西，里面搁满了拜客名片、讣告、戏票以及其他类似的留作纪念的票据［乞乞科夫的社交记录］。整个上层抽屉连同所有的小格子都能够抽出来，下面是一个大空格，放着一叠叠的纸［纸张是魔鬼用以交流的主要媒介］；另有一只藏钱的秘密的小抽屉，可以从小匣子的旁边不被觉察地抽出来［这是乞乞科夫的心脏］。这只秘密抽屉经常被主人飞快地抽出来，然后又飞快地推进去［心脏的收缩］，要搞清楚那儿究竟藏了多少钱是不可能的事［甚至作者也不知道］。"

安德烈·别雷，顺着某条奇怪的潜意识线索，这种线索只在真正天才的作品中见得着，他说这个箱子是乞乞科夫的"妻子"（和果戈理作品中所有似人非人的主人公一样，乞乞科夫也是阳痿），正如《外套》中的那件外套是阿卡基的情妇，或者《伊凡·什邦卡与他的姨妈》中的钟楼是什邦卡的岳母。还可以进一步观察到，书中唯一一位女性地主，"女乡绅"柯罗博奇卡（Korobochka），她名字的字面意思是"小箱子"——实际上就是乞乞科夫的"小箱子"（让人想起莫里哀名剧《伪君子》中阿巴贡的一声长叹:"Ma cassette!"①);作者在描写柯罗博奇卡对该城的关键性的一次造访时用了很多肉感的词汇,与上文解剖乞乞科夫灵魂时使用的词汇微妙地保持一致。顺便说一句,如果想真正欣赏这些段落,读者就必须忘掉所有偶尔听到的弗洛伊德关于婚姻关系的胡言乱语。安德烈·别雷嘲笑起严肃的心理分析学家来好不快活。

让我们首先来看看下面这个精彩段落的开头部分(也许是整部作品中最精彩的部分),在谈到夜晚时产生了一个边缘角色,与那位"钟爱靴子的中尉"如出一辙。

"可是与此同时,他〔乞乞科夫〕坐在那把硬邦邦的扶手椅里,陷于烦恼思绪和失眠之苦,一个劲儿地诅咒着诺斯德廖夫〔是他第一个在小镇上大肆宣讲乞乞科夫的奇怪交易,在当地居民中引起了不安〕和他所有的亲戚〔把'家谱'自然而然带出来是我们这个国家的咒骂传统〕。那支油脂蜡烛火光摇曳,若明若暗,烛芯早已盖上了一段乌黑的烛煤,随时有熄灭的危险。窗外漆黑的夜空随着晨曦的逐渐临近行将转为蓝色,远远传来远方公鸡此起彼伏的哨叫声〔注意'远'一词的重复使用和这个可怕的'哨叫':乞乞科夫从鼻腔中发出一声哨叫般的鼾声,他已经打起了盹,整个世界变得朦胧而怪异,鼾声混着远方公鸡的远啼,而这个句子本身痛苦地蜷曲着,诞生出一个半人的东西〕。整个小镇都在沉睡中,但也许在某个地方还晃荡着一件粗呢外套——某个可怜虫披着这件外套〔又一个边缘角色〕,不知是什么身份地位,只知道一件事〔文中动词用的是阴性,与'粗呢外套'这一阴性名词保持一致,取代了男性〕——就是那条大道〔通往酒吧〕,天呐,这可是无所顾忌的俄国最先开辟的一条大道——与此同时〔指这句开头部分所描述事件的'同时'〕,在镇子的另一端……"

---

① 法语,我的箱子!

让我们停留片刻,以便向这位孤独的过客表示敬意,他下巴是青色的,没刮胡子,鼻子红通通的,与乞乞科夫酣睡时那个精力充沛不断试鞋的中尉相比,这一位的境遇不免让人心酸(与乞乞科夫的苦恼相呼应)。果戈理继续这样写道:

"……在镇子的另一端正发生着一件事,势必会让我们的主人公的境遇雪上加霜。即,在小镇偏远的街头巷尾正叮铃哐啷地驶过一辆样子极为古怪、莫以名状的马车。它既不像四轮马车[最简单的一种旅行马车],又不像弹簧马车,也不像轻便折篷马车,倒更像是一只安在车轮子上的圆鼓鼓的、挺胸凸肚的大西瓜[和乞乞科夫的圆箱子有某种微妙的对应]。在这只西瓜的两片面颊上,也就是两扇车门上,残留着斑驳的黄色油漆,车门勉强关上,因为门柄和锁钮都已经坏了,用绳子马马虎虎地缚在一起。西瓜的肚子里塞满了印花靠垫,小的,长的,普通模样的,还有许多口袋装着面包棍,以及其他吃食,如kalachi[钱包状的面包卷]、kokoorki[夹鸡蛋和奶酪的圆面包]、skorodoomke[带馅的饺子]、krendels[形状如字母B的大一号的kalachi,味道很重,模样考究]。甚至还能看到在马车车顶上有一只鸡肉大馅饼和一只rassolnik[一种内包禽类杂碎的馅饼]。车后面的脚凳上坐着一个人,也许以前是个男仆,他穿着一件杂色粗土布的短褂,大胡子已经微微花白,这是一般被称为'男孩'(虽然他有可能已超过五十岁了)的角色。车门上的铁搭钮和生锈的螺丝钉吱嘎作响,把小镇另一头的一个岗警[又一个果戈理式的边缘人物诞生了]都给惊醒了,他举起长戟,大声喝道:'谁在那里?'声音太大,把自己的睡意全吓跑了。但是他发现根本没有什么人走过,不过是从远处传来的隐隐的车轮声[梦中的西瓜进入了梦中的小镇],他在自己的衣领上捏住一只什么虫子,然后走到灯笼边上,把它消灭在自己的指甲上[即用同一只手的食指的指甲把它捻死,这是俄罗斯人对付本国大跳蚤的习惯做法],随后他就放下长戟,遵照他那骑士阶层的规矩重新巡游梦乡去了。[忙完了对岗警的描述后,果戈理又重新开始描述那辆马车] 马匹的前蹄不时打跌,不仅因为没有上马掌,也因为马不习惯小镇平整的大路。马车一路蹒跚,走街串巷打了好几个弯,最后驶进一条黑漆漆的小弄堂,经过以圣徒尼古拉命名的教区小教堂门前,在 protopopsha [牧师的妻子或者遗孀] 家的大门口停了下来。从折篷马车里钻出一个裹着头巾、穿着坎肩的年轻女仆 [果戈理的典型笔法:当这辆难以名状的马车到达了它的目的地,即到了一个相对真实的世界,它就成了一辆特定的马车,尽管之前作者一直小心翼翼地故意不说这是哪一种马车],女仆捏起两只拳头使劲地捶打大门,力量之大连男人都会羡慕;那个穿杂色土布短褂的听差后来是被拖下车来的,因为他睡得像个死人。狗群吠叫起来,大门终于张开了口,好不容易才把这笨拙的交通工具吞了进去。马车驶进一个狭窄的院子,里面满眼都是劈柴、鸡棚和各式各样的家禽笼子;这时从马车里跨出了一位太太;这位太太是教堂秘书的遗孀,自己也是个地主:柯罗博奇卡夫人。"

柯罗博奇卡夫人会让人想起灰姑娘,就如巴维尔·乞乞科夫很像匹克威克一样。她乘坐的那个大西瓜倒是很难跟童话里的南瓜马车联系起来。就在她跨出西瓜之前,它变成了一辆折篷马车,这或许和公鸡的啼叫声变成哨叫般的鼾声是出于同一个原因。我们完全可以假设她的到来是通过乞乞科夫的睡梦看到的(当他在那硬邦邦的沙发上打盹儿的时候)。事实上,她确实到了这个小镇,但是她的马车出现时的情景通过乞乞科夫的梦而有所扭曲(他所有的梦都受他关于那个盒子里的秘密抽屉的记忆所支配),而这辆车子变成了折篷马车不过因为乞乞科夫所乘的也是一辆折篷马车。除了这些变形之外,这马车也是圆形的,因为臃肿的乞乞科夫本人简直就是一个圆球,而且他所有的梦也都围绕着一个不变的中心在转动;与此同时柯罗博奇卡的马车就是乞乞科夫那个圆乎乎的旅行箱。这架马车内部的摆放安设与前面提到的乞乞科夫的箱子一样被一一揭示,且这一揭示是以同样恶作剧般的渐进速度进行的。加长的垫子乃是乞乞科夫箱子里的"长物件";五花八门的面包点心与乞乞科夫那些琐碎的纪念票据相对应;那些用来记录死魂灵的文件也在穿着杂色粗土布短褂、昏昏欲睡的仆人身上得到了怪异的象征;至于那个秘密的小隔间,乞乞科夫的心脏,从这儿走出了柯罗博奇卡本人。

———

在论及由对比形成的边缘角色时,我曾提及伴随冷漠的索巴凯维奇那张大脸一起出现的抒情大爆发,那张脸仿佛一个巨大而丑陋的蚕茧,从里面爬出一只精致的浑身发亮的蛾子。事实上,索巴凯维奇虽然一脸严肃、体态臃肿,但他却是全书最富有诗意的一个人物,这很奇怪,也许需要作进一步的解释。首先是他这个人本身所象征的东西及其特质(这个角色的具象化是通过家具来实现的)。

"乞乞科夫一面坐下,一面环顾四周的墙壁和挂在墙上的画。画上的人物全是些英雄好汉——希腊统帅的全身版画像:穿着红裤子制服、鼻子上架着眼镜的马夫罗科扎托,米亚乌利斯,卡纳里斯。所有这些英雄都长着那么粗壮的大腿和浓密得惊人的胡髭,让人看了简直不寒而栗。在这些强壮结实的希腊人中间,不知出于什么原因或目的,还摆着一幅巴格拉季昂的画像[著名的俄国将军],他是个干瘦干瘦的小个子,脚下一堆小旗子和大炮,整幅画嵌在一只窄得可怜的镜框里。接着又是一个希腊人,这次是巾帼英雄波勃琳娜,她的一条腿就比我们的现代客厅里充斥着的那些花花公子的整个人还要大得多。主人自己结实强壮,显然他也希望用结实强壮的人来装饰自己的房间。"

但这就是唯一的原因吗?难道索巴凯维奇对浪漫希腊的神往就没有包含什么特殊的东西吗?难道在那个结实的胸膛里就没有藏着一个"干瘦干瘦的小个子"的诗人吗?那时候拜伦的追求在怀有诗人情愫的俄国人身上最能激起伟大的情感。

"乞乞科夫再次把房间扫视了一遍:所有一切都结实、粗笨到了极点,跟房屋主人本人有某种相似之处。在客厅的一个犄角里,摆着一张鼓囊囊的胡桃木写字台,四只脚模样滑稽之极——一只方形的熊。桌子,椅子,扶手椅——所有的家具都那么重、那么不舒服;总而言之,每一件东西,每一把椅子似乎都在说:'我也是个索巴凯维奇!'或者:'我也挺像索巴凯维奇!'"

他吃的东西也像是野蛮巨人吃的。如果是猪肉,他一定要在餐桌上摆一头整猪;如果是羊肉那么就必须是全羊;如果是鹅肉,就是全鹅。如果说饮食也存在节奏的话,索巴凯维奇对待食物的态度会让人想起原始的诗歌,他的每一餐都是一个荷马式的诗歌小节。嘎吱嘎吱一小会儿工夫半爿羊胸已经进了他的肚子,接着他又吞下一道道点心——比盘子还大的油酥面团,大得像头小牛似的火鸡,里面塞着鸡蛋、米饭、肝脏和其他油腻的东西——所有这些都具有象征意义,是这个男人的外表和天然的装饰,也是对他自己的存在的一种嘶哑而又流利的宣告,福楼拜常把这种嘶哑的流利放进他最喜欢的口头禅"Hénorme"①里。索巴凯维奇进食时横砍竖剁,而对饭后他妻子上的各色果酱则一概不理,就好比罗丹不屑去理会时髦闺房里洛可可式的小玩意儿一样。

"在这个人的身体里仿佛没有灵魂的存在,或者说就算有灵魂,也不在它应该待的地方,而是像长生不死的卡什奇伊[俄国民间故事中的一个可怕人物]一样,住在大山的背后,藏在厚厚的外壳底下,以致灵魂深处即便动了一思半念,在表面都绝不会引起丝毫的震颤。"

"死魂灵"复活过两次:第一次是通过索巴凯维奇(他将自己庞

---

① 法语,一个表示夸张强调的感叹词,与"énorme"同音,后者意为"巨大"。

大笨重的身体特征转嫁给这些死魂灵),接着是通过乞乞科夫(在作者诗意的帮助之下)。下面先看第一种复活法——索巴凯维奇正在吹嘘他的存货。

"'您不妨想想:就说车匠米海耶夫吧!他做的每一辆马车,弹簧都是齐全的。要知道,可不是莫斯科的那种糊弄人的玩意儿,用上一个钟头就散架了,他干的活儿可结实了,告诉你吧,他还会装饰车子,连油漆都会涂!'乞乞科夫张嘴说米海耶夫尽管好,可他早已不在人世了;但是索巴凯维奇这时正所谓打开了话匣子,絮絮叨叨地讲个没完。

"'还有木匠斯捷潘·普罗帕卡!我拿自己脑袋打赌您在哪儿都找不到一个像他那样的。天呐,这家伙那叫一个力大无穷!他要是当了兵,肯定想什么有什么:这家伙七英尺多高呐!'

"乞乞科夫又想指出普罗帕卡也不在了;可是,索巴凯维奇像是开了闸:话儿滔滔不绝,任谁都只有洗耳恭听的份儿。

"'还有烧砖工米卢什金!无论什么样的屋子他都能给砌出一个炉灶来!还有鞋匠马克西姆·特里亚特尼科夫:他只要把锥子一扎,一双靴子就成了;那靴子可有多棒——管保您称心满意,而且他可是滴酒不沾的呀。还有叶烈梅伊·索罗柯普廖兴——这汉子一个人抵得上所有人的用处,他到莫斯科去做买卖每回光是代役租就能交上五百卢布。'"

乞乞科夫试图抗议这种对根本不存在的东西的夸耀,索巴凯维奇冷静了一些,同意说这些"灵魂"的确已经死了,但很快他又来劲了。

"'当然喽,他们都已经死了……不过,话得说回来,现在那些喘气的农民又有什么用处呢?他们算是些什么人呢?就是一群苍蝇——根本算不上人!'

"'是的,可是我们到底可以说他们是存在的呀,至于您说的那些可就都是无稽之谈咯。'"

"'还真是无稽之谈呢！要是您能见上米海耶夫一面……啊，这种人您是不太可能再看到啦！真是个庞然大物啊，连这间屋子的门怕也挤不进来。他那两只肩膀里藏的力气，可连马都及不上他；我倒真想知道，您在哪里还能找到这样一个无稽之谈的家伙！'"

说到这里，索巴凯维奇把脸转向巴格拉季昂的画像，好像是在征求他的意见似的；过了一段时间，经过一番讨价还价之后，这两个人即将达成协议，可这时又出现了一段颇郑重的停顿："墙上鹰钩鼻子的巴格拉季昂正居高临下，密切注视着这场交易的进展。"这是我们与索巴凯维奇的灵魂的一次最亲密接触，但是，当乞乞科夫仔细琢磨这位大块头地主卖给他的死魂灵的名单时，我们却又一次在这位地主的粗鲁本性中捕捉到一点诗意的回音。

"之后，他再看了一眼这名单，这些名字的确曾经都属于一个个活生生的庄稼汉呀。他们做过工酗过酒，把过犁扛过包，诳骗过老爷，也可能就是一些老实巴交的庄稼汉，这样想着，一种古怪的、连他自己也弄不明白的感觉揪住了他的心。每份名单仿佛都有一种与众不同的特点，而这些庄稼汉们本人也似乎因此获得了与众不同的特点。柯罗博奇卡的庄稼汉几乎人人都有各种称号和诨名。泼留希金的名单以简短见长：经常只写上农民的教名和父名的首字母，接着就是几个小点。而索巴凯维奇的名册以非同寻常的完整和详尽周到令人惊叹不已……'天呐，'乞乞科夫叹了口气，突然一阵感情冲动，这是多愁善感的恶棍们的特点，'你们的人数可真不少啊！我的伙计们，你们这一辈子过的是什么样的生活呀？'[他想象着这些生命，于是一个接一个这些庄稼汉都复活了，把肥头大耳的乞乞科夫挤到一边，纷纷开始自我表白。]'哦，是他，斯捷潘·普罗帕卡，就是那个大力士，进近卫军当兵顶合适的家伙！我猜你曾腰里插把斧头，肩上背了靴子[俄罗斯农民节省鞋袜的一种方式]，把所有的省份都走遍了吧，每餐只舍得吃一个铜板的面包和两个铜板的风干鱼。叫我说，你钱袋里倒说不定每次总要捎回一百卢布[给你的主子]，也许还有

33

一张银行发的钞票给缝在粗麻布裤子里,或者塞进靴子底里了。你又是怎么送的命呢?你是为了多挣几个钱[修补房屋的工钱]爬到了倒霉的教堂顶上,可能还要把自己挂到教堂的十字架上,你是脚一滑从横梁上摔下去脑浆迸裂的吧,地上有人[一位比你年长些的同伴]站在附近,他也不过是搔了搔后脑勺,然后叹口气说:"唉,我的小伙子,你这一跤可是摔得狠了点儿"——然后立即自个儿往腰眼里系了根绳子,爬过去顶替你了……'

"'……格里高利·达耶兹查依-涅-道耶-杰施[意思是"去你们到不了的地方"],你又是一个什么样的人呢?你干的是不是赶车运货的活儿,自从置了三匹马和一辆席篷大车,你就永远地背井离乡,跟着一帮子商人跑码头去啦?你是在半路上见的上帝吗,是为了一个肉乎乎的、脸蛋粉嘟嘟的漂亮婆娘(她那当兵的丈夫不在家)争风吃醋被你自己的同伴给结果了吗?要不然,是你那副皮手套和三匹虽然腿短但一样壮实的马叫森林里的强盗起了歹心?或许是你自个儿躺在炕上胡思乱想,忽然无缘无故翻身起来进了一家小酒店,后来一头扎进一个冰窟窿,从此再没人见过你?'"

"尼奥瓦扎伊-科里托"(是"无礼"和"猪槽"的奇怪组合)这个名字本身野蛮而不规则的长度就暗示了名字主人的死法:"你躺在路中间睡着了,结果一辆笨重的大车从你身上碾了过去。"另外还提到一个叫波波夫的人,是泼留希金家的仆人,他可能受过一点教育,所以他犯的不是(请注意这里的超逻辑推断)粗俗的杀人罪,而是文雅的盗窃罪,结果引出一长段对话来。

"'然而很快郊县的警察就来把你逮捕了,因为你没有身份证。在审问时,你依然满不在乎。"你的主人是谁呀?"郊县警察问道,再加上几句适合这个场合的骂人话。"某某地主家的。"你回答得爽快利索。"那你在这儿干什么[几英里之外]?"郊县警察又问。"放我出来赚几个钱交代役税呗[向主子交上一定数目的钱就可以被允许自己外出干活或者给其他地主干活]。"你毫不迟疑地回答道。

"你的身份证呢？""在现在的老板，商人皮蒙诺夫手里。""传皮蒙诺夫！……你是皮蒙诺夫吗？""我是皮蒙诺夫。""他把自己的身份证交给过你吗？""没有，他什么身份证都没有交给过我。""你干吗撒谎？"警察问，又加了些骂人话。"说的正是，"你爽快利索地回答，"我没有给他，因为到家已经很晚了，我就交给打钟人安悌帕·普罗霍夫保管啦。""传打钟人！他把身份证交给过你吗？""没有呀，我没有见过他的身份证。""又撒谎！"警察说，又来了几句加料的骂人话，"你的身份证究竟在哪里？""身份证嘛，我原来确实有的，"你立即接话道，"可是，倒也难说，看来是在路上不知怎么的给弄丢了。""那么，那件士兵外套又是怎么回事呢？"警察说道，又招待了你一些骂人话，"你为什么要偷外套？为什么还要从神甫那里偷走他装满铜钱的箱子？""

就这样持续了一段时间，然后波波夫被押送到各种各样的监狱，我们这个伟大的国家一直都盛产监狱。尽管这些"死魂灵"又复活的结果只有不幸和灭亡，但是他们的复活无疑要比果戈理原打算在第二卷或第三卷中描写的虚假的"道德的复活"更令人满意，也更完整，后者是考虑到那些虔诚守法的公民的需要。在这些段落中作者通过异想天开的艺术手法成功地使死者复活了。伦理和宗教的考虑则只会破坏作者幻想出的这些柔软、温顺又肥润的人物。

————

玛尼洛夫（Manilov）是个红唇金发、多愁善感而又了无生气、邋邋懒散的人（他的名字一方面暗含着"矫揉造作"和"雾"的意思，另一方面manil是个动词，传递出梦幻魅力的意思），关于他可以找到很多象征："英式花园"里修葺整齐的灌木和蓝色柱子的亭阁（"孤独冥思的神殿"）环绕着一个池塘，上面漂浮着一层油腻腻的绿色浮渣；他给孩子起了附庸风雅的古典名字；书房中有一本本永远翻开着的书,而且永远翻在第十四页上(不是第十五页,十五页可能暗含着某种十进制的阅读方法;也不是第十三页,十三页是不吉利的魔鬼之页;而是十四页,一个平淡中庸像玛尼洛夫一样没有个性的数字);还有房中家具摆放的反差,椅子上铺着很讲究的丝织料子,但是料子量不够,所以有两把椅子就只罩了一层粗陋的席子;还有那两盏烛台,其中一个做工精致,上面饰有希腊三女神的雕像和珍珠母托盘,而另一个却是歪歪斜斜、积满油垢,简直是个"铜制残废";但是也许最能代表玛尼洛夫的是那些从他烟斗中磕出来的烟灰堆,在窗台上整齐地排成一列,还被刻意地弄成对称的小堆——他唯一的"艺术"情趣。

"幸福的作者是这样的,他可以不去碰那些枯燥乏味、令人厌恶的人物,这样的人物让人感到不安,只因其真实得几近痛苦;他可以最大程度地揭示人类的高尚品质;虽然他的身边每天也都涌动着无数嘈杂的人物,但他只从中选择少许例外的形象加以描绘;他总是忠实于自己的琴弦的完美音调,永远高高在上,从不下凡去那些可怜的、微不足道的同类中走一圈,他远离尘俗,完全沉浸于遥远宏伟的遐想之中。啊,他那可敬佩的命运更是让人双倍嫉妒:他所描绘的美好景象就是他的家园,与此同时他的名声如春雷滚滚,名扬四海。他烧起高香,散发出令人陶醉的烟雾,模糊了人们的眼睛;他只一味描绘人类的美德,他的颂扬之词奇迹般遮掩了生活中的一切痛苦。追随他的人群欢呼着蜂拥而至,奔跑在他胜利的战车之后。他被称为伟大的世界诗人,超越世上所有的天才,如苍鹰翱翔于所有飞鸟之上。只要一提起他的名字,一颗颗年轻热情的心就会一阵战栗,一双双眼睛就会闪烁着激动的泪花望向他……他的力量无可匹敌;他就是上帝。

"但是,还有一些我们眼前常见的事物,也是悠闲的眼睛注意不到的事物,如果有哪位作家敢于唤醒人们去关注这样的事物,那么等待他的就是完全不同的命运——可怕的日常琐事如泥淖围困住我们的人生,冷漠的正处于崩溃中的庸庸碌碌的人物的精髓,这些人或忿忿然,或漠漠然,拥挤在世俗之路上;他手握刻刀,孜孜不倦、毫不留情地刻画这些人物形象,把他们呈现在所有人的面前。这样的作家得不到掌声,看不到感激的泪水,无法在无数灵魂中激起对他的共同的钦佩;更不会有一个十六岁的花季少女向他飞奔而来,满脑子燃烧着英雄主义的激情。他听不到甜美的曲子,那是只听到自己创作的和谐之声的诗人才能听到的;最重要的是,他无法逃脱时代对他的审判,他那些虚伪无情的同时代人会指责他的大脑造出的是一批低级的、没有价值的人物;他们会把他归为侮辱人类的作家之一,并在陈列这些作家作品的艺术长廊里给他留一个受人鄙弃的角落;他们会认为他的道德和他笔下的人物如出一辙,并否定他的一切:心地、灵魂和天才的神圣光辉。因为他的时代所作出的审判不承认以下两种镜片是同样伟大的,即观察太阳星球的镜片和揭露肉眼无法看到的昆虫的活动所用的镜片;这一审判同样不承认一个人需要足够的精神深度才有能力揭示产生于卑贱生活中的形象,并将其塑造成一件精致的杰作;这一时代的审判也不承认崇高的癫狂的笑声与最崇高的狂暴的诗情画意完全可以并肩存在,这种笑声和江湖骗子做的鬼脸毫无相同之处。他的时代不承认这些,而是把一切都扭曲成斥责和辱骂,投向这个不被承认的作家;得不到帮助、响应和同情的他仍然在那里,像个无家可归的流浪汉一样在旅途上踽踽独行。他的事业前途黯淡,他将在愤愤中意识到自己彻头彻尾的孤独……

"然而很长时间以来,在某种神奇力量的指引下,命运注定我要和我笔下这些奇怪的人物在旅途上携手并进,不仅通过所有人都能听到的笑声,还通过不为人知的眼泪来观察生活中波涛汹涌的一切。而且更为遥远的是这样一个时刻:由于某种来自不同源头的喷薄的力量,我那严峻炽热的额头里涌出一股可怕的灵感风暴,人们将在一种神圣的战栗中侧耳倾听这庄严的雷声,一种不一样的声音。"

这一番侃侃雄辩之辞如同一道闪电，让人们瞥见了果戈理当时想在第二卷中实现的东西，紧接着出现了极其乖张怪诞的一幕：肥胖的乞乞科夫半裸着身子，在卧室里跳起了吉格舞——这未免难以证明"癫狂的笑声"和"狂暴的诗情画意"在果戈理的书中是对好伙伴。事实上，倘若果戈理认为他能够发出那样的笑声，则他是在自欺欺人。诗意的迸发也并非该书固定模式的一部分；它们是这一模式中自然的间隙部分，缺少了它们，这一模式也就不是它本来的样子了。果戈理沉湎于让来自异域（阿尔卑斯山的意大利部分）的狂风把他兜脚掀翻的愉悦感，就像在《钦差大臣》中那个人们看不见的骑师发出抑扬顿挫的喊声（"嗨，长翅膀的家伙们"），带来了一阵夏日夜晚的清凉空气，一种遥远浪漫的感觉，一份旅行邀请。

《死魂灵》全书可以被看作一个奇伟的梦，在这个梦里俄罗斯的整体形象若隐若现，那是果戈理眼中的俄罗斯（一道特殊的风景，一种特殊的气氛，一个象征，一条漫长的路），有着一种奇特的可爱，这才是这本书主要的抒情之处。关于下面这段文字有一点必须说明，即它被夹在乞乞科夫最后告别小镇，或者说逃离小镇的情景（关于他做什么生意的各种谣传已经把小镇弄得满城风雨），和对他早年生活的描述之间。

"这时候轻便折篷马车已经拐进了一些比较僻静的胡同里，很快就只看见一排排长长的木头栅栏 [俄国的栅栏浅灰色，顶端大体呈锯齿状，这有点像远望中的俄罗斯冷杉]，这预示着快到镇的尽头了 [空间上而不是时间上的尽头]。看，人行道也到了尽头，眼前就是拦路杆 ["Schlagbaum"：漆成黑白条纹可移动的杆子]，小镇已被甩在身后，周围什么都没有，我们又成了路上的旅行者。在公路两边又是没完没了的里程标，哨岗的长官，水井，装满货物的大车，有俄式茶炊的灰扑扑的村庄，村妇，长胡子的客店老板手里端着一捧燕麦飞快地露一下脸；一个流浪汉，穿着树皮做的破鞋，已经赶了八百多里路 [注意作者开的数字玩笑——不是五百，也不是一百，而是八百，因为在果戈理的创作基调中，数字本身也算是一种个性]；破败的小镇，满街是寒碜的店铺，用几块木板钉起来的，卖一桶桶的面粉、树皮鞋［专卖给刚刚经过的流浪汉那样的人］、奇形怪状的面包和其他零七八碎的东西；斑驳的拦路杆，正在修补的桥［也就是永远都在修补——这是果戈理笔下俄罗斯的特征之一，七零八落、昏昏欲睡、东倒西歪的俄罗斯］；路的两边都是广漠无涯的荒草地，地主乘坐的旅行马车，一个士兵骑着马运送一只装满铅弹的绿色箱子，箱子上刻着'某某炮兵连'的字样；原野里闪过的一行行绿色的、黄色的和新翻过的黑色的田垄［果戈理钻俄语句法的空隙，在'黑色的'之前插上'新翻过的'，指的是新近犁过的土地］；远处响起悠长的歌声；雾霭中的松树梢顶；渐渐飘远消逝的教堂钟声；苍蝇般密集的乌鸦，还有那无边无际的地平线……罗斯！罗斯！［对俄罗斯的古老而诗意的称呼］我看见你了，从美妙迷人的远方看着你：你肮脏，贫瘠，荒凉；既没有傲慢奇妙的自然景色天工巧成，也没有傲慢奇妙的人工艺术作为点缀，你不赏心悦目，也不惊心动魄；没有在悬崖峭壁上筑起的城市，没有嵌着无数窗棂的巍峨宫殿，没有参天大树，没有喧腾飞溅的永恒的瀑布，也没有生长在瀑布后的盘山藤萝；没有层层叠叠悬于空中的岩石引人翘首仰望［这是果戈理的俄罗斯，不是乌拉尔山的俄罗斯，不是阿尔泰山的俄罗斯，也不是高加索的俄罗斯］。没有重重的拱门被密密的葡萄枝、常春藤和数不清的野蔷薇遮掩得暗影沉沉，也不会在远处突然瞥见群山不朽的轮廓，那样绵延不绝，那样熠熠生辉，直入明净银白的云霄。你有的是开阔的荒野和平坦的大地；平原上稀稀落落地散置着你的城镇，像黑点和符号一样［指在地图上］不起眼；没有什么能够引诱和迷惑双目。可是，究竟是一股什么样的不可捉摸的神秘力量把我引向你呢？为什么你那忧郁的歌声漂洋过海传遍整个国土，总在我的耳边回响缭绕？告诉我你歌中的秘密。是什么在呼唤，在鸣咽，在紧紧揪住我的心？是什么样的音律刺痛我的同时也亲吻着我，为什么它们闯入我的灵魂，萦回在我的心头？罗斯！告诉我你究竟想要什么？究竟有什么不可捉摸的联系深藏在你我之间？为什么你要这样凝望着我，你的一切为什么都向我投来满含期待的目光？我只是充满困惑、木然地站立着，这时，天呐，一片森严可畏、预示着风雨将至的浓云已经罩在我的头上，面对你伟大的宽广浩瀚，我的头脑一片空白。这片一望无垠的土地将给我什么启示？既然你本身无边无际，自由无阻的思想不正是在你体内孕育着吗？如果巨人来了，难道不是只有在这里他才有足够的空间伸展巨大的拳脚，尽情驰骋？你的壮阔凛然将我包围，以令人战栗的生动倒映在我的心魂深处；我的眼睛被一种超乎自然的魔力照亮了……哦，多么光辉灿烂、神奇美妙的遥远存在，世界对你一无所知！罗斯！……

"'停，停，你这蠢货，'乞乞科夫对谢利凡喊道[这一强调说明这番抒情的感慨并非出自乞乞科夫]。'等我拿枪套捆你一顿，'迎面一个胡子足足有一尺长的信使叫骂道，'你瞎了眼啦，没看见这是官车吗！'随即车轮发出轰隆隆的响声，卷起一片尘土，马车像幻影一样消失了。"

诗人和祖国远隔千里，这一空间距离感转变成了同俄罗斯未来的时间距离感，在某种程度上，果戈理把俄罗斯的未来同他自己作品的未来等同起来，也即《死魂灵》的第二部，俄国上下都在期待这部作品的问世，他也努力让自己相信他会写出第二部。但是在我看来，《死魂灵》以乞乞科夫离开N城而结束。下面这段非同寻常的雄辩之辞是第一部的结尾部分，我几乎说不清其中哪些部分是最值得赞颂的：它有一股诗之魔力——或者说是一种非同一般的魔力；果戈理面临两项任务，一是让乞乞科夫出逃，躲过公正的报应，二是要把读者的注意力从一个更令人不舒服的事实上引开，即以人类法律为形式的报应根本撑不上撒旦的使者，他早已踏上了回家之路，回地狱之路。

"……谢利凡细声细气像唱歌似的说了声：'加把劲儿！'马儿振奋一下精神，轻巧的折篷马车便像一片羽毛似的向前飞驰起来。谢利凡只是不时地晃动马鞭，从喉咙里发出几声低低的吆喝，随着三驾马车忽而飞上丘岗，忽而冲下丘岗，沿着微微倾斜的蜿蜒大路一往直前，谢利凡的身子也在赶车人的前座上有节奏地跳动着。乞乞科夫每次从皮靠垫上被微微颠起，都会露出微笑，因为他素来喜爱车儿跑得快。又有哪一个俄罗斯人不爱驱车疾驰呢？他渴望放纵自己，渴望丢开生命，交给魔鬼，他的灵魂怎么可能不热爱速度。在飞车疾驰中难道没有一种高贵神奇的旋律吗？仿佛有一股未知的力量把你托在它的翅膀上，然后你就自己向前飞去，周围的一切也都在飞驰而过：里程标在飞，商人们赶着大篷车在飞，黑黝黝的枞树与松树林挟着伐木声和乌鸦的啼叫从道路两旁飞过；整条大路都在飞，朝着逐渐隐消的远方不知飞向了哪里，这飞速的闪动真有点令人害怕，任何东西都来不及显示自己的轮廓形貌就消逝不见了，只有头顶的天空，片片薄云和隐隐露出的一弯月亮才是静止不动的。哦，三驾马车，鸟儿般的三驾马车，告诉我是谁发明了你？必定是一个顶灵活的民族才可能造出你来：在这片景色庄重、横卧半个世界的平旷的国土上，你一旦开始数里程标，就能一直数到两眼发花。我还觉着俄罗斯的马车都没什么花样。不是用铁钉把它铆在一起，而是雅罗斯拉夫的一个麻利的庄稼汉用一把斧头和一把凿子敲敲打打弄出来的；赶车人不穿外国的高筒皮靴；他蓬着一把大胡子，戴一副无指手套，坐在一块鬼才知道的什么玩意上；可是，只消他抬一下身子，挥一下马鞭，悠扬地哼起一支歌来，然后——马儿就会像一阵夏天的旋风一样飞奔起来，轮轴闪成一个空穴般的圆圈，道路猛地一震，一个行人停下脚步，发出惊骇的叫声——可是瞧啊，这三架马车长着翅膀，翅膀，翅膀……此刻你能看见的只是远处一股飞旋的尘埃，在空气中钻出的一个洞。

"罗斯，你不也在飞驰，像一辆轻巧的、谁也追赶不上的三驾马车一样吗？在你的脚下大路变成轻烟，桥梁隆隆轰鸣，所有的一切都后退，落在你的身后！注视你经过的旁观者停下脚步，仿佛被什么奇迹骇呆了：这可别是从天而降的一道闪电吧？这样触目惊心的步伐意

尼古拉·果戈理 49

味着什么呀？是什么样的奇怪魔力潜藏在这样奇怪的马匹身上呢？马儿，马儿——多么神奇的马儿！你们的鬃毛里是不是裹着一股旋风？你们的每股肌肉里是不是都燃烧着新的听觉？因为一旦听见那熟悉的歌声飘来，你们三个就立刻同时挺起那青铜般的胸脯，蹄子几乎不着地，身子拉成乘风飞扬的长线，一切只因在速度中起了神奇的幻化！……罗斯，你究竟飞向何处？回答我吧。没有回答。只有车铃在梦幻中轻柔自语；只有被撕成碎片的空气在呼啸，汇成了风；大地上所有的一切都飞闪而过，所有其他的民族和国家都侧目而视，退避一旁，为她让出道路。"

最后的高潮听起来如此美丽，但是从写作形式的角度看来，它只是类似魔术师口中的念念有词，目的是使一件物体消失，这一特殊的物体正是——乞乞科夫。

一八四二年五月果戈理又一次离开俄国，继续他奇异的境外之旅。滚滚车轮曾纺出《死魂灵》第一部分的纱线；在第一次穿越面目模糊的欧洲的一系列旅途中，他曾描述过那些圆环，其结果是圆滚滚的乞乞科夫变成了一个旋转的陀螺，一道朦胧的彩虹；这样的旋转对果戈理自己和他笔下的主人公都起了催眠的效果，使他们恍惚进入了那个光怪陆离的梦魇。之后的很多年里，简单的人群将这一梦魇理解为"俄国的全景"（或"俄国的国内生活"）。现在，是为写第二部做准备的时候了。

我们禁不住怀疑果戈理在其奇峰迭起的思想深处是否有过这样的假定：滚滚的车轮、蜿蜒如蛇的长路和车子平稳行进时令人微醺的节奏都曾服务于第一部作品的创作，既然结果如此令人满意，它们也就该自动制造出第二部作品；这第二部作品会形成一个清晰的光环，围绕着第一个光环旋转的色彩。第二部作品必须是一个天使头顶的光环，关于这一点果戈理没有丝毫疑问，否则，第一部作品就可能被认为是魔鬼施法的结果。果戈理的行事方针是先把书出版，然后再给这书打一个基础，因而他说服自己这第二部书（虽然还未成书）实际上是第一部书的母体；而且如果不给反应迟钝的大众看第二部母书，那么第一部作品就相当于是一本没有图例的图画书。事实是，第一部书的形式是完全独立专制的，因而果戈理的计划注定会大受阻碍，毫无希望。当他试图创作第二部书时，他必定会情不得已地采取类似切斯特顿①故事中的那个谋杀者的行动，那凶手为了伪造自杀现场，不得不想方设法将被害者家里所有的字条都伪造成是要自杀的留言。

　　这种病态的谨慎还可能让果戈理有其他更多别的考虑。他非常渴望确切了解人们对其作品的看法——任何人，任何评论家，从拿政府薪水的流氓到逢迎公众观点的傻瓜——果戈理曾在信件中十分费力地想解释，其实在所有评论中他感兴趣的只是那种针对其本人的比较泛泛而客观的看法。他得知热心的读者无论是心怀满意还是厌恶，都无一例外地在《死魂灵》中看到了对农奴制度的强烈谴责，就像他们曾经在《钦差大臣》中看到对官场腐败的抨击一样，对此果戈理深感不安。因为在市民读者的心目中，《死魂灵》逐渐变成了《汤姆大叔的小屋》。这一事实与那些批评家的态度比起来，给他带来的烦恼也不会少多少——那些穿黑衣服的保守派名流、虔诚的老处女和希腊东正教的清教徒——他们为他所创作的形象中的"肉感"而扼腕叹息。同时果戈理也深刻意识到自己的艺术天赋对于旁人有怎样强大的感染力，并且深知这种能力带给他的责任（这一点令他感到厌恶）。有一种东西在他心中蠢蠢欲动，就像普希金故事中渔夫的妻子还想要更大的城堡一样，他还想要更大的影响力（但不附带责任）。果戈理成了一个布道者，因为他需要一个讲道坛来解释他书中的伦理道德，而且对他来说，与读者的直接接触似乎是他个人磁石般

---

① Chesterton（1874—1936），英国作家，以写布朗神父的系列侦探小说闻名。

力量的自然延伸。宗教给了他必需的基调和方法。除此之外宗教是否还给了他任何别的东西则值得怀疑。

果戈理是一块独特的"滚石",他集结——或者说他自认为会集结到——独特的"苔藓"。好多个夏天,他辗转于不同的温泉疗养胜地之间。他所抱怨的不适很难消除,因为他的抱怨既不清不楚又变化无常:可能是阵阵忧郁情结的侵袭,当他的思想因为无法言说的不祥预感而迟钝时,只有环境的急剧转换才能带来缓释;也可能是反复出现的生理痛苦,症状是浑身发抖,穿再多衣服还是手脚冰凉,如果持续如此,唯一管用的方法是快速步行——时间越长越好。但自相矛盾的是,一方面他需要不停地运动来触发灵感,而另一方面正是这些运动使他没有多余时间进行写作。因而在意大利度过的冬天虽然相对舒适,但还不如在断断续续的马车旅途中写出的东西多。德累斯顿、巴德加斯泰因、萨尔茨堡、慕尼黑、威尼斯、佛罗伦萨、罗马、佛罗伦萨、曼图亚、维罗纳、因斯布鲁克、萨尔茨堡、卡洛维发利、布拉格、格雷芬堡、柏林、巴德加斯泰因、布拉格、萨尔茨堡、威尼斯、博洛尼亚、佛罗伦萨、罗马、尼斯、巴黎、法兰克福、德累斯顿——所有这些,一次又一次,这一系列伟大的旅游城市的名字一再被重复,不像是一个人寻求健康的路线——也不像是为了收集旅馆的标记以便在爱达荷州的莫斯科①或者俄国的莫斯科作炫耀——而只是做了标记、没有任何地理意义的恶性循环的旅游路线罢了。果戈理的温泉游并不真是空间上的。中欧对他来说只是一种视觉现象——而唯一重要的事情,也是唯一真正让他寝食不安的、唯一真正的悲剧是,他的创作力正在渐渐地无可挽回地衰退。托尔斯泰放弃小说创作转向

---

① 美国爱达荷州有一处名为"莫斯科"的城镇。

与伦理有关的神秘主义的教育主张时,他的天赋仍是成熟充沛的;从他死后出版的富有想象力的作品片断可以看出,托尔斯泰的艺术才能在安娜·卡列宁的死之后仍在不断地发展。但是,果戈理的著作却寥寥无几,在他发表《钦差大臣》、《外套》和《死魂灵》第一卷时,他的创作水平已经达到了巅峰;之后他计划要写一部此生的巨著,然而恰恰从这时起,他作为一个作家已经开始走下坡路了。

————

果戈理的说教时期开始于他在《死魂灵》中的最后几笔——那是一些奇怪的暗示,针对未来的一场盛大的颂扬。他在国外写给朋友的无数信件中的句子弥漫着一种特殊的圣经腔。"对我的话不屑一顾的人要有祸了!把所有的事都暂放一边吧,把所有在无聊时引你起兴的乐事都抛了吧。照我说的去做:在一年中,只需一年的时间,好好料理你在乡间的庄园产业。"让地主阶级重新去面对农村生活的问题(在当时的含义是——庄稼收成不好、工头声名狼藉、农奴难于管理、懒惰、偷盗、贫穷、缺乏经济组织和"精神"组织)成为他主要的创作主题和发号的司令——他用先知的语调命令人们抛弃所有世俗的财富。但是,尽管用的是这样的语调,果戈理要求地主们做的却恰恰相反(尽管他是站在荒凉的山顶以上帝的名义来发号施令,这听起来似乎的确是一种很伟大的牺牲):离开大城市,你们总在那里挥霍钱财,回到上帝赐给你们的田地里去。上帝给你们田地的目的很明确,就是让你们能变得像黑土地一样富饶;在你们慈爱的监管下,农奴们将精力充沛心情愉快,他们会满怀感激地劳作。"地主们的事业是神圣的"——这就是果戈理布道的主旨。

人们不禁会注意到他是多么热切,可以说是过于热切地希望那些闷闷不乐的地主和一肚子牢骚的官员回到他们乡下的办公室里去,回到他们的农田和庄稼那里去。不仅如此,果戈理还要求他们向他本人详细叙述对此的印象。人们几乎可能会猜想在果戈理的脑袋里，那个像潘多拉盒子一样的脑袋背后还有些别的什么东西，那些东西对他来说要比俄国农村的伦理道德和经济状况更重要，也即为他自己的书找到"真实的"第一手资料的可悲企图；因为他正处在一个作家最糟糕的状态中：他已失去了虚构事实的才能，他转而相信事实有可能自己存在。

43 问题是赤裸的事实在自然状态下并不存在，因为从来没有真正完全赤裸的事实：戴手表会留下白色的痕迹，撞伤的脚后跟会留下卷起的橡皮膏，这些即使是最狂热的裸体主义者也难以抛弃。仅仅一连串数字就会巧妙地揭示幕后主使的身份，就像听话的密码乖乖把财富献给爱伦·坡。即使最粗糙的简历材料，其鸣叫和扇动翅膀的风格也是简历签名者所特有的。我怀疑即便你只是在把自己的电话号码给别人，也难免会传递一些关于你本人的其他东西。而果戈理，尽管他口口声声说他热爱人类因而希望了解人类，但是事实上，他对人的个性并没有多少真正的兴趣。他只想要完全赤裸的事实——同时，他要求的不是一连串的数字，而是一系列仔细观察的结果。果戈理那些比较宽容的朋友一开始不情愿地接受了他的要求，继而对此有了点兴趣，把省城和乡下的事件写下来寄给他，但他们从他那里得到的不是感谢而是失望和沮丧的嚎叫；因为和果戈理通信的人并不是果戈理本人。他要求他们描述事情——仅仅是描述。他们带着复仇感去描述。果戈理在收集素材上大大受挫，因为他的朋友们不是作家；然而他又不能向那些是作家的朋友们求助，因为由他们提供的事实就绝不会是赤裸的事实。所有这些事情其实是一个最好的例证，证明了像"赤裸的事实"和"现实主义"等诸如此类的术语是多么的愚蠢。果戈理——一个"现实主义者"！有一些教科书中这么说。果戈理想从读者那里得到一些马赛克般的碎片，用来拼凑他的书，这样的努力可悲而又徒劳，但很有可能他还自认为这是再理性不过的行为。这很简单，他气咻咻地坚持向各式各样的先生和女士们重复他的要求——每天花一个小时坐下来，草草记下你的所见所闻。他还不如干脆叫他们把月亮寄给他——不管是上弦月还是下弦月。要是你匆忙系好的蓝色纸包里夹杂了一两颗星星和一缕薄雾也不打紧。要是一个月牙的尖钩碰断了，我会自己去换一个。

果戈理没有得到他想要的东西时会表现得很愤怒，他的传记作者们对此曾经非常困惑。一位有天赋的作家竟然会因为别人没他写得好而感到惊讶，这一事实让传记作者们困惑。事实上，让果戈理变得如此乖戾的原因是，他所设计的收集素材的妙方不管用了，而他本人已经没有能力创造素材了。对于自己的无能为力越来越忧心如焚，这已经成为某种疾病，他既不愿意面对，也想让别人知道。他喜欢被打扰，喜欢受阻碍（就像他所说的"阻碍是我们的翅膀"），因为这可以作为他迟迟写不出东西的借口。他晚年的整个哲学都是些简单基本的观点，例如"你的天空越黑暗，明天的祝福就会越明亮"，但是促生这种哲学的恰恰是他对于这个明天永远不会到来的预感。

另一方面，如果有人暗示祝福的到来也许可以加快，他就会激动得难以自抑——我不是一个雇佣文人，不是一个熟练工，不是一个记者——他会这样写。他尽其所能使自己和别人相信他将写出一本对俄国（在他那非常俄国式的头脑中，"俄国"与"人性"是同义的）至关重要的书，但是他却不会容忍任何相关的谣传，虽然那些谣传都是他自己的神秘隐射引起的。他在《死魂灵》第一部之后的那段生活可以被称为"伟大的期待"时期——至少从读者角度来看是这样的。有些人期待在他的下部书中看到对腐败和社会不公的更鞭辟入里的批判，另一些人巴望着每一页上都能看到一个嬉耍好笑的奇谈。而果戈理却在只有在欧洲最南方才看得到的某间冰冷如石的房间中簌簌发抖，一面向他的朋友们保证他今后的生活将是神圣的，他的身体需要被温柔地关爱和照料，就像一只开裂的泥罐，盛满智慧之酒（即《死魂灵》第二部）。国内则流传着这样一个好消息：果戈理正在完成一部关于一位俄国将军在罗马的冒险经历的书——这是他所写过

尼古拉·果戈理 55

的最有趣的一本书。整件事中最具悲剧性的部分是，事实上在我们所能得到的第二部的残存部分中，写得最好的段落是关于那个滑稽可笑的机器人一样的贝特瑞什科夫将军。

———

在果戈理的虚幻世界里，罗马和俄国结成了一个更深邃的联合体。罗马是一个他间或拥有健康的地方，这是北方无法给予他的。意大利的鲜花（关于这些鲜花他这样说道："我尊敬那些自然生长于墓地之上的鲜花。"）使他迫切期望自己变成一个鼻子：眼睛、胳膊、腿这些全都不要，什么都不做，就做一个巨大的鼻子，"有两个木桶那么粗的鼻孔，这样我就可以吸入所有春天的芳香"。在意大利生活的日子里，他对鼻子感觉特别敏锐。还有那奇特的意大利的天空，"一片全是银色的，带着如丝缎般的光泽，但从大剧院的拱门望去能看到最深的一抹蓝"。这个世界给予果戈理的印象本是扭曲的、可怕的、魔鬼般的，为了寻求某种解脱的放松，他可怜巴巴地竭力攀住一个二流画家对罗马的平庸界定，认为它本质上是一个"风景如画"的地方："我也喜欢驴——这些驴半闭着眼睛全速漫步或慢跑，背上驮着那些身强力壮、神情庄严的意大利妇女，形成一道入画的风景，她们渐渐远去，头上的白色帽子仍然清晰可见；抑或这些驴子艰难而行，有时甚至是跌跌撞撞，没有什么入画的感觉，某个瘦长、拘谨的英国人，穿着一身灰绿色的橡皮布防水衣［直译］，走路扭腿歪脚，生怕衣服擦着地面；抑或有一个穿着宽松罩衫、长着锯齿形胡子的画家带着木制画匣骑马走过"，等等。他不能长期保持这种风格，他曾经一度以为自己可以愉快地写一部有关某个意大利绅士的冒险经历的传统小说，结果却只留下了一点苍白的泛泛的描述，诸如"她身上所有的地方，从她的肩膀到她古董般的腿和最后一个脚趾，无一不是创造的杰作"——够了，就到这里吧，要不然，那位身处果戈理式俄国心脏中的长吁短叹的小职员，纠结于自己的悲惨境遇，他所发出的哼哼唧唧支支吾吾将无可救药地和古典的雄辩混成一谈。

———

还有身处罗马的伊凡诺夫，一个伟大的俄国画家。二十多年来他致力于创作那幅《基督显圣》。他的命运在许多地方与果戈理相似，只有一点不同，就是伊凡诺夫最终完成了他的巨著：据说，当那幅画最终展出时（一八五八年），他静静地坐在那里最后在画上加了几笔——在工作了二十年之后！——对于展厅的人群毫不在意。伊凡诺夫和果戈理均一生贫困，因为他们都不可能放弃自己人生的使命去谋生；他们也都常常受到一些急躁者的非难，指责他们创作缓慢；他们一样的神经紧张，一样的坏脾气，没有受过教育，在处理日常事务上都表现出荒唐的笨拙。在对伊凡诺夫作品所作的重要描述中，果戈理强调了这种关系，这让人不由自主地感觉到，当果戈理提到画中的那个主要人物时（"在神圣的平和与非凡的超然中，他已经踏着迅速而坚定的步伐逐步靠近……"），在他心里伊凡诺夫的画和他自己未完成的作品中的宗教因素已融成一体，他仿佛看到自己的书正从意大利银光闪闪的天空中稳步走来。

———

果戈理在着手出版《与友人书信选》时写给朋友们的信里没有以上这些段落（如果有，果戈理也就不是果戈理了），但是无论从内容还是语气来说，那些信和这些段落也都很相像。果戈理认为这些信中有一些是受了上天的启示而写的，所以他要求别人"在斋戒周的每一天"都要阅读它们；然而有一点很可疑，即和他通信的人是否都顺从到遵旨照办的地步——召集家庭成员，然后有意识地清清喉咙——就像《钦差大臣》第一幕中市长要读那封重要的书信时一样。这些信件的措辞几乎是对假装虔诚的语气的模仿,但是也有一些不错的地方,比如,果戈理写到曾经骗过他的一家出版社,他措辞严厉而世俗化。他为朋友策划的那些虔诚的举动逐渐或多或少地和令人厌烦的委托合二为一。他发展了一个惩罚"罪人"的独具一格的体系,即让他们变成他的奴隶——给他跑腿,帮他购买、整理他需要的书籍,抄写文学评论,同印刷商讨价还价等。作为补偿,他会,比如说,送他人一本《效法基督》,并附上详细的使用说明——在关于水疗法或治疗消化不良的段落中也会出现非常类似的教导——"早饭前喝两杯凉水",这就是他给一位病友的建议。

"把你自己的事放在一边,全心全意忙我的事"——这是基本方向——当然了,如果和他通信的人都是他的信徒,坚信"帮助果戈理即帮助上帝",那么这是相当符合逻辑的。然而,现实中接到这些寄自罗马、德累斯顿和巴登-巴登的信件的人们认为果戈理要么是疯了要么就是在故意装傻瓜。也许在使用他的神圣权力方面,他有点过于随意。他十分惬意地以上帝的代言人自居,以这个身份去实现个人的愿望,比如他会严厉责备那些曾经开罪过他的人。当批评家波戈金因妻子去世而悲痛欲绝的时候,果戈理给他去信,写了下面这段话:"耶稣会帮助您成为一个绅士,无论是教育还是秉性都没能让您成为一个绅士——这是您妻子通过我在传话给您。"——这真是一封独一无二的安慰信!只有少数一些人终于决定要让果戈理知道一下自己对他的某些告诫的反应,阿克萨科夫是其中之一。"亲爱的朋友,"他这样写道,"我从未怀疑过您的信念和您对朋友所怀的美好愿望;但是,我不得不坦白地告诉您,您表达信念的方式让我感到烦恼不安。甚至可以说——您的这些信念让我害怕。我已经五十三岁了。我读托马斯·阿·凯姆匹斯的时候,您还没有出生。我不接受别人的信念,正如我也不谴责这些信念——而您却像教导一个小学生一样来告诉我——同时您对于我本人有些什么样的想法则一无所知——'去阅读《效法》一书吧'——甚至还告诉我,要在早上喝过咖啡后的某些特定钟点去读,一天一章,像上课一样……这真是既荒唐又让人恼火……"

然而果戈理坚持使用他新发现的文体。他认为他所说所做的都是受同一种精神的启示,这种精神会在《死魂灵》的第二、第三卷中展示它神秘的本质。他还坚持认为《书信选》的意义在于作为一种测试,作为把读者纳入合适的思维框架来接受《死魂灵》续集的一种方式。他如此好意地提供这一垫脚石,而人们却不得不怀疑他自己根本没有意识到这块垫脚石的真正本质是什么。

《书信选》的主体是果戈理给俄国的地主、政府官员以及所有基督徒的忠告。乡绅被当作上帝的代言人,这些勤劳的代言人在天堂享有自己的份额,在地上也多少能拿到丰厚的佣金。"把你们的庄稼汉集合起来,告诉他们,你要他们劳动,因为这是上帝的旨意——绝不是因为你要钱来供自己享乐;这当口你再掏出一张钞票来,当众烧毁以此证明你自己的话……"这是一幅愉快的画面:乡绅站在门廊上,俨然一位专业魔术师的姿态,从容地拿出一张簇新的、印刷细致的钞票;一张看似无辜的桌子上摆着一本《圣经》;一个男孩举着燃烧的蜡烛;大胡子的农民们崇敬而不安地张大嘴巴;随着纸钞化为蝴蝶般的火焰,底下响起一片充满敬畏的啧啧声,魔法师轻巧敏捷地搓了搓手——仅仅是手指的内侧;念叨一阵后,他打开《圣经》,看呐,如凤凰降临般,财富就在那里。

第一版的审查官很是大度地没去理会这一段,尽管对钞票的恣意毁坏暗示了对政府的不敬——正如《钦差大臣》中某些显要人士谴责教古代历史的教授粗暴破坏国家财产(一些椅子)。我们禁不住想把这个比喻继续下去,可以这样说,在某种意义上果戈理似乎是在《书信选》中扮演某个他自己笔下的怪诞人物。没有学校,没有书本,只有你和那位乡村牧师——这是他向乡绅所提议的教育体制。"农民甚至都不该知道除了《圣经》之外还有其他书的存在。""无论到哪里，都带着那位乡村牧师……让他做你产业的管家。"在另一封让人目瞪口呆的信里，他列举了有效刺激一个偷懒的农奴所能使用的激烈的咒骂语。还有大量风马牛不相及的豪言壮语——以及对不幸的波戈金的恶毒攻击。我们还可以读到例如"所有人都成了烂布一块"，或者"同胞们，我很害怕"——这里"同胞们"（"saw-are-tea-chesstven-nikee"）念起来的语调像"同志们"或"兄弟们"——有过之而无不及。

此书一石激起千层浪。俄国的大众舆论本质上是民主的——而且，顺便说一句，颇为推崇美国。没有哪个沙皇能折断这根民主的脊梁（一直到后来出现的政权才将它一折为二）。十九世纪中期，出现了几个具有公民思想的流派；尽管其中最激进的几个后来退化成枯燥可怖的民粹主义、国际主义，以及诸如此类的主义（然后继续绵延，直到不可避免地与国有农奴制和反动民族主义合为一体），有一点是肯定的，即在果戈理的时代，"西方人"形成了一种文化力量，这种力量从范围和本质上都远远超出了反动的守旧者的想象力范围。十九世纪六七十年代有些作家穷凶极恶地非要把公民价值凌驾于艺术价值之上，而把评论家别林斯基仅仅看作这些作家的先驱则是很不公平的；他们所谓的"艺术"是什么意思，那是另一个问题：车尔尼雪夫斯基或者皮萨列夫会郑重地列举种种理由来说明为人民编写教科书要比描绘"大理石柱子和女神们"更重要——他们认为后者是"纯艺术"。顺便提一点，从民族、政治或者普遍非利士庸俗主义的角度来批判"为艺术而艺术"，把所有审美的可能性降低到个人关于水彩画的小小观点和能力，这种过时的方法出现在一些现代美国评论家的文论中实在很让人发笑。别林斯基作为艺术价值的鉴赏者无论有怎样天真的缺点，他作为一个公民、一个思想家，还是有着一种追求真理和自由的伟大本能，这种本能只可能被党派政治摧毁——而党派政治当时还处于萌芽期。彼时别林斯基的杯里装着的仍是一种纯净的液体；等到杜勃罗留波夫、皮萨列夫和米哈伊洛夫斯基这几位插手之后,这杯中物便注定要变成催生最邪恶病菌的液体。另一方面,果戈理显然身陷泥淖,错把污水坑里油腻腻的釉料当作一道神秘的彩虹。别林斯基那封著名的信,尽管大肆攻击《书信选》("这些堆砌的词句满是自我膨胀,邋遢又嘈杂"),却是一份高贵的文献。信中还有对沙皇制发起的英勇进攻,所以散布"别林斯基的信"很快成为要发配西伯利亚做苦役的重罪。尤其让果戈理气恼的似乎是别林斯基暗示他为了经济支持而奉承贵族。当然,别林斯基属于"贫穷骄傲"派;而果戈理作为一个基督徒是谴责"骄傲"的。

尽管对他作品的辱骂、抱怨、嘲讽不断从四面八方袭来,果戈理依然面无惧色。他承认自己是在一种"病态而压抑的心态中"写这本书的,并且"对这类写作的技巧缺乏经验,以致经由魔鬼的推波助澜,我内心真正感到的谦卑感转化为自以为是的傲慢的表达"(或者如他在其他地方所说的,"我任凭自己随心所欲,沦为赫雷斯塔科夫之流")。尽管如此,果戈理仍然像个大义凛然的烈士般严肃地坚称,他的这部书是必要的,理由有三个:这本书使得人们向他展示他是什么;这本书向他和人们展示人们自己是什么;这本书有效净化了空气,如同一场暴雨。这无异于宣称他所做的正是他想做的:使大众舆论做好准备,接受《死魂灵》的第二部。

————

在旅居国外的多年里,在回俄国的忙乱的旅途中,果戈理一直坚持在纸片上随手记下与这部旷世巨著相关的零星点滴(马车上,某家客栈里,某个朋友家,任何地方)。有时候,他会写出好几章,然后读给他最亲密的几个朋友听,都是极其秘密的;有时候,他一无所获;有时候某个朋友会一页接一页地抄写;还有些时候,果戈理会坚称一个字都没写成—— 一切都还在他的脑子里。在他死前,除了那次主要的焚稿，之前显然曾有过几次小规模的焚稿。

在他身体极度虚弱的情况下，他曾做过一些称得上是壮举的悲剧性努力：他长途跋涉去耶路撒冷，就是为了获得写他的书所需要的东西——来自上帝的忠告、力量和创作灵感——就像一个不孕的女人在中世纪教堂的黑暗中乞求圣母马利亚赐给她一个孩子。这次朝圣曾被他连续推迟了好多年；他说他的精神还未做好准备；上帝还不希望他去；"看看他在我的道路上所设的障碍吧"；要确保他这项（绝对）异教徒的壮举取得成功的可能性达到最大，就必须形成某种特定的心态（大致类似天主教的"恩典"）；而且，他需要一个可靠而又不令人厌烦的旅伴，这个旅伴时而沉默时而善言，都必须和果戈理多棱镜般的心情合拍，并且在需要的时候用一只体贴的手帮他披好旅行毯。一八四八年一月，当果戈理终于开始这项危险的壮举，却一样很难找到不以失败收场的任何理由。

在和果戈理通信的最真诚也最沉闷的人中，有一位可爱的老妇人，名叫纳杰日达·尼克拉耶夫娜·谢雷梅捷夫，果戈理同她交相祈祷，乞求自己灵魂的健全。正是这位老太太把他送到了莫斯科郊外的关卡。果戈理的证件或许很齐全，但出于这样那样的原因，他不愿意被人检查证件，于是这次朝圣就从他这类变态的故弄玄虚开始了，他惯于对警察来这一套。不幸的是，这次还有那位老太太在场。在关卡处，老太太拥抱了这位朝圣者，她一面流泪，一面在果戈理身上画着十字，果戈理的回应也是激情奔涌。这时，需要拿出证件接受检查了：一位官员想知道究竟是谁要走。"是这位老太太。"果戈理大叫一声，随即坐着马车疾驰而去，让谢雷梅捷夫尴尬万分。

果戈理寄给他自己的母亲一份独特的祈祷词，让当地牧师在教堂里念。在这份祈祷词中，他祈求主保佑自己不受东方强盗的祸害，不让他在路上晕船。主没有理睬他的第二个请求：在那不勒斯和马耳他之间，果戈理在任性的"卡普里"号上吐得非常厉害，以至于"乘客们都啧啧称奇"。接下来的朝圣之行只能用模糊不清来形容，若非有官方证明，人们很容易猜想整个旅行都是他编造出来的，就像以前他编造了那次西班牙之行一样。如果年复一年你一直告诉别人你打算做某件事，等到你对于自己总下不了决心去做这件事感到厌烦了，那还不如找一个好天气跟他们说你已经做过这事了，这能省不少麻烦——然后就可以把这整件事儿丢到脑后，那该多轻松啊。

"我梦境般的印象能向你传递些什么呢？透过梦的迷雾，我见到了圣地。"（摘自给朱科夫斯基的信）我们瞥见果戈理与他的旅伴贝兹利在沙漠中争吵。在撒马利亚的某地，他摘下一朵常春花，在加利利的某地，他又摘下一朵罂粟花（像卢梭一样，他隐约也对植物学感兴趣）。在拿撒勒时天下雨了，他找了个地方避雨，但这一待就是几个小时，"当我坐在那里时，几乎意识不到我是在拿撒勒"（他坐的板凳下面有一只母鸡在避雨），"感觉就像是坐在俄国的某个公共驿站里"。他拜访的这些圣殿并没有同存在于他灵魂中的这些圣殿的神秘现实相融合。结果，就像德国的疗养院对他的身体没起什么作用一样，圣地对他的灵魂（他的书）也帮助甚微。

————

果戈理在他生命的最后十年里，一直固执地筹划着《死魂灵》的续集。他已经丧失了无中生有的神奇的创造力；他的想象力需要现成的加工材料，因为他仍然有着重复自己的力气；尽管他不能像在第一部里做到的那样创造出一个崭新的世界，但他认为他可以使用同样的内容，只是以另一种方式来重新组织，也就是说：遵循一个特定的目的，这一目的在第一部里并不存在，现在将此目的作为第二部的新的动力，但同时也赋予第一部一个追溯性的意义。

果戈理的情况比较特殊，除此之外，他沉溺于其中的一般错觉当然也具有毁灭性。当一个作家开始对"什么是艺术""什么是艺术家的责任"等诸如此类的问题感兴趣时，他便已经迷失了。果戈理

51 认定了文学的目的是救治病态的灵魂，救治方式则是在此类灵魂中催生和谐与平安的感觉。治疗还需要来一剂强有力的教诲药。他建议对民族性的缺陷与美德大加描绘，以便帮助读者坚持追求美德，根除缺陷。刚开始写续集的时候，他并不想把人物刻画得"尽善尽美"，他只想使人物比第一部分的"更重要"。用出版商和评论者的漂亮行话来说，就是赋予人物更多的"人性魅力"。如果一个作者对某些人物所持的"同情态度"以及对另一些人物的"批判态度"揭示得不够分明，这样的小说创作就是一个罪恶的游戏，所以很明显，即使是最卑微的读者（他们喜欢看以对话体为主的书，只有最少的"描述"——因为对话才是"生活"）也会知道该站在谁的一边。果戈理许诺给读者的——确切地说是他想象中的读者——是事实。他说，他刻画俄国人不会通过描写个别畸形人物的"微不足道的特征"，或者"自鸣得意的庸俗百态和奇闻异事"，他不会通过一个孤单单的艺术家的私人视角，这是对上帝的亵渎；他要写起来则"这个俄国人能充分展示他的民族性的本质，展示他体内蕴涵着的丰富的内在力量"。换句话说，"死魂灵"将变成"活灵魂"。

很明显，果戈理（或者任何有着类似的可悲意图的作家）说的话可以用更简单明了的语言来表述："在第一部分，我已经设想了一个世界，现在我打算设想另一个世界，这个世界将更符合我的是非观，这种是非观或多或少也是我想象中的读者们所自觉认同的。"在这种情况下（包括给杂志撰稿的畅销小说家等），小说的成功与否直接取决于作者对"读者"的定义与读者对自身的认同的吻合程度，这是一种传统的，也即臆想的自我认同，是经过了仔细培植和维护的，主要通过由相关出版商定期提供可供反复咀嚼的精神口香糖。但是果戈理的处境当然没那么简单，因为首先，他打算写的东西是属于宗教启示的层次；其次，通过作品的普遍力量，想象中的读者应当不仅能欣赏启示的各种具体细节，而且要在道德上获得帮助和提高，甚至是完全的新生。从一个非利士人的观点来看，第一部分的内容都是些"奇闻异事",而主要的困难恰恰在于,必须把第一部分的这种内容(果戈理必须使用这些素材,因为他已创造不出新的内容)与那些严肃的布道结合起来,在《书信选》中他提供了一些此类布道的骇人范例。虽然一开始他不想要"尽善尽美"的人物,而是要能充分展示俄国人的感情、心态和理想的"重要"人物,但是他渐渐发现,他笔下的这些"重要"人物都不可避免地沾染上一些怪异的特征,这些特征来自于他们天然的生活环境,或者来自于他们和第一幕里噩梦般的乡绅的内在姻亲。结果,唯一的解决办法就是再来一组完全不同的人物,这些人物将"好"得既明显又相当狭隘,因为任何将这些人物刻画得更生动的尝试注定会使他们一样怪异起来,而那些不"尽善尽美"的人们始终认定这种怪异是由于他们拥有的不幸祖先。

马修神父是一位疯狂的俄国牧师,他有着克里索斯托①的口才和属于中世纪的最让人难以理解的奇思怪念。一八四七年,马修神父恳求果戈理放弃文学,专心于虔敬的职责,比如为那个由马修神父和其他类似神父所描绘的彼岸世界作准备——果戈理在信里竭尽所能想让马修神父明白,如果教会允许他屈服于写作的热望,《死魂灵》中的好人将会有多么的好,而此种创造欲则是上帝背着马修神父注入到果戈理体内的:"难道一个作者不能在一个有趣的故事里生动地展示比别的作者笔下的人物更好的人吗?事实胜于雄辩;在展示这样的好人的例子之前,作者需要做的就是让自己先变成一个好人,过一种会让上帝满意的生活。我本来连做梦都不会想到去写小说,但是现如今有这么多人在读各种各样的长篇和短篇小说,大多数都是不道德的,充满邪恶的诱惑,之所以有人读,是因为这些书有吸引力,也不乏天才。我也有天才——让自然和人活在我的故事里;既然如此,难道我不能以同样吸引人的方式来刻画那些遵循神圣法则

---

① Chrysostom(约347—407),希腊教父,擅长辞令,有"金口"之誉。

生活的正直而虔诚的人吗？我想坦率地告诉你，我写作的主要动机就在于此，而不在名或利。"

如果说果戈理花费十年心血只是为了写一些取悦教堂的东西，那当然是荒唐的。他真正努力想做的是写一些既能取悦艺术家果戈理又能取悦修道士果戈理的作品。他始终固执地认为那些伟大的意大利画家们早就一次次创造出了这样的作品：一座清冷的修道院，墙上玫瑰蜿蜒，一个憔悴的男子头戴一顶无边便帽，他正画着的壁画闪着鲜亮夺目的色彩——这就是果戈理一心渴慕的专业背景。把这个画面转换成文学，则完整的《死魂灵》将形成三个相关的意象：罪恶、惩罚与拯救。达到这个目的是绝对不可能的，因为如果让果戈理可以随心所欲，以他非凡的天才一定会破坏传统的模式，而且因为他把主角，即罪人的角色，强加于一个人身上——如果乞乞科夫可以被称作一个人的话——而这个人是最不适合这一角色的，更重要的是，他所活动的那个世界里根本不可能发生拯救人的灵魂这种事。如果在第一卷果戈理式的人物中，出现一个以同情的笔触加以描绘的牧师，那就好比斯大林的最新演讲引用了梭罗的话一样，是绝无可能的。

在保存下来的第二部的几个章节中，果戈理的魔法镜已经模糊了。尽管乞乞科夫仍是中心人物（带着复仇感），但已经多少脱离了聚焦面。这几章中有几段写得非常精彩，但也只是第一部的回音。而当那些"好人"——节俭的地主、圣人般的商人、上帝般的王子出场时，给人的感觉就像一群陌生人挤进来接管一座通风良好的房子，其中熟悉的一切凄凉地乱作一团。正如前面我提到过的，乞乞科夫的骗局只是对犯罪的虚构和模仿，所以不可能有"真正的"报应，否则整部作品都会被扭曲。这些"好人"都是假的，因为他们不属于果戈理的世界，因此他们与乞乞科夫的每一次接触都牵强而令人沮丧。如果果戈理确实写出了救赎部分，让一个"好牧师"（有点类似天主教的神父）在西伯利亚拯救了乞乞科夫的灵魂（有一些零星材料表明果戈理为了正确描写小说背景,曾研读过帕拉斯的《西伯利亚植物志》),如果乞乞科夫注定要沦为一个偏远修道院里的枯瘦的修道士,那么也难怪作者会在艺术的真理之光惊闪的最后一刻将《死魂灵》的结尾付之一炬。马修神父可能会对果戈理死前不久宣布弃绝文学感到满意;只是可以被认为是果戈理弃绝文学之证明与象征的短暂火光恰恰是与之截然相反的东西:果戈理蜷缩在火炉前抽泣("哪里?"我的出版商质问道。在莫斯科。),这是一个艺术家在毁弃多年的劳动果实,因为他终于意识到这部已经完成的书并不忠实于他的天赋;乞乞科夫并没有在位于传说中湖边冷杉围绕的木头小教堂里虔诚地终老,而是回复到了他的本质元素——来自卑微地狱的小小的蓝色火焰。

————

"……这个人,我敢说,不太引人注目:他身材矮小,脸上有发过天花的痕迹,是在红彤彤的那半边脸上,甚至有些睡眼惺忪,前额微秃,两颊的皱纹颇对称,脸色像得了痔疮似的……

"……他叫巴什马奇金(Bashmachkin)。顾名思义,这个名字来自 Bashmak——鞋子。但它什么时候从'鞋'变成了名字则根本没人知道。他们所有人——父亲、祖父,甚至妹夫——所有巴什马奇金家的人,过去都是穿靴子的,一年最多换三次鞋底。"

————

《外套》
(一八四二)

果戈理是个怪人,但天才总是古怪的;对于心存感激的读者来说,只有那些身心健康的二流作家看起来才像是充满智慧的老友,友

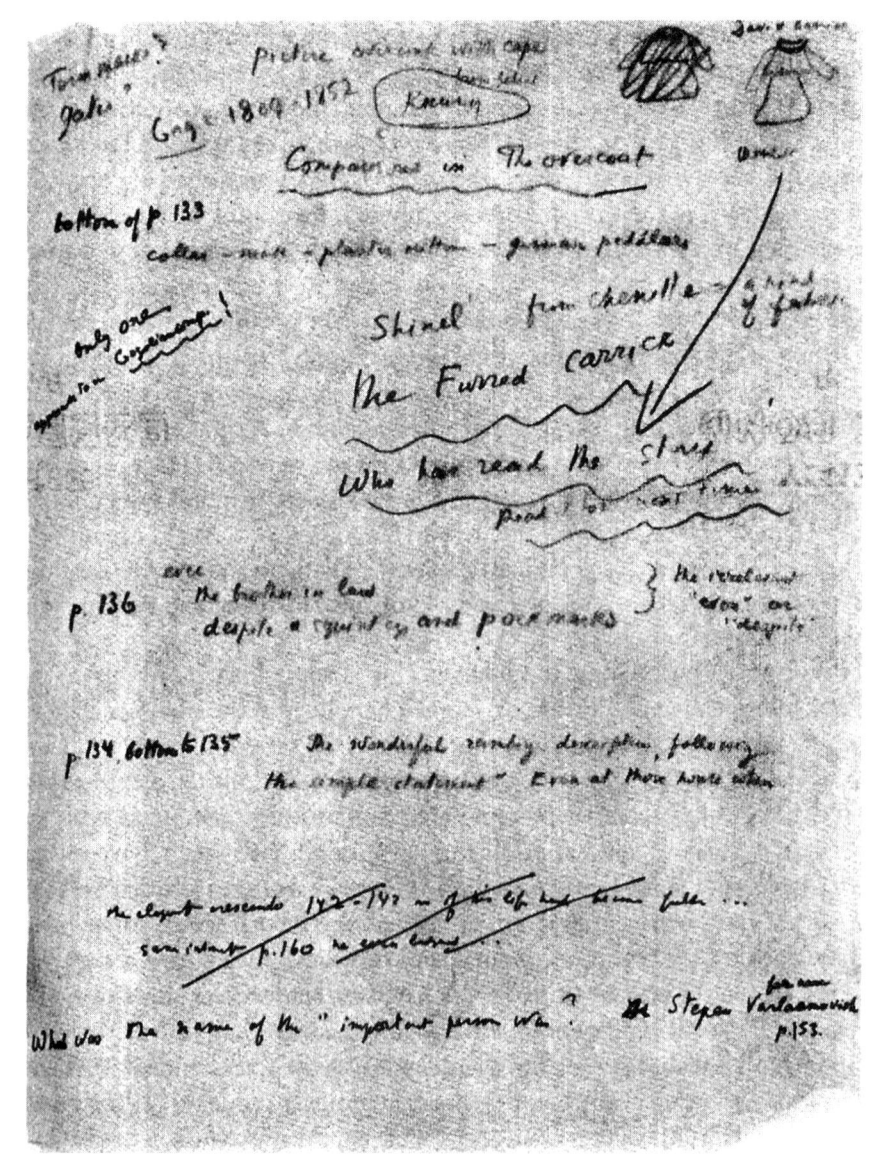

纳博科夫关于《外套》的讲稿中的一页,其中有对皮毛服装的描述。

好地启示推动读者对生活的认识。伟大的文学作品总在非理性的边缘徘徊。《哈姆雷特》是一个神经质学者的疯狂梦境。果戈理的《外套》是一场怪诞、恐怖的噩梦，在昏暗的生活模式里留下一个个黑洞。浅薄的读者在这个故事中只会看到一个放肆小丑的嬉闹；严肃的读者会想当然地认为果戈理的首要目的是谴责俄国官僚主义的丑恶。但无论是只想找乐子的人，还是向往"发人深省"之书的人，一概无法理解《外套》真正的内涵。给我一个富有想象力的读者，这个故事是说给他听的。

稳健的普希金，踏实的托尔斯泰，节制的契诃夫，他们全都有过洞察力不合理性的时刻，即会令句子含混不清，也会同时暴露某个隐秘的含义，让人突然转移焦点。但对于果戈理，这种转移正是他的文学艺术的根本，因此无论什么时候当他想按文学传统来有板有眼地创作，想以合乎逻辑的方法来处理理性的观点，他的天才便荡然无存。然而，在他的不朽之作《外套》中，当他真正达到了忘我的境界，在自己心灵深渊的边缘闲庭信步，他便成了俄国迄今为止最伟大的艺术家。

要使生命这架理性的飞机突然倾斜，当然有很多种方式，而且每位伟大的作家都有他自己的方式。对果戈理来说，是两种动作的结合：突然加速，以及滑行。想象一个活动门在你脚下突然打开，一阵狂风把你抛向半空，又任你跌进下一个洞穴。荒诞正是果戈理最爱的缪斯——但是我说"荒诞"，并不是指离奇古怪或者具有喜剧性。"荒诞"与悲剧一样，具有很多明暗层次之分，更重要的是，就果戈理来说，他的"荒诞"已经接近悲剧。宣称果戈理把人物置于一种荒诞的情境中，这是错的。如果一个人所生活的世界是荒诞的，你就不可能再把这个人置于一个荒诞的情境中；你不可能这样做，这是说如果你认为"荒诞"是指让人噗嗤一笑或者耸耸肩膀。但是如果你认为"荒诞"是指可悲的人类生存状态，是指在一个不至于如此怪诞的世界里可以和最高尚的渴望、最深刻的痛苦、最强烈的激情连结到一起的所有的一切——那么当然出现裂痕是必然的，一个可悲的人，迷失在果戈理噩梦般的、不负责任的世界里，和他身处的情境对比而言，这个人就是"荒诞"的。

裁缝的那只鼻烟壶的盖子上有"一位将军的肖像；我不知道这位将军是谁，因为脸的地方被裁缝的大拇指弄了个洞，后来贴了一块四方形的纸片在上面"。这样就有了阿卡基·阿卡基耶维奇·巴什玛奇金的荒诞。我们不期望在旋转着的面具中某一张面具会变成一张真正的脸，或者至少是这张脸应该出现的地方。果戈理的世界是由虚假的混沌组成的，而人类的本质恰恰可以从这种虚假的混沌中非理性地提炼出来。《外套》的主人公阿卡基·阿卡基耶维奇是荒诞的，因为他很可悲，因为他是一个人，因为产生他的力量看上去与他本身恰恰是矛盾的。

他不仅仅是一个人，不仅仅是可悲的。正如故事的背景不仅仅滑稽可笑一样，他身上还有更深的意味。在明显的对比背后，存在着一种微妙的原始的关联。他的存在揭示出与他所属的梦境世界同质的微颤与微光。果戈理将两样东西结合在一起，一是对粗糙背景之后其他东西的影射，二是故事叙述的表面结构，这一结合充满艺术性，以至于有着公益心的俄国人完全没有看出来。但是，如果有创造性地去阅读，则可以发现在最直白描写的那个段落中，这里那里不时会插入这样那样一个词，有时不过是个副词或介词，例如"甚至"或者"几乎"，它们的插入使整个本来无害的句子瞬间爆炸，升起噩梦般的烟花；或者以漫无目的的口语形式开始的段落会突然偏离轨道，滑入它真正属于的非理性；又或者，也是突然间，一扇门被打开，一股强大的诗的浪花涌进来，但又消失在突降法中，或者回到对自己的滑稽模仿，或者句子的分节阻断，成为魔术师的喋喋不休，这种喋喋不休正是果戈理风格的一个特点。它总是潜伏在角落里，给人一种滑稽可笑但同时光彩夺目的感觉——人们不禁会想起，事物喜剧性的一面与其宇宙性的一面之间的区别竟只取决于一个咝擦音而已。

———

透过这些看似平淡无奇的句子的缝隙，我们总能不时瞥见一个怪诞的世界，那究竟是个什么样的世界呢？在某种意义上这个世界是真实的，但它在我们看来仍是极度荒谬，尽管我们如此熟悉它的舞台布景。正是从这几瞥中，《外套》的主要人物，一个逆来顺受的小职员出现了，因而他象征着穿越果戈理风格的那个神秘但真实的世界的精神。这个逆来顺受的小职员是一个幽灵，一个来自悲惨深处的造访者，他只不过碰巧套上了一副卑微小官的伪装。俄国进步批评家在他身上看到了受压迫者的形象，他们感觉整个故事是对社会的抗议。但这个故事的实质远比对社会的抗议更深刻。果戈理风格的纹理中所存在的缝隙和黑洞暗示着生命本身之纹理中存在的缺陷。有什么事情错到了极点，所有的人都是轻度的癫狂者，总在追求在他们看来非常重要的什么东西，同时一种荒谬的逻辑力量使他们不断重复着自己徒劳的工作——这才是这个故事真正的"寓意"。在这样一个完全徒劳的世界里，徒劳的谦卑和徒劳的统治，激情、欲望、创造的冲动所能企及的最高领域就是一件新的外套，一件令裁缝和顾客全都顶礼膜拜的外套。我不是在讲述道德观或者作道德说教。在这样一个世界里不可能有道德说教，因为这里既没有老师，也没有学生；这个世界就是存在本身，它排斥任何可能毁灭它的东西，因此，任何改革、任何斗争、任何道德目标或努力都是完全的徒劳，就好比要改变一颗恒星的轨迹。这是果戈理的世界，与托尔斯泰、普希金、契诃夫的，或者我本人的世界全都截然不同。但是读过果戈理的作品后，你的观点也许会被果戈理化，你可能会在最出乎意料的地方注意到这些或那些属于果戈理的世界的东西。我访问过许多国家，偶然相识过这样那样一些人，他们虽然从没有听说过果戈理，他们最热情的梦想却恰恰是跟阿卡基·阿卡基耶维奇的那件外套一样的某个东西。

————

《外套》*的情节非常简单。一个贫穷的小职员作出了一个重大的决定,定购了一件新外套。正在制作中的外套成了他生活的梦想。就在他穿上这件外套的第一天晚上,在一条漆黑的街上,他的外套被抢走了。他伤心而死,他的鬼魂从此在这个城市游荡。从情节的角度来讲,这就是全部,但是当然真正的情节在于风格(果戈理向来如此),在于这个超自然轶事的内在结构。为了欣赏这部作品的真正价值,读者必须做一次心理上的翻跟头,以便摆脱文学中的传统价值观,进而跟随作者沿着由他那超人般的想象力幻化出的梦之路走下去。果戈理的世界多多少少和"六角宇宙"或"宇宙爆炸论"这样的现代物理概念有些联系,而和十九世纪那个自在旋转的钟表发条的世界相去甚远。就像宇宙太空存在曲度一样,文学风格也存在曲度——但是很少有俄国读者愿意不带任何约束或遗憾地一头扎进果戈理那个魔幻混乱的头脑中去。认为屠格涅夫是一位伟大作家的俄国人,从柴可夫斯基下三滥的歌剧中得出对普希金的看法的俄国人,这样一个俄国人只会在果戈理那神秘莫测的海洋中最轻浅的微波里涉涉水,对果戈理作品的反应也只会局限于欣赏一下他自认为是作者心血来潮的幽默和五光十色的警句。但对于一个潜水者,对于一个寻找黑珍珠的人,对于喜欢探索海洋深处的怪物胜过海滩上的阴凉处的人来说,他们会在《外套》中发现一些隐蔽之处,这些隐蔽之处把我们的生存状态和其他一些状态及模式联系在一起,而这些状态和模式只在我们偶尔会有的非理性认知中被模模糊糊地感觉到。

————

* 俄罗斯式的外套(shinel,源于chenille)是一种大帽、宽袖的皮毛服装。——原编者注普希金的文章是三维的；而果戈理至少是四维的。他可以和他同时代的数学家罗巴切夫斯基相比。罗巴切夫斯基猛烈抨击欧几里得，他发现的很多理论中有许多在一百年后被爱因斯坦进一步发展完善。如果两条平行线不能相交，不是因为它们不能相交，而是因为它们还有其他的事情要做。在《外套》中果戈理的艺术暗示两条平行线不仅可以相交，而且可以扭动，可以疯狂地缠绕在一起，好比倒映在水中的两根柱子，如果水面恰恰泛起涟漪，则两根柱子还会尽情地摇摆扭曲。果戈理的天才就是那涟漪——二加二如果不等于五的平方就等于五，这在果戈理的世界中发生得很自然，在那里无论是理性的数学，还是任何我们与自己达成的伪物理的协议，都很难说真的存在。

———

阿卡基·阿卡基耶维奇沉溺于其中的穿衣过程，包括外套的制作和穿上身，实际上正是他去衣的过程，是他逐渐倒退到鬼魂的全裸状态的过程。从故事的一开始，他就在为超自然的腾空跳跃做训练——诸如他为了节省鞋而在街上踮着脚尖走路，或者他不是很清楚自己是在马路中间还是在句子中间，这样的细节看起来无关紧要，但却逐渐使小职员阿卡基·阿卡基耶维奇融化分解，直到在故事的结尾，他的鬼魂似乎才是他这个人本身最有形、最真实的部分。他的鬼魂在圣彼得堡的街上游荡，寻找他那件被抢走的外套，并最终抢占了曾经在他不幸的时候拒绝帮助他的一位高官的外套——这段叙述对于天真的人来说也许就像一个普通的鬼故事，但却在故事的结尾转变成了我找不出准确的词来表述的什么东西。它既是升华也是堕落。以下就是这个结尾：

"可怜的大人物差不多吓了个半死。他一般在官府里还有下属面前都是个性情暴戾的人，以前不管谁只要看一眼他那英武的样子和体态都会忍不住害怕地想象他的脾气该有多大；可是到了这个时候他（像许多相貌魁梧的人一样）也是惊骇万分，以至于他都担心自己会中风，这样担心也不是完全没有道理的。他甚至扔下自己的外套，然后声音古怪地连连催促车夫带他回家，还让他像要疯了一样地赶车。一听见平时一般是在紧要时刻才发出的喊声，甚至 [注意"甚至"这个词被反复使用] 语气更有分量，车夫觉得还是缩紧脑袋比较明智；他挥鞭策马，马车箭也似的飞奔向前。六分钟之后，可能不止六分钟 [按照果戈理特殊的时间计算器]，大人物已经来到了自家的大门前。他脸色苍白，惊魂未定，也没有了外套，他没有去卡罗琳娜·伊凡诺夫娜那里 [他包养的女人] 而是回到了家里；他跌跌撞撞地挨到自己的房里，这一夜过得尤其心慌意乱，所以第二天早晨吃早饭时，女儿很直接地对他说：'您今天脸色很苍白，爸爸。'而爸爸则默然不语 [对一则《圣经》寓言故事的讽刺模仿！]，他对谁都没有说起自己出了什么事，昨夜去过什么地方，也没说他打算去哪儿。整个事件给他留下了极其强烈的刺激 [下面的内容有滑坡的效果，是果戈理出于特殊需要而使用的神奇的突降法]。这以后他甚至很少再对下属说：'你怎么敢如此放肆？——你知道你是在和谁说话吗？'——或者即使偶尔这样说，也是在他先听完对方说了些什么之后。然而更奇特的是，这次以后那个小职员的鬼魂就不再出现了：显然，这位大人物的外套正合他的身；至少再没听说有谁的外套被从肩上一把扒走了。不过，许多精力旺盛又小心谨慎的人不愿意就此打住，他们常常坚持说那小职员的鬼魂仍在城里某些偏远的地段出没。的确有一个郊区的警察亲眼看见 [从道德教诲滑向怪异离奇，至此已成一片混乱] 一个鬼从一幢房子后面走出来。可是，警察天生是个胆小鬼（所以，有一次，一头普通的发育完全的猪从一户人家冲出来，把他撞倒在地，引起周围车夫的一阵哄笑，他跟他们每人要了十个铜币，作为嘲讽他的惩罚，自己拿这钱买了些东西），他不敢上去拦住那鬼，只是一直暗中跟在他后面，直到那鬼忽然一转身，停下问道:'你要干吗,你?'——并且伸出了甚至在活人中也很少见的大拳头。'没什么。'哨兵回答说,然后立刻掉头走了。但是这个鬼的个子比那小职员高得多,而且有大把的胡子。它显然是在朝奥布霍夫桥那边走去,很快便完全隐没在黑暗的夜色里了。"

一连串"不相关"的细节(例如设想"发育完全的猪"出现在私人住宅里是很普通的事)起了催眠的作用,以至于使人差点忽略了一个简单的事实(这恰是最后的收笔之美)。这最重要的一条信息,故事最主要的结构上的意义,在这里被果戈理故意掩饰起来(因为所有的现实都是一副面具)。被认为是阿卡基·阿卡基耶维奇的没穿外套的鬼其实正是那个偷了他衣服的男子。但阿卡基·阿卡基耶维奇的鬼魂之所以存在是因为他没有外套,然而这回警察却陷入了故事最奇怪的悖论之中,他错把这个鬼的对立面当成了鬼,就是那个偷外套人。这样一来,整个故事就完成了一个循环:一个像所有的循环一样的恶性循环,不管这些循环的样子是苹果、星球,抑或人的脸。

概括地说,这个故事是这样进行的:含混咕哝,含混咕哝,一阵抒情,含混咕哝,一阵抒情,含混咕哝,一阵抒情,含混咕哝,荒诞的高潮,含混咕哝,含混咕哝,然后回到混沌,一切之源头的混沌。在这样一个超高的艺术水平,文学当然不是关于同情受迫害者或者诅咒高高在上者。它关注的是人类灵魂中隐秘的深处,在那里,其他世界的影子犹如无名之船的影子一般悄无声息地驶过。

———

至此,一两个耐心的读者也许已经了解到这正是唯一使我真正感兴趣的东西。我希望我草草记下这些关于果戈理的笔记的目的已经一目了然。坦率地说,这个目的就是:如果你想对俄国有所了解,如果你急切地想知道为什么长冻疮的德国人把闪电战给搞砸了,如果你对"思想"、"事实"和"寓意"感兴趣,那么就离果戈理远一点。

为了看他的书而去学习俄语，这份可怕的辛苦是换不来你想得到的硬钞的。离他远点儿，离他远点儿。他没有什么能告诉你的。请绕道而行。高压电。长期关闭。回避，制止，不要。这里我想把所有可能的禁令、否决和威胁都列出来。当然，几乎没有必要这样做——因为不对路的读者肯定都不会走那么远。但我确实欢迎对路的读者——我的兄弟们，我的替身们。我的哥哥在弹奏乐器。我的妹妹在看书。她是我的阿姨。——你要先学字母、唇音、舌音、齿音、发出嗡嗡声的字母，像雄蜂叫的字母，像大黄蜂的，还有像采采蝇的。有一个元音发起来就像在说："啊！"你第一次完成人称代词的词尾变化后，头脑会感觉僵硬，伤痕累累。然而，我想不出还有其他什么办法能接近果戈理（或其他任何一位俄国作家）。如所有伟大的文学成就一样，他的作品是一种语言现象，而不是思想现象。他的名字念 Gaw-gol，不是 Go-gall。结尾的"l"是一个很轻的有消融感的"l"，在英语中并不存在。如果一个人连作者的名字都念不准，他又如何奢望去理解这个作家。我翻译的各个段落已经是尽我可怜的英语单词量的全部之所能，但即使我的翻译真能和我心灵深处的耳朵所听到的一样完美，我仍然无法把语调翻译出来，这些翻译仍然不能代替果戈理。虽然我试图表达对他的艺术的态度，但我拿不出任何触手可及的证据来证明他的艺术的独特存在。我能做的只是把手放在胸口，然后申明果戈理并不是我想象出来的。他确实创作过，他确实存在过。

　　果戈理出生于一八〇九年四月一日。据他的母亲讲（下面这个沉闷的故事当然是她编出来的），他五岁时写的一首诗被算是小有名气的作家凯普尼斯特看到了。凯普尼斯特抱住这个一脸严肃的淘气包，对开心的父母说道："他会成为一位天才作家，只要命运能安排一位真正的基督徒做他的老师和领路人。"不过——果戈理出生于四月一日——这是千真万确的。

伊凡·屠格涅夫
（一八一八——一八八三）

伊凡·谢尔盖耶维奇·屠格涅夫一八一八年出生于俄罗斯中部奥廖尔一个富裕的大农奴主家庭。他的孩提时代在庄园度过，在那里他得以观察农奴的生活以及农奴主与农奴之间关系的最坏状态；屠格涅夫的母亲生性暴虐，令她的农奴和家人都过着悲惨的生活。虽然她也喜爱自己的儿子，但她照样迫害他，为一些最孩子气的违抗或调皮而让他受鞭打。成年后屠格涅夫试图为农奴说情，他的母亲就克扣他的津贴，以至于屠格涅夫虽然身为大笔遗产的继承人，却生活在穷困之中。屠格涅夫从来没有忘记童年时代的痛苦经历。母亲去世后，他努力改善农民的生活状况，解放了所有家里的仆人，他也在一八六一年农奴解放的过程中积极与政府合作。

屠格涅夫早期接受的只是一些零星的教育。他众多的家庭教师都是他母亲不加选择随意雇来的，包括奇奇怪怪的各色人等，其中至少有一位专业马具商。屠格涅夫在莫斯科大学读了一年，在彼得堡大学读了三年，一八三七年从那里毕业，但他并不觉得自己接受了全面平衡的教育。一八三八年至一八四一年，屠格涅夫在柏林大学继续求学，填补了知识上的各项空白。在柏林生活期间，他和一群意气相投的俄国年轻人成为密友，他们后来成为一次俄罗斯哲学运动的核心成员，这一哲学运动带有浓重的黑格尔主义色彩，亦即德国的"理念主义"哲学。

青年时代的屠格涅夫写了一些不成熟的诗作,多数是对莱蒙托夫的模仿。直到一八四七年,他转向散文体写作,发表了第一篇短篇小说,即他《猎人笔记》系列的第一篇,这时他才成为一个独立的作家。这篇小说引起了极大的反响,后来与其他一系列短篇作为同一卷书出版,影响与日俱增。屠格涅夫的文笔伸缩自如,行云流水,富于乐感,但这只是他迅速成名的原因之一,因为至少人们对其故事的特殊主题也表现出极大的兴趣。这些故事都围绕农奴展开,不仅有细致的心理描写,而且还进一步将这些农奴理想化,使他们在人性上优越于他们那些铁石心肠的主人。

下面我们摘取这些故事中的一些华美片段:

"费迪雅颇有兴致地把狗举起来,然后放进手推车的底部,那狗露出被强迫似的微笑。"(《霍尔与卡里内奇》)

"……一条狗,全身颤动着,眼睛半睁半闭,在草坪上啃着一根骨头。"(《我的邻居拉季洛夫》)

"维亚切斯拉夫·伊拉里奥诺维奇对女性的敬慕非同寻常,只要一眼看见哪位俏丽娇小的女子在乡间大道上走着,他就会马上尾随其后,但是——这正是奇怪的地方——他也会立即一瘸一拐起来。"(《两个地主》)

日落时的乡间小路上:

"玛莎(主人公的吉卜赛情人,后来抛弃了他)停下来,转过身面向着他。她背光站着——看上去全身灰黑一片,仿佛是尊黑木雕刻。只有她仿若银杏的眼白突出着,而虹膜则显得更黑了。"(《车尔托普卡诺夫的结局》)

"天色已晚,太阳躲在一小片山杨林后面……山杨林的影子无边无际地横卧在寂静的田野上。可以看到一个农民骑着白马,正从容不迫地从阴暗的林边小径经过;人影如此分明,他浑身每一处,甚至是肩上的补丁也看得一清二楚——尽管他是在阴影中移动;忽隐忽现的马腿分明透露着欢快的气息。夕阳的余光浸润了山杨树的树干,暖暖的光影下看上去倒像松树的树干。"(《父与子》)

这些是屠格涅夫最精彩的文字。我们今天仍然赞赏的就是屠格涅夫散文中不时出现的这些色彩柔和的画面——是水彩画的效果,而非果戈理艺术画廊里弗兰芒式的辉煌的油画效果。这些精彩之笔在《猎人笔记》中尤其数不胜数。

屠格涅夫在《笔记》中对理想主义和富有人情味的农奴的大量描写强调了农奴制度昭然若揭的罪恶,这激怒了很多有权势的人。让这部手稿过关的审查官被革职,政府一有机会便着手惩罚屠格涅夫。果戈理死后,屠格涅夫写了一篇短文,被彼得堡审查机构查禁;但他把手稿寄到莫斯科,审查官却让它通过,并得以发表。屠格涅夫因违抗当局罪被判坐牢一个月,之后便被流放到他自己的庄园,在那里度过了两年多的时间。他回来后出版了第一部长篇小说《罗亭》,之后又出版了《贵族之家》和《前夜》。

《罗亭》创作于一八八五年,描写的是十九世纪四十年代在德国大学接受教育的那一代理想主义的俄国知识分子。

《罗亭》中有一些精彩的片断,如"……许多古老的欧椴树林荫道,一片暗金黄色,幽香扑鼻,林荫道的尽头是宝石绿的惊鸿一瞥",这是屠格涅夫最爱的景致。罗亭在拉松斯基家的突然出现描写得相当精彩,让冷酷机智的主人公和某个性情暴躁的粗人或自命不凡的蠢人在晚会或晚宴上干一架,这是屠格涅夫宠爱的情节设置。我们来看一个能体现屠格涅夫笔下人物心血来潮的典型例子:"这时罗亭走到娜塔莉亚跟前。她站起来，脸上露出疑惑的神情。坐在她身边的沃伦采夫也站了起来。'——啊，我看到这儿有架钢琴。'——罗亭温柔亲切地说道，犹如一位出巡的王子。"接着，有人弹起了舒伯特的《森林之王》。"'——这音乐，这夜色，'[一个繁星点点的夏夜，'夜空似乎要休憩了，让人的灵魂也想休憩了'——屠格涅夫是'音乐与夜晚'主题的积极拥护者]罗亭说道，'令我想起了在德国留学的岁月。'"有人问他当时学生的穿戴如何。"'——喔，在海德堡时我常穿带马刺的长统靴和一件镶着饰带的匈牙利夹克；我任由自己的头发长长，几乎披到肩膀。'"罗亭是一个相当爱炫耀的年轻人。

那时的俄国是一个巨大的梦：民众在沉睡——比喻意义上的；知识分子们度过一个又一个不眠之夜——真实意义上的——或彻夜高谈阔论，或沉思冥想直到凌晨五点，然后出去散个步。他们往往不脱衣服扑倒在床上昏睡过去，或是从床上跳起来套上衣服就冲出去。屠格涅夫笔下的年轻女性通常都起得很早，她们从床上跳起来套上裙子，用凉水抹把脸，就冲出去了，鲜艳如玫瑰，奔进花园，那里的某个凉亭里一场命中注定的相遇即将上演。

去德国之前，罗亭是莫斯科大学的学生。他的一位朋友这样为我们讲述他们的青春岁月："五六个年轻人，唯一的一根油蜡烛在燃烧……最便宜的茶叶，隔夜的硬饼干……但是我们的眼睛闪闪发亮，我们的脸颊通红，我们的心怦怦跳动……我们谈论的主题是上帝、真理、人类的未来、诗歌——有时候我们也胡说八道，不过这又有什么害处呢？"

罗亭这个人物，一位十九世纪四十年代具有进步思想的理想主义者，可以用哈姆雷特的那句回答"空话、空话、空话"（words, words, words）来概括。尽管他用进步的思想将自己层层围裹，但他只是纸上谈兵。他全部的精力都花在充满激情的理想主义的喋喋不休之中。一颗冷酷的心加上一颗狂热的头脑。一个缺乏耐力的空想者，一个无力行动的好事者。当那个爱着罗亭而罗亭也自认为爱着她的女孩告诉罗亭她母亲绝不会同意他们的婚事时，罗亭立即放弃了她，尽管女孩愿意跟随他到天涯海角。罗亭远走他乡，周游俄国；他所有的雄心壮志灰飞烟灭。但是厄运始终缠裹着他，最初只是让他除了口若悬河之外完全不知如何运用自己的才华，最终却将他塑形，固化了他的个性轮廓，并引领他走向毫无意义的英雄式死亡——一八四八年战死在遥远的巴黎街垒。

在《贵族之家》（一八五八）这部作品中，屠格涅夫颂扬了贵族传统理想中的所有高尚品质。小说女主人公丽莎是纯洁、骄傲的"屠格涅夫式少女"最完美的化身。

《前夜》（一八六〇）是关于另一位屠格涅夫式少女叶莲娜的故事。叶莲娜为了追随爱人英沙罗夫而远离家人与祖国，英沙罗夫是一位保加利亚英雄，他生活的唯一目标就是祖国的解放（当时保加利亚处于土耳其的统治之下）。相比那些在她青少年时期整日围着她转的无所作为的俄国年轻人，叶莲娜更喜爱实干的英沙罗夫。在英沙罗夫死于肺病之后，叶莲娜勇敢地沿着他的道路走了下去。

《前夜》这部作品尽管有着良好的意愿，但从艺术的角度来说，却是屠格涅夫所有小说中最不成功的一部。然而，这部作品又是最受欢迎的。虽然叶莲娜是女性，但她却是社会所需要的那一类英雄人物：她随时愿意为了爱和责任而牺牲一切，勇敢地超越命运在她人生道路上设置的种种困难，忠实于自由的理想——受压迫者的解放，妇女选择人生道路的自由和爱的自由。

因为表现了十九世纪四十年代理想主义者的道义上的失败，并且把作品中唯一正面的男主人公写成保加利亚人，屠格涅夫受到指责，说他没有塑造出一位积极、正面的俄国男性人物。对于这一点，他试图在《父与子》（一八六二）中进行弥补。在这部作品中，屠格涅夫描写了四十年代那些心存善意却无所作为的软弱的人们和新生的、强大的、"虚无主义"的青年革命一代之间在道德问题上的冲突。巴扎洛夫是年轻一代的代表，他的唯物主义立场极富攻击性；对他来说，既不存在宗教，也不存在任何美学或道德上的价值观。他唯一相信的东西是"青蛙",意指他只相信自己实践的科学实验的结果。他既不知道同情,也不懂得羞耻。他也是一个实际的、杰出的行动者。虽然屠格涅夫相当欣赏巴扎洛夫,认为用这样一个坚强、积极的年轻人形象可以迎合那些激进分子,但那些人却并不领情,反而对这样的描写愤怒不已,他们在巴扎洛夫身上看到的只是一幅取悦他们对手的讽刺画。于是有人说屠格涅夫已然江郎才尽。屠格涅夫目瞪口呆。他突然发现自己从进步社会的宠儿变成了令人憎恶的幽灵。屠格涅夫是个非常虚荣的人;声望,甚至声望的外在标识对他来说都意义重大。他大为恼火和失望。他当时正在国外,后半生便一直旅居异乡,只是偶尔回俄国作短期探访。

屠格涅夫接下来的一部作品是一个片断,名叫《够了》,在这部作品中,他宣布自己决定放弃文学。尽管如此,此后他又写了两部小说,并且继续写作直到生命终结。最后这两部小说,一部是《烟》,另一部是《处女地》。在《烟》中,屠格涅夫表达了对俄国社会各个阶层的痛恨,在《处女地》中,他则描写了这个时代(十九世纪七十年代)社会运动中的各种类型的俄国人。一方面,存在着努力和人民保持接触的革命者:(1)小说主人公涅日丹诺夫有着哈姆雷特式的犹豫。他有修养,举止优雅,内心深处充满对诗歌和浪漫的憧憬,但却没有丝毫的幽默感,正如屠格涅夫作品中大多数的正面人物一样——而且性情软弱,有着病态的自卑感,总感觉自己一无用处,做任何事都缩手缩脚。(2)玛丽安娜,一个纯洁真诚、朴实天真的女孩,随时随地准备为了"事业"而献身。(3)沙罗明,一个坚强沉默的男子。(4)马科洛夫,一个诚实的傻瓜。另一方面,有像西皮亚金和卡罗密耶采夫这样虚假的自由主义者和坦率的反动分子。这部小说可谓乏善可陈,作者的天才几经挣扎,却仍然没能让人物和情节鲜活起来,而小说人物和情节的选取与其说是出于艺术的冲动,不如说是因为屠格涅夫急于表达他对自己所处时代的政治问题的观点。

顺便提一下,和他那个时代的大部分作家一样,屠格涅夫太过直白了，没有给读者的直觉留下任何空间；他总是先暗示，再笨拙地解释这些暗示。他的长篇小说和篇幅很长的短篇小说的结尾均矫揉造作，让人不忍卒读，作者竭尽全力试图充分满足读者对作品中各个人物最终命运的好奇心，其代价就是艺术性的丧失殆尽。

虽然屠格涅夫是一位受人喜爱的作家，但他并不是一位伟大的作家。他从来没取得过可以与《包法利夫人》相提并论的成就，说他和福楼拜属于同一文学流派是彻底的误解。无论是屠格涅夫解决任何时尚社会问题的意愿，还是他对情节的老套处理（总是采用最简单的方式），全都无法与福楼拜严肃的艺术同日而语。

作为俄国作家，屠格涅夫、高尔基和契诃夫在国外都极负盛名。但他们之间没有任何天然的关联。然而我们或许可以注意到，屠格涅夫的糟粕在高尔基的作品中得到了淋漓尽致的表现，而屠格涅夫的精华（对俄国风景的描写）则在契诃夫的作品中获得了美丽的提升。

除《猎人笔记》和长篇小说之外，屠格涅夫还写了不计其数的短篇小说和长篇幅的短篇小说或者叫中篇小说。早期的那些作品毫无原创性或者文学特性可言，后期有些作品则相当出色。其中的《一潭死水》和《初恋》尤其值得一提。

屠格涅夫的个人生活并不美满。他一生中伟大同时也是唯一的真爱献给了著名的歌唱家波琳·维亚尔多夫人。她是有夫之妇，而且婚姻美满，屠格涅夫和她的家庭保持着友好关系，个人的幸福毫无指望。但他还是把一生都献给了这位维亚尔多夫人，只要有可能就住在离她家不远的地方，她的两个女儿出嫁的时候，屠格涅夫给她们各备了一份嫁妆。

一般来说，屠格涅夫住在国外时要比住在俄国快乐得多。在国外，没有激进的批评家以猛烈的抨击折磨他的日日夜夜。他与梅里美和福楼拜交往甚笃。他的书被翻译成了法语和德语。由于他是西方文学批评界所熟知的唯一的俄国作家，他也就不可避免地被认为是最伟大的,甚至是唯一的俄国作家。屠格涅夫如沐春风,感到很幸福。他的个人魅力及优雅的举止给外国人留下了深刻的印象,但他一遇到俄国作家和批评家,就会立即感到不自在,从而表现得很傲慢。他曾先后和托尔斯泰、陀思妥耶夫斯基、涅克拉索夫发生争执。他嫉妒托尔斯泰,虽然同时又极其钦佩后者的天赋。

一八七一年,维亚尔多夫人一家在巴黎定居,屠格涅夫也追随而至。尽管他对维亚尔多夫人的爱始终如一,但仍感觉孤独,缺乏家庭的安慰。在给朋友的信中,他诉说自己的孤独,他的"寒冷的暮年",他的精神压抑。有时候,屠格涅夫渴望回俄国,但他又缺乏作出这样一个重大改变的意志力:缺乏意志力一直是屠格涅夫的弱点。他始终没有勇气去直面俄国批评家的抨击,自从《父与子》出版之后,这些批评家就对他所有的新作怀有偏见。然而,尽管批评家对他如此敌视,屠格涅夫还是深受俄国大众读者的喜爱。读者爱读他的书——直到二十世纪初,他的小说还很流行;他作品中所表现出的充满人性的自由主义情绪吸引着公众,尤其是年轻人。一八八三年,屠格涅夫在巴黎附近的布吉瓦尔逝世,但他的遗体被运回彼得堡。成千上万的人们跟随他的灵柩来到墓地。众多的社团、城镇、大学等派出了代表团。人们送来无数的花圈。参加葬礼的队伍长达两英里。俄国读者最后一次表达了对屠格涅夫的爱戴,这份爱也曾伴随他的一生。

除了擅长描写自然风光之外,屠格涅夫还同样擅长描写卡通化的小人物。这些人物使人想起在英国乡村俱乐部看到的那些人。例如,屠格涅夫喜欢描写俄国六七十年代的那些纨绔子弟和社会名流:"……他一副典型的英国装束:杂色夹克的边袋口露出一条白色丝手帕的彩色尖端,形成一个小小的三角形;单片眼镜挂在一条相当宽的黑色缎带上;沉闷的浅色仿鹿皮手套和灰白色的格子裤正相

配。"屠格涅夫也是第一个注意到斑驳的阳光或光影的结合对人物外貌产生的特殊效果的俄国作家。记得那个吉卜赛女孩吗,她背对着太阳,"看上去全身灰黑一片,仿佛是尊黑木雕刻",而"她的眼白"则像"银杏"般突出着。

从这些引文可见屠格涅夫的文笔抑扬顿挫,游刃有余,尤其适合描述慢动作。他的一些句子会让人想起一只大太阳底下趴在墙上一动不动的蜥蜴——一句话的最后两三个单词刚好勾勒出蜥蜴尾巴的弧度。但整体来说,他的风格有一种奇怪的拼凑效果,这是因为作家有一些他自己情有独钟的段落,会给予它们不同于其他段落的特殊待遇,以致在一篇流畅清晰但也平平常常的文章中会有一些片段鹤立鸡群,丰满有力,因着作者的偏好而被放大了。如蜜似油——当屠格涅夫沉下心来着力于写出优美的文字时,笔下最丰满优雅的句子便当得起这一比喻。作为一个讲故事的人,屠格涅夫总显得做作,甚至可谓蹩脚;事实上,当他跟着角色走时,就会像《两个地主》中的那个主人公一样一瘸一拐起来。屠格涅夫的文学天赋在想象力方面乏善可陈,这里的想象力指的是自然地找到讲故事的方法,这一点远远比不上他的叙述艺术的独创性。屠格涅夫也许是意识到了这一基本的缺陷,又或者是受艺术家的自我保护本能的驱使,不至于在那些最有可能失败的地方徘徊不前,总之他尽可能地避免关于行为行动的描写;更准确地说,他不会通过长篇叙述来揭示行为。他的小说和故事主要由对话组成,不同的场景描写也都很出彩——较长的对话中间插入简短的人物介绍和优美的乡村景致。然而,当屠格涅夫特地去寻找俄国老式花园之外的美时,他就会沉迷于媚俗的抒情。他的神秘主义可塑性和画面感很强,香气四溢,薄雾轻漫,古老的肖像画上的人物好像随时会复活,大理石柱子,等等。他笔下的鬼魂不会让人寒毛直立,或者说是立的感觉不对劲儿。他竭尽全力去描写美;他对奢侈的概念是"……黄金、水晶、丝绸、钻石、鲜花、喷泉";鲜花饰体的少女们几乎衣不蔽体,她们划着小船,哼着小曲,另一群

伊凡·屠格涅夫 85

少女们则因其职业而身着虎皮,举着金酒杯,在岸上嬉戏欢闹。

《散文诗》(一八八三)中的作品大部分都注明了日期。这些作品的旋律一塌糊涂;字里行间透着廉价的光泽,其哲学观肤浅到实在不值得花功夫细读。然而,它们仍然是纯粹的俄国散文的优秀例证。但作者的想象力从没有超越最普通不过的象征(如精灵和骷髅);如果说他最佳的散文让人想起香醇的牛奶,那么这些散文诗则可以比作乳脂奶糖了。

也许屠格涅夫最优秀的文字可以在《猎人笔记》中找到。尽管对农民有一些理想化的描写,但这本书呈现了屠格涅夫最自然、最真实的人物,还有一些对景物、人物,当然还有对自然的最令人满意的描写。

在屠格涅夫创造的所有人物中,"屠格涅夫式的少女"可能最负盛名。马莎(《一潭死水》)、娜塔莉亚(《罗亭》)、丽莎(《贵族之家》),她们的形象相去不远,且毫无疑问都有着普希金创造的达吉雅娜的影子。但是在不同的故事中,她们得到更多的空间来运用自己普通的道德力量和温柔个性,运用她们的才能,甚至我想说,还有她们的饥渴,去牺牲人世间一切的东西,只为了她们自己所认定的使命;这使命可能是为了更高尚的道德追求而完全放弃个人的幸福(丽莎),或者为了纯洁的激情而牺牲世间的一切所有(娜塔莉亚)。屠格涅夫将他的女主人公围裹在一种温柔而诗意的美之中,这种美对读者具有特殊的吸引力,很大程度上创造了一种关于俄国女性形象的普遍的崇高理念。

《父与子》
(一八六二)

《父与子》不仅是屠格涅夫所有小说中最优秀的一部,也是整个

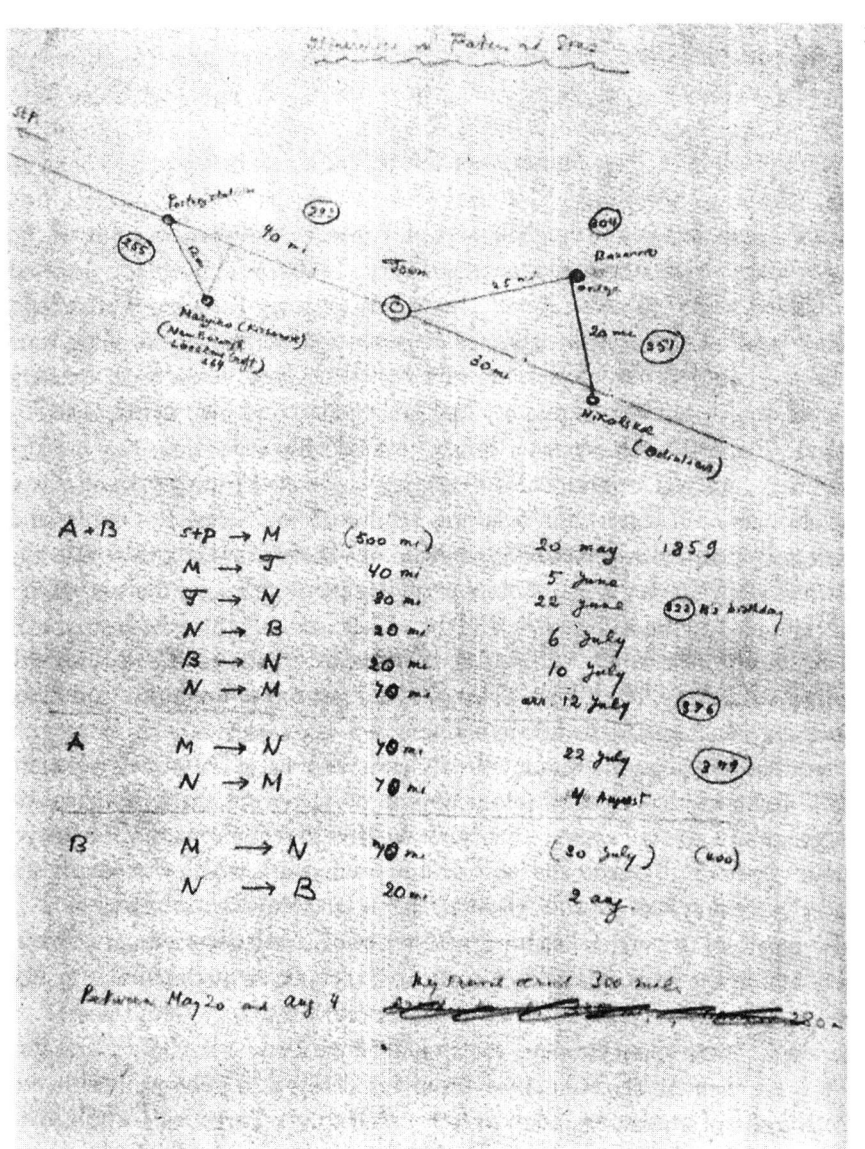

纳博科夫画的《父与子》中的旅程图。

十九世纪最精彩的小说之一。屠格涅夫在这部小说中实现了他的意图，亦即塑造这样一位俄罗斯青年，这位年轻人将证实他自己——这个人物——是一个不知自我反省为何物的人，与此同时，他也不是记者们笔下那个傀儡式的所谓社会主义者。巴扎洛夫是个坚强的人，这一点毫无疑问——而且如果他不是二十多岁就死了的话（在小说中出场时他是一位大学毕业生），他很可能在小说视野之外成为一位伟大的社会思想家，卓越的医师，或者积极的革命者。但是在屠格涅夫的天性和艺术中，普遍存在这样一个弱点：他无法令自己笔下的男性人物在由他所创造的生命中获得任何形式的成功。此外，在巴扎洛夫的性格中，在他的傲慢、意志力和冷酷思想的暴力背后，有着一股天生的年轻人的热情，巴扎洛夫自觉很难把这种热情与他将要成为的那个虚无主义者所应有的冷酷融合起来。虚无主义致力于抨击并否定一切，但是虚无主义无法遣散激情四溢的爱——或者使这种爱与他内心关于爱的原始动物性的观点统一起来。爱不仅仅是人的生物性的消遣活动。突然间包裹巴扎洛夫灵魂的浪漫激情使他深感震惊；但这却满足了真正的艺术需要，因为它在巴扎洛夫身上强调了以下这一点，即具有普遍性的青春的逻辑总是超越某种地方性思想体系的逻辑——而在此处就是虚无主义的逻辑。

　　屠格涅夫使他的人物走出了一种自我强加的模式，令其置身于一个充满偶然性的正常世界之中。他让巴扎洛夫死于盲目的命运之手，而非因其本性的任何特殊的内在发展。他带着沉默的勇气死去，就像在战场上牺牲一样，但巴扎洛夫的毁灭有某种妥协的元素，恰恰顺应了向命运温柔低头的基本趋势，这正是屠格涅夫整体艺术的特色所在。

　　读者会注意到——下面我即将把读者的注意力转移到那几个段落上——这本书中的两位父亲和一位叔父不仅与阿尔卡狄和巴扎洛夫截然不同，而且他们彼此之间也差别很大。我们还会注意到，和巴扎洛夫相比，阿尔卡狄要温和、简单得多，性格更普通、更正常。我会详细分析一些特别生动、重要的段落。例如，我们会注意到下面这个情景。老吉尔沙诺夫，也就是阿尔卡狄的父亲，有一个安静、温柔、相当迷人的情妇费尼奇卡，一个普通人家的女孩。她属于屠格涅夫创造的年轻女性人物中消极被动的一类，三个男人——尼古拉·吉尔沙诺夫，还有他的哥哥巴维尔，以及巴扎洛夫——围绕着这样一个消极被动的中心人物。巴维尔由于记忆的扭曲和丰富的想象，在费尼奇卡的身上看到了曾经点亮他一生激情的一位旧情人的影子。而巴扎洛夫则被发现和费尼奇卡调情，这一随意的举动引发了一场决斗。然而，令巴扎洛夫死于非命的不是费尼奇卡，而是伤寒。

————

我们可以观察到屠格涅夫的作品结构中有一个奇怪的特点。他费尽千辛万苦要将人物介绍得准确到家，详细说明他们的血统，赋予他们显著的特征，但最后，当他终于把这些人物集合到一起，瞧啊——故事已经结束，帷幕徐徐落下，而理应发生在他所创造的人物身上的一切，越过小说本身的范畴，皆由一个分外沉重的结尾一概包揽了。我并不是说这个故事中没有任何事件发生。相反，这部小说充满了行动；有争吵，有各种冲突，甚至还有一场决斗——关于巴扎洛夫的死也有很多意味深长的戏剧性描述。但我们也会注意到，在整个事件发展的过程中，在不断发生变化的事件的边缘，作者总在不断修整改善人物过去的生活经历，与此同时屠格涅夫一心一意要通过功能性的例证，来展示这些人物的灵魂、思想、性情，例如质朴的人们如何喜欢同巴扎洛夫亲近，阿尔卡狄如何尽量跟上他朋友日新月异的智慧高度。

对于作者来说，从一个主题转换到另一个主题是最难掌握的艺术手法，即便是第一流的作家，就像处于最佳状态的屠格涅夫，在从一个场景转换到另一个场景时，也往往会忍不住遵从传统的手法

（这是为了他想象中的那一类读者，一个习惯于某些特定写作手法的一本正经的读者）。屠格涅夫运用的转换手法非常简单，甚至可以说是老掉牙。我们在梳理整个故事的过程中在风格不同、结构不同的地方逐一停留，便会逐渐收集到这些简单的写作手法。

首先是介绍性的口吻："哦，任何看得到的东西……这是一位四十来岁的绅士在一八五九年五月二十日这一天问的问题"——等等。接着，阿尔卡狄到了；接着介绍巴扎洛夫：

"尼古拉·彼得罗维奇赶紧回过身，朝一位刚从马车上下来的高个男子迎了上去，那人身穿一件质地粗糙、带流苏的宽松长大衣，彼得罗维奇紧紧握住男子那只没有戴手套的粗糙的手，后者并没有立即伸手给他。

"'我感到由衷的高兴，'彼得罗维奇开口道，'非常感谢您前来探望我们……请问您尊姓大名，还有您父亲的大名？'

"'叶甫盖尼·瓦西里耶维奇。'巴扎洛夫懒洋洋地答道，声音却颇为雄浑；他一面翻下那件粗糙大衣的领子，尼古拉·彼得罗维奇得以看到他的整张脸。那是张瘦长脸儿，前额宽阔，鼻梁平平的，鼻头却很尖，一双绿莹莹的大眼睛，淡黄色蜷曲的连鬓胡子，脸上露着平静的微笑，颇有神采，显得自信聪明。

"'亲爱的叶甫盖尼·瓦西里耶维奇，但愿您在这里不会感到没意思。'尼古拉·彼得罗维奇继续说道。

"巴扎洛夫薄薄的嘴唇几乎难以察觉地动了一下，尽管他并没有回答什么，只是摘下了帽子。一头深黄色的浓密的头发并未掩盖住他头上几处明显的凸块。"

第四章开始处介绍了叔叔巴维尔：

"……这当口，一个中等个儿的男子走进了客厅，他身上一件深色的英国西服，系了个时髦的低领结，脚穿漆皮山羊皮的皮鞋。他是巴维尔·彼得罗维奇·吉尔沙诺夫。看他外表大约四十五岁左右；一头剪得短短的灰发隐隐发亮，像是新银的光泽；脸虽说有些黄，但没有一丝皱褶，非同一般地方正，线条分明，犹如精雕细刻一般，隐隐可见当年英俊非凡的痕迹；尤其精致的是他那双清亮乌黑的杏仁眼。阿尔卡狄的叔叔风度精致高贵，保留着年轻时的优雅和力争上游、登泰山而小天下的气势，一般人年过三十这种气势便已失之大半了。

"巴维尔·彼得罗维奇从裤袋里抽出手来，他的手纤巧精致，粉色的指甲又长又尖，雪白的袖口由一大颗猫眼宝石扣紧着，衬得他的手格外迷人，他把手伸向自己的侄子。两人行过欧式的握手之礼后，彼得罗维奇又按俄罗斯风俗吻了侄子三次，也就是说，用他芬芳的胡子在侄儿脸颊上碰了三下，并道：'欢迎。'"

彼得罗维奇和巴扎洛夫一见面就互相讨厌。屠格涅夫在这里用了一种喜剧手法，让两人分别向自己的朋友倾诉，在结构上形成一种对称。于是，叔叔巴维尔跟他兄弟聊天，批评巴扎洛夫邋遢的外表；而晚饭后，巴扎洛夫又在和阿尔卡狄的谈话中嘲弄巴维尔精心修饰的漂亮指甲。这是一个简单的对称结构，之所以相当明显是因为对传统结构的修饰在艺术上远优于传统本身。

在一起吃的第一顿晚餐太太平平地过去了。叔叔巴维尔受到巴扎洛夫的挑战，但还没有到他们发生第一次冲突的时候。在第四章的结尾处，另一个人被引入了叔叔巴维尔的生活里：

巴维尔·彼得罗维奇"在书房里坐着，早已是后半夜了，他坐在一把精美宽敞的扶手椅里，对着壁炉，煤块正慢慢烧成亮闪闪的灰烬……他的表情专注而阴沉，这不是一个单单陷入回忆中的人所有的表情。在一间屋子后面的小房间里，有一个年轻的女人正坐在一只大箱子上，她穿着暖和的蓝色无袖夹袄，乌黑的头发上随意地扎了一块白色头巾。她就是费尼奇卡。她一会儿侧耳倾听，一会儿打个小盹，一会儿向敞开的门洞张望。通过门洞可以看到里屋的童床，也能听到婴儿在熟睡中发出的均匀的呼吸声"。

屠格涅夫有意在读者的心中将叔叔巴维尔和尼古拉的情人联系

起来。这一点对他而言很重要。阿尔卡狄发现他有一个小弟弟,米佳,但他知道得要比读者晚一些。

　　接下来的一顿早餐,巴扎洛夫并不在场。两人对峙的战场还没有准备好,屠格涅夫让巴扎洛夫捉青蛙去了,趁这个时候,他安排阿尔卡狄向叔叔巴维尔解释巴扎洛夫的想法:

　　"'巴扎洛夫是什么?'阿尔卡狄微笑着说道,'叔叔,您要我告诉您他究竟是个什么样的人吗?'

　　"'如果你愿意的话,侄儿。'

　　"'他是个虚无主义者……'

　　"'虚无主义者,'尼古拉·彼得罗维奇沉吟了半晌,'这是从拉丁文来的吧,nihil,按我理解,就是"什么都没有";那么说来,这词的意思应该是指一个——一个对什么都不认可的人。'

　　"'照我看,是"什么都不尊重的人"。'巴维尔·彼得罗维奇接口道,然后继续涂他的黄油。

　　"'是以批判的眼光看待一切的人。'阿尔卡狄说道。

　　"'这不是一回事吗?'他的叔叔问道。

　　"'不,不是一回事。虚无主义者是指这样一个人,他不向任何权威低头,不从信仰出发来接受任何准则,不管这准则多么备受尊崇……'

　　"'原来如此。哦,依我看,他和我们不是一类人……以前有黑格尔主义者,如今是虚无主义者。我倒要看看你们如何在一片虚无里,在真空里生存。现在请你按一下铃,尼古拉·彼得罗维奇兄弟——到我喝可可的时候了。'"

　　费尼奇卡立即现身了。请注意对她的令人倾慕的描写:"她是位大约二十三岁的年轻女子,白皙可人,温顺绵柔,乌黑的头发和眼睛,鲜红丰满的嘴唇露着孩子气,一双手小而纤细。她穿了件干干净净的布裙子,一方新的蓝披巾轻轻盖在她的肩膀上。她正端着一大杯可可,在巴维尔·彼得罗维奇面前放下后,她一时有些不知所措;俏丽的脸上不由自主地泛起一片桃红。费尼奇卡垂眼站在桌子前,手指尖微微撑在桌沿上。她看似因为自己进屋来而感到羞愧,但同时又觉得自己有权进来。"

在这一章的最后,青蛙捕手巴扎洛夫回来了,在下一章里,早餐桌成了叔叔巴维尔和年轻的虚无主义者之间第一回合冲突的舞台,两个人都是战绩不菲:

"'方才阿尔卡狄说您不承认任何权威——您不相信任何权威?'

"'可是我为什么要承认他们呢?又有什么是我应该相信的呢?如果有人言之有物,我就同意,就这么简单。'

"'那么所有的德国人[科学家]都是言之有物的了?'巴维尔·彼得罗维奇问道,他的脸上显示出一种与己无关、超然物外的表情,似乎他自己已经远离尘世之外。

"'并非所有的德国人。'巴扎洛夫回答道,一面打了个短短的哈欠。显然他没兴趣继续这场辩论……

"'至于我自己,'巴维尔·彼得罗维奇又开口道,很费力的样子,'我不喜欢德国人是到了冥顽不化的地步了……比如我的兄弟就相当欣赏他们……可如今德国人都变成了化学家和唯物主义者——'

"'一个知道自己在干吗的化学家比任何诗人都有用二十倍。'巴扎洛夫抢白道。"

在一次采集标本的探险中,巴扎洛夫发现了一种他和屠格涅夫称之为非常稀有的甲虫标本。这里当然不应用"标本"这个术语,而应用"物种",而且那种水甲虫也不是什么稀有物种。只有对自然史一无所知的人才会把"标本"和"物种"混淆起来。整体来说,屠格涅夫对巴扎洛夫标本采集的描写很蹩脚。

我们会注意到,尽管屠格涅夫为第一次冲突作了充分的准备,巴维尔叔叔的粗鲁仍使读者感到不那么真实可信。当然,说到"真实",我这里只是指一个处于一般文明状态中的一般读者对于一般现实生活的认同。在读者的心中,叔叔巴维尔的形象已经是一个非常时尚、富有经验、修饰极其得体的绅士，他按理不会费神去恶意质问一个偶然遇到的大男孩，一个他侄子的朋友，他兄弟的客人。

前面我提到过屠格涅夫的小说在结构上有一个奇特的标志，就是会对故事的情节冲突部分作一连串的铺垫叙述。第六章的结尾处就是一个例子。"阿尔卡狄向巴扎洛夫讲了叔叔巴维尔的故事。"这个故事在第七章才讲给读者听，且相当醒目地打断了已经开始的那个故事的进展。我们了解到十九世纪三十年代叔叔巴维尔和命中注定的迷人的R公主之间的爱情故事。这位浪漫的女士，就像最终在有组织的神秘主义中找到谜题答案的狮身女怪，大约在一八三八年离开了巴维尔·彼得罗维奇，并于一八四八年去世。从那以后，直到现在，一八五九年，巴维尔·彼得罗维奇就一直隐居在他弟弟的农庄中。

继续往下，我们可以发现，费尼奇卡不仅在尼古拉·彼得罗维奇的感情中取代了他死去的妻子玛丽，而且她也在巴维尔·彼得罗维奇的感情中取代了R公主。这是又一个简单的对称结构的例子。通过叔叔巴维尔的眼睛，我们看到了费尼奇卡的房间：

"他发现自己身处一间低矮的小房间里，非常干净舒适。有股新漆地板和甘菊、紫苏夹杂在一起的味儿。沿墙放着一排椅子，靠背是七弦琴式的，那是已故将军买的[可追溯到一八一二年的战役]；靠墙角放了张挂薄纱帐的高脚小床，床畔有个带圆盖的铁皮箱。对面的墙上挂着奇迹创造者尼古拉的大幅深色圣像，前头摆着一盏长明灯，一个瓷蛋由红丝带穿着从突出的圣像光轮处直垂到圣像的胸口；窗台上是一瓶瓶去年制的果酱，口子封得严严实实，透出绿莹莹的颜色；纸盖子上是费尼奇卡亲手写的'醋栗果酱'几个大字——尼古拉·彼得罗维奇尤其喜欢这种果酱。从天花板垂下一根长长的绳子，上面缚了个鸟笼，笼里的短尾巴灰雀不停地啁啾跳腾，笼子跟着不停晃动，一颗颗作鸟食的麻籽落到地板上发出细微的啪嗒声。在一个小抽屉橱上方的墙壁上挂着尼古拉·彼得罗维奇的照片，什么姿势都有，照片很糟糕，是走门串户的照相师的手艺；也有费尼奇卡本人的一张照片，绝对是张失败的照片：看不见眼睛，强带笑容，相框脏兮兮的——除此之外什么也看不清。费尼奇卡的相片上方挂的是叶莫洛夫将军像，他身披一件切尔卡西亚大氅，面向遥远的高加索群山，一副怒眉紧锁的凶样，画像上方挂着一只鞋子形状的针线包，垂下来正好挡住他的眉毛。"

请注意故事在这里又停了下来，作者要交待一下费尼奇卡的过去：

"尼古拉·彼得罗维奇是三年前认识费尼奇卡的，当时他碰巧在一个偏僻县城的一家小酒店里投宿。他住的那个房间干干净净，被褥清清爽爽，令他既愉快又惊奇……其时尼古拉·彼得罗维奇刚迁新居，不想把农奴留在宅里而想另外雇人；酒店女掌柜则抱怨过往人稀，度日艰难；于是，他建议她去他家里当女管家；她同意了。她的丈夫已经过世，膝下只有一女——费尼奇卡……当时十七岁，她文静娴雅，尼古拉·彼得罗维奇只有在本区教堂做礼拜时会注意到费尼奇卡白净脸庞的温柔侧影。这样过了一年多。"

费尼奇卡的眼睛发炎，尼古拉为她看病，很快便痊愈了，"但她留给尼古拉·彼得罗维奇的印象久久未散。他再也忘不了那张纯洁、精致、微颤地仰着的脸；他的掌心能感觉到那柔软的头发，他的眼睛看到那天真无邪的嘴唇，微微张着，露出一口贝齿，在阳光下闪动着湿润的光泽。他开始在教堂里分外注意起她来，他试图找机会和她说话……

"她渐渐地跟他熟了，但在他面前总有些害羞，这时她母亲阿丽娜忽然得霍乱死了。费尼奇卡能上哪儿去呢？她继承了母亲爱整洁的习惯以及审慎端庄的秉性；但她是那样年轻，那样孤单。而尼古拉·彼得罗维奇又是如此善良朴实。后来的事就不用说了。"

这些细节的描写令人叫绝，发炎的眼睛是一件艺术品，但结构很蹩脚，结尾那一段也蹩脚扭捏。"后来的事就不用说了。"这句奇怪的蠢话暗示有些事是为读者所熟知的，以至于根本不值得描述。事实上，细心的读者可以很轻易准确地想象出屠格涅夫如此谨慎小心地要去掩饰的事情。

巴扎洛夫遇到了费尼奇卡——她的孩子特别喜欢他，这也不足为奇。我们已经了解巴扎洛夫对待头脑简单的小人物的办法——长胡子的农民、顽童、女佣。我们也听到了老吉尔沙诺夫和巴扎洛夫一起弹奏舒伯特。

———

第十章的开头充分揭示了屠格涅夫另一个典型写作手法——一种我们经常在他短篇小说的结尾听到的语调，这种语调也被用在当作者认为有必要停下来审视一下人物的安排和分布时。在这部作品中，就有这种情况——为了人物身份确认而做的停顿。通过其他人对巴扎洛夫的反应来对他进行归类：

"家中的每个人对巴扎洛夫都已经习惯了，习惯了他那随随便便的举止以及突然间蹦出的单音节词。费尼奇卡尤其与他熟稔，甚至有天夜里差人叫醒他。米佳发惊厥了。巴扎洛夫来了，还是像惯常那样半开玩笑，半打着呵欠，在她那里坐了约摸两个小时，也治好了孩子。另一方面，巴维尔·彼得罗维奇已经开始打心眼里厌恶巴扎洛夫；他觉得他目中无人，放肆无礼，愤世嫉俗，平民气十足。他怀疑巴扎洛夫根本不尊重他——他可是巴维尔·吉尔沙诺夫！尼古拉·彼得罗维奇则有些惧怕这个年轻的'虚无主义者'，他拿不准这人对阿尔卡狄到底会起什么样的影响，不过他愿意听他发表议论，他做科学实验和化学实验的时候也愿意在场。巴扎洛夫随身带来了一架显微镜，在镜头下一忙就是几个小时。仆人们也都喜欢他，尽管他总取笑他们；他们觉得这人毕竟和自己是一样的人，而不是一个老爷……农场上的孩子们干脆像群小狗一样跟着这位'医生'到处跑。不喜欢他的只有普罗科菲伊奇老头一个;他总是绷着脸儿给他上菜……就贵族禀性而论,普罗科菲伊奇倒是一点儿不输给巴维尔·彼得罗维奇。"

接下来是整部小说中第一次运用乏味之极的偷听手法,这一手法在讲莱蒙托夫时已有详细阐述:

"有一天他们两人在外待到很晚才回来;尼古拉·彼得罗维奇到花园里去迎接他们,经过凉亭时忽然听到一阵急促的脚步声和两个年轻人的说话声。他们走在凉亭的那一头,所以看不见他。

"'你还不够了解我的父亲。'是阿尔卡狄在说。

"'你父亲是个好人,'巴扎洛夫一字一顿道,'但他已经落后于时代,他的戏唱完了。'

"尼古拉竖起了耳朵。阿尔卡狄没有回答。

"'落后于时代'的人呆呆地站了几分钟,一动不动,然后拖着脚一步一步走了回去。

"'我前天见他在读普希金的书,'巴扎洛夫仍在继续,'请向他解释,那玩意儿全无用处。他毕竟不是个孩子了;是该扔掉这些垃圾的时候了。都什么时代了还要做浪漫主义者!给他看些有用的东西吧。'

"'比如什么呢?'阿尔卡狄问。

"'一开始不妨看比尤赫内尔的《物质与力》。'

"'我也这样想,'阿尔卡狄欣然答道,'《物质与力》的语言通俗易懂。'"

看起来屠格涅夫似乎是在寻找一些人工结构来使故事更为生动:《物质与力》提供了一点喜剧性的轻松效果。接着,一个新的木偶式人物马特维·科里亚津出现了。他是基尔萨诺家的表亲,由科里亚津叔叔抚养成人。这个马特维·科里亚津是政府派来的视察官员,调查当地市长的行为。这个人物的作用是让屠格涅夫可以通过他作一番布局,让阿尔卡狄和巴扎洛夫到城里去一趟,而这次行程会让巴扎洛夫遇到一位迷人的女士,她和巴维尔叔叔的那位R公主并非毫无关系。

巴维尔·彼得罗维奇和巴扎洛夫冲突的第二个回合是在喝晚茶的时候,两人较上了劲,也就是距离第一次冲突两个星期之后。(两星期之间的聚餐大概有五十次之多——每天三次,十四天——读者只有自己去模糊想象了。)但是首先得清场:

"话题转到一位住在附近的地主身上。'垃圾,不过是个没出息的小贵族。'巴扎洛夫冷冷地说,他在彼得堡见过这个人。

"'请允许我问问您,'巴维尔·彼得罗维奇开口道,嘴唇开始打颤,'按您的概念,"垃圾"和"贵族"是指同一个意思喽?'

"'我说的是"不过是个没出息的小贵族"。'巴扎洛夫答道,一边懒洋洋地呷下一口茶……

"巴维尔·彼得罗维奇的脸白了。

"'这完全是另一回事。我没有义务向您解释为什么我照您的说法"干坐着玩我的大拇指"。我只想告诉您,贵族制度是一种原则,在我们这个时代,只有没有道德或者轻浮无聊的人才会没有原则地混日子……'

"巴维尔·彼得罗维奇稍稍眯起眼睛。'原来如此!'他的语调平静得异乎寻常,'虚无主义是为了解除所有人的痛苦,而你们,你们是我们的英雄和救星。好。但你们何必责骂别人呢——甚至那些控诉派?你们不也和所有人一样在泛泛空谈吗?'

"'我们扯得太远了;我觉得最好就此打住。'巴扎洛夫补充道,一面站起身,'但是如果您能举出当前的一种制度,无论是家庭生活或是社会生活中的,一种不会招致全面的、无情的否定的制度,那时我定会赞成您的高见……'

"'请听我说,巴维尔·彼得罗维奇,您且用一两天时间去好好想想;一下子怕是什么也找不到的。把我们社会的各个阶层都搜一遍,对每一阶层都仔细研究一番,眼下我和阿尔卡狄要……'

"'继续嘲笑一切吧。'巴维尔·彼得罗维奇打断道。

"'不会,我们要继续解剖青蛙。走吧,阿尔卡狄。回头见,先生们!'"

有趣的是,屠格涅夫仍然忙于刻画人物心理和描写场景,而不是让主人公有任何行动。这一点在第十一章尤为突出。在这一章里,他将巴维尔和尼古拉两兄弟进行了比较,还碰巧出现了那片迷人的小景色("天已傍晚,太阳躲进了离花园半俄里远的一小片山杨林里;长长的山杨林影横卧在寂静的田野上……")。

接下来的几章主要讲阿尔卡狄和巴扎洛夫到城里的拜访。这个城镇像一个中转站,在整体结构上起一个连接的作用,把吉尔沙诺夫家的乡间别墅和巴扎洛夫家的农庄连在一起。巴扎洛夫家的农庄在距离这个城镇二十五英里远的另一个方向。

一些明显是稀奇古怪的人物出场了。奥金佐夫夫人第一次被提及是在一场对话中,在一位女权主义的进步女士家里进行的对话:

"'这里有没有漂亮女人?'喝过第三杯葡萄酒,巴扎洛夫问道。

"'有,'叶芙多克西娅回答,'不过她们全都头脑简单。比如我的女友奥金佐夫,她模样就挺俏。可惜的是,她的名声有点儿……'"

巴扎洛夫在省长的舞会上第一次见到了奥金佐夫夫人。

"阿尔卡狄掉过头,看见一位身材修长的女人,身穿黑色晚礼服,站在大厅门口。她那雍容端庄的姿态不由使他吃了一惊。她的两只美丽的裸臂垂在纤腰两侧;几支倒挂金钟花从她闪亮的秀发上垂下来,落在她的削肩上;明亮的双眸从稍稍突出的、白净的额下往前凝视,表情安详而聪慧——是的,安详地,而不是沉思地——一丝几乎难以察觉的微笑挂在她的唇边,她的脸容透出一种尊贵温柔的气息……

"巴扎洛夫也注意到了奥金佐夫夫人。

"'这到底是谁?'他问道,'她跟此地其余女流大不一样。'

"阿尔卡狄被引见给了奥金佐夫夫人,邀请她跳下一曲玛祖卡舞。

伊凡·屠格涅夫 99

82　"阿尔卡狄断定他从来没见到过如此有魅力的女人。她的声音在他耳际萦绕不辍；她衣服的每一皱褶在她身上都显得那么特别，和别的女人全不一样——更优雅，更雍容——她的一举一动都那么从容自如。"

阿尔卡狄并没怎么和奥金佐夫夫人跳舞（他舞跳得很糟糕），而是在和她闲聊，"身心充满幸福，庆幸能坐在她身旁，跟她说话，瞧着她的眼睛，她美丽的前额，她那张娇媚、端庄、聪颖的脸庞。她的话不多，但从她说的不多的话中阿尔卡狄得出的结论是，这个年轻女人的情感和思维都已经相当丰富。"

"'西特尼科夫先生把您领来介绍给我之前，和您站在一起的那位是谁？'她问他道。

"'哦，那么说您注意到他了？'阿尔卡狄反问道，'他有一张超凡脱俗的脸，不是吗？他姓巴扎洛夫，是我的朋友。'"

于是阿尔卡狄开始谈他的"朋友"。他说得那么详细，那么眉飞色舞，奥金佐夫夫人不由掉过头去朝巴扎洛夫仔细地瞧了瞧……

"省长走到奥金佐夫夫人跟前，宣称晚宴已经准备好了，一脸愁容地伸出膀子来让她挽住。她走了几步，朝阿尔卡狄回眸一笑并且点头作别。他报以深鞠一躬，目光追随她的背影（她的腰看起来是多么窈窕啊，那黑丝绸的灰色光泽简直是顺着她的腰一泻而下！）……

"'怎么样？'阿尔卡狄刚回到角落，巴扎洛夫就问他了，'很开心吧？方才一位先生跟我提起，说这位太太是——哎—唷—唷！不过这位先生自己在我看来也是个笨蛋。那么，照你看来，她真的——哎—唷—唷？'

"'我不明白这话的意思。'阿尔卡狄回答道。

"'噢，得了！你可真天真啊！'

"'我是说，不明白你引用的那位绅士说的话是什么意思。奥金佐夫夫人毫无疑问是最迷人的，但是她表现得很冷淡，很严肃——'

"'外表冷若冰霜，内里——这你知道！'巴扎洛夫立即接口说，

'你说她冷冰冰。那就更有味儿了。你不是喜爱冰淇淋吗？'

"'也许吧，'阿尔卡狄有些含混不清地说，'我确定不了。她想跟你认识，让我领你去见她。'

"'我想象得出来，你是怎样描绘我的！不过，你做得对。领我去见她好了。不管她是谁——外省名媛也罢，像库克申娜（叶芙多克西娅）那样的"解放女性"也罢，事实就是像这么美丽的削肩我真是好久没见过了。'"

这是屠格涅夫最精彩的时刻，细致逼真的画笔（那灰色的丝绸光泽真是绝笔），不可思议的对色彩和光与影的感觉。"哎—唷—唷"是俄国人著名的感叹方式"oy-oy-oy"——在纽约的亚美尼亚人、犹太人、源于俄国的希腊人仍然会这样感叹。注意，第二天当巴扎洛夫被介绍给奥金佐夫夫人的时候，他么坚强的人，也好像失去了信心。"阿尔卡狄向她介绍巴扎洛夫时暗自惊奇：巴扎洛夫似乎有点局促不安，而奥金佐夫夫人还像昨晚那样安详。巴扎洛夫也感到了这一点，不由恼恨自己。'多窝囊，怕起一个婆娘来了！'他这样想着，人坐在椅子里，手脚便往外摊出来和西特尼科夫一样，他故意装作满不在乎的样儿谈开了，而奥金佐夫夫人却仍然用她明亮的眼睛瞪着他。"巴扎洛夫，这个无可救药的平民，将要疯狂地爱上这位贵妇人安娜。

屠格涅夫再次停下来对安娜·奥金佐夫的生平进行素描，这种手法已经让人感到有些乏味。年轻的寡妇安娜·奥金佐夫（她结婚六年后，丈夫奥金佐夫去世）透过粗犷的外表，看到了巴扎洛夫的魅力所在。屠格涅夫的一个重要的观察结果是：奥金佐夫夫人只对庸俗感到厌恶，但没有人能指责巴扎洛夫是庸俗的。

———

跟随巴扎洛夫和阿尔卡狄，我们来到了安娜迷人的乡村别墅。他们要在那里度过两个星期。尼科斯克庄园距离城市有几英里的路程，巴扎洛夫准备在离开那里之后再到他父亲的农庄去。需要注意的是，他把显微镜和其他行李都留在了吉尔沙诺夫家，他们的玛丽伊诺庄园。这是屠格涅夫精心安排的一个小把戏，目的是让巴扎洛夫再回到吉尔沙诺夫一家人中间，去完成巴维尔叔叔—费尼奇卡—巴扎洛夫这一主题。

在这些有关尼科斯克庄园的章节中，有一些非常精彩的小场面，如卡佳和猎狗出场的那一幕：

"一条戴着天蓝色项圈的漂亮猎狗跑进了客厅，四只爪子拍打着地板，身后紧跟着一位十八九岁的少女，一头黑发，皮肤黝黑，一张可爱的小圆脸，一双不大的黑眼睛。她手里拎着满满一篮鲜花。

"'这便是我的卡佳，'安娜说道，一边轻轻向女孩点头。卡佳微微行了一个屈膝礼，坐到她姐姐身旁，开始动手拣花……

"卡佳说话时脸上挂着可爱的笑容，腼腆而诚恳，她低下头，却又抬起一双眼，半似严肃半像开玩笑地看着人。无论是她的声音，她脸上的茸毛，粉红的手背和微白的掌心，还是她稍稍弯曲的双肩，她的一切都焕发着娇嫩的青春气息。卡佳不时脸上泛起红潮，呼吸也很急促。"

我们预料到巴扎洛夫和安娜之间要进行一些精彩的对话，事实确实如此：第一次对话出现在第十六章（"是的。这好像让您感到奇怪——为什么？"——诸如此类的话），第二次和第三次对话分别出现在第十七和十八章。在第一次对话中，巴扎洛夫表达了那个时代进步青年普遍具有的思想，安娜表现得非常平静、端庄，也有些倦怠。这里请注意关于安娜姨妈的精彩描写：

"K公主是一个干瘪的小女人，一张脸满是皱纹，看上去像是一个握得很紧的小拳头，灰色的假发底下瞪着一对凶巴巴的眼睛。她走了进来，几乎不向客人行礼，埋坐进除她外谁都无权坐的天鹅绒大靠椅。卡佳搬了张小凳子放到她脚下；但这老女人并没有说声谢谢，连瞧也没瞧卡佳一眼，只是黄披巾底下的手微微动了动，黄披巾几乎盖住了她干瘪的全身。公主喜欢黄色,连包发帽的带子也是鹅黄色的。"

阿尔卡狄的父亲演奏过舒伯特的乐曲。这会儿卡佳开始演奏莫扎特的C小调幻想曲:屠格涅夫总在作品中对音乐如数家珍,这是他的对手陀思妥耶夫斯基对他最深恶痛绝的地方之一。接下来,他们出去采集植物标本,接着屠格涅夫再次停顿,对安娜进行了一些补充描写。那个医生真是个奇怪的人,安娜心里想。

很快,巴扎洛夫就无可救药地坠入了爱河:"只要一想起她,他的血液便像在燃烧。他本可以轻易地平息他的血液,但他体内活跃着某种新的东西,是他之前从来不允许存在的东西,是被他一直嘲笑的,是为他的骄傲所不齿的……他会突然间想象那双圣洁的手臂有一天会挽住他的脖子,那片骄傲的嘴唇会回报他的亲吻,而那双聪慧的眼睛会带着温情——是的,带着温情——与他相对而视。于是他会感到一阵晕眩,会暂时忘了自己的存在,直到心中又一次燃起恼恨之火。他觉得,恶魔在有意戏弄他,才使他产生种种'可耻的'想法。他有时觉得安娜身上也在发生变化,她的脸上常出现某种异乎寻常的表情;可能——但是一想到这儿,他便跺脚、咬牙、举起拳头威胁他自己。"(我对这些咬牙、挥拳很不以为然。)他决定离开,而"她的脸刷地白了"。

巴扎洛夫家的老管家带来了一个令人心酸的消息,他被派来看看巴扎洛夫是不是要回家。这是巴扎洛夫之家的主题的开始,而这一主题正是整部小说中最为成功的部分。

我们下面可以来看第二次对话了。这夏夜的一幕发生在室内,一间带有窗户的房间,窗户发挥着著名的浪漫作用:

"'干吗要走?'安娜问,声音轻了下来。

"巴扎洛夫瞅了她一眼。她头仰靠在扶手椅背上,双手交叉放在胸前,胳膊肘以下裸露着。在一盏带着小洞眼儿纸罩的孤灯下,她的脸色显得比平常更苍白了些。宽宽的白色裙衫把她轻轻裹住,只隐隐露出两只交叉搁着的脚尖。

"'干吗要留下呢？'巴扎洛夫反问道。

"安娜稍稍转过头来。

"'您问干吗？难道您在我这儿感到不愉快？或者，您以为走了就没人想念您吗？'

"'这一点我可以肯定。'

"安娜沉默了一会儿。'您想错了，而且，我不信您这话，这话不是认真说的。'巴扎洛夫仍然坐着一动不动。'叶甫盖尼·瓦西里伊奇，您为什么不做声？'

"'我该对您说什么好呢？一般说来，人是不值得去思念的——尤其像我这样的人。'

"……"'请打开那扇窗子——不知怎的我觉得很闷。'

"巴扎洛夫站起来，一推窗，窗扇嘎吱一声便打开了。巴扎洛夫没料到窗会开得那么容易，而且他的手在颤抖。幽暗柔和的夜晚和几乎是黑不见指的天空在向窗内窥视，它带进了树木的轻轻絮语和自由流动的清新夜气……

"'我们已经成了这样的朋友……'巴扎洛夫说道，声音很低沉。

"'是的！我都忘了您想走哩。'

"巴扎洛夫站了起来。馨香四溢的昏暗的独室里亮着一盏昏黄的孤灯，通过飘动的窗幔闯进房内的清凉夜气是如此地撩人，似乎可以听到夜的喁喁私语。安娜一动不动，但一种秘密的情感正在慢慢将她征服……巴扎洛夫感觉到了，他忽地想起他这是和一个美丽的夫人单独待在一起。

"'您要去哪儿？'她慢慢地问道。

"他什么也没回答，又坐下了……

"'等等。'安娜悄声说。她的目光停留在巴扎洛夫身上，好像要把他仔细端详个透。

"他在书房里踱了一圈，突然走近她，匆匆地说了声'再见！'并用力握了握她的手，以致她差点儿叫出声来。他掉头走了。她把蜷缩的手指放到嘴唇边吹了吹,蓦地从椅子里站起身,急步向房门走去,仿佛是要把巴扎洛夫追回来……她的发辫松了,像条黑蛇般掉到肩上。后来,安娜书房里的灯还亮了很久,而她也久久地一动不动地坐着。夜凉如水,她偶尔伸手抚摸她那被寒气侵袭的裸臂。

"两个钟点后巴扎洛夫才回到卧房,靴子已被露水溅湿了。他的头发蓬乱,神情郁悒。"

巴扎洛夫和安娜的第三次对话出现在第十八章,这是一次最后的真情吐露,又是发生在窗边:

"安娜摊开双手,而巴扎洛夫的前额紧贴着玻璃。他在痛苦地喘息,整个身子在颤抖,但这不是年轻小伙胆怯的颤抖,也不是首次求爱时甜蜜的恐惧;那是在他体内挣扎的激情,强烈而痛苦——犹如怨恨般的激情,甚至可能与怨恨本是同根……安娜感到害怕,却又怜悯他。

"'叶甫盖尼·瓦西里伊奇!'她说道,声音里不由自主地透着柔情。

"他猛地回过身,向她投去贪婪的目光,然后突然握住她的双手,急切地把她拉进怀里。

"她没有立刻挣脱他,但一小会儿之后,她已远远地站在墙角看着他。他又向她冲过去。

"'您误解我了。'她惶恐地低声道。似乎他若再靠前一步,她就会发出惊叫。巴扎洛夫咬紧嘴唇,离开了房间。"

第十九章中,巴扎洛夫和吉尔沙诺夫离开了尼科斯克庄园。(西特尼科夫的到来起到了喜剧式的缓冲作用,但从艺术手法上来看,过于巧合,并不令人信服。)我们将同巴扎洛夫的父母共度三天——分离三年之后的三天时光。

"巴扎洛夫从马车里探出身,阿尔卡狄也跟在他同伴身后探头张望,看见屋前的台阶上站着一个瘦削的老人,他的头发乱蓬蓬的,长了个细小的鹰钩鼻子;他身上的旧军服敞着没系扣子。老头两腿叉开站着,正吸一根长长的旱烟管,眼睛因为日照眯了起来。

"马车停下了。

"'你终于想到我们啦,'巴扎洛夫的父亲说话的时候依旧吸着他的旱烟管,虽然烟袋儿在他手指间上下跳动,'下车吧,下车吧;让我亲亲你。'

"他伸手拥抱了儿子。

"'盖尼,盖尼。'他们听到一个女人颤抖的声音。门被推开,门槛上出现了一个滚圆的小矮个老妇人,她戴着顶白色的压发帽,穿一件短短的条纹上衣。她哎哟一声,身子站立不稳,若不是巴扎洛夫及时扶住,差点儿栽到地上。她那胖胖的双手立刻抱住他的脖子,将头埋进他胸口,既不说话也不动,只听得见她断断续续的抽泣。"

巴扎洛夫的家是一个小农庄,只有二十二个农奴。老巴扎洛夫曾经在吉尔沙诺夫将军的部队服过役,现在是一位守旧的省医,远远跟不上时代。在他们的第一次对话中,老巴扎洛夫就喋喋不休地说个不停,这使他那不受约束、性情冷淡的儿子感到厌烦。母亲想知道儿子在离家三年之后能在家待多久。屠格涅夫在描述了巴扎洛夫太太的出身和心理后就结束了本章。我们现在已经很了解这个手法了:为进行生平介绍而作的停顿。

第二次对话在老巴扎洛夫和阿尔卡狄之间进行(巴扎洛夫已经早早地起来出去溜达了——我们怀疑他是否又去采集什么东西了)。由于阿尔卡狄是巴扎洛夫的朋友和崇拜者,这次对话对老巴扎洛夫产生了影响:正是这些对他儿子的赞美使这位老人动容,心中备感温暖。第三次对话发生在干草垛的阴影下,在巴扎洛夫和阿尔卡狄之间进行。在这次对话中,我们了解到有关巴扎洛夫生平的一些细节。他在那里连续住过两年,后来时不时住在别处;他的父亲是一位军医，过着不稳定的生活。这次对话越来越有哲理性，但最后以小小的争执结束。

真正戏剧性的一幕发生在巴扎洛夫突然决定要离开，尽管他保证一个月后还会回来。

老巴扎洛夫"没多会儿前还在台阶上使劲挥动手帕，这时跌坐进椅子，头直垂到胸口"。

"'他抛弃了我们，他抛弃了我们！'他独自喃喃道，'他抛弃了我们；他在这里觉得无聊。现在就剩我一个人了，就这样一个人了！'他每说一句就把手往外甩一次，食指向前戳着。阿林娜·弗拉西耶夫娜这时走到他跟前，把她满头的白发贴到老头的白发边上，一边说道：'有什么法子呢，瓦西里！儿子是切下的一片面包。他像鹰——高兴了就飞回到巢里来；再一高兴就又飞走了。但我俩却像是树孔里的两朵菌子，长在一起动不了了。只是我会守着你，你也一样守着我。'

"瓦西里·伊凡诺维奇把手从脸上放下来，抱住了妻子，他的朋友，他的伴侣，即使在他年轻时也没有如此紧紧地拥抱过她；是她在他悲伤时给了他抚慰。"

———

巴扎洛夫一时兴起，于是两个朋友绕道来到了尼科斯克庄园。他们的来访出乎意料，在那里的四个小时也并不令人满意（卡佳一直待在自己的房间里，没有出来），之后，他们来到了玛丽伊诺。十天后，阿尔卡狄回到了尼科斯克庄园，主要的原因是屠格涅夫要让巴扎洛夫和巴维尔·彼得罗维奇之间必然的争吵发生时，没有阿尔卡狄在场。作者没有解释为什么巴扎洛夫留了下来；他在他父母的家也完全可以成功地完成他那些简单的实验。巴扎洛夫和费尼奇卡之间的主题现在开始了，于是就有了在丁香树枝桠覆盖着的凉亭里发生的那著名的一幕。这一幕以偷听的手法结束：

"'我喜欢听您说话，就像小溪在喃喃私语。'

"费尼奇卡掉过头去。

"'瞧您说的！'她说道，手指理着花，'您为什么要听我说话呢？您是和那些聪明的太太们交谈的呀。'

"'唉，费尼奇卡·尼古拉耶夫娜！请您相信我，世上所有聪明的太太加在一起也比不上您那小小的胳膊肘儿上的酒靥。'

"'有什么是您不会想到的呢？'费尼奇卡悄声说，同时收拢她的双手……

"'那么让我告诉您，我要——这里面的一朵玫瑰。'

"费尼奇卡又笑了起来，甚至拍起手来。她觉得巴扎洛夫的愿望是那么滑稽。她笑着，因受这宠遇而心里觉得甜甜的。巴扎洛夫紧紧地盯着她。

"'照您吩咐的办，'她说道，随之弯腰挑选椅上的玫瑰，'您要什么颜色的——红的还是白的？'

"'红的——而且不要太大的。'……

"费尼奇卡伸长她纤细的脖子，把脸贴到花朵边上，她的头巾落到了肩上，露出乌黑油亮而又稍稍散乱的发丝。

"'等等，我想和您一块儿闻。'巴扎洛夫向前倾身，紧紧地吻了她启开的双唇。

"她大吃一惊，双手推开他的胸膛，但她的一推太软弱，他得以再次续接了一个长长的吻。

"丁香丛后传来一声干咳。费尼奇卡迅速地挪身到长椅的另一端。巴维尔·彼得罗维奇出现了，他稍稍低头鞠了个躬，丢下一句不怀好意的'哦，你们在这儿？'便又走开了……

"'叶甫盖尼·瓦西里伊奇，您这样做是不对的。'她临走时小声地补了一句。听得出这是她发自内心的责备。

"巴扎洛夫记起了不久前的另一场景，不由既感到惭愧又感到鄙夷的不满。但他立即头往后一仰,把自己嘲笑成'串演了风流少年赛拉东的角色',随后回到他自己的房间去了。"

在接下来的决斗中,叔叔巴维尔向巴扎洛夫瞄准并开枪,但没有打中。巴扎洛夫"逼近一步,没有瞄准就扣动了扳机"。

"吉尔沙诺夫微微一颤,用手扶住大腿。一行细细的血沿着雪白的裤管往下流。

"巴扎洛夫抛掉手枪,朝他的对手奔去。'您受伤了?'他问道。

"'您有权叫我再走近界线,'巴维尔·彼得罗维奇道,'无关紧要的轻伤。按我们的协议,双方还可以各补一枪。'

"'哦,请您原谅我,但我们得等下一次了,'巴扎洛夫说着伸手搂住吉尔沙诺夫,见对方的脸色在渐渐发白,'现在我不是决斗者而是医生,首先我必须看看您的伤口……'

"'这都是废话——我不需要任何人的帮忙,'吉尔沙诺夫断断续续地说,'我们——必须——再——'他想捻捻胡子,但手已无力抬起,他的眼珠往上翻,忽地晕厥过去了……吉尔沙诺夫慢慢地睁开眼睛。

"……'这么个小小的擦伤,敷点儿药就行,我可以走着回家,或者派辆马车接我。如果您同意,决斗到此为止,今天您做得很有风度……今天,今天,请您记着。'

"'过去的事不要再提了,'巴扎洛夫回答道,'至于将来嘛,不必为此费神,因为我已决定立即离开此地。'"事实上,如果巴扎洛夫在躲过叔叔巴维尔的一枪后,能够冷静地向空中开枪,他就能表现得更有风度了。

―――――

巴维尔叔叔和费尼奇卡之间以及巴维尔叔叔和他的兄弟之间的两场对话意味着屠格涅夫开始收尾工作了——叔叔巴维尔严肃地要

求尼古拉娶费尼奇卡。这里,作者强调了一些道德责任,但艺术性不强。叔叔巴维尔决定到国外去;他的灵魂已经死去。我们还会在结尾处最后瞥见他一眼,不过屠格涅夫已经完成了对他的塑造。

尼科斯克庄园的主题也要收尾了。我们来到尼科斯克庄园,卡佳和阿尔卡狄坐在水曲柳树荫下乘凉。猎犬菲菲也在那里。关于光影的描写优美至极:

"微风在水曲柳枝叶间穿梭,令淡金色的光斑在林荫小道和菲菲橙黄色的背脊上来回摇曳着;一块均匀的阴影投在卡佳和阿尔卡狄身上,偶尔她的头发上会掠过一道明晃晃的光亮。两人默默无言,正因为默默无言却又坐在一起,标志着他们的亲近和信任:表面上谁也没在想着对方,却又都暗自因为彼此近在咫尺而满心喜悦。自从我们上次见过他们之后,他们各自的脸都起了变化;阿尔卡狄显得更安详了,而卡佳则比以前更活泼更精神了。"

阿尔卡狄正在走出巴扎洛夫对他的影响。他和卡佳之间的对话有总结问题、给出结果、揭示最终状况的作用。同时,对话也是为了体现卡佳和安娜在性格上的差别。谈话内容单薄而且有点为时过晚。就在阿尔卡狄几乎就要求婚但又走开了的那一刻,安娜出现了。很快,巴扎洛夫又出现了。真够热闹的!

我们现在要跟安娜、卡佳和阿尔卡狄说再见了。最后的一幕被安排在凉亭里。在阿尔卡狄和卡佳的另一次交谈中,他们听到了巴扎洛夫和安娜两人之间的谈话。我们已经倒退到了风俗喜剧的水平。偷听的手法,配对的手法,总结的手法。阿尔卡狄再次求爱并被接受。安娜和巴扎洛夫也达成了谅解:

"'您该明白了吧,'安娜·谢尔盖耶夫娜继续说道,'您和我全都错了。我俩都不再年轻了——尤其是我;我们都是过来人,累了;我俩——何必绕弯儿呢?——都不笨:起初我们彼此感兴趣,我们的好奇心被激起,但后来——'

"'后来我变得枯燥乏味。'巴扎洛夫接口说。

"'您知道,这并非我们误会的原因。但不管怎么说,我们彼此不需要,这才是关键所在;我们都有太多的——怎么说好呢——共性。对此我们并非一开始就意识到……叶甫盖尼·瓦西里伊奇,我们没有能力——'安娜·谢尔盖耶夫娜刚说了一半,一阵风来,吹得树叶飒飒作响,把她余下的话吹走了。

"'当然您是自由的——'过了一会儿,巴扎洛夫说道。后面的谈话已难分辨,他们的脚步声远去了;一切重归沉寂。"

第二天,巴扎洛夫对他年轻的朋友阿尔卡狄表示了祝福,然后离开了。

———

接下来是这部小说中最出色的一章,倒数第二章,第二十七章。巴扎洛夫回到他的家中,开始了行医活动。屠格涅夫正在为他的死做铺垫。接下来,死亡来临了。巴扎洛夫向他的父亲要一些硝酸银:

"'有,要它干吗?'

"'我有用——给伤口消毒。'

"'给谁消毒?'

"'我自己。'

"'什么?——你自己?为什么?什么样的伤口?在哪儿?'

"'在我指头上。今天我去了村里,就是把伤寒病人送来求治的那个村子。也不知为什么,他们想解剖他的尸体,而我好久没动过这种手术了。'

"'后来呢?'

"'我征得了县医同意,就让我来做了;后来就割伤了手指。'

"瓦西里·伊凡诺维奇立刻脸色煞白,他二话没说,直奔书房,立刻拿来了一块硝酸银。巴扎洛夫接过来,打算掉头就走。

"'请看在上帝的分上,'他的父亲说道,'让我来给你消毒吧。'

伊凡·屠格涅夫　111

巴扎洛夫微微一笑。

"'多么尽心尽力的大夫啊!'

"'这不是闹着玩的。让我瞧瞧你的手指。伤口倒不大。痛吗?'

"'用点力挤;别害怕。'

"瓦西里·伊凡诺维奇停了手。

"'你觉得怎么样,叶甫盖尼——是不是用烙铁烙一下更好?'

"'要烙的话早就该烙了;但是现在说实话,连硝酸银也用不着了。如果真受了感染,现在已经晚了。'

"'怎么——太晚了——'瓦西里·伊凡诺维奇差点儿说不出话来。

"'当然啦!从割破到现在,已有四个多钟点。'

"瓦西里·伊凡诺维奇又把伤口烙了一下。

"'难道县医没有硝酸银?'

"'没有。'

"'我的上帝啊,这怎么可能?一名医生——居然没有这种必备的东西!'

"'你还没见他那手术刀呢。'巴扎洛夫说罢走开了。"

巴扎洛夫已经感染了,他病倒了。中间有过短暂的恢复,但又复发了,处于病危的状态。安娜被叫了过来,还带来了一位德国医生。但医生告诉她没有任何希望了。安娜来到巴扎洛夫的床边。

"'好,谢谢了,'巴扎洛夫又说了一遍,'这可以说是按沙皇的礼节,听说沙皇也去看望垂死的人。'

"'叶甫盖尼·瓦西里伊奇,我希望——'

"'唉,安娜·谢尔盖耶夫娜,让我们说真话吧。我完了,卡在车轮下了。至于未来,想也没用了。死亡是个老把戏,但是谁摊上了都感觉是新鲜事。直到现在我也没怎么怕过——随之而来的将是失去神志,然后——'他吹了一声口哨,无力地挥了挥手,'啊,我向您说什么好呢?说我爱过您?即使是在以前,也没有任何意义,何况现

在。爱是有形之物,但我的形体已经开始分解了。我最好还是说您有多么楚楚动人!即使现在您站在这里,那么美丽——'

"安娜·谢尔盖耶夫娜不由得打了个冷战。

"'没关系,请别难过。请坐到那边。不要走近我——我的病毕竟是会传染的。'

"安娜·谢尔盖耶夫娜快步穿过房间,坐在靠近巴扎洛夫床边的一张扶手椅上。

"'多么崇高的精神!'他低声说,'啊,这么近这么年轻,新鲜,纯洁……却在这样一间龌龊的屋子里!……好吧,再见了!祝您长寿,因为这是最好的;只要活着一天,就活得精彩。您瞧这糟糕透了的景象:一条蛆虫,被踩得半死了,可还在蠕动。而我也曾想过:我要去实现那么多的梦想,我不会死,死轮不到我!如果有什么问题——我是那个巨人!但时至眼下,巨人的唯一任务就是如何有尊严地死去,虽然这对谁来说也都不重要。请别介意;我不会摇尾乞怜。'……

"巴扎洛夫把手搁到额头上。

"安娜弯身看他。

"'叶甫盖尼·瓦西里伊奇,我在这里——'

"他移开手,坐起身子。

"'别了,'他突然使劲说,眼里闪出最后一道光,'别了。听着——您知道即使在那个时候我也没有吻过您。请在这盏就快熄灭的灯上吹一口气吧,让它灭了吧——'

"安娜吻了他的前额。

"'这就够了!'他低声道,说罢头又落到枕上,'现在……黑暗——'

"安娜悄悄退了出去。

"'怎样了?'瓦西里·伊凡诺维奇低声问。

"'他睡着了。'她回答,声音小得几乎难以听见。

"命运注定巴扎洛夫再不能醒来。傍晚时他完全失去了知觉,第二天他就死了……

"他咽下了最后一口气,全家哭成一片。瓦西里·伊凡诺维奇忽然像疯了一样。

"'我说过,我要反抗!'他嘶哑着嗓门喊,扭曲着脸向空中挥舞拳头,像要威胁谁似的,'我会反抗的!'

"满脸泪水的阿林娜·弗拉西耶夫娜紧紧抱住他的脖子,两个老人一同扑倒在地。

"'两人并排着,'安菲苏什卡后来在仆人的下房里讲述道,'他们的头垂着,就像两只正午的羔羊——'

"但晌午的暑热退了,黄昏来了,接着是夜晚。他们回到那个寂静的安身宿命之处,在那里,对历尽苦难而疲惫不堪的人来说,睡眠是甜蜜的。"

———

在小说的结尾,也就是第二十八章,大家都要结婚了,配对的老笔法。需要注意的是,这里有说教式的且略微幽默的态度。命运发挥着重要的作用,但仍然是在屠格涅夫的控制之下。

"安娜不久前嫁了人,不是出于爱情,而是出于慎重的考虑。对方是未来的俄罗斯政治家,聪明绝伦,是个律师,有丰富的处世经验、坚强的意志和惊人的辩才——仍然年轻,本性善良,冷峻如冰……吉尔沙诺夫父子长住玛丽伊诺,他们的事业已有转机。阿尔卡狄成了勤勉的当家人,'农场'有了相当可观的收入……卡佳·谢尔盖耶夫娜生了个男孩,小尼古拉。而米佳已会到处跑,很会说话了……在德国德累斯顿市的布吕尔梯形广场,每天两点到四点钟——这是此地最时髦的散步时间——可以见到一位五十开外的人,他头发霜白,明显有痛风,但穿着考究,风度翩翩,一举一动都带有一种只有长期身处上流社会才有的特殊气质。他就是巴维尔·彼得罗维奇。他从莫斯科出国疗养，从此长期居留在德累斯顿。与他交往的多半是英国人及俄国的访客……库克申娜也到了国外……西特尼科夫留在彼得堡，他也准备当伟人；据他自己说，他在继承巴扎洛夫的'事业'。西特尼科夫的朋党是三两个年轻的化学家，分不清氧气和氮气，一肚子的怀疑和自尊……

"在俄罗斯的偏远角落里，有一个小小的乡村坟场，它几乎像我们所有的墓地一样景色凄凉……但其中一个墓无人问津，也没有被野兽侵犯的痕迹，只有鸟儿栖息在那里对着夕照歌唱。墓的周围有铁栅，两旁各种了一棵小枞树。

"叶甫盖尼·巴扎洛夫安葬在这墓中。常有两个弱不禁风的老人从不远的小村子来此探望——他们是对夫妻，相互搀扶着，拖着沉重的步子，慢慢走近铁栅栏，然后跪倒在地。他们久久地、痛苦地哭泣，他们久久地、出神地望着盖住他们儿子的无言的石板。两个老人交换几句简短的话语，拭去石板上的尘土，理一理枞树的枝梢，然后再次伏地祈祷。他们丢不下这个地方，在这里他们感觉离儿子更近些，还有那些关于他的记忆。"

费奥多尔·陀思妥耶夫斯基
（一八二一——一八八一）

别林斯基在《致果戈理的信》（一八四七）中写道："……您没有观察到拯救俄国的办法不在于神秘主义，不在于禁欲主义，不在于虔诚主义，而在于文明、启蒙主义和人文主义的胜利。俄国需要的既不是讲道说教（她听过太多），也不是祈祷（她的祈祷周而复始），而是需要在她的普通子民中唤醒一种人的尊严感，这么多世纪以来，这种尊严感失落在泥淖和粪肥中；她还需要权利和法律，不是符合教会教义的权利和法律，而是符合常识和公正并得到严格执行的权利和法律。但事实上，俄国展现在世人面前的却是一幅恐怖的画面：在这块土地上，人拿自己的同类做交易，美国的农场主尚且为给自己开脱而狡猾地声称'黑人不是人'，而在俄国甚至连这样的狡辩都没有；在这片土地上，人们不是用名字，而是用杰克和汤姆这样（凡卡斯，凡斯卡斯，斯坦斯卡斯，帕拉斯卡斯）卑微的绰号来称呼自己；在这个国家里，不仅没有对于一个人的生命、荣誉和财产的任何保障，而且连由警察维持的秩序都没有；这里有的只是由各种各样的行政窃贼和强盗组成的庞大团体机关。目前，俄国所面临的最紧迫的问题是：废除拥有农奴的权利，废弃体罚，实现对法律最大程度的严格执行，至少是那些已经存在的法律。甚至政府自己也已经感觉到了这一点（它清楚地知道地主们对农民都做了些什么，知道每年有多少地主的喉咙被农民割断）。

为了我国这些白人'黑奴'的利益,政府当局小心翼翼地采取了一些毫无成效、半遮半掩的措施,但至少这证明他们意识到问题的严重……"

我对于陀思妥耶夫斯基的态度有好奇的成分,但也很难说清楚。在我所有的课上,我切入文学的唯一视角就是我对文学的兴趣——也就是说,从艺术的永恒性和个人天才的角度来看。就这一点而言,陀思妥耶夫斯基算不上一位伟大的作家,而是可谓相当平庸——他的作品虽不时闪现精彩的幽默,但更多的是一大片一大片陈词滥调的荒原。在《罪与罚》中,拉斯柯尔尼科夫出于某种原因杀了一个放高利贷的老太婆和她的妹妹。一个冷酷的警察以正义化身的形象一步步向他逼近,直到最后他被迫当众忏悔。通过一个高尚的妓女的爱,拉斯柯尔尼科夫获得了精神上的重生。这种重生主题在一八六六年书写成的时候不像现在看起来这么乏味得让人难以置信。今天有经验的读者往往会对高尚的妓女这种形象多少有点不以为然。然而,我的难题在于在这里或者其他课上面对的读者并非都是有经验的。可以说,有超过三分之一的人无法区分真正的文学和伪文学。对于这些读者来说,和美国的历史小说,以及《乱世忠魂》①这类作品,以及诸如此类的废话相比起来,陀思妥耶夫斯基的作品也许显得重要得多,也更具艺术性。

然而,我要谈论的是一批真正的伟大的艺术家——对陀思妥耶夫斯基的批判正是在这个高度上展开的。我实在算不上一个真正的学术型教授,所以很难讲授我自己并不喜欢的课题。我一心想拆穿陀思妥耶夫斯基。但我意识到,对于那些读书不多的读者来说,他们也许会对这种批判暗含的价值观感到困惑。

---

① 一九五〇年代风靡全美的一部爱情战争影片。

费奥多尔·米哈伊洛维奇·陀思妥耶夫斯基于一八二一年出生在一个穷人家里。他的父亲是莫斯科一所公立医院的医生。但在当时的俄国，公立医院的医生社会地位并不高，陀思妥耶夫斯基一家的居住条件拥挤不堪，怎么也算不上奢侈。

他的父亲是个心胸狭隘的暴君式人物，后来被神秘地谋杀了。受弗洛伊德思想影响的研究者在探究陀思妥耶夫斯基的文学作品时，往往会在伊凡·卡拉马佐夫对待他父亲被谋杀这件事情的态度上，看到一种自传体的色彩：虽然伊凡并不是真正的凶手，但由于他漫不经心的态度，由于他没有制止他本能够制止的谋杀，所以在某种程度上，他犯有弑父罪。按照那些评论家的说法，在父亲被他自己的马车夫暗杀之后，陀思妥耶夫斯基一生似乎都处于这种类似的间接罪恶感的阴影之下。陀思妥耶夫斯基毫无疑问是个神经质的人，他很早就得了那种神秘的疾病，即癫痫。他后来遭遇的不幸使他的癫痫和神经质病情更趋恶化。

陀思妥耶夫斯基最初在莫斯科的一所寄宿制学校接受教育，后来在彼得堡军事工程学校学习。他对军事工程技术不是很感兴趣，但是他的父亲要求他进那所学校。即使在那里，陀思妥耶夫斯基也把大部分时间花在对文学的学习上。毕业之后，他在工程局工作，但也只是为了给自己所受的教育一点义务性的交代。一八四四年他辞去工程局的职务，开始了自己的文学生涯。他的第一本书《穷人》（一八四六）非常成功，受到了文学评论家和读者的双重欢迎。关于这本书早期的历史，有各种各样的轶事传闻。陀思妥耶夫斯基的朋友德米特里·格里戈罗维奇本人也是作家，他说服陀思妥耶夫斯基让他把手稿拿给当时最有影响的文学评论杂志《现代》的出版人尼古拉·涅克拉索夫看。涅克拉索夫和他的红颜知己帕纳耶夫夫人在这家评论杂志的办公室里经常举行文学沙龙活动，当时俄国文学界的重要人物常来参加。屠格涅夫和后来的托尔斯泰，都曾是那里的常客。此外还有著名的左翼批评家尼古拉·车尔尼雪夫斯基和尼古拉·杜勃罗留波夫。在涅克拉索夫的评论杂志上发表文章就足以使一个人在文学界声名远扬。把手稿留给涅克拉索夫后，陀思妥耶夫斯基就忐忑不安地上床睡觉了。他不停地对自己说："他们会嘲笑我的《穷人》。"凌晨四点，他被涅克拉索夫和格里戈罗维奇叫醒。他们闯进他的房间，对陀思妥耶夫斯基一通俄国式的响吻，差点让他窒息；他们在前一天傍晚开始读手稿，这一读便一发不可收，直到一气读完整部小说。他们对这部作品极为赞赏，决定立刻叫醒作者，把他们对他的看法告诉他。"他睡着了又有什么关系，这可比睡觉重要得多。"他们这样说道。

涅克拉索夫将《穷人》的书稿拿给别林斯基，并宣布一位新的果戈理诞生了。但别林斯基冷冷地对他说："对你来说，果戈理似乎就像伞菌一样容易生长。"然而，读过《穷人》之后，别林斯基也是赞不绝口，他要求立刻见见这位新作家，向他表达热诚的祝贺。陀思妥耶夫斯基喜不自胜；《穷人》发表在涅克拉索夫的评论杂志上。小说取得了巨大的成功。不幸的是，这种成功并没有持续很长时间。陀思妥耶夫斯基的第二部小说《双重人格》（一八四六）是一部长的短篇小说。虽然这部小说是陀思妥耶夫斯基最好的一部作品，远远胜过《穷人》，但人们的反响却很冷淡。与此同时，陀思妥耶夫斯基产生了极大的文学虚荣心，他非常天真，举止缺乏修养，礼节方面尤其欠缺，所以在和新结交的朋友与崇拜者的交往中，陀思妥耶夫斯基表现得像个傻瓜，最终完全破坏了自己和他们之间的关系。屠格涅夫把他比作俄国文学这个鼻子上新长出的一颗粉刺。

陀思妥耶夫斯基早期具有激进主义倾向；他或多或少地也倾向于主张西化。他和一个由年轻人组成的秘密社团来往密切（虽然并没有成为其中的一员），成员均追随圣西门和傅立叶的社会主义理论。这些年轻人经常聚集在一位省政府官员彼特拉舍夫斯基的家里，大声朗读讨论傅立叶的书，谈论社会主义，批评政府。一八四八年欧洲几个国家发生动荡之后，俄国也出现了一股革命浪潮；政府大惊失色，大举镇压持不同政见者。彼特拉舍夫斯基小组成员遭到逮捕，陀思妥耶夫斯基也名列其中。他被判犯有以下几项罪名："参加策划犯罪阴谋，散发别林斯基（写给果戈理的）充满反对东正教和沙皇的无礼言论的信件，并伙同他人企图在私人印刷机构的帮助下散布反政府作品。"他在彼得保罗要塞等待判决，那里的指挥官纳博科夫将军是我的一位先祖。（这位纳博科夫将军和沙皇尼古拉一世之间关于陀思妥耶夫斯基的信件读起来非常有趣。）对陀思妥耶夫斯基的判决很严厉——在西伯利亚服八年苦役（后来由沙皇减为四年）——但是罪犯们在真正的判决宣读之前经历了极其野蛮残酷的一道程序：他们被告知将被执行枪决；然后被带到死刑场，脱得只剩衬衣，第一批罪犯甚至被绑在了柱子上。然后真正的判决才被宣读。其中一个人发了疯。那一天的经历在陀思妥耶夫斯基的灵魂深处留下了一道深深的伤痕。他一直未能从中完全恢复过来。

陀思妥耶夫斯基在西伯利亚的四年苦役生活是与杀人犯、窃贼一起度过的，当时普通罪犯和政治犯之间还没有采取隔离措施。在《死屋手记》（一八六二）中，陀思妥耶夫斯基描写的就是这群人，读起来可不轻松愉快。在这本书中，他详细描述了他所忍受的所有屈辱和艰辛，还有他身边的那些犯人。为了不在那样的环境中发疯，陀思妥耶夫斯基不得不寻求某些解脱的方式。后来他在一种神经质的基督教信仰中找到了解脱，这种信仰是他在那几年中建立起来的。他周围的犯人，除了可怕的兽行之外，偶尔也表现出一些人的特性，这是很自然的。陀思妥耶夫斯基把这些表现当作素材收集起来，并在此基础上对普通俄国人作了一种非常不自然的、完全病态的理想化。这只是他在自己的持续性精神之旅中迈出的第一步。一八五四年，陀思妥耶夫斯基服完刑期后又被充军，成为驻守在西伯利亚一个小镇部队里的士兵。一八五五年，沙皇尼古拉一世逝世，他的儿子亚历山大成为皇帝，史称亚历山大二世。他绝对是十九世纪俄国统治者中最好的一位。(具有讽刺意味的是，他却死在革命者手中，被扔在他脚下的炸弹活生生炸成了两半。)亚历山大继位之后，立即赦免了很多罪犯。陀思妥耶夫斯基也恢复了官员的身份。四年之后，他被允许回到彼得堡。

在流放的最后那段日子里，陀思妥耶夫斯基重新拿起笔开始文学创作，写了《斯捷潘奇科沃村及其居民》(一八五九) 和《死屋手记》。回到彼得堡之后，他全身心投入到文学创作中。他立即着手和他哥哥米哈伊一起出版了一本文学杂志《时代》。《死屋手记》和另一部长篇小说《被侮辱与被损害的》(一八六一) 就发表在这本杂志上。他完全改变了年轻时对政府的激进态度。"希腊-天主教会、绝对君主制和狂热的俄罗斯民族主义"这三个反动的斯拉夫文化优越论的基石成为他的政治信仰。对他来说，社会主义和西方自由主义的理论成为西方毒害和撒旦之恶的具体体现，它们旨在毁灭斯拉夫和希腊天主教的世界。

直到这时，陀思妥耶夫斯基的感情生活还一直很不如意。他曾在西伯利亚结过婚，但这第一次婚姻并不美满。一八六二年至一八六三年间，陀思妥耶夫斯基和一位女作家发生婚外恋，并在她的陪伴下访问了英国、法国和德国。这个后来被陀思妥耶夫斯基描述为"地狱般"的女人似乎是个邪恶的角色。后来，她嫁给了罗扎诺夫，一位既有着非同寻常的天赋，又显得异常天真的杰出作家。(我认识罗扎诺夫，但当时他已经和另一位女士结婚了。) 这位女作家似乎对陀思妥耶夫斯基产生了相当不幸的影响，进一步扰乱了他本来就不稳定的精神状态。在第一次到德国的旅途中，陀思妥耶夫斯基首次表现出对赌博的酷爱。在以后的生活中，赌博成为他家庭的灾难，成为他个人物质保障与生活平静的一个不可逾越的障碍。

由于评论杂志一直都是陀思妥耶夫斯基的哥哥在编辑，所以在他哥哥死后，陀思妥耶夫斯基就破产了，但他还是立即自愿承担起照顾哥哥家人的重担。由于这些沉重的负担,陀思妥耶夫斯基疯狂地投入到工作中去。所有他最著名的作品,例如《罪与罚》(一八六六)、《赌徒》(一八六七)、《白痴》(一八六八)、《群魔》(一八七二)和《卡拉马佐夫兄弟》(一八八〇)等,都是在不断的压力之下完成的:他不得不抓紧一切时间进行创作,有时为了赶在最后期限前完成,连再读一遍的时间都没有。有时候,他不得不雇一位速记员来记下他口述的内容。在这位速记员身上他最终发现了一位忠诚的女人,并且由于她务实的判断力,陀思妥耶夫斯基总是能按时完成作品,并逐渐从经济困境中解脱出来。一八六七年,陀思妥耶夫斯基和这位女速记员结婚。总的来说,这次婚姻是幸福的。从一八六七年至一八七一年的四年中,他们有了一定的经济保障,有能力回到俄国。从那时到生命的最后时刻,陀思妥耶夫斯基享受到了相对的平静。《群魔》获得巨大的成功。这本书出版不久,陀思妥耶夫斯基就被任命为梅谢尔斯基公爵主办的周刊《公民》的编辑,这是一份非常反动的刊物。陀思妥耶夫斯基的最后一部作品《卡拉马佐夫兄弟》给他带来了最高的声誉,但他只完成了这部小说的第一部,在写第二部时他去世了。

但公众更多的注意力还是落在了陀思妥耶夫斯基一八八〇年在莫斯科普希金纪念碑的揭幕仪式上所作的演讲之上。那是一个非常重大的事件,体现了俄国人民对普希金的热爱。当时重要的作家都参加了这一仪式。但在所有的演讲中,最成功、最受欢迎的正是陀思妥耶夫斯基的演讲。他演讲的主旨是普希金是俄罗斯精神的体现,这种民族精神和其他国家的理想有微妙的相通之处,但对它们进行了消化、吸收,使之和自己的精神体制保持一致。在这种能力中,陀思妥耶夫斯基看到了完成俄罗斯人民全部使命的希望,等等。这篇演讲稿读起来会让人奇怪它何以会获得如此巨大的成功。但如果我们考虑到当时整个欧洲都联合起来对抗俄国在国力和影响力方面的崛起,我们就能更好地理解为什么陀思妥耶夫斯基的演讲能在那些爱国听众心中激起热情了。

一年以后，即一八八一年，在亚历山大二世被暗杀之前不久，陀思妥耶夫斯基带着公众对他的认可和尊敬，离开了人世。

———

通过法语和俄语的翻译作品，感伤的、哥特式的西方影响在陀思妥耶夫斯基的作品中与一种接近通俗剧的感伤主义的宗教同情融合在一起；这种西方影响以以下这些作家为代表：塞缪尔·理查生（一六八九——一七六一）、安·拉德克里夫（一七六四——一八二三）、狄更斯（一八一二——一八七〇）、卢梭（一七一二——一七七八）、欧仁·苏（一八〇四——一八五七）。

我们必须区分"感伤"和"敏感"。一个感伤主义者在空闲时可能是一个绝对残暴的人。而一个敏感的人永远都不会是一个残忍的人。感伤的卢梭会为一个进步的思想而哭泣，但也会让他众多私生子生活在济贫院和感化所，并对其完全不闻不问。一个感伤的老处女有可能会娇惯她的鹦鹉而同时毒死她的侄女。一个感伤的政客会记得母亲节，也会无情地置对手于死地。斯大林爱孩子。列宁为歌剧尤其是《茶花女》而抽泣。一个世纪的作家都在赞美穷人质朴的生活，等等等等。请记住，当我们谈论感伤主义者，包括理查生、卢梭、陀思妥耶夫斯基的时候，我们指的是对人们熟悉的情感所作的非艺术性夸张，目的是为了在读者心中自动激起传统意义上的同情心。

陀思妥耶夫斯基从来没有真正摆脱欧洲神秘小说和感伤主义小说对他的影响。感伤主义的影响暗示他喜爱的那种冲突，即将品德高尚的人置于可悲的境况中，并把这种境况中的最后一丝悲悯抽掉。从西伯利亚回来后，陀思妥耶夫斯基最本质的思想开始成熟起来——通过违法以获得拯救，通过忍受痛苦和屈服顺从而不是斗争和反抗来获得道德上的崇高，把自由意志作为一种道德的而不是形而上的主张来加以维护；还有就是一个终极公式，一边是自我中心主义—反基督的欧洲，一边是兄弟情谊—基督—俄罗斯——这些思想（在无数教科书中得到彻底检查的思想）充斥在陀思妥耶夫斯基的小说中，但仍然有不少西方的影响存在于其中。陀思妥耶夫斯基如此痛恨西方，我们却不禁要说，在某种程度上，他也是俄国作家中最欧洲化的一位。

另一条有趣的研究线索，是将陀思妥耶夫斯基的人物置于他们的历史发展过程中来进行剖析。俄国古老的民间传说中有一个最讨人喜欢的人物傻瓜约翰，虽然他的兄弟们都认为他是一个意志薄弱的糊涂虫，但实际上，他却像臭鼬一样狡猾，行事毫无道德约束可言，是一个毫无诗意、令人讨厌的家伙，是隐秘的诡诈战胜强大的化身；傻瓜约翰是一个经历过众多苦难的国家的产物，而他正是陀思妥耶夫斯基小说《白痴》的主人公梅思金公爵的原型。梅思金公爵是一个绝对的好人，一个纯洁无瑕的傻瓜，是谦恭自制、灵魂平和的集大成者。当代苏联作家米哈伊尔·左琴科最近塑造的一个人物堪称梅思金公爵的孙子，一个快乐的弱智，在一个警察控制的极权主义社会中稀里糊涂地混日子，而低能是那种极权主义世界中最后的避难所。

陀思妥耶夫斯基有很多方面让人难以恭维，例如，缺乏品味，处理人物方式单调，个个都有前弗洛伊德情结，沉溺于描写人类尊严所承受的种种悲剧不幸。我本人不喜欢这种让他的人物"在罪恶中走向耶稣"的耍宝写法，而一位俄国作家伊凡·蒲宁对此有更直率的评价："张口闭口都是耶稣。"正如我毫无欣赏音乐的能力一样，很遗憾我也不懂得如何欣赏陀思妥耶夫斯基这位预言家。在我看来，他最好的作品似乎是《双重人格》。这部作品讲述的是一个政府书记员的故事，他最后疯了，总是感觉他的一位同事在冒充他。整个故事讲述得精巧细致，几乎是乔伊斯式的细节描写（如批评家米尔斯基所说），整部小说的风格极富语音和韵律的表现力。这是一部完美的艺术作品，我是说这个故事本身，但对于预言家陀思妥耶夫斯基的追随者来说，这部作品几乎不存在，因为它写于一八四〇年代，远远早于陀思妥耶夫斯基那些所谓的伟大的小说；而且，这部小说模仿果戈理的痕迹过于明显，有时候感觉几乎就是在鹦鹉学舌。

从艺术历史发展的角度来看，陀思妥耶夫斯基是一个非常令人着迷的现象。如果你仔细研究他的任何一部作品，比如说《卡拉马佐夫兄弟》，你会发现根本就不存在一个自然的背景，所有和人的自然感官相关联的东西也不存在。书中的风景就是一个思想的风景，一个道德的风景。陀思妥耶夫斯基的世界里没有天气，所以人们如何穿衣服也就不重要了。陀思妥耶夫斯基刻画人物是通过情景、道德问题、人物的心理反应，以及他们的内心波动。描写过一个人物的容貌之后，陀思妥耶夫斯基就使用老式的文学手法，即在以后出现这个人物的场景中不再提及任何他的体形外貌。托尔斯泰说过这不是一个艺术家的写作手法，艺术家在自己的脑海里随时都能看到自己的人物，知道这个人物在此时或彼时可能做的每一个不同手势。而陀思妥耶夫斯基还有一点更让人震惊。俄罗斯文学的命运之神似乎选定他成为俄国最伟大的剧作家，但他却走错了方向，写起了小说。我一直觉得《卡拉马佐夫兄弟》是一部散乱的剧本，里面各个角色所需的家具和各色道具都正好够数：一张圆桌上有一圈玻璃杯留下的湿印子；窗户涂成黄色，以便看上去好像外面有阳光；一个舞台工作人员刚匆匆忙忙把一杯果汁甜酒拿上舞台，重重地搁在桌上。

———

请允许我再谈一种对待文学的方法——这是最简单，也许是最重要的一种方法。如果你讨厌一本书，你仍然可以获得艺术的享受，方法是想象其他看待事物或表达事物的方法，比你所讨厌的作者使用的更好的方法。在你读一本得奖的二流作品而顿足叫号时，书中一些平庸、虚假、庸俗*——还记得这个词吧——的东西至少能带给你一种恶作剧般但也相当健康的愉悦感。但是在读你喜爱的书时，必然会带着战栗与惊悸。我想提出以下一些实用的建议。文学，真正的文学，是不能囫囵吞枣地对待的，它就像是对心脏或者大脑有好处的药剂似的——大脑是人类灵魂的消化器官。享用文学时必须先把它敲成小块、粉碎、捣烂——然后就能在掌心里闻到文学的芳香，可以津津有味地咀嚼，用舌头细细品尝；然后，也只有在这时，文学的珍稀风味，其真正的价值所在，才能被欣赏，那些被碾碎的部分会在你脑中重新拼合到一起，展现出一种整体的美，而你则已经为这种美贡献了你自己的血液。

————

当一位艺术家开始艺术创作时，他就为自己设定了一些他要解决的具体的艺术难题。他要选择人物、时间、地点，发现能使他所希望的事件自然发生的特殊环境，也就是说，作者不能为了得到渴望的结果而恣意妄为；这些事件必须在艺术家注入其剧本的各种力量的结合与相互作用中合乎逻辑地、自然地发展。

艺术家出于此目的而创造出来的世界可以是完全虚幻的——例如卡夫卡的世界，或者果戈理的世界——但我们完全有权利提出这样一个要求：无论对读者还是对旁观者来说，这个虚幻的世界本身只要存在一刻，它就必须是貌似真实可信的。例如，莎士比亚在《哈姆雷特》中引入哈姆雷特父亲的鬼魂，这一点其实无关紧要。有些评论家说和莎士比亚同时代的人相信鬼魂的存在，因此莎士比亚有理由把鬼魂作为一种现实引入他的戏剧中。对于这种说法无论我

---

* "庸俗（poshlust）：英语中有一些词可以表达poshlust的几个方面，尽管不是全部的内容，比如：cheap（小气的）、sham（虚假的）、smutty（猥亵的）、pink-and-blue（粉红与贵胄）、highfalutin（妄自尊大的）、in bad taste（恶俗的）。"参见纳博科夫《非利士人和非利士主义》讲稿。——原编者注

们是否同意，还是我们设想这些鬼魂本质上只是一些舞台道具，这都无关紧要：从被谋杀的国王鬼魂登场那一刻起，我们就接受了他，并且完全相信莎士比亚有权利把他引入自己的剧本中。事实上，衡量天才的真正标准在于他所创造的世界究竟在多大程度上是属于他的——这个世界在他之前是不存在的（至少在文学中是如此），而更重要的是，他在多大程度上做到使这个世界貌似真实。我希望你们能从这个角度来思考陀思妥耶夫斯基的世界。

其次，当我们对待一件艺术品时，我们必须谨记在心：艺术是一场神圣的游戏。这两个元素——神圣和游戏——是同等重要的。说神圣是因为通过成为一位真正的创造者，人得以在最大程度上接近上帝。说游戏是因为只有当我们可以记住一切毕竟都是在做戏时，艺术才成为艺术，我们知道舞台上的人物并没有真的被谋杀，或者换言之，我们恐怖或厌恶的感觉没有搅浑我们的意识，我们清楚不论是作为读者还是作为观众，我们正在参加一场精心安排的、有趣的游戏：一旦这种平衡被打破，那么，在舞台上我们看到的将只是一出荒谬可笑的情景闹剧；在书中我们读到的也许只是一起骇人听闻的谋杀案，这样的描写本应出现在报纸上。我们不再获得愉悦、满意和精神上的震撼，那种三者结合在一起的感觉，也正是我们对真正的艺术会作出的反应。例如，我们不会为迄今为止最伟大的三部戏剧的血腥结尾感到厌恶或恐怖：考狄利娅①被绞死，哈姆雷特的死，奥塞罗的自杀，这三个死亡的场面都使我们战栗，但这种战栗里面包含着强烈的喜悦成分。这种喜悦不是因为我们高兴看到这些人毁灭，而仅仅是因为我们享受到了莎士比亚那无法抗拒的文学天赋。我希望你们能从下面这一点对《罪与罚》和《鼠洞回忆录》（这部作品也被叫做《地下室手记》〔一八六四〕）作进一步思考：你从陀思妥耶夫斯基对人物病态的心灵所作的探索中获得一种艺术快感，而你读一部犯罪惊悚小说时

---

① 《李尔王》中李尔王的三女儿。

因厌恶而战栗或感到病态的好奇，诸如此类的情感与陀氏小说给你的艺术快感相比，后者是否就一定高尚得多呢？在陀思妥耶夫斯基的其他小说中，美学成就和对犯罪的报道之间甚至更缺少平衡感。

第三点，一位艺术家探究人类灵魂在难以忍受的生活重压之下会作出的反应和活动，那么如果这个灵魂所作的各种反应，或多或少都属于人类的各种反应范畴，则我们的兴趣更容易被激发，我们也更愿意随艺术家的引领走过人类灵魂的黑暗长廊。我这样说当然不意味着我们只对，或应该只对所谓平常人的精神生活感兴趣。当然不是这样。我想表达的是，虽然人和人的反应千变万化，但我们不能把那些疯子的或刚从精神病院出来并且还要回到那里去的人物的反应当作人的普遍反应。这些可怜的、病态而扭曲的灵魂作出的反应通常不再是人的反应（就人类这个词的普遍意义而言），或者说这些人属于过度变态，以至于尽管作者想通过这样非同寻常的人所作的反应来解决他提出的问题，但事实上，这个问题是得不到解决的。

我参考了一些医生的个案研究，*以下是他们对陀思妥耶夫斯基笔下人物按其所患精神疾病种类而做的分类：

I. 癫痫病

陀思妥耶夫斯基作品中明显患有癫痫病的四个人物分别是：《白痴》中的梅思金公爵，《卡拉马佐夫兄弟》中的斯麦尔佳科夫，《群魔》中的基里洛夫，以及《被侮辱与被损害的》中的涅莉。

1）梅思金公爵是一个经典病例。他经常处于狂喜的状态中……情绪有神秘主义倾向，同时具有非凡的移情力量，这种力量使他可以

---

* 纳博科夫对这些精神疾病分类的讨论引用的是 S. 斯蒂芬森·史密斯和安德瑞·伊索托夫所写的论文《由内而外的畸形：陀思妥耶夫斯基》，《心理分析评论》XXII（1939年10月），361–391。——原编者注

预言他人的感受。他对细节表现出非同寻常的关注，尤其是对人的笔迹。孩提时代，他的病就发作了几次，医生们认为他是一个不可救药的"白痴"……

2）斯麦尔佳科夫是老卡拉马佐夫与一个弱智女人的私生子。还是个孩子的时候，他就表现出极度残忍。他喜欢把猫吊死，然后用亵渎的方式把它们埋起来。成年之后，他产生了极其夸张的自尊感，有时表现得接近于夸大症……也常常发病，等等。

3）基里洛夫，《群魔》中的替罪羊式人物，他处在癫痫病的初期；虽然他高尚温和、超凡脱俗，但他具有明显的癫痫状人格。他会清楚地描述自己常常经历的预兆性的症状。他的病况又因狂热的自杀倾向而变得更复杂。

4）涅莉的病例不是很重要……与前三个病例所显示出的内在的癫痫意识很相似。

108

―――

II. 老年痴呆症

《白痴》中叶潘钦将军处在老年痴呆症的初期，并且由于酗酒而使病情更复杂化……他不负责任……借钱买酒喝，却从来不打算还钱。当别人指责他说谎时，他会目瞪口呆片刻，但马上又用同样的口气作出还钱的保证。正是这种病态说谎的人物性格极好地揭示出这个行将就木的老年痴呆症患者的心理状态……并且因酗酒而恶化。

―――

III. 歇斯底里症

1）《卡拉马佐夫兄弟》中的丽莎·霍赫拉科夫是一位十四岁的女孩，身体部分瘫痪，这种瘫痪症据说是歇斯底里性的，除非发生奇迹才能治愈。她特别早熟，容易受人影响，处处卖弄风情，一到夜里就会高烧不止——这些都是歇斯底里症的典型症状。她的梦里全是魔鬼……在做白日梦时，她脑子里满是罪恶和毁灭的念头。她总是想着德米特里·卡拉马佐夫新近被指控所犯下的弑父罪；并且认为大家"爱他，因为他杀了自己父亲"，等等。

2)《群魔》中的丽莎·图申是一个模棱两可的歇斯底里症患者。她精神总是极度紧张，总也平静不下来，狂妄自大，但却不遗余力地想表现出和蔼可亲……她有时歇斯底里地大笑，却以哭泣收尾，时不时还会有一些奇怪的幻想，等等。

除了这些绝对是临床实例的歇斯底里症患者，陀思妥耶夫斯基的人物中也有一些是有歇斯底里倾向的：《白痴》中的娜司泰谢……《罪与罚》中的卡特琳娜……因"神经"而受折磨；实际上大多数的女性人物都或多或少有些歇斯底里的倾向。

IV. 精神变态

在陀思妥耶夫斯基的小说中，许多主要人物都是精神变态者：斯塔夫罗金是"道德疯狂"的例子；罗果静是色情狂的牺牲品；拉斯柯尔尼科夫……是"神志清醒的疯狂"；伊凡·卡拉马佐夫也是个半疯。这些人物都明确表现出人格分裂的症状。还有很多其他这样的例子，其中包括一些完全疯了的人物。

顺便说一下，一些评论家提出陀思妥耶夫斯基的理论早于弗洛伊德和荣格，但科学家们完全驳斥了这种观点。这一点从陀思妥耶夫斯基在创作反常人物时总是使用德国人C. G. 卡鲁斯写的《精神》（一八四六）一书可以得到很好的证实。设想陀思妥耶夫斯基先于弗洛伊德是因为卡鲁斯书中的术语和假设与弗洛伊德的学说相类似，但这种类似根本不是主要理论方面的类似，而只是术语的语言表达上的类似，对两位作者来说意味着不同的意识形态上的内容。

如果一位作家创作的人物几乎都是精神病患者或者疯子，我们是否能真正讨论"现实主义"或者"人类体验"的各个方面就值得怀疑了。除此之外，陀思妥耶夫斯基的人物还有一个显著的特点，那就是，整本书从头到尾，这些人物的性格都不会有任何发展变化。故事的一开始，我们就可以对他们有个全面的了解。随着故事的发展，虽然人物周围的环境在变，虽然在他们身上会发生非同寻常的事情，但他们本身不会有什么显著的变化。例如，在《罪与罚》中的拉斯柯尔尼科夫身上，我们看到的先是有预谋的谋杀，然后是与外部世界达成和谐一致的希望。但这些事情的发生都没有一丝先兆：拉斯柯尔尼科夫没有经历任何真正的性格发展。在陀思妥耶夫斯基创作的其他人物身上性格发展就更少了。唯一在发展、摇摆不定、产生令人意想不到的转向的是情节，也只有情节会完全偏离从而引入新人物、新情况。我们要时刻记住，陀思妥耶夫斯基主要是一位神秘主义故事的作家，这类小说中的每一个人物，一旦被介绍给读者，就直到结尾都不会再有什么变化了。这个人物的个性特点和个人习惯会始终如一，在整本书中他们都像是一盘复杂的国际象棋中的棋子，只是碰巧在这本书而不是那本书中出现而已。陀思妥耶夫斯基善于经营情节，这就很好地吸引了读者的注意力；他对高潮和悬念的设置把握近乎完美。但如果你重读一本他的书，对其中复杂的情节和悬念都已相当熟悉，你就会立刻意识到第一次阅读时你所经历的悬念感已经荡然无存。

―――――

《罪与罚》
（一八六六）

由于陀思妥耶夫斯基特别擅长设置悬念、故弄玄虚，所以在俄国他与费尼莫尔·库柏、维克多·雨果、狄更斯和屠格涅夫一起,受到男女学生的热烈追捧。四十五年前我第一次读《罪与罚》的时候应该是十二岁,那时,我觉得那本书充满力量,令人激动。十九岁的时候,我重读那本书,当时俄国正处在可怕的内战时期,我感觉这书累赘冗长,过于伤感,写得糟透了。二十八岁的时候,我要在自己的一本书里对陀思妥耶夫斯基进行讨论,便又读了《罪与罚》。第四次读这本书是为在美国大学里作关于陀思妥耶夫斯基的演讲。但直到最近,我才意识到这本书最大的问题到底在哪里。

在我看来,使整部巨著在道德上和审美上崩塌的那个缺陷、那个裂口,出现在第四章的第十部分。在这场拯救戏的开始,凶手拉斯柯尔尼科夫通过女孩索尼娅注意到一本《新约全书》。她给他读耶稣和拉撒路复活的故事。到这里之前,都没什么问题。但是接下来的一个句子却愚蠢至极,其愚蠢程度在世界级的文学作品中再也找不出第二句:"蜡烛快要熄灭了,微弱的烛光照着一个杀人犯和一个妓女,他们在一间破败不堪的屋子里一起读着这部不朽的书。""一个杀人犯和一个妓女",还有"不朽的书"——一个怎样的三角关系啊。这是至关重要的短语,是典型的陀思妥耶夫斯基式的修辞手法。那么,到底什么地方错得可怕呢?为什么显得如此拙劣而缺乏艺术性呢?

我认为无论是真正的艺术家还是真正的道德家——虔诚的基督徒还是优秀的哲学家——诗人还是社会学家——他们中的任何一位都不应该一口气在貌似流利的一句话中把一个杀人犯和那个人放在一起,谁呢?——那个可怜的站街女,让他们一起低下两颗完全不同的头颅去读那本神圣的书。基督教的上帝,如信徒们所理解的那位基督教上帝,早在十九个世纪之前就已经宽恕了妓女。而另一方面,杀人犯必须首先接受医学上的检查。两者处于完全不同的水平线上。拉斯柯尔尼科夫所犯下的野蛮、愚蠢的罪行根本无法和一个因出卖自己的肉体而损害了人类尊严的女孩的困境相提并

Crime and Punishment

Shivering = starting

235 – "For the next few minutes the whole company (R., his friends sister, mother) was very cheerful -- its satisfaction was manifested by in laughter. Dounetchka alone grew pale at intervals and knitted her brows whilst reflecting on the previous unpleasantness."

---

247 – "What are you doing? And to me?" -- stammered Sonia growing pale with sorrow-smitten heart.

Upon this he rose. "I did not bow down to you personally, but to suffering humanity in your person", said he somewhat strangely going to lean against the window." (op. original)

282 – "The dying candle lit up the low-ceilinged room where an assassin and a harlot had just been reading the Book of Books."

Analyze the perfectly idiotic scene of the "mad banquet".

---

296 – "Amalia (the landlady) ... moved ... in the room, howling with rage and throwing about her whatever came in her way. Some of the lodgers commented on the preceding scene, while others quarrelled; and others, again, struck up refrains" /apparently ignoring Amalia/.

纳博科夫关于《罪与罚》的笔记，包括对其"道德和艺术上的愚蠢性"的抨击。

论。读不朽之书的杀人犯和妓女——一派胡言。在一个丑恶的杀人犯和这位不幸的女孩之间没有任何修辞上的关联。有的只是哥特式小说和感伤小说之间的传统关联。这只是一场假冒的文学骗局，而不是关于悲悯和虔诚的经典著作。此外再看看艺术平衡的缺失。小说详细描写了拉斯柯尔尼科夫的犯罪行为，并且对他的罪行给出了很多不同的解释，但同样的一本书却没有对索尼娅所从事的行业有任何描写。整个情形就是被美化的陈词滥调。妓女的罪过被认为是理所当然的。我认为真正的艺术家不会对任何事情抱理所当然的态度。

———

拉斯柯尔尼科夫为什么杀人？其动机是极其混乱的。

如果我们相信陀思妥耶夫斯基相当乐观地希望我们去相信的东西，则拉斯柯尔尼科夫是一个优秀的青年，他一方面对自己的家庭忠心耿耿，另一方面忠诚于崇高的理想。他具有自我牺牲的精神，对人亲切、慷慨，还很勤奋，尽管有些自以为是和骄傲，甚至忽略了人们之间必要的心与心的交流，而完全退回到自己内心深处。但这样一个优秀、慷慨、骄傲的年轻人却一贫如洗。

为什么拉斯柯尔尼科夫杀了那位放高利贷的老太婆和她的妹妹呢？

很明显，是为了把他自己的家庭从悲惨的生活中解救出来，为了不让自己的妹妹遭罪，因为为了帮助拉斯柯尔尼科夫上完大学，她即将嫁给一个富有而野蛮的人。

但同时，他杀人也是为了证明给自己看他不是一个只遵从别人制定的道德律法的普通人，而是有能力制定自己的律法，能够负担起道德的精神重担，能够承受良心上的剧痛，能够用一个罪恶的方式——谋杀——来实现一个善的目的（帮助自己的家庭，完成自己的学业从而成为人类的施恩者），对他内心的平衡和道德高尚的生活不带任何成见。

拉斯柯尔尼科夫杀人的另一个原因，也是陀思妥耶夫斯基钟爱的观点之一，那就是唯物主义思想的传播一定会破坏年轻人的道德标准，很可能会使一个优秀的年轻人受不幸环境的驱使，轻易就走向犯罪，堕落成一个杀人犯。请注意拉斯柯尔尼科夫在他的一篇"文章"中所表达的古怪的法西斯思想：人类由两部分组成——芸芸众生和超人——大部分人应该受到已制定的道德律法的约束，而远远处于多数人之上的少数人应该自由地制定自己的律法。因此，拉斯柯尔尼科夫首先宣布如果有人妨碍牛顿和其他伟人为人类贡献他们有益的发现，那牛顿他们应该毫不犹豫地牺牲这些人的生命，不管是几十个还是上百个。后来不知何故，他忘记了这些对人类作出贡献的人而沉浸于一个完全不同的理想。他所有的雄心壮志突然都开始围着拿破仑打转，在拿破仑的身上，拉斯柯尔尼科夫看到了一个个性极强的人；权力就躺在那里等着敢于去"捡"的人，拿破仑有这种勇气，所以他成了统治者。从充满抱负要做一名世界的施恩者到做一个只顾自己利益的暴君，这个转变太快了。这样一个转变需要进行一次详细的心理分析，但这不是陀思妥耶夫斯基的匆匆忙忙所能做到的。

我们的作家热衷于表现的另一个思想，是一个人所犯下的罪行可以使这个人处在内心的煎熬之中，这个心灵的地狱对很多邪恶的人来说都是不可避免的命运。然而，因为某种原因，这种孤独的心灵煎熬却不能带来救赎。真正能带来救赎的是公开承认的痛苦和公开忍受的痛苦，是在其他人面前刻意展现的自我贬低和羞辱——受煎熬者的罪行得以赦免，救赎，新生，等等等等。这是拉斯柯尔尼科夫会走的路，但他是否会再杀人就不好说了。最后就是自由意志，是为了犯罪而犯罪。

陀思妥耶夫斯基使这些都真实可信了吗？对此，我表示怀疑。

首先，拉斯柯尔尼科夫是一个神经质的人，因此，任何哲学对一个神经质的人能产生的影响都不会使这哲学本身受怀疑。如果陀思妥耶夫斯基把拉斯柯尔尼科夫设计成一个坚定、沉着、热情的年轻人，让这个年轻人由于轻易接受了唯物主义的思想而误入歧途、最终毁灭的话，他就可以更好地实现自己的目的。但陀思妥耶夫斯基清楚地知道这是不可能的，即使那个坚定的年轻人确实接受了神经质的拉斯柯尔尼科夫头脑里荒谬的想法，健康的人类天性也会不可避免地阻止有预谋的凶杀这样一种犯罪行为。陀思妥耶夫斯基作品中所有犯罪的主人公都不是完全正常的（《卡拉马佐夫兄弟》中的斯麦尔佳科夫，《群魔》中的费季卡，《白痴》中的罗果静），这一点并非巧合。*

既然感觉到了自己的弱势，陀思妥耶夫斯基便动用每个可能的人性的动机把拉斯柯尔尼科夫推到实施谋杀的悬崖边缘，我们必须假定是他所接受的德国哲学思想使他有了这种杀人的冲动。他自己经历的贫穷，还有他深爱的母亲和妹妹所经历的贫穷，他妹妹为了他而即将作出的自我牺牲，他预谋谋杀的对象在道德上彻底的堕落——从所有这么多巧合的外在因素可以看出，陀思妥耶夫斯基也感到要证明他自己的观点是多么困难。克鲁泡特金的评价非常恰当："在拉斯柯尔尼科夫的身后，我们感觉到陀思妥耶夫斯基在努力决定是否他自己或者像他那样的人也会受到驱使而做出拉斯柯尔尼科夫那样的行为……但小说家是不会杀人的。"

我同样完全赞成克鲁泡特金的另一句话："……像地方预审法官和斯维德里盖洛夫这样邪恶的化身都完全是浪漫化的创作。"在这些被浪漫化的人物名单里我还要加上索尼娅。索尼娅是浪漫式女主人公的嫡传，这样的女主人公过着被社会规范排除在外的生活，但

---

* 纳博科夫删了下一句："现今业已毁灭的德意志帝国的理论基础是超人学说以及超人的特权，而这一帝国的统治者们不是神经症患者就是普通罪犯，这也并非巧合。"——原编者注

同时要忍受同一个社会强加给她们的伴随这种生活方式而来的羞辱和苦难，但这不是由于她们自身的任何过错。自从普雷沃神父把他的《曼侬·莱斯戈》（一七三一）呈现给读者，这是一篇上乘之作，读来让人感动，这些女主人公便再也没有退出世界文学的舞台。在陀思妥耶夫斯基这里，堕落、羞辱的主题从一开始就伴随着我们，从这个意义上来讲，拉斯柯尔尼科夫的妹妹杜尼娅、在林荫道上的那个喝醉的女孩和善良的妓女索尼娅同属于陀思妥耶夫斯基人物表中那些双手扭绞、苦恼绝望的人物。

陀思妥耶夫斯基对这样一种思想情有独钟，即身体上遭受的痛苦和精神上承受的屈辱能使一个品行端正的人更加完美，其原因可能在于他个人的悲剧：他一定感觉到自己体内那个自由的热爱者、那个叛逆者、那个个人主义者，都因他在西伯利亚监狱的经历而遭受了某种失落，至少对他的创作的自发性也是有伤害的；但他始终固执地认为，当自己从西伯利亚回来时已经是一个"更好的人"了。

————

《鼠洞回忆录》
（一八六四）

这个故事的名字应该是《来自地下的回忆录》或者是《鼠洞回忆录》，但却被错误愚蠢地翻译成了《地下室手记》。有些人认为这个故事取材于一个历史事件，一段进行疯狂迫害的时期，只是稍有改动。我对这个故事的兴趣在于对它的文体风格进行研究。在主题、创作程序和语气方面，这部小说是陀思妥耶夫斯基作品中具代表性的，是他全部作品的浓缩。此外，由盖尔尼翻译的英文版也很棒。

小说的第一部分由十一章较短的章节组成。第二部分的长度是

第一部分的两倍，由十章稍长的章节组成，主要是一些事件和对话。第一部分是一场独白，以一群虚构听众的存在为前提。在这一部分，从头至尾，叙述者鼠人一直面对一群似乎是业余哲学家、读报人和被他称为正常人的人。这些幽灵似的绅士们应该是在嘲弄鼠人，而他则运用他所谓非凡的智力想出转移、迂回等各种诡计来挫败他们的嘲笑和谴责。这些想象中的听众推动鼠人的歇斯底里的追问，这些追问针对的正是他自己那个正在分崩离析的灵魂。读者会注意到，这其中涉及十九世纪六十年代中期所发生的时事。但这些时事内容含糊不清，也没有结构上的力量。托尔斯泰也使用报纸——但他的运用有着非凡的艺术性。例如，在《安娜·卡列宁》的开篇，他不仅通过奥勃朗斯基喜欢看的早报内容来刻画这个人物，而且还通过历史的或伪历史的精确性在时间和空间上锁定某一时刻。在陀思妥耶夫斯基这里，只是用一般代替了具体的东西。

一开始叙述者把自己描述成一个粗鲁、尖刻的人，一个充满恶意的公务员，对着他供职的某办公部门里的诉讼人大声吼叫。他声称"我是一个充满恶意的公务员"，但马上又收回了这句话，说自己甚至也不是那样的："我不仅不能变得充满恶意，我也不知道怎样变成其他任何样子：无论是恶意还是善良，无论是无赖还是君子，无论是英雄还是蜷蚁。"他安慰自己说，聪明的人不会变成任何别的什么东西，只有流氓和白痴才会变样。他四十岁，住在一个破败的房间里，是一位级别很低的文职人员。得到了一笔小小的遗产之后，他就退休了，他总是渴望谈论自己。

这里，我要提醒大家注意，故事的第一部分，也就是十一个小章节，是非常重要的。它的重要性不在于它所表达和陈述的内容，而在于这些内容是如何被表达陈述的。风格映射为人。陀思妥耶夫斯基希望通过一个神经质、愤怒、抓狂、极度不幸的人的举止和习性将这种映射牢牢按在忏悔的污水坑里。

接下来的主题是人类意识（不是"良心"而是"意识"），是人的情感的自觉。这个鼠人意识到的善和美越多——道德上的美——他的罪孽就越深重，在罪恶中陷得越深。有一类总在向世人、向所有罪人传递一条普遍信息的作家，他们往往不会把笔下主人公的堕落具体化，陀思妥耶夫斯基就属于这一类作家。我们只好自行猜测。

叙述者说每次干完一件卑鄙的事之后，他都会爬回到他的鼠洞中，然后享受羞耻和自责带来的可憎的快感，他自身肮脏和堕落的愉悦。因堕落而欢喜是陀思妥耶夫斯基最喜爱表现的主题之一。在这里，和他作品中任何地方一样，作者的艺术滞后于他的意图，因为所犯的罪①很少被具体化，而艺术则总是具体的。行为本身，即罪，被认为是理所当然的。罪在这里是一个文学惯例，与陀思妥耶夫斯基吸收的感伤小说和哥特式小说中的写法相似。在这部小说中，主题的抽象性，即卑鄙行为和随之堕落的抽象概念，随着一股不可忽略的奇异力量被表现出来，这一表现风格符合鼠洞里的人的风格。（我重复一下，重要的是风格。）到第二章的结尾，我们知道了鼠人开始写他的文集是为了解释堕落的快乐所在。

他说他是一个意识敏锐的鼠人。他正受作为一个群体的正常人的侮辱——愚蠢但是正常的人。他的听众在嘲弄他。绅士们在冷笑。没有得到满足的欲望，燃烧的复仇火焰，犹豫——一半绝望，一半信仰——所有这些结合在一起使被侮辱的主体形成一种奇怪而又病态的喜悦。鼠人的反抗不是出于一种创造性的冲动，而是由于他仅仅是一个在道义上不适应环境的人，一个道德上的侏儒。他在自然界的法规中看到了一堵他无法捣毁的石墙。但由于没有具体的目的，这堵石墙也没有被具体化，我们便再次陷入空泛的泥潭，陷入一则寓言。巴扎洛夫（《父与子》）知道，一个虚无主义者希望打破的首先是奴隶制度的旧秩序。鼠人仅仅是在列举对一个可鄙的世界的抱怨，而这个世界是他自己虚构出来的，一个纸板的而不

---

① 这里的"罪"是英语中的"sin"，是宗教意义上的罪，而非法律意义上的罪（crime）。

是石头的世界。

第四章中有一个比较：鼠人说他的愉悦就像一个牙痛的人意识到自己的呻吟使全家人都睡不着——可能是装出来的呻吟。这是一种复杂的快感。但关键在于鼠人暗示他是在说谎。

因此到了第五章的时候，我们遇到了下面的情形。因为缺少真实的感情，鼠人只能用虚假的感情来充实他的生活。此外，他没有基础，没有接受生活的起点。他寻找对自我的定义，寻找可以贴在自己身上的标签。例如，自己是"懒骨头"还是一个"红酒鉴赏家"，是哪种螺丝抑或钉子。但陀思妥耶夫斯基没透露真正驱使鼠人给自己寻找标签的原因。他所描写的这个人只是一个疯子，一堆怪癖的综合体。像法国记者萨特这样对陀思妥耶夫斯基进行拙劣模仿的人直到今天还大行其道。

第七章的开始有一个能表现陀思妥耶夫斯基风格的极佳的例子。盖尔尼修改了加尼特的翻译，效果很好：

"但是这些都是金色的梦。哦，告诉我，谁最先被告知的，谁最先听到宣布，说什么人之所以作恶多端，只是因为他不知道自己的利益所在；说什么如果他得到启蒙，如果他能睁开双眼看到自己真正正常的利益所在，那么他就会立即停止作恶，立刻变得善良高贵；因为受到启蒙，了解到自己真正的好处，他就只会在善中看到自己的好处。而我们知道，没有谁会有意识地做损害自己利益的事情，如此说来，他是出于不得已才开始行善的咯？哦，真是个孩子！哦，那个纯洁、天真的孩子！先不说别的，几千年来人们曾几何时只是出于对自己利益的考虑而行动呢？无数事实证明，人们，有意识地，也就是说在充分了解自己的真正利益的同时，却把这些利益抛到身后，迫不及待地冲上了另一条道路，去面对艰难和险阻。没有人或物强迫他们走上这条路，但他们似乎只是不喜欢人人都走的那条路。因此，他们固执坚定地开辟出另一条艰辛而荒谬的道路，几乎是在黑暗中摸索前进。这些事实又说明了什么呢？因此，我想，对于这些人来说,与任何好处相比,这种固执和变态都更令他们感到愉悦。"

词句的重复,强迫的语气,百分之一百平庸的词汇,粗俗的肥皂剧口才,这些都是陀思妥耶夫斯基风格中的元素。

第七章中,鼠人,或者说他的创造者,围绕着"好处"这个词推出了一系列新的想法。他说,有时候,一个人的好处必然存在于他渴望的但事实上对他有害的一些事物。当然,所有这些都含糊其辞,不知所云;正如鼠人没有解释从堕落和痛苦中获得的快乐,他也不会解释这坏处中的好处到底是怎么回事。后几页同样充斥着可望不可及的诱惑,但其中也出现了一些新的风格特点。

这个神秘的"好处"到底是指什么?以陀思妥耶夫斯基的方式,一篇偏离主题的新闻稿首先考虑的是"文明,它使人类如果不是更嗜血,至少是嗜血得更卑鄙,更可憎"。这个古老的思想一直可以追溯到卢梭。鼠人在人们心中唤起一幅未来的普遍繁荣的画面,一座属于所有人的水晶宫。最后,它出现了——那神秘的好处,即个人自由的、不受任何束缚的选择,个人的不论多么疯狂的心血来潮。世界被重新排列组合,美丽的世界,但是来了一个人,一个自然的人,他说:我心血来潮要摧毁这个美丽的世界——然后他就这么做了。换言之,人类不想要任何理性的好处,只是想作独立的选择——不管选择的是什么——即使这意味着要打破逻辑、统计学、和谐和秩序的模式。从哲学的角度来看,这些都是骗人的鬼话,因为和谐和幸福也假定心血来潮的存在,将之包括在内。

但陀思妥耶夫斯基式的人物或许会选择荒谬、愚蠢或有害的东西——毁灭和死亡——因为这至少是他自己的选择。顺便说一下,这也是《罪与罚》中拉斯柯尔尼科夫杀死那个老太婆的原因之一。

第九章中,鼠人继续情绪激昂地自我辩护。毁灭的主题被再次拾起。他说,也许人们情愿毁灭也不愿创造。也许吸引他的不是目标的实现而是完成这个目标的过程。也许,鼠人说道,人害怕成功。

119

也许人喜欢苦难。也许苦难是意识的唯一根源。可以说，也许人之成为人是在他第一次意识到他的痛苦意识之后。

作为一个理想，作为人类共同的完美来世生活的象征，水晶宫再次被投射在屏幕上供大家讨论。叙述者已经使自己处于一种暴怒的状态，他所面对的嘲弄者和讥讽的记者似乎在步步紧逼。我们回到最初提及的观点之一：最好什么也不是，最好待在自己的鼠洞里——或者田鼠洞里。在第一部分的最后一章，鼠人对现状作了总结，暗示他所召唤的观众、他所面对的虚幻绅士都是他为了创造读者而努力虚构的结果。正是对这样一些虚幻的观众，他即将呈上一系列杂乱的回忆。这些回忆或许可以解释、诠释他的心理。下雪了。他把雪看成黄色，与其说是视觉原因不如说具有象征意义。我猜想他是用黄色来暗示不纯净的白色，也就是他说的"肮脏"。需要注意的一点是，他希望从写作中获得解脱。就这样，第一部分结束了。我再次强调一下，第一部分重要的是风格而不是内容。

为什么第二部分起名"关于雨雪"？这个问题的答案只能在一八六〇年代那些喜欢象征、暗示这类手法的作家的新闻体影射中找到。这里的象征或许是指纯洁变得湿乎乎和脏兮兮。这些作家的座右铭是——也是模棱两可的—— 一首由陀思妥耶夫斯基同时代的涅克拉索夫所作的抒情诗。

鼠人在第二部分要描述的事件倒退了二十年，一八四〇年代。当时的他和现在的他一样沮丧，也和现在一样憎恨自己的同类。他还恨他自己。他提到了关于羞辱的试验。不论他是否恨某个人，他都无法正视那个人的眼睛。于是他就做实验——他盯人眼睛能盯得过别人吗？——他失败了。这使他闷闷不乐，以致精神分裂。他说他是个懦夫，但他还说由于这样那样的原因，我们这个时代的每一个正派的人都是懦夫。什么时代？一八四〇年代还是一八六〇年代？无论从历史上、政治上，还是社会上，这两个时代都是截然不同的。一八四四年我们处于反动和专制的年代；而他记下现在这些笔记的一八六四年和四十年代相比,是一个变化的、启蒙的、巨大变革的时代。但陀思妥耶夫斯基的世界是病态、灰暗的世界,尽管也有一些关于时事的暗示。在这样一个世界里,除了"军服上的破口子"这样一个出乎意料的具体细节外,什么都不会改变。

有几页写的是鼠人所谓"浪漫的人",或者在英语里更准确地说是"浪漫主义者"。现代读者除非费力地读过俄国(十九世纪)五六十年代的期刊杂志,否则他们不可能理解这里的内容。陀思妥耶夫斯基和鼠人真正指的是"虚假的理想主义者"。这些人能把他们称之为善和美的事物与物质的东西——例如官僚职业——结合起来。(斯拉夫派攻击西方人树立了偶像而不是理想。)鼠人在谈论这些时说得含混不清,语言贫乏,我们不必为此费心。我们了解到鼠人在夜里一个人偷偷沉溺于他称之为丑恶的罪恶中。很明显,由于这个原因,他经常出没于各种阴暗而不知所踪的场所。(这让我们回想起圣普里尤斯,他是卢梭的《朱莉》中的一位绅士。他在一栋罪孽深重的房子的一间偏僻房间里不停地喝酒,但他以为自己喝的是水,接着就是发现自己躺在他称为"une creature"①的臂弯里。这就是感伤小说里描写的罪恶。)

接下来,"盯人眼睛"的主题里加入了新花样,变成了挤推的主题。很明显,我们的鼠人是一个身材矮小瘦弱的家伙,一次他被一个路人推到了一边,那是个军人,有六英尺多高。鼠人总是在涅夫斯基大街,即彼得堡第五大街上遇见这个人,他不断告诉自己,我,鼠人,我绝不退让;但每次他都会退让,会往边上跨一步,让身材魁梧的军官大步径直走过去。一天,鼠人穿戴整齐,好像是要去参加决斗或是葬礼似的。他心通通直跳,给自己打气,决不后退。但他像一个印度橡胶球一样被那个军人猛推到一边。鼠人再次努力——这次他成功地保持住了平衡——他们全速撞到一起,肩并肩

---

① 法语,一个生物。

以完全一致的脚步擦身而过。鼠人很高兴。在整个故事中，这是他取得的唯一胜利。

第二章以鼠人具有讽刺意味的白日梦开始，故事也是这时才终于展开了。在盖尔尼的翻译中，包括第一部分，序言占了四十页。某次，鼠人拜访了他的一个老同学，西蒙诺夫。西蒙诺夫和另外两个老同学正在为另一个同学扎沃科夫（Zverkov）设计一个告别晚宴，扎沃科夫是这个故事中出现的另一个军人（他的名字意思是"小野兽"〔zveryok〕）。"我在学校的时候，这个扎沃科夫也一直在那儿。那时候我就开始恨他，尤其是到了高年级。低年级的时候，他只是个可爱淘气的小男孩儿，人人都喜欢他。但甚至在低年级时，我就已经很恨他，就因为他是个可爱淘气的男孩。他学习成绩一直不好，而且年级越往上成绩也越来越差；然而他毕业的时候却得到了优秀证书，因为有权势的人对他感兴趣。在学校的最后一年，他得到一份遗产，是两百个农奴。我们其他人都很穷，所以他在我们面前一副神气活现的样子。他俗不可耐，但他本性并不坏，即便是在他神气活现的时候。尽管我们多少有些肤浅夸张又做作的荣誉感和尊严感，但除了少数几个人之外，大家在扎沃科夫面前都是卑躬屈膝，而且他越神气活现，他们就越低声下气。他们这样做并不是出于任何功利目的，只是因为他有些先天的优越条件。我们中间甚至普遍存在一种认同，即扎沃科夫在机智和社交方面是个高手。这最后一点尤其让我愤怒。我讨厌他自信的语气，讨厌他对那些自以为是妙语连珠实则愚蠢之极的话的自满，虽然他说话的确够胆量；我讨厌他英俊而愚蠢的面孔（不过如果能和我这张聪明的脸换一换，我还是很乐意的），我还讨厌他身上那种四十年代流行的优雅从容的军人派头。"

其他两个同学中有一个叫弗菲什金（Ferfichkin），一个喜剧名字；弗菲什金具有德国血统，是一个庸俗而狂妄自大的家伙。（从陀思妥耶夫斯基的作品中，我们可以注意到他对德国人、波兰人和犹太人怀有一种病态的仇恨。）另一个同学也是一个军官，名叫特鲁多利波夫（Trudolyubov），意思是"勤奋的"。陀思妥耶夫斯基总是给人物起描述性的名字，很多地方都表现出十八世纪的喜剧倾向。我们都知道我们的鼠人喜欢自取其辱，因此他便不请自到。

"'就这么定了——我们三个人，加上扎沃科夫四个，一共二十一卢布，在巴黎宾馆，明天五点。'负责统筹安排的西蒙诺夫最后总结道。

"'怎么是二十一卢布？'我有些生气地问道，带着被冒犯的神气，'如果你把我也算进去的话，就不是二十一卢布而是二十八卢布。'

"在我看来这样出其不意地突然邀请我自己加入是相当优雅的一种表现，而他们应该会立刻被我俘获，并对我油然生出一些敬意。

"'你也想加入？'西蒙诺夫问道，一点没有高兴的样子，反而好像有意在回避与我的目光接触。他对我的了解可谓彻头彻尾。

"他如此了解我，这一点让我大为光火。

"'为什么不？我也是他的校友，我觉得，我必须说，你们把我排除在外，这让我感觉受到了伤害。'我又激动起来。

"'我们到哪里能找到你呢？'弗菲什金很不客气地插嘴道。

"'你和扎沃科夫的关系一直都不好。'特鲁多利波夫补充道，双眉紧锁。

"但我已经抱定了主意，决不会放弃。

"'在我看来，没人有权对此下任何结论，'我声音颤抖地反驳道，好像发生了什么大不了的事一样，'也许正因为我和他的关系从来都不好，所以我现在才希望加入你们。'

"'哦，那样就不用把你排除在外了——难得你这样懂人情世故。'特鲁多利波夫嘲讽道。

"'我们会把你的名字加上的，'西蒙诺夫对我说道，他已作了决定，'明天五点巴黎宾馆。'"

那晚，鼠人梦到了自己的学生时代，此梦之笼统无法载入现代个例史。第二天早晨，用人阿伯伦擦好他的靴子，但他自己又擦了一遍。具有象征意义的雨雪大片飘落着。鼠人来到餐馆,这时他才知道其他人已经把宴会时间从五点改到了六点,但却没有人劳神通知他一声。鼠人所受羞辱的累积就此开始。最后,三个同学和客人扎沃科夫终于到了。接下来的一幕是陀思妥耶夫斯基作品中最精彩的场面之一。他具有非凡的才能,可以把喜剧与悲剧很好地结合在一起;他堪称非常优秀的幽默作家,他的幽默总是接近歇斯底里的边缘,人们疯狂地彼此侮辱,彼此伤害。下面就是一段典型的陀思妥耶夫斯基式闹剧。

"'告诉我,你……是在政府部门工作吗?'扎沃科夫仍对我表示出兴趣。看到我有些尴尬,他真心认为他应该对我友好些,或者说让我打起精神来。

"'他想让我朝他头上扔瓶子吗?'我生气地想。在不熟悉的环境中,我总处于一种不正常的易怒状态。

"'在,嗯——办公室。'我突然说道,眼睛还盯着盘子。

"'那你——的职位不——错吧?你为什么要离开原先的工作呢?'

"'原因是——我想离开了。'我比他说得还慢,都快控制不住我自己了。弗菲什金爆发出一阵傻笑。西蒙诺夫嘲弄地看着我。特鲁多利波夫也不吃东西了,停下来好奇地看着我。

"扎沃科夫有些畏缩了,但他尽量不去注意这些。

"'报酬怎么样?'

"'什么报酬?'

"'我是说你的薪——水。'

"'为什么你对我盘问个不停?'但我还是立刻告诉他我的薪水有多少。我的脸已经红得可怕了。

"'不算多。'扎沃科夫居高临下地评论道。

"'是的,靠这样的薪水是没法在咖啡馆吃饭的。'弗菲什金傲慢地补充道。

"'我觉得这也太糟糕了。'特鲁多利波夫严肃地说道。

"'你变得多瘦呀！你都成什么样子了！'扎沃科夫补充道，语气中有一丝恶意，一边带着傲慢的同情上下打量我和我的衣着。

"'哦，饶了他吧，他都脸红了。'弗菲什金叫起来，一面窃笑。

"'亲爱的先生，请允许我告诉你们，我没有脸红，'我终于爆发了，'你们听到了吗？我在这里吃饭，在这间餐馆，花我自己的钱，不是别人的钱——注意这一点，弗菲什金先生。'

"'什——么？难道这里不是所有人都自己花钱吃饭的吗？你好像——'弗菲什金对我开火了，脸就像龙虾一样红，怒气冲冲地看着我。

"'我们不会讨论那——些的。'我模仿他的回答，但感到自己有些过火了，'我想我们最好谈些更明智的话题吧。'

"'我想，你是打算炫耀一下你的聪明才智？'

"'别自找没趣吧；在这里谈那些话可不合适。'

"'为什么你要这样喋喋不休呢，我的好先生？嗯？是在办公室搞昏头了吗？'

"'够了，先生们，够了！'扎沃科夫充满权威地吆喝道。

"'这一切有多愚蠢吧！'西蒙诺夫低声道。

"'这确实愚蠢。我们在这里会面，举行一个朋友间的聚会，为一位同志举行告别宴会，而你们却开战了，'特鲁多利波夫说道，粗暴地只针对我一个人，'是你非要加入进来的，那就别破坏这里的和谐气氛。'

"……没有人再注意我，我一个人坐在那里，沮丧而屈辱。

"'天呐！这些人都不是我的同类！'我想，'而我却在他们面前表现得多么傻呀！……但有什么用呢！我要立刻站起来，就现在，抓起帽子，一句话不说就走——带着蔑视！这些混蛋！好像我在乎那七个卢布似的。他们也许会想……他妈的！我不在乎那七个卢布。我这就走！'

"当然，我还是留了下来。我很狼狈地整杯整杯地喝雪利酒和拉斐特酒。由于不习惯,很快我就醉了。酒上头之后,我就越来越恼怒。我突然想把他们每一个都羞辱一顿,然后扬长而去。抓住时机让他们知道我能做什么,这样他们才会说:'他虽然有些古怪,但还是很聪明的,还有……还有……真是他妈的!'

"'喂,你难道不打算敬酒吗?'特鲁多利波夫失去了耐心,对我威胁地咆哮道。

"'扎沃科夫中尉,先生,'我开始了,'让我告诉你,我讨厌措辞,讨厌雕词琢句,讨厌穿紧身衣的人——这是第一点。还有第二点。'

"有一些骚动。

"'第二点是:我讨厌闲谈和闲谈的人。尤其是后者!第三点:我热爱公正、真理和诚实。'我几乎是机械地说下去,因为我已经开始由于恐惧而发抖了,而且我也不知道自己怎么开始说起这些来了,'我热爱思想,扎沃科夫先生;我热爱真正的同志间的友谊,这种友谊是建立在平等的基础上的,而不是——他!我热爱——但是,为什么不呢?也为了你的健康干杯,扎沃科夫先生。勾引那些切尔克斯女孩,杀死祖国的敌人,还有——祝你健康,扎沃科夫先生!'

"扎沃科夫从椅子上站起来,向我鞠躬,然后说道:

"'我真是感激您!'他受到了极大的冒犯而脸色发白。

"'讨厌的家伙!'特鲁多利波夫咆哮起来,一拳头砸在桌子上。

"'他应该为他所说的话当头挨上一拳。'弗菲什金低声说。

"'我们应该把他赶出去。'西蒙诺夫喃喃道。

"'别说了,先生们,也别动!'扎沃科夫神情严肃地叫道,制止住了大家普遍的愤怒,'谢谢大家,但我自己能向他表明我对他的话的重视程度。'

"'弗菲什金先生,明天你将对你刚才所说的话给我一个满意的答复。'我大声说道,威严地看着弗菲什金。

"'你的意思是要决斗?当然可以。'他答道。但可能是我向他挑战的时候样子太可笑了,也和我的外表反差太大,所以包括弗菲什金在内的每个人都笑得直不起腰来。

"'是的,别理他,当然啦!他醉得厉害。'特鲁多利波夫鄙夷地说……我羞愤交加,筋疲力尽,如果可以结束这一切,我宁愿撕破自己的喉咙。我发烧了;头发被汗水浸透,贴在额头和太阳穴上。

"'扎沃科夫,你再说一遍,'我突然态度坚决地说道,'弗菲什金,你,还有你们,你们每个人;我把你们全都侮辱了!'

"'哈哈!决斗并不适合你,老家伙。'弗菲什金咬着牙恶狠狠地说道。

"这让我的心一阵剧痛。

"'不,不是决斗!我害怕的不是决斗,弗菲什金!我们和解以后,我明天还是准备和你决斗。事实上,我们一定要决斗,你不能拒绝。我要向你表明,我不害怕决斗。你先开枪,我会向天开枪的。'……

"他们都很兴奋;他们的眼睛发光;他们都喝得很多。

"'我希望得到你的友谊,扎沃科夫;我侮辱了你,但是——'

"'侮辱?你侮辱了我?先生,要知道在任何情况下你从来都不可能侮辱我。'

"'你闹够了。滚出去!'特鲁多利波夫最后说道……

"我站在那里,好像他们都朝我吐了唾沫。晚会在房间外面闹哄哄地进行着,特鲁多利波夫傻乎乎地唱起了一首歌……杂乱的场面,残羹剩饭,地板上有一个酒杯的碎片,还有酒,烟头,酒的气味,我头脑中的谵妄,我心中绞痛的悲伤,最后还有那位服务员,他看到、听到了一切,正好奇地看着我的脸。

"'我也要出去!'我叫道,'要么他们都跪下来乞求我的友谊,要么我就给扎沃科夫脸上一巴掌。'"

精彩的第四章之后,鼠人的愤懑和屈辱开始被一再重复;接着很快又出现了一个最受感伤小说欢迎的人物,即高尚的妓女,一个心灵崇高的堕落女子,这完全是虚假的俗套。来自里加的年轻女子丽莎是一个文学化的傻瓜傀儡。为了得到一些安慰,鼠人开始不断伤害和恐吓自己的同类,可怜的丽莎(索尼娅的姐姐)。这些对话喋喋不休,相当乏味,但还是请您继续读到苦涩的结尾吧。可能有些读者会比我更喜欢这个作品。结尾处鼠人表达了这样的想法:羞辱会让丽莎通过仇恨受到净化和提升,高尚的痛苦也许比卑贱的幸福好得多。这大概就是这个故事的全部了。

―――――

《白痴》
(一八六八)

在《白痴》中,我们看到了陀思妥耶夫斯基的正面人物。他就是梅思金公爵,他被赋予仁慈和宽恕他人的能力,这是在他之前只有基督一人所有的能力。梅思金公爵的敏感超乎寻常:甚至对于在几英里之外的人,他都能感知他们内心的所思所想。这就是他那伟大的灵性的智慧,他的同情心和对他人苦难的理解。梅思金公爵就是纯洁本身,是真诚,是坦率;这些品质不可避免地把他卷入与世俗虚假世界的痛苦冲突之中。每一个了解他的人都爱戴他;后来的杀人犯罗果静疯狂地爱上女主人公娜司泰谢·费里帕夫娜,对梅思金充满嫉妒,但他最后却把梅思金让进了他刚刚杀死娜司泰谢的房间,在梅思金纯洁精神的庇护下去寻求自身与生命的和解,去平息他灵魂深处激情的风暴。

但是梅思金也是半个白痴。从他很小的时候起,他就是个迟钝的孩子,直到六岁才会开口说话,也是癫痫病的受害者,除非过着安静适意的生活,否则他的大脑就有可能完全退化(大脑的退化在小说描写的一系列事件之后最终将他击垮)。

虽然作者极力证明梅思金不适合结婚,但他还是卷入了与两个女人间的感情纠葛。一个是阿格拉耶,一位天真纯洁、美丽真诚的小女孩,她不向世界屈服,或者说是不向自己富家小姐的命运屈服,这种命运注定她要嫁给事业有成、风流倜傥的年轻男子,"从此幸福地生活"。阿格拉耶到底要什么,甚至连她自己都不知道;但她应该与她的姐妹和家庭不同,她应该是"疯狂的",即仁慈的陀思妥耶夫斯基所理解的"疯狂"(相对于正常的人来说,陀思妥耶夫斯基更喜欢疯狂的人),总而言之,她是一个不断"找寻"自我的人物,在她的灵魂中有来自上帝的火花闪现。梅思金(在某种程度上还有阿格拉耶的母亲)是唯一理解她的人;但她那凭直觉行事的天真的母亲只是对她女儿的与众不同有些担心,而梅思金则感觉到了隐藏在阿格拉耶灵魂深处的焦灼。梅思金朦朦胧胧有一种愿望,要为阿格拉耶指明生活中的精神之路,以此来挽救和保护她,因此他答应了阿格拉耶要嫁给他的请求。但接下来棘手的问题产生了:书中还有一个娜司泰谢·费里帕夫娜。她狂热、骄傲、痛苦,受到背叛,又神秘、可爱,而且,除却她一切堕落的特性,她仍然是纯洁无瑕的,是陀思妥耶夫斯基小说中大量出现的那种让人完全无法接受的、不真实的、令人恼怒的人物之一。这样一个抽象的女人完全沉浸在夸张的情感之中:她可以极端善良也可以极端邪恶。她是一个老花花公子的受害者,做了那人的情妇,陪伴他几年之后,这个花花公子却决定要娶一位正派女子为妻。于是他泰然自若地要把娜司泰谢·费里帕夫娜嫁给自己的秘书。

娜司泰谢身边所有的男人都知道实际上她本身是一位正派的女子;造成她的尴尬地位的是她的情人,该受谴责的也只有她情人一人。但这并不能阻止她的未婚夫(顺便说一句,这未婚夫是很爱她的)把她当作一个"堕落的"女人而轻视她,也不能阻止阿格拉耶的家庭在发现阿格拉耶和娜司泰谢暗中有联系后感到极度震惊。事实上,这甚至不能阻止娜司泰谢因自己的"堕落"而蔑视自己,因此她决定继续下去,成为一个真正的"被包养的女人"。只有梅思金一人,和基督一样,不认为娜司泰谢对发生的一切负有任何责任,他用自己对娜司泰谢深深的赞美和尊敬来拯救她(这又是一个关于救世主和堕落女人的故事的隐秘诠释)。在这里我要引用米尔斯基（Mirsky）评价陀思妥耶夫斯基的一段话，这段话非常恰当："他信仰的基督教……是非常让人疑惑的……它或多或少只是一种肤浅的精神性的东西，把它与真正的基督教等同起来是很危险的。"如果在此基础上我们再加一笔，即他不断四处强调自己是东正教真正的诠释者，为了解开每一个心理上或精神上的错乱的结，他总是要把我们引向基督，或者说是他自己所阐释的基督，引向神圣的东正教教堂，那么我们就能更好地理解陀思妥耶夫斯基作为"哲学家"的真正令人恼怒的一面。

　　回到故事中来吧。梅思金马上意识到，在想要得到他的两个女人之中，娜司泰谢更为不幸，因此更需要他。所以他悄悄地离开了阿格拉耶去挽救娜司泰谢。接着娜司泰谢和梅思金便开始比赛谁更慷慨，娜司泰谢极力要放弃梅思金，为了让他和阿格拉耶快乐地生活在一起，而梅思金就是不放弃娜司泰谢，为了不让她就此"毁灭"（这是陀思妥耶夫斯基非常爱用的一个词）。但当阿格拉耶在娜司泰谢家中（她是有目的地前去拜访的）故意羞辱了她之后，把她的计划扰乱了，娜司泰谢便认为再没有必要为了对手的利益而牺牲自己，因此决定把梅思金带到莫斯科去。但在最后一刻，这个歇斯底里的女人又改变了主意，她感觉不可能让梅思金跟着自己一起"毁灭"，于是她逃跑了，几乎是从结婚的圣坛前跑走的，带她走的人是罗果静，他把刚得到的遗产都挥霍在这个女人身上。梅思金跟随他们也到了莫斯科。他们接下来的一段生活被巧妙地蒙上了一层神秘的面纱。陀思妥耶夫斯基没有向读者透露在莫斯科到底发生了什么，只是不时在这里那里留下一些重要而神秘的线索。两个男人都因为娜司泰谢而承受着巨大的精神上的痛苦，娜司泰谢则变得越来越不正常，而罗果静由于和梅思金交换了十字架而在宗教意义上成为梅思金的兄弟。作者希望我们把他这样做的目的理解为是他为了遏制自己出于嫉妒而去杀死梅思金。

终于，罗果静，三个人中最正常的一个，再也无法忍受这一切了，他杀死了娜司泰谢。陀思妥耶夫斯基将他置于情有可原的环境中：罗果静在行凶的时候正发着高烧。罗果静在医院待了一段时间后，被发配到西伯利亚，这是陀思妥耶夫斯基作品中被抛弃的蜡像般的人物都要去的地方。梅思金陪着罗果静在娜司泰谢的尸体旁待了一夜后，终于旧病复发，精神完全错乱，回到了位于瑞士的精神病院，他曾在那里度过自己的青年时代，并也将在那里度过他的余生。这些疯狂的事件中穿插了很多对话，这些对话是为了揭示社会不同阶层对诸如死刑、俄国国家使命等问题的各自不同的观点。所有的人物说话时，要么脸色苍白，要么满面通红，要么两脚直哆嗦。涉及宗教的东西品位之低令人作呕。作者完全只依赖定义，却根本没有辅以证据来说明支持这些定义。例如，我们被告知娜司泰谢是自我节制、举止优雅脱俗的典范，但她有时候表现得却完全像一个坏脾气的泼妇。

但是故事的情节本身发展巧妙，陀思妥耶夫斯基运用了很多有独创性的手法来延长悬念。在我看来，和托尔斯泰的方法比较起来，陀思妥耶夫斯基的一些手法就像是球棒的猛力一击，而不是艺术家手指的轻轻一触，但有很多评论家是不会赞同这一观点的。

―――

《群魔》
（一八七二）

《群魔》是一个关于俄国恐怖分子的故事，他们密谋进行暴力和破坏活动，并且真的谋杀了他们自己的一员。激进的评论家公开指责这是一部反动小说。另一方面，这部小说被认为是对那些人进行的细致入微的研究，他们受自己的想法左右而陷入沼泽。请注意下面这些场景描写：

"细雨编织的薄雾笼罩着整个国家，吞噬了每一线光明、每一点色彩，把所有一切变成了烟雾腾腾的、铅灰色的、难以辨认的一团。天早就亮了，但看起来仿佛仍是夜晚。"（列比亚德金被谋杀后的那个早晨）

"这地方位于大公园的尽头，非常幽暗……在那个充满寒意的秋日的傍晚，这个地方看起来该有多么阴森！紧挨着的是一片属于沙皇的年代已久的树林。黑暗中，可以模糊地看到挺拔的松柏。天太黑了，隔开两步之遥他们就几乎看不清彼此……

"很久以前的某一天，因为什么原因，有人用粗糙的没有雕琢过的石头建起了一个看起来很可笑的洞穴。洞里的桌椅早就腐烂散架了。往右走两百米就到了公园的第三个池塘。从屋子到公园尽头一英里的距离，三个池塘一个连着一个延伸开来。"（在沙托夫被谋杀之前）

"前一天晚上的雨现在已经停了，但还是湿湿的，天色阴暗，风很大。低低的云层犬牙交错，颜色污浊，迅速飘过阴冷的天空。树梢发出低沉的嗡嗡声，树根吱吱作响；这样的天让人忧郁。"

之前我曾讲到陀思妥耶夫斯基处理人物的方法是剧作家的方法。在介绍某个人物时，陀思妥耶夫斯基通常先对他们的外貌作简单描述，后面就几乎很少再提及。这样，他的对话中通常就不会有其他作者常用的手势、表情或背景等这些细节的插入。我们可以感觉到他没有把这些人物当作活生生的人来看待，而是仅仅把他们看作木偶，他们是不同寻常的、令人迷醉的木偶，他们承载着作者不断流动的思想。

陀思妥耶夫斯基喜爱表现人类尊严之不幸这一主题。这既可以归于闹剧也可归于戏剧。由于过多表现滑稽可笑的一面，同时又缺少真正的幽默感，陀思妥耶夫斯基的语言有时有沦为废话和粗俗的危险（这部小说前一百页是关于一个固执己见的歇斯底里的老太婆和一个软弱且同样歇斯底里的老头之间的故事，虚假得很，因而单调乏味）。和悲剧混合在一起的闹剧情节很明显是从国外引进的；在陀思妥耶夫斯基小说的结构上，有一些二流的法国式的东西。然而，这并不意味着人物出现时，布景就写得不精彩。在《群魔》这部小说中，有一个关于屠格涅夫的幽默小品：卡尔马津诺夫是屠格涅夫的缩影，"这个老头脸色黝红，浓密的灰色鬈发都包在直筒帽里，并且缠绕在他粉红干净的小耳朵上。玳瑁眼镜挂在一条细细的黑绳上。饰钉、扣子、印章戒指，所有的一切都恰到好处。他的声音甜美但却刺耳。他只是为了炫耀自我才进行写作。例如，对在英国海岸失事的轮船的描写：'还是看我吧，看看我是如何不忍心看到死去的母亲怀抱一个死去的孩子的场面，等等。'"这是一个非常隐蔽狡猾的讥讽。屠格涅夫曾经以自传的形式描写了发生在一艘船上的大火——这和他年轻时犯下的一段不光彩的风流韵事联系了起来。屠格涅夫的敌人终其一生都对这件事津津乐道。

————

"第二天，发生了很多令人吃惊的事。这一天解开了过去很多的谜，但又引发了新的谜团。这一天揭示了很多令人吃惊的事情，但仍有很多令人困惑的事，这些事根本没有解决的希望。早晨……我应瓦瓦拉·彼得罗夫娜的请求，陪我的朋友斯捷潘·特罗菲莫维奇一起去拜访她。下午三点我还要和丽莎维塔·尼古拉夫娜在一起，目的是要告诉她一些事情——我自己也不知道要告诉她什么——我还要帮助她——我也不知该如何帮她。但同时，出乎所有人的意料，这些全都结束了。总而言之,这一天充满了奇妙的巧合。"

在瓦瓦拉·彼得罗夫娜家,作者兴致勃勃地以一位剧作家处理戏剧高潮的热情让《群魔》中所有的人物一一出场,其中两个是刚从国外回来的。一切都荒谬之极,但这些荒谬同时又举足轻重,是作者天才和智慧的闪现,照亮了整出阴郁、疯狂的闹剧。

一旦这些人聚集在一间屋子里,他们便任意践踏他人的尊严,发动可怕的争吵(由于受俄国"skandal"这个词的高卢词根的错误影响,很多译者坚持把它译为"丑闻")。由于叙述来了个急转弯,这些争吵也没能真的吵起来。

像陀思妥耶夫斯基所有的小说一样,组成这部小说的是一连串无休止重复的词语,低声的旁白,和使读者震惊的对莱蒙托夫清晰优美的散文的模仿。我们知道陀思妥耶夫斯基是一位伟大的真理探求者,一位精神变态的天才;但我们也知道他不是托尔斯泰、普希金和契诃夫那种意义上的伟大作家。而且我要再次重复,这不是因为他所创造的世界是虚幻的——所有作家笔下的世界都是虚幻的——而是因为他在创造这个世界时太一蹴而就,因此缺少和谐感和精炼感,而即便最最不合理的杰作也必须遵循这两点(为了成为杰作)。事实上,在某种意义上,陀思妥耶夫斯基的原始写作方法过于理性,虽然他所表现的事实只是精神上的事实,他的人物只是和人相似的一种概念,但这两者之间的相互影响和发展是由十八世纪末十九世纪初那种世俗和传统小说所采用的机械方法所激发的。

我想再次强调,陀思妥耶夫斯基与其说是一位小说家,不如说是一位剧作家。他的小说所表现的是一连串的场景、一连串的对话,是所有人物被集合在一起的场景——而且用到了所有戏剧的技巧,像高潮、出乎意料的来访者、喜剧式放松,等等。从小说角度来看,陀思妥耶夫斯基的作品就是一堆碎片;如果看作是戏剧,他的作品又过于冗长、散漫,极度失衡。

在描写人物、人物之间的关系或者环境时,陀思妥耶夫斯基很少表现出幽默感。但有时在某些场面,他却展示出一种讽刺性的幽默。

———

"弗朗哥——普鲁士战争"是《群魔》中的人物利亚姆申创作的一首音乐作品:

"这部作品以马赛曲具有威胁意味的旋律开始,Qu'un sang impur abreuve nos sillons(以敌人肮脏的鲜血来灌溉我们的沟渠)。从中可以听到自负的挑战,可以听到对未来胜利表现出的极度兴奋。但是从某个角落,很近的地方,突然传来了'我亲爱的奥古斯丁'这样不优雅的旋律,巧妙地夹杂着国歌的变奏。马赛曲还浑然不知,仍然陶醉于自己的伟大;但奥古斯丁获得了力量,变得越来越无礼了。突然奥古斯丁的曲调开始和马赛曲的曲调混合在一起。后者愤怒了,终于意识到了奥古斯丁的存在。她想把奥古斯丁像赶苍蝇一样赶走。但是'我亲爱的奥古斯丁'紧紧盘踞在自己的地盘上,他快乐而自信——马赛曲却似乎一下子变得格外愚蠢。她无法再掩饰自己所受的侮辱。整个乐曲变成了由愤怒、眼泪和诅咒组成的强烈抗议,带着对神的乞求,Pas un pouce de notre terrain, pas une de nos forteresses(寸土不让,坚守每一座堡垒)。

"但她被迫与'我亲爱的奥古斯丁'合唱。她愚蠢地应和起奥古斯丁的曲调。她慢慢放弃了,消失了,只有零星片刻可以再次听到qu'un sang impur(敌人肮脏的鲜血)……但是突然,乐曲变成了粗俗的华尔兹旋律。马赛曲完全屈服了。是朱尔·法夫尔靠在俾斯麦的胸前抽泣,彻底臣服……①奥古斯丁变得越来越可怕。可以听到嘶哑

———
① 一八七一年五月,法国和德国为结束普法战争签订不平等条约《法兰克福条约》,战败方法国的代表是朱尔·法夫尔,德国代表是俾斯麦。

的声音。还有数不清的啤酒,疯狂的自我赞美,对雪茄、香槟、人质的成千上万的渴求。奥古斯丁成了一声疯狂的吼叫。"

―――――

《卡拉马佐夫兄弟》
(一八八〇)

陀思妥耶夫斯基在他的小说中经常使用侦探故事的表现手法,而《卡拉马佐夫兄弟》是这种手法应用的完美例子。这是一部一千多页的长篇小说,也是一部让人感到好奇的小说。小说中令人好奇之处不计其数,甚至各章的标题都很奇特。值得注意的是,作者不仅清楚地意识到这部小说的怪异和神秘特性,而且他似乎一直都在强调这一点,在戏弄读者,在利用各种手法激起读者的好奇心。以各章的标题为例,我刚刚提到它们是那么不同寻常,使人迷惑不解:一个对这部小说不熟悉的人,会轻易受到误导,认为他所看到的这本书不是小说而是有些古怪的歌舞剧剧本。第三章的标题是"一颗火热之心的忏悔,诗体表达",第四章是"一颗火热之心的忏悔,逸事体表达",第五章是"一颗火热之心的忏悔,'上下颠倒'"。第二卷第五章的标题是"客厅里的神经风暴",第六章是"农舍里的神经风暴",第七章是"户外"。有一些标题的词尾狎昵随意得令人吃惊,如"喝白兰地时进行的惬意聊天"(Zakon'yachkom;Kon'yak——白兰地;kon'yachok——带词尾形式)或者"一个老妇人的痛小脚"(nozhka是noga的带词尾形式)。这些标题大多数对内容没有丝毫暗示,如"又一个被毁掉的名誉"或者"第三件无可争议的事情"等,都是些毫无意义的标题。最后一点是,由于许多标题很轻率,并且选择了一些有嘲弄意味的词语,因此读起来像是一本幽默故事集的索引。事实上,只有第六部分各章标题和内容相一致,但这一部分却恰好也是整本书中最糟糕的部分。

狡猾的作者通过这种嘲弄和戏谑的手法刻意吊足了读者的胃口。然而，这并不是他吸引读者的唯一方法。全书从头到尾他都在不断采用各种方法来激发和保持读者的注意力。以他透露小镇名字的方式为例。整个故事从一开始就发生在那个小镇，但直到接近结尾，作者才告知小镇的名字："斯科托耶夫斯克"（Skotoprigonyevsk指牛群被赶向的地方，牛所在的空地，类似oxtown"牛镇"）。"斯科托耶夫斯克，"他说道，"这就是我们镇的名字，我一直要隐瞒的名字。"作者对读者过分敏感、过分关注——读者同时被想象成猎物和猎人，作者则一面是设下陷阱的猎人，一面又是在猎人出没的途中窜来窜去逃命的兔子——作者对读者的这种意识部分来自俄国文学传统。普希金在《奥涅金》中、果戈理在《死魂灵》中就经常运用呼语法，突然从一旁直接对读者讲话，有时是一句道歉，有时是一个请求或笑话。但同时这也沿袭了西方侦探小说，或者它的先驱——犯罪小说——的传统。陀思妥耶夫斯基使用这种有趣的手法正和后者相一致。通过有意的坦白，就像他把所有的牌都放在你面前让你看一样，他在最开始就声明：发生了一起谋杀案。"阿列克谢·费奥多罗维奇·卡拉马佐夫是我县地主费奥多尔·巴甫洛维奇·卡拉马佐夫的第三个儿子……十三年以前地主卡拉马佐夫莫名其妙地惨死，也因此成了县里的名人。"作者这种明显的坦白只不过是一种文体手法，目的是一开始就告诉读者"莫名其妙地惨死"这一事实。

这本书是一部典型的侦探小说，一部惊险刺激但却动作缓慢的侦探小说。故事的开头是这样的：我们先见到了父亲卡拉马佐夫。他是一个好色、可鄙的老头。每一位有远见的侦探小说作者都会为谋杀巧妙地安排一些类似的罪有应当的牺牲品。我们还见到了他的四个儿子，其中三个是合法的，一个是私生子。每个儿子都有可能是杀害他的凶手。最小的儿子，圣洁的阿列克谢（即阿辽沙）很明显是一个正面人物。但如果我们接受认可陀思妥耶夫斯基的世界和那个世界里的规则，我们便可以断定甚至阿列克谢也有可能杀死他的父亲。这其中的原因可能是为了他的哥哥德米特里，因为他们的父亲总是故意为难他，也可能是阿列克谢自己突然要反抗他父亲所代表的邪恶，或者其他什么原因。情节的设置使得读者在很长一段时间里都在不停地猜测到底谁是凶手。而且，当被认定的凶手——老卡拉马佐夫的大儿子德米特里接受审讯时，大家才发现他并不是真正的凶手，真正的凶手是那个私生子斯麦尔佳科夫。

陀思妥耶夫斯基一方面要把轻信的读者卷入猜测揣摩的漩涡之中，一方面要让他们享受阅读侦探小说的快乐。为了这样一个目的，作者缜密地在读者心中刻画出可能的杀人犯德米特里的肖像。这种误导开始于德米特里疯狂地想得到他急需的三千卢布，失败之后他一面跑一面把一根七英寸长的铜棍塞进口袋里。"天呀！他肯定要去杀人了。"一个女人惊呼道。

德米特里所爱的女孩名叫格鲁申卡，是又一个陀思妥耶夫斯基式的"邪恶"女人，她也使老卡拉马佐夫浮想翩翩。他许诺只要这个女人来拜访他一次，他就给她钱。德米特里以为格鲁申卡已经接受了这个提议。他深信格鲁申卡和他父亲在一起，于是他跳过栅栏进入花园，从那里他可以看见父亲房间的窗户亮着灯。然后"他偷偷往前走了几步，藏在灌木丛后面的黑影里，树丛的一部分被窗内的灯光照亮着。'长着浆果的灌木，果子多么红呀！'他喃喃地说，自己也不知道为什么要这样说"。他走到卧室窗户旁，"费奥多尔·巴甫洛维奇的卧室，一个不大的房间出现在他的面前，仿佛就在他掌心里一般。"这间小小的房间当中用一道红色的屏风隔开。父亲费奥多尔站在那里，窗户的旁边，"穿了一件带条子的新的绸睡衣，腰间系着一根带穗的丝带，睡衣领口里露出干净、讲究的内衣，荷兰细布衬衫，上面缀着金钮扣……老人几乎要爬出窗子来似的，朝右面通花园的门那儿张望着……德米特里一动不动地躲在一旁望着。老头的侧影让他生厌，喉结上搭拉着松垮的皮肤，两片嘴唇露出充满期待的淫笑，这一切都被左面屋子里斜射的灯光照得清清楚楚。德米特里的心中突然涌起一股可怕的狂怒",他完全失去了自我控制,突然抓起了塞在口袋里的铜棒。

接下来是意味深长的一串星号,这再次符合围绕血腥行为构建的消遣小说的手法。然后作者似乎换了口气,再次从不同角度开始处理故事。如德米特里后来经常说的"当时上帝似乎在看着我"。这或许意味着在最后一刻他住手了。但又似乎并非如此,紧接着这个句子出现了一个冒号,带出的句子好像是要详细阐释之前的陈述:就在那个关键的时刻,老仆人格里高利醒了,他来到了花园里。因此关于上帝的那句话并不像原先看似要表达的,即一些守护的征兆及时阻止他在邪恶的道路上走下去,它也许仅仅表示上帝唤醒了老仆人,让他看见并辨别逃跑的凶手。这里又出现了一个奇怪的手法:从德米特里逃跑的那一刻到当局以谋杀罪的罪名逮捕他,当时他正在一个小集镇上和格鲁申卡比赛喝酒(这中间有七十五页之长)。在这七十五页中,作者从没有让多嘴的德米特里向读者透露出一点他的清白。而且,无论什么时候德米特里想起他用铜棍敲了一棒甚至可能已经被他打死了的格里高利,他总是不直接提这个人的名字,始终只说那个"老头",因此,这完全可以被理解为是指他的父亲。这种手法也许过于狡诈,然而也充分暴露出作者的愿望,即要让德米特里的话迷惑读者,使他们认为他是杀害他父亲的凶手。

在后来的审讯中,当德米特里声称,在他去父亲家之前就已经得到了三千卢布时,他是否在说实话这一点极其重要。如果不是真的,那就有充分理由怀疑德米特里偷了他父亲为那个女孩准备的三千卢布,继而又会证明他进入了房间,实施了谋杀。在审讯中,弟弟阿辽沙突然想起来他最后一次看见德米特里时的情景——那是在德米特里深夜到他父亲花园里冒险之前——当时德米特里不停击打自己的胸脯,宣布已经弄到了能让自己走出困境的东西。当时阿辽沙认为德米特里指的是他的心,但现在他突然又想起德米特里不停拍打的

费奥多尔·陀思妥耶夫斯基　161

地方不是心脏而是要比心脏高一些的部位。(德米特里把钱放在一个小袋子里,然后用绳绑在脖子上。)阿辽沙的这个观察成了德米特里在父亲被谋杀之前就得到了钱,因此没有必要再杀父亲的唯一证据,或者说只是相当于证据的一点线索。顺便说一句,阿辽沙错了:德米特里指的是他链子上的魔力。

接下来的情形本可以轻易解决问题,挽救德米特里,但作者对这一切全都置之不理。斯麦尔佳科夫向另一个兄弟伊凡承认,他才是真正的凶手,他使用的凶器是一个很重的烟灰缸。于是伊凡全力以赴去救德米特里。然而这个极其重要的情况却没有在法庭中被提及。如果伊凡向法庭讲述烟灰缸的事,检查烟灰缸上的血迹,并且把烟灰缸的形状与致命的伤口的形状相比较,那么不需要很多的技巧就能真相大白。但这一切都没有发生,这是神秘小说中的一大败笔。

这些分析足以说明涉及德米特里的小说情节的独特发展。二儿子伊凡,为了让谋杀顺利进行而离开了小镇(谋杀是由斯麦尔佳科夫实施的,但事实上伊凡一直在对他进行形而上的谋杀训练)。因此,可以说伊凡成了德米特里的同谋者。与三儿子阿辽沙相比,伊凡和全书的情节有更为紧密的连结。就阿辽沙而言,我们不断获得的印象是小说被分裂为两个独立的情节。一边是德米特里的悲剧,一边是圣洁的小阿辽沙的故事。阿辽沙代表了作者对俄国民间传说中头脑简单的英雄的不可救药的热爱(另一位代表人物是梅思金公爵)。整个关于修道士佐西玛的故事冗长乏味,即使完全删除也不会对整部小说造成任何损害,反而可以使整部作品更加统一,结构更趋平衡。完全独立于此书整体结构之外的还有写得很精彩的关于学生伊柳沙的故事。但即便在这个故事里,这个关于男孩伊柳沙、男孩柯利亚、小狗茹奇卡、银色的玩具炮、小狗冰冷的鼻子和歇斯底里的父亲设计的异想天开的骗局这样一个精彩的故事里,阿辽沙也总要插一脚,加入一些让人起鸡皮疙瘩的宗教热忱。

整体来说，无论什么时候作者写到德米特里时，他的笔法都是异常生动的。德米特里似乎一直处在强灯的照射下。那些他身边的人也同样如此。但一到阿辽沙，我们就陷入了完全不同的、没有一丝生气的环境。灰蒙蒙的道路引导读者进入了一个阴沉的世界，这个世界里只有被艺术精神所抛弃的冰冷的理性说教。

列夫·托尔斯泰
（一八二八——一九一〇）

《安娜·卡列宁》*
（一八七七）

托尔斯泰是俄国最伟大的小说家。撇开他的前辈普希金和莱蒙托夫不说，我们可以这样给俄国最伟大的作家排个名：第一，托尔斯泰；第二，果戈理；第三，契诃夫；第四，屠格涅夫。**这很像给学生的作文打分，可想而知，陀思妥耶夫斯基和萨尔蒂科夫①正等在我的办公室门口，想为他们自己的低分讨个说法。

意识形态的毒药，所谓寓意——套用一个冒牌改革家们发明的词汇——是从十九世纪中叶开始影响俄罗斯小说的，到二十世纪中叶已经扼杀了俄罗斯小说。乍看上去，托尔斯泰的小说充斥着作者的道德说教。而事实上，他的意识形态如此温和、暧昧，又远离政治，同时，他的小说艺术如此强大、熠熠生辉，如此富有原创性而又具有普世意义，因此后者完全超越了他的布道。归根到底，作为一个思想家，托尔斯泰感兴趣的只是**生与死**的问题，毕竟，没有哪一个艺术家能够回避这些主题。

————

列夫（俄语中为 Lev 或者 Lyov）·托尔斯泰伯爵（一八二八—

一九一〇)是个精力旺盛的人,有着躁动不安的灵魂,他是性情中人,同时又有着极其敏感的良心,一生都在情与理之间挣扎。他的各种欲望不时引领他偏离宁静的乡间小道,虽然这是他体内的禁欲主义者心之所系,正如他体内的浪荡子同样渴望着城市中的声色犬马。

年轻时是浪荡子托尔斯泰占上风。后来,在一八六二年结婚之后,他在家庭生活中找到了暂时的平和:他一面妥善经营家产——他家在伏尔加地区有大片沃土——一面从事写作,其间他创作了一生中最好的作品。正是在六十年代和七十年代早期,托尔斯泰完成了他的长篇巨著《战争与和平》(一八六九)以及不朽的《安娜·卡列宁》。再后来,七十年代后期开始,在他四十多岁时,他的良心开始占上风:道德意识同时压倒了美学意识及个人意识,促使他置妻子的幸福、安宁的家庭生活和崇高的文学事业于不顾,所有这些牺牲都是为了他所认定的道德的必须:按照理性的基督教道德准则去生活,即具有普遍人性的简朴而严谨的生活,以此取代个人丰富多彩的艺术冒险。一九一〇年托尔斯泰意识到,继续住在乡下的庄园里,身陷矛盾重重的家庭生活,这仍是对简朴而圣洁的生存理想的背叛。于是八十高龄的他离家出走,踏上前往隐修寺之路,最终也没能到达那里,而是死在了一个小火车站的候车室里。

我讨厌对伟大作家的私生活说长道短,我讨厌隔着篱笆窥探他们的生活——我讨厌这种庸俗的"人类兴趣",我讨厌时间走廊里发

---

* "译者普遍感到女主人公名字的翻译是个棘手的问题。在俄语中,当指称一位女士时,姓氏的结尾如果是辅音就要求加一个'a'(有些词尾没有变化的名字例外);但是只有在指舞台女演员时,才应该在英语里使这一俄语姓氏女性化(遵循法语的习惯:la Pavlova,'the Pavlova')。伊凡诺夫与卡列宁的妻子在英国和美国的称呼分别是伊凡诺夫夫人与卡列宁夫人——而不是'伊凡诺夫娜夫人'与'卡列尼娜夫人'。译者在写'卡列尼娜'时,会发现他们不得不称安娜的丈夫'卡列尼娜先生',这就跟称玛丽亚勋爵夫人的丈夫为'玛丽亚勋爵'一样荒唐。"转自纳博科夫的评注。——原编者注

** "当你读屠格涅夫时,你知道自己是在读屠格涅夫;而当你读托尔斯泰时,你之所以读则完全是因为欲罢不能。"此句原为纳博科夫在本小节其他地方以括号标注的注解。——原编者注

① Mikhail Saltykov-Shchedrin (1826—1889),十九世纪俄罗斯著名现实主义作家。

出的裙子的摩挲声和咯咯的傻笑声——没有哪位传记作者会有机会瞥见我的私人生活；尽管如此，下面这些话我却非说不可。陀思妥耶夫斯基的带着沾沾自喜的怜悯——对那些出身卑微和遭受屈辱的人的怜悯——这种怜悯是纯粹感情用事型的，至于他那特殊的耀人眼目的基督教信仰，也并没能阻止他过一种与他自己的说教完全背道而驰的生活。另一方面，正如其笔下的列文（《安娜·卡列宁》中的人物）一样，列夫·托尔斯泰根本无法使自己的道德良心与他的动物本能达成妥协，这完全是天性使然——因此，每当动物本能暂时占上风时，他都会痛苦异常。

于是在他发现了一种新的信仰之后，他便在这一新的信仰的逻辑发展过程中——一种中立的、印度教的涅槃与《新约》的混合体，即"没有教会的耶稣"——得出了这样一个结论，艺术是邪恶的，因为艺术基于想象、欺骗、虚幻、伪造的基础之上；于是他毫不留情地放弃了作为艺术巨人的自己，转而去做一个一心向善却也乏味、狭隘的哲学家。这样，当他达到艺术创作臻于完美的最高峰、完成了《安娜·卡列宁》时，却突然决定放弃写作，仅仅去写一些关于伦理道德的小品文。令人欣慰的是，他没能永久地遏制住他那强烈的创作欲，有时他会向这一需求让步，于是便写下了一些一流的短篇小说，且幸免于刻意的说教，其中包括伟大的短篇小说中之最伟大者：《伊凡·伊里奇之死》。

很多人在读托尔斯泰时的心情都很复杂。他们热爱作为艺术家的他，对他的说教则大为厌倦；但与此同时，很难把艺术家的托尔斯泰和说教者的托尔斯泰简单地一分为二——同样深沉低缓的嗓音，同样坚强有力的肩膀撑起一片景致，以及丰富的思想。人们想做的事就是踢开他穿着拖鞋的脚下那张荣显的演讲台，然后把他锁在一个荒岛上的石屋里，给他大桶大桶的墨水和一堆一堆的纸——让他远离伦理与说教的东西，这些东西会分散他的注意力，令他无法专心观察安娜白皙的脖颈根上盘髻着的黑发。但是这显然是无法实现的：托尔斯泰是均质的，是一个人，他内心的争斗愈演愈烈，尤其到暮年，他贪婪于黑色的土地、雪白的肉体，以及蓝雪、绿野、紫电之美，也坚持认为小说是有罪的、艺术是不道德的——这样的斗争始终存在于同一个身体之内。无论是描绘还是布道，托尔斯泰总在努力挣扎，他追求的是真理，不管遭遇多大的艰难险阻他都不会放弃。他写《安娜·卡列宁》，尝试一种揭示真理的方法；而在布道时，他则使用另外一种方法去揭示真理；但是有一点，不管他采用的艺术的方法有多么微妙，也不管他的其他方法多么乏味，他所吃力探索的真理，他奇迹般地发现就在身边的真理，其实都是同一条——那就是他本人，而他就是艺术。

让人担心的只是当他面对真理时却不是总能认出他自己。我很喜欢这样一个故事：年老时，多年不写小说了，在一个乏闷的日子里，他随手拿起一本书，从中间看起，兴致勃发，心情舒畅，回头一看书名——上面写着：安娜·卡列宁，列夫·托尔斯泰著。

托尔斯泰在一件事上始终执迷不悟，他的天赋因此黯然失色，他忠心的读者因此备感沮丧，那就是，对他来说寻求真理的过程要比通过他自己的艺术天赋去发现虚幻的真理更重要，虽然这样的真理幻象更容易被发现，也更生动精彩。古老的俄罗斯真理可不是使人舒心的伴侣；它脾气暴躁，步履沉重。它不仅仅是真理，不仅仅是日常的俄国《真理报》(*Pravda*)，它是不朽的"istina"——不是真理，而是内在的真理之光。当托尔斯泰真的碰巧在自己体内，在他辉煌的富有创造性的想象力之中找到这束真理之光时，就几乎不知不觉地走上了正确的道路。从他任何一部小说中的任何一个充满想象的篇章来看，他跟占统治地位的希腊天主教会的较劲又有什么意义呢？他的伦理道德观念又有多大的重要性呢？

最本质的真理（istina）属于俄语中少数几个没法和其他词押韵的词。它没有可搭配的动词，也不会引起任何动词性的联想，它遗世独立，只是从其词根能依稀找到一点暗示"站立"之意，"站立"在古老岩石的黑色之光中。大多数俄国作家对真理的确切之意与本质属性都表现出极大的兴趣。对普希金来说，真理让他想起高贵阳光之下的大理石；对陀思妥耶夫斯基这个二流艺术家来说，真理是血与泪，是歇斯底里的时事政治与汗流浃背；而契诃夫虽然看上去全神贯注于周遭的一片混沌，其实他始终带着怀疑的目光凝视着真理。托尔斯泰径直迎着真理而去，低着头紧握拳头，他找到了那块曾经竖立过十字架的地方——抑或就是他自己的模样。

托尔斯泰有一个发现，竟然从来不曾引起任何评论家的注意。他发现——当然他并没有意识到自己的发现——他发现了一种刻画生活的方法，这种方法和我们关于时间的概念相契合，令人感觉愉悦。他是我所了解的唯一一位其时间钟和众多读者的时间钟相一致的作家。大凡伟大的作家，都视力超群，而后来的一些作家对我们所谓托尔斯泰笔下的"现实主义"也确实进一步深化了；而且尽管普通的俄罗斯读者会告诉你吸引他们的是托尔斯泰小说中绝对的现实主义，是邂逅老友或重游旧地的那份激动，但这都无关紧要。其他作家也能把此种场景描绘得栩栩如生。真正吸引普通读者的是托尔斯泰有赋予自己的小说以时间价值的天分，这些时间价值和我们的时间感恰如其分地吻合。这种成就有一种神秘的色彩，但并不属于天才本身所固有的某些值得颂扬的特性。这种时间安排上的巧妙平衡非托尔斯泰莫属；它给温和的读者一种平凡的现实之感，读者很容易把它归结于托尔斯泰敏锐的洞察力。托尔斯泰的行文合着我们的脉搏的跳动，当我们坐下读他的作品时，似乎能感觉到他文中的人物正和经过我们窗下的人们以一样的节奏活动着。

奇怪的是，事实上托尔斯泰在处理客观的时间观念时是相当大意的。在《战争与和平》中，细心的读者会发现有些孩子长得太快了，而有些却又长得太慢了，正如果戈理的《死魂灵》，虽然他在给书中的人物着装时很小心，但我们还是发现乞乞科夫在大热天穿着熊皮大衣。在《安娜·卡列宁》中，我们发现在时间这条冰道上也会有一些惊人的飞速滑翔。但托尔斯泰的此类疏忽大意并没有妨碍他留给读者的时间印象，他传递的时间概念与读者的时间感恰好一致。尚有其他一些伟大的作家对于时间概念很感兴趣，他们有意识地试图安排事物的进展变化。以普鲁斯特为例，在其小说《追忆似水年华》中，主人公抵达最后的晚会，发现他以前认识的人现在不知为什么都戴上了灰白的假发套；随后，他意识到那些发套实际上是真的白发，因为，在他漫游记忆的过程中，那些人都已经老去了。或者再看看詹姆斯·乔伊斯在《尤利西斯》中是如何调整时间因素的：一个小纸团在水中缓缓漂过一座小桥，又一座小桥，从利菲河到都柏林港湾，最后流入永恒的大海。这些作家刻意地处理时间值，但他们所做的努力和托尔斯泰在从容间不自觉地取得的艺术效果却是两回事：他们的时间比起读者的祖传挂钟来不是走得慢了一点儿，就是太快了一点儿；所以，这是普鲁斯特式的时间，或者乔伊斯式的时间，而不是我们通常的一般时间，也就是托尔斯泰成功展现的时间。

难怪一些上了年岁的俄罗斯人在晚茶桌上谈到托尔斯泰笔下的人物，就好像这些人物是真实存在的，会拿这些人物和自己身边的朋友作比较，能够清清楚楚看在眼里的人物，就好像他们和吉娣和安娜还有娜塔莎跳过舞，或者和奥勃朗斯基在他最喜欢的餐馆共进过晚餐，*或者我们马上要和他共进晚餐。读者称托尔斯泰为巨人，并不是因为其他作家都是侏儒，而是因为他总保持着跟我们一样的身量大小，** 踩着和我们同样的脚步节奏，而不是像其他作家那

---

* "那种特别的真实感、血与肉、人物活动的现实感以及能代表自己生活的感觉，这些栩栩如生的描写刻画是因为托尔斯泰拥有独特的能力，使时间与我们的感觉相一致；如果我们想象有其他星系的物种对我们的时间感兴趣的话，最好的方式就是让他读一读托尔斯泰的小说——读俄文版的，或者至少是我翻译的版本并加上我的评注。"纳博科夫在这部分中把这一段删除了。——原编者注

** "俄国作家蒲宁曾给我讲过他第一次见托尔斯泰的情形，他坐在那儿等托尔斯泰，突然发现从小门里走出一个小老头，他非常吃惊，因为这不是他一厢情愿想象中的高大魁伟的托尔斯泰。我自己也曾见过这个小老头。我当时还是个孩子，模模糊糊记得父亲在大街的一角和某人握手，后来他边走边告诉我说：'那是托尔斯泰。'"纳博科夫在这部分中把这一段删除了。——原编者注

样在远处经过。

143　　托尔斯泰与读者有这样一种紧密的联系,但说也奇怪,虽然托尔斯泰不时意识到自己的个性,也不断侵入到笔下人物的生活中去,不断和读者直接交流——虽然如此,在他那些不朽的代表作的篇章中,作者本人始终是隐身的,达到了作为一个作家最理想的冷静公平的状态。福楼拜强烈呼吁的就是这样的作家:一方面是隐形的,一方面又如上帝在他创造的宇宙中一样无处不在。我们因而不时会有这样的感觉,即托尔斯泰的小说是自己写出来的,浑然天成,是从素材中、从小说的内容中诞生的,而不是由某个特定的人拿起一支笔自左而右地书写,然后又回过头去擦掉某个词,考虑片刻,再拨开胡须挠挠下巴。*

　　正如我前面提到的那样,说教者闯入艺术家领域的现象在托尔斯泰的小说中并非总能找到清晰的标志。说教的节奏很难从这个或那个人物的沉思冥想中分离出来。但作者有时候,其实倒不如说经常地,会一页接一页地在故事之外加入大段大段的说教,告诉我们应该思考些什么,告诉我们托尔斯泰对战争、婚姻、农业的想法——于是乎艺术的魅力戛然而止,那些令人愉悦的为我们熟知的人物,他们曾和我们围坐一团,参与到我们的生活之中,这时都忽然被锁了起来,作者则板着严肃的面孔,一再反复解释他对婚姻、拿破仑、农业、伦理以及宗教的看法,不等他彻底完成这些冗赘的说教他是不会再次打开紧锁的大门的。

　　例如,书中所讨论的农业问题,尤其是与列文的农场相关的农业问题,对外国读者来说就极其单调乏味,我也并不期望任何读者去深入透彻地研究当时的情形。从艺术的角度分析,托尔斯泰不惜笔墨谈论这些问题无疑是一个错误,尤其是这些问题迟早都会过时,它们只是和一个特定的历史时期或者是和托尔斯泰自己的观念有一定

---

* 纳博科夫在这里删去了:"然后和他的妻子索菲娅·安德列夫娜生气,因为她把一个大声说话的客人领到了隔壁房间。"——原编者注

关联，而他的观念也是随着时间的变化而变化的。七十年代（十九世纪）的农业不会像安娜或者吉娣的情感和行为动机那样带着永恒的震颤感。有几个章节还专门讨论了地方各级官员的选举。地主通过一个叫zemstvo的机构建立更多的学校，设立更好的医院，购置更好的机器等等来试图接近农民、帮助农民（和他们自己）。这些地主形形色色什么样的都有：保守的、反动的地主仍然把农民看作农奴——虽然农奴早在十年前就被正式解放了——而那些开明、进步的地主真心希望通过让农民分享自己的利益来改善他们的境遇，使农民能够更富有一些，健康一些，受到更多的教育。

我的习惯是不谈小说情节，但《安娜·卡列宁》是个例外，因为它本质上是个带有寓意的情节，是纠结在一起的伦理触角，我们必须先探究一下情节本身，然后在一个高于情节的高度去欣赏小说。

安娜是世界文学史上最有魅力的女主角之一，她是个年轻、端庄、本性善良的女人，但又注定有悲惨的结局。在她还很年轻时，就在好心的姑妈的包办下嫁给了一个事业辉煌的官僚。安娜在圣彼得堡最光鲜的上流社会圈里过着知足的生活。她深爱自己年幼的儿子，尊敬比她大二十岁的丈夫；她生性乐观开朗，充分享受着生活提供给她的种种表面的乐趣。

在去莫斯科的一次旅行中，她遇到了伏伦斯基并深深地爱上了他。她对他的爱情改变了周围的一切；她开始以不同的目光看待一切事物。圣彼得堡火车站的那一幕非常著名，安娜从莫斯科回来，卡列宁到车站接她，她突然注意到他那两只平平常常的大耳朵大得离奇，凸状恼人。以前安娜从来没有注意过卡列宁的耳朵，因为她从来没有带着批判的眼光看过他；对她来说，卡列宁是她生命中早已被接受的东西之一，是她所接受的生活的一部分。但是现在一切都发生了变化。她对伏伦斯基的激情如耀眼的白光，原来的生活在这强光照射下就如死亡星球上的一片死亡风景。

安娜不仅仅是个女人，不仅仅是女性的一个完美标本，她是一个有着完整、扎实、重要的道德本性的女人；有关她性格的一切都意义非凡，动人心魄；她的爱情也是如此。她无法像书中另一个人物培特西公爵夫人那样秘密地进行自己的风流韵事。她本性诚实，热情似火，做不出偷偷摸摸的苟且勾当。安娜不是爱玛·包法利，一个做着白日梦的乡下女孩，一个思春的村姑，她不会像包法利夫人那样沿着破败的墙头蹑手蹑脚爬上情夫的床，甚至换人不换床也无所谓。安娜把她的全部生命献给了伏伦斯基，她同意离开心爱的幼子——尽管见不到孩子让她痛不欲生——她先是和伏伦斯基到意大利住了一段时间，然后又回到俄罗斯中部伏伦斯基的庄园，虽然这种"公开的"婚外情在她那个本身并不道德的圈子里给她烙上了道德败坏的名声。（在某种意义上，可以说安娜实现了爱玛和罗道耳弗私奔的梦想，但爱玛是不会体会到和自己的儿子分别的痛苦的，这个小女人没有什么伦理道德的挣扎可言。）最后，安娜和伏伦斯基又回到了城市生活。她让一个虚伪的社会深感被冒犯更多是由于她公开抵抗社会的习俗，而不是她的婚外恋本身的问题。

安娜首当其冲成为社会愤怒的对象，受到人们的斥责与白眼，被侮辱，被回避。而伏伦斯基，只因为他是男人——一个没有多少内涵的男人，一个毫无才华可言，只讲时髦的男人——丑闻对他却网开一面，他受到邀请，四处走动，与以前的朋友聚会，还被引见给那些表面上很体面的女人，而这些女人可不愿与名声扫地的安娜在一间屋里哪怕待上一秒钟。他仍然爱着安娜，但有时他会很高兴回到娱乐与时尚的社会，并开始偶尔利用一下社会对他的这种偏心。安娜也就误认这些点点滴滴的不忠是他爱情降温的表现，她感觉自己对他的感情已不能使他满足，感觉也许正在失去他。

平庸的伏伦斯基处事不敏感，对安娜的醋心有些不耐烦，这就更证实了她的猜疑。*挣扎于情感泥泞的旋涡，陷入绝望混沌之中的安娜，在五月的一个星期天晚上，投身到一列货运火车的飞轮之下。伏伦斯基意识到永失所爱，但为时已晚。最后伏伦斯基加入志愿兵军团去了前线——那是一八七六年，俄国正酝酿着对土耳其的一场战争——这一结局对伏伦斯基和托尔斯泰来说都是最容易的一种选择。也许这也是本小说中唯一不太公平的安排，说它不公平是因为它太简单、太凑巧了。

与之平行的另一个故事，表面上是一条独立的线索，围绕列文对吉娣·谢尔巴茨基的求婚结婚而展开。比起托尔斯泰笔下其余的男性角色，列文可以说是他自传特性最强的一个人物。列文是个有道德理想的人，有一个"大写的"良心，而良心使他得不到片刻喘息。列文和伏伦斯基是迥然不同的两个人：伏伦斯基活着只知道满足自己的冲动，在遇到安娜之前，他过的是一种世俗的生活；即使在爱情上，伏伦斯基也乐意拿圈内的世俗来代替道德理想。但是，列文感觉他有责任更好地理解周围的世界，并为自己在其中寻求属于自己的一席之地。因此，列文的性格是在不断发展演化的，精神上的成长一直贯穿小说的始终，不断朝着宗教理想的方向前进，这也是托尔斯泰本人当时思想前进的方向。

还有许多其他人物围绕着这些主要人物，包括：史蒂夫·奥勃朗斯基，安娜的哥哥，一个无忧无虑、一无是处的花花公子；奥勃朗斯基的妻子陶丽，娘家姓谢尔巴茨基，一个善良、严肃、吃过很多苦的女人，她把全部生命都奉献给了孩子和那个好吃懒做的丈夫，陶丽可以说是托尔斯泰的理想女性；谢尔巴茨基家族的其他人物，这是莫斯科的一个老牌贵族家庭；伏伦斯基的母亲；还有一帮圣彼得

---

* 以下内容被纳博科夫用括号括起来给予重新考虑，但没有删除："当然，与爱玛那个粗俗的情夫罗道耳弗乡绅相比，伏伦斯基还是相当文明的；但在他情人发脾气的时候，有那么几次他可能也在用和罗道耳弗一样的语调在心里说：'你这是在浪费时间，我的好姑娘。'"——原编者注

列夫·托尔斯泰　173

堡社会名流。彼得堡的社交圈与莫斯科的大不相同：莫斯科是个古老的城市，社交圈温文尔雅，萎缩无力，注重等级。彼得堡是相对年轻的首都，这里人员复杂，人情冷淡，礼仪考究，时尚前卫。三十年之后，我就出生在这座城市。当然，卡列宁也是出生在彼得堡，卡列宁是安娜的丈夫，一个枯燥无味的正人君子，冷酷无情地维护着他的道德理论，是国家的理想公务员。作为一个官僚庸人，他心甘情愿接受朋友圈内的伪道德观，为人虚伪而专制。极偶尔地，他也有良心发现的时候，会做出一些善意的举动，但很快又都抛到脑后，为了自己仕途的考虑而牺牲了良心。安娜在生伏伦斯基的孩子时，生命垂危，卡列宁认定她快要死了（当然，她最后还是没死），他站在她的床边，原谅了伏伦斯基，并且握着伏伦斯基的手，怀着基督徒的谦恭自卑与宽宏大量的真实情感。卡列宁后来又会恢复他冷酷的本性，但当时是在死亡逼近的灵光之下，而且安娜在半昏迷中觉得自己爱他就像爱伏伦斯基一样多：两人都被叫成阿列克谢，两人都是在她梦里分享她的爱侣。然而卡列宁的这种真诚与恻隐之心持续的时间并不长，他也试图办好离婚手续——离婚对他来说无关紧要，但对安娜来说生死攸关——当他发现必须面对复杂扰人的种种程序时，他很快就放弃了，而且拒绝再做任何努力，也不管这种拒绝对安娜来说会意味着什么。他总能设法在自以为是的公正里寻求到满足。

《安娜·卡列宁》是世界文学史上最伟大的爱情故事之一，但它当然不仅仅是一部冒险奇遇记。托尔斯泰深深关注的是道德问题，他永远执着于没有时间限制的属于全人类的重要问题。这里，在《安娜·卡列宁》这部小说中存在着一个道德问题，这不是随便哪个读者都能读出来的。这个道德问题当然不是指通奸，安娜为此付出了代价（在《包法利夫人》这部小说中可以说这就是最深层的寓意）。但在《安娜·卡列宁》中当然不是通奸的问题，原因很明显：如果安娜继续和卡列宁待在一起，并巧妙地把她与伏伦斯基的私通隐藏起来，她就不会先是拿自己的幸福，后又拿自己的生命作代价。安娜遭受惩罚，并不是因为她的罪（她本可以毫发无损），也不是因为她离经叛道，社会习俗与其他惯例一样都只是暂时的现象，与道德的永恒要求毫不相关。那么，托尔斯泰在他的小说中到底要向读者传达什么样的道德"寓意"呢？如果我们再往下读，拿列文—吉娣和伏伦斯基—安娜的故事作对比，就会有更好的理解。列文的婚姻是建立在形而上的爱情基础上的，不仅仅是肉体概念的爱情，而是相互作出心甘情愿的牺牲和相互尊重的基础。安娜—伏伦斯基的结合仅仅建立在肉欲基础之上，这就注定了它的劫数。

乍看上去，安娜受到社会的惩罚好像是因为她爱上了不是她的丈夫的男人。在当时同一个社交界，其他的上流社会女士想有多少风流韵事就有多少风流韵事，只不过是在黑纱的遮盖下秘密进行而已（还记得爱玛与罗道耳弗骑马外出时用的蓝纱巾，以及与莱昂在鲁昂约会时用的黑纱巾吧），所以，这样的一个"道德寓意"显然是完全"不道德"的，而且也完全没有什么艺术性可言。但是，率真不幸的安娜不愿戴上虚伪的面纱。社会的训诫是暂时的，托尔斯泰感兴趣的是人类永恒的道德标准。他所要真正传达的道德寓意是：爱情不能仅仅是肉欲的，因为那样的话爱情就成了完全的自我中心主义，而自我中心带来的是毁灭而不是创造。因此这样的爱情是有罪的。托尔斯泰为了尽可能更清楚、更艺术地阐明这一观点，他刻画了一系列特别的艺术形象，并且把两个爱情故事并排叙述，进行了生动的对比：伏伦斯基—安娜这对肉体情欲之爱（挣扎在充满肉欲而又精神贫瘠的情感之中，因而也注定了会走向毁灭）；列文—吉娣的爱情，用托尔斯泰描述的原话来说，是真正的、基督教精神的爱情，世俗的情欲仍在，但在责任、温情、真诚、天伦之乐的纯洁气氛之中到达平衡与和谐的境界。

《圣经》箴言：伸冤在我，我必报应（主说）。

（《罗马书》，十二章，十九节）

这是什么意思呢？首先，社会没有权利审判安娜；其次，安娜也没有权利通过报复性的自杀来惩罚伏伦斯基。

约瑟夫·康拉德是波兰裔英国小说家，在一九〇二年六月十日写信给勉强也算是个作家的爱德华·加尼特："请转达我对尊夫人的亲切问候，她翻译的《卡列尼娜》相当精彩。作品本身我觉得不过平平，则更可见尊夫人的翻译实为出类拔萃。"我不会原谅康拉德的这段俏皮话。事实上加尼特的翻译糟糕透顶。

在《安娜·卡列宁》中，如果想找到福楼拜那种人物间微妙的起承转合恐怕是徒劳的。虽然《安娜·卡列宁》比福楼拜的《包法利夫人》晚了二十年，但它的结构安排更为传统。托尔斯泰使用的简单有时甚至是生硬的方法包括：通过人物间的对话提及其他人物，通过中间人物让主要人物出场相遇。至于他通过不同章节来切换场景的做法就更简单了。

托尔斯泰的小说由八个部分组成，每一部分平均有大概三十个小的章节，每章节是四页。托尔斯泰派给自己的任务是抓住两条线索——列文—吉娣一条线索和伏伦斯基—安娜一条线索，虽然还有第三条从属的穿插于其中的线索，就是奥勃朗斯基—陶丽这条线索，它连接着两条主线的方方面面，所以在整部小说中起着特别的作用。史蒂夫·奥勃朗斯基和陶丽在列文和吉娣、安娜和她的丈夫之间起着桥梁纽带的作用。更重要的是，列文在单身生活时，曾在陶丽·奥勃朗斯基与自己心中理想的母亲间画上等号，后来吉娣有了孩子后，列文也在吉娣身上发现了这种理想母亲的品质。我们还应该注意到，陶丽饶有兴趣地与农妇谈论孩子正如列文饶有兴趣地与农夫谈论农业一样。

故事情节始于一八七二年的二月，延续到一八七六年的七月，前

149

Anna Karenin

Part I

January 2-5 1872

Chapter I	Confusion in Oblonsky household. Steve's dream.	3
Chapter II	Anna to arrive. Matriona's advice.	5
Chapter III	Steve's morning. Children.	9
Chapter IV	Explanation between Steve and Dolly. Unsuccessful.	13
Chapter V	Steve at office. Levin.	18
Chapter VI	About Levin	27
Chapter VII	Levin and Kosnishev	30
Chapter VIII	"	32
Chapter IX	Skating rink	34
Chapter X	Oblonsky and Levin at the restaurant	41
Chapter XI	" " "	48
Chapter XII	Kitty. Old Princess Sherbatsky's thoughts about Kitty and Vronsky	52
Chapter XIII	Levin's proposal.	56
Chapter XIV	At the Sherbatskis	59
✗ Chapter XV	Scene between Prince and Princess Sherb. p.66-67	65
Chapter XVI	Vronsky	68
Chapter XVII	At the station	70
Chapter XVIII	" " " Vronsky meets Anna.	73
Chapter XIX	Dolly and Anna	78
Chapter XX	Anna and Kitty.	84
✗ Chapter XXI	Oblonskys reconciled. Vronsky calls at Oblonskys p.88-89	88
✗ Chapter XXII	The Ball p.91 Anna	90
Chapter XXIII	" Vronsky and Anna p.97 Kitty	95
Chapter XXIV	Levin after Kitty's refusal. Levin and his brother N.	99
Chapter XXV	" p.111 the calf; cp.Kitty:	103
✗ Chapter XXVI	Levin back on his estate	109
Chapter XXVII	"	112
Chapter XXVIII	Anna and Dolly (about Vronsky and the ball). Anna leaves for Petersburg	115
Chapter XXIX	On the train between Moscow and Petersburg	118
Chapter XXX	Seeing Vronsky on train. Reaching Petersburg.	121

纳博科夫对《安娜·卡列宁》故事情节的概括，第一部分。

列夫·托尔斯泰 177

后总共四年半的时间。故事发生的地点从莫斯科到彼得堡,并在四个乡村庄园之间往返转移(说四个庄园是因为老伏伦斯基伯爵夫人靠近莫斯科的庄园也算一个,尽管没有直接的描述)。

小说最初的八个章节是以奥勃朗斯基的家庭矛盾作为主要内容,次要内容是吉娣—列文—伏伦斯基的三角关系。

这两个题材,加上两个延伸的主题——奥勃朗斯基的私通和吉娣的悲伤心碎(她对伏伦斯基的醉心被安娜终结了*)——构成了伏伦斯基—安娜悲剧性主题的序曲。伏伦斯基—安娜的问题无法像奥勃朗斯基—陶丽的问题或者吉娣的痛苦那样容易解决。陶丽很快就原谅了朝三暮四的丈夫,因为他们有五个孩子,因为她爱他,还因为托尔斯泰认为两个结了婚有了孩子的人是被神圣的律法永远拴在一起的。吉娣对伏伦斯基心碎忧伤了两年之后嫁给列文,开始了被托尔斯泰认为是完美的婚姻。但是,安娜,在受了十个月的鼓动之后,成了伏伦斯基的情人,等待她的是家庭生活的毁灭,是四年之后的自杀身亡。

"幸福的家庭都是相似的,不幸的家庭各有各的不幸。

"奥勃朗斯基家里一切都乱了套[在'家'的意义里,俄语里'房子'和'家'都含有词缀dom]**。妻子发现丈夫和一个法国女人——他们家从前的家庭教师——出轨,她向丈夫声明不能和他再在一个屋子里住下去了。这样的状态已经持续了三天,不只是夫妻两个,家里其他人和仆人也都感觉到了,每个人都感觉住在一起已经没有意思,而且觉得就是在任何客店里萍水相逢的人也都比他们——奥勃朗斯基全家和仆人——更情投意合些。妻子待在房间里不出来,丈

---

* 纳博科夫此处删掉了一句:"需要指出的是安娜既做了一件好事,即通过自己的智慧和风度让奥勃朗斯基和陶丽复合,但她同时也做了一件恶事,就是捕获了伏伦斯基的心,从而终止了他对吉娣的追求。"——原编者注

** "dom-dom-dom;家庭主题的叮当声——房子、家、家庭。托尔斯泰在第一页就把主旨、把线索给了大家:家的主题,家庭的主题。"这句话引自这一部分开头一页的笔记。如果想了解详细的解释,可参阅本篇末第244页纳博科夫的评注一。——原编者注

夫三天不在家了，小孩们在家里到处乱跑。英国女家庭教师和管家吵架后，给朋友写了信，请求替她找一个新的位置。厨师前一天就在晚餐开饭前走掉了，给仆人们做饭的厨娘和车夫也都提出了辞工。

"在与妻子吵架后的第三天，斯捷潘·阿尔卡季奇·奥勃朗斯基公爵——他在交际场里被称作史蒂夫——在照例的时间，早晨八点钟醒来，不在妻子的寝室，而是书房里的鞣皮沙发上。他在富于弹性的沙发上把他结实且保养甚好的身体翻了个身，好像要再睡一大觉似的，他紧紧搂住枕头，将脸贴在上面；但是他突然跳起来，坐在沙发上，睁开了眼睛。

"'哦，哦，怎么回事？'他想，重温着他的梦境，'怎么回事，哦，对啦！阿拉宾在达姆施塔特[德国]请客；不，不是达姆施塔特，是美国的什么地方。不错，达姆施塔特是在美国。不错，阿拉宾在几张玻璃桌上摆宴席，桌子都在唱歌，*Il mio tesoro*①——不是 *Il mio tesoro*，而是比那更好的；桌上还有些小小的长颈玻璃酒瓶，可这些酒瓶原来都是女人。'"*

史蒂夫的梦不合逻辑，属于做梦者草草做成的那一类梦。你不能认为这些桌子只是铺着玻璃——它全部是玻璃做成的。盛酒的细颈酒瓶，水晶质地，唱着意大利的歌曲，与此同时这些唱歌委婉动听的酒瓶也是女人——一个非常经济的梦境组合，是普通的梦经常使用的手段。奥勃朗斯基的梦是个愉快的梦，非常愉快，以至于和现实合不上拍了。他一觉醒来，不是睡在结发妻子的床上，而是被流放在书房沙发上。当然，这不是最有趣的地方。有趣的地方是作者通过创造一个梦的意象十分巧妙地把史蒂夫的性格揭示出来：无忧无虑、浅薄透明、追逐女人、贪图享乐。这就是介绍奥勃朗斯基出场的技巧：用一个梦来介绍他。另外一点：这些梦中唱歌的小女人

---

① 意大利语，《我的宝贝》。
* 纳博科夫在讲座中引用的这些段落是他对加尼特译本的修改，并出于讲座口语化的需要作了一些删节与释义。——原编者注

和后来伏伦斯基与安娜梦中看到的咕咕哝哝的矮个男子是截然不同的。

我们将继续探究书的后面伏伦斯基与安娜两人都做到的一个梦到底是由于在生活中遭遇了怎样的印象而形成的。其中最主要的一个印象是安娜抵达莫斯科与伏伦斯基相遇时发生的。

"第二天上午十一点钟,伏伦斯基驱车到火车站去接从彼得堡来的母亲,他在大台阶上碰见的第一个人就是史蒂夫·奥勃朗斯基,他在等候坐同一班车来的妹妹〔她是专门来调解史蒂夫与妻子之间的矛盾的〕。

"'是你呀,'史蒂夫叫道,'你接什么人?'

"'我母亲,'伏伦斯基回答……'你接什么人呢?'

"'我来接一位迷人的夫人。'史蒂夫道。

"'哦。'伏伦斯基道。

"'小人之心度君子之腹吧,'史蒂夫道,'是我妹妹安娜。'

"'噢!那就是卡列宁的妻子吧。'伏伦斯基说。

"'你认识她?'

"'我好像认识。也许不认识,我真记不得了。'伏伦斯基心不在焉地回答,卡列宁这个名字使他模模糊糊地想起了某个执拗而乏味的人。

"'可是,'史蒂夫继续说道,'那是我有名的妹夫,你一定知道的吧?'……

"'喔,久仰大名,有过几面之缘吧。我听说他聪明、博学,是教堂的常客之类的。但是你知道我和他可不是一类人。'伏伦斯基用英语补充道……

"伏伦斯基跟着乘务员向他母亲的那节车厢走去,在车厢门口的台阶上他突然停住脚步,给一位正走下车来的夫人让路。凭着社交界中人的眼力,伏伦斯基一眼就辨出她是属于上流社会的。他道了声歉,抽回身,正准备进去,但是这时他感到非得再看她一眼不可;这并不是因为她非常美丽,也不是因为她的优雅内敛的风度,而是因为在她走过他身边时那迷人的脸上露出尤其温柔的神情,让人心里不由得一软。当他回过头来看的时候,她也掉过头来了。她那双在浓密的睫毛下略显阴暗的、闪亮的灰色眼睛亲切地盯着他的脸,好像她在辨认他一样,随后又立刻转向走过的人群,开始寻找什么人。在那短促的一瞥中,伏伦斯基已经注意到有一股压抑着的生气流露在她的脸上,在她那亮晶晶的眼睛和令她朱唇弯曲的隐隐约约的微笑中掠过。仿佛有一种违反她自己意志的东西在她的眼睛里和微笑中满溢出来。接着,她刻意收起眼睛里的光亮,但那光亮随着隐约可辨的微笑仍然停留在她不由自主地闪动的唇角……"

伏伦斯基的母亲与这位女士同车旅行,她就是安娜。母亲把安娜介绍给了伏伦斯基。当他们一同往外走时外面出现一阵骚动。(罗道耳弗第一次见到爱玛时两人中间隔了一盆血,伏伦斯基与安娜相遇时也遭遇了血。)

"有几个人惊惶失措地跑过去。站长也跑了过去,头上戴着一顶色彩特异的帽子[黑色与红色]。显然有什么意外发生了。"他们很快得知一个看路工,不知道是喝醉了酒,还是因为严寒的缘故裹得太严实以至于没有听见火车倒退出站的声音,被车轧死了。安娜打听能不能为他的遗孀做点事——死者要养活一大家子——伏伦斯基很快地瞥了安娜一眼,他对母亲说他去去就来。我们后来知道他给了死者家属二百卢布。(请注意这个包裹严实而被轧死的人,他的死在安娜与伏伦斯基之间建立了某种联系。等我们讨论他们两人那个同样的梦时需要所有这些原材料。)

"进进出出的人们仍在谈论着刚才发生的事。'死得多可怕呀,'一个路过的绅士说,'据说他被碾成两段了。''恰恰相反,我以为这是最简单最快的死法。'另一个说道。[安娜竖起了耳朵]'怎么会没

列夫·托尔斯泰 181

有一点预防的安全措施呢?'第三个说。

"安娜坐进马车,史蒂夫惊讶地看到她的嘴唇在颤抖,她竭力忍住眼泪。'怎么回事,安娜?'他问道。'这是不祥之兆。'她说。'胡说!'史蒂夫说。"他接着又说,妹妹能过来他高兴极了。

形成这个梦的其他一些重要事件的印象也陆续在后面出现。安娜在舞会上再次遇到伏伦斯基并与他跳了舞——但眼下就是这些。现在,安娜化解了陶丽与哥哥史蒂夫的麻烦事之后,踏上了去圣彼得堡的回家之路。

"'哦,一切都结束了[她对伏伦斯基的兴趣],感谢上帝!'这就是安娜向她哥哥最后道别的时候,浮上脑海的第一个念头。奥勃朗斯基挡在车厢门口,直到第三次铃声拉响才下了车。安娜在安奴施卡[她的女仆]旁边的软席上坐下,在[所谓的]卧铺车的昏暗光线中向周围环顾着。'感谢上帝!明天我就能看见谢辽沙和阿列克谢了,我的生活又将恢复舒适的老样子,一切照常。'

"虽然还怀着白天时的烦恼心情,安娜却又开始高高兴兴地仔细安排她的旅程。她用灵巧的小手打开又合上红色的手提包,然后拿出一只小靠枕,放在膝上,又用毯子小心地裹住双腿,舒舒服服地坐下来。一个有病的妇人已经睡了。另外两个妇人和安娜攀谈起来。一个胖胖的老妇人一边舒适地裹着脚,一边评论着火车里的暖气[中间那个炉子问题很大,还有冰冷的风从隙缝里漏进来]。安娜回答了几句,但是预见不到任何对话的乐趣,就叫安奴施卡把那盏旅行灯拿了出来,钩在座位的扶手上,又从提包里拿出一把裁纸刀和一本英国小说[里面的书页还没裁]。最初她读不下去。骚乱和嘈杂烦扰着她[人们在卧铺车厢无门的过道处来回走动];火车开动后,她又不由自主地开始倾听车轮的声响;接着,飘打在左边车窗上的雪花,粘在窗玻璃片上,裹得严严实实的乘务员不时走过[这是颇有艺术性的一笔:风雪自西而来;和安娜倾斜的心境相呼应,亦即道德的失衡],以及关于外面可怕的大风雪的谈话,这些都分散了她的注意力。这一

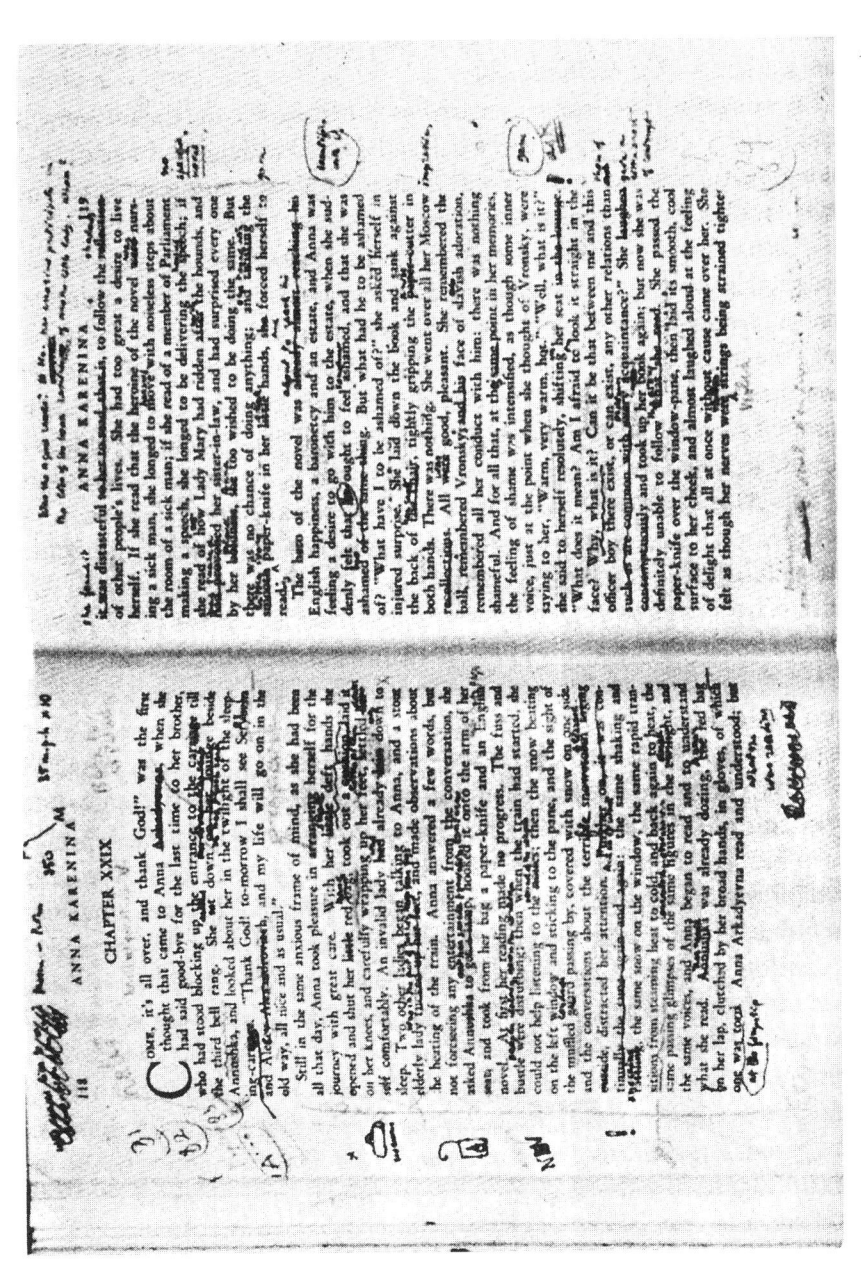

纳博科夫教学用的《安娜·卡列宁》的内页。

切周而复始:同样的震动和敲打,同样的雪花飘打在窗上,同样的忽热忽冷的迅速转变,在昏暗中闪现的同样的人影[乘务员和锅炉工],同样的声音,而安娜终于还是开始读书了,也开始知道自己在读些什么了。她的女仆已经在打瞌睡,红色手提包放在膝上,她那戴着羊毛手套的大手紧握着它,其中有一个指尖处已磨破了[这一瑕疵与安娜心灵上的瑕疵相呼应]。安娜读着小说,但是又感觉这样在书中追踪别人生活的影子是很无聊的事。她想要自己的生活的欲望太强烈了。如果她读到小说中的女主人公在看护病人,她就渴望自己迈着轻轻的步子在病房里走动;如果她读到某个国会议员在演说,她就渴望自己也发表那样的演说;如果她读到玛丽夫人骑着马带着猎犬去打猎,取笑自己的小姑,她的莽撞让众人大惊失色,那么安娜就一心希望自己也能每样都试一试。但是她却没有机会尝试任何事情,于是她的小手玩弄着那把光滑的象牙小刀,勉强自己读下去。[从我们现在的眼光来看,她算不算一位好的读者呢?她在情感上参与书中人物的生活这一点会不会使我们想起另外一个女人呢?想起爱玛?]

"小说的主人公就要得到英国式的幸福:男爵的爵位和领地,她突然觉得他应当为自己感到羞愧,而她自己也应该羞愧[她把书中的男主人公比作伏伦斯基]。但是他有什么可羞愧的呢?'我有什么可羞愧的呢?'她像受到伤害似的自问,自己也吓了一跳。她放下书,往后一仰靠到椅背上,两只手把裁纸刀握得紧紧的。没有什么可羞愧的。她把自己在莫斯科的经历重温了一遍。一切都是美好的、愉快的。她回想起舞会,回想起伏伦斯基和他那含情脉脉的面孔,回想起她在他面前的一切表现:没有什么可羞耻的。但是就在她回忆的那一瞬间,羞耻的感觉加剧了,仿佛有一个发自内心的声音在她回想伏伦斯基的一刻对她说:'暖和,暖和得很,是热呢。'[这好像是一个游戏,先把一个东西藏起来,然后通过对温度差异的惊呼来暗示正确的方向——同时请注意车厢里也在发生着冷暖交替。]'那是什么呢?'她问自己,在软席上挪动了一下。'这到底意味着什么呢？难道说在我和这个军官男孩之间存在着或者能够存在什么超出普通朋友的关系吗？'她轻蔑地冷笑了一声，又拿起书本来；但现在她是完全跟不上自己读的东西了。她拿象牙裁纸刀在窗户玻璃上刮了一下，而后把光滑的、冰冷的［又进行冷暖对比］刀面贴在脸颊上，这时一种欢喜之感突然没来由地攫住了她［感官的本能占了上风］，使她几乎笑出声来。她感到她的神经好像是绕在小提琴弦轴上正被越拉越紧的弦。她感到她的眼睛越张越大，她的手指和脚趾神经质地抽搐着，身体内有什么东西压迫着她，而一切形象和声音在摇曳不定的半明半暗的灯光里都以其稀有的鲜明使她不胜惊异。瞬息即逝的疑惑不断地涌上她的心头，她弄不清火车是在前进，还是在倒退［这里可以拿来和《伊凡·伊里奇》里的一个重要隐喻作对比］，抑或是完全停住了；坐在她旁边的是安奴施卡呢，还是一个陌生人？'椅子扶手上是个什么东西呢？皮大衣还是什么大野兽？而我自己又是什么呢？是我自己呢，还是什么别的人？'她害怕自己陷入这种迷离恍惚的状态。但是却有什么东西在把她拉过去，她坐直身子想定一定神，然后掀开膝上的旅行毛毯，解下了羊毛长裙上的披肩。有那么一瞬间她恢复了神志，意识到进来了一个工人，他穿着长外套，外套上掉了一个纽扣［又一个心灵瑕疵的隐喻］。他是一个生火炉的，正在看寒暑表，风雪跟着他从门口吹进来［泄露隐情的隐喻］；但是随后一切又模糊起来了。那个焗炉工仿佛在啃墙上的什么东西，老妇人伸长了腿，把整个车厢都撑满了，车厢里布满了黑影；接着是一阵可怕的尖叫和轰隆声，好像有谁的身体正在被撕扯着［请注意这个半梦半醒的幻觉］；接着她眼前出现一道耀眼的红色火光，仿佛有一堵墙耸立起来把一切都遮住了。安娜感觉好像自己沉到了地板底下。但是这感觉并不可怕，反而很愉快。一个浑身紧裹［这里也请注意］、满身是雪的人在她耳边叫了一声什么。她定了定神；她这才明白原来是到了一个车站，而那个裹得紧紧的人就是乘务员。她让安奴施卡把她脱下的披肩和大围巾拿给她，她披上后向门口走去。

"'您要出去吗,夫人?'安奴施卡问。

"'是,我想透一透气。这里热得很。'于是她打开面向月台的车门。猛烈的风雪向她迎面扑来,在门口和她争夺车门。但是她觉得这样的争斗很有趣 [小说结尾处,列文也跟风雪有一场争斗,可以进行比较]。

"她开了门,走出去。风好像埋伏着在等她 [这里又是拿风在作可悲的幻想:是痛苦之人一厢情愿地把情感投射向物体];风欢乐地呼啸着,竭力想擒住她,把她卷走,但是她抓牢了车厢尾部的冰冷的铁柱。安娜按住裙子走下来,到月台上,站在车厢背风的一侧。车的那一头风正吹得紧,但是在月台上,被火车车身挡着,却自有一股宁静的气息……

"但是狂怒的暴风雪又穿过火车车轮,在柱子周围、在车站转角处呼啸回旋。火车、柱子、人和一切辨得出来的东西半边都盖满了雪,而且雪越来越厚 [请注意影响后文梦境的以下这个要素]。一个弯腰驼背的人影在她脚旁悄然滑过,她听到了锤子敲打铁的声音。'把那电报递过来!'从那边暴风雪的黑暗里传来一个生气的声音。人们裹住脖颈,满身是雪地跑过去。两个绅士叼着燃着的纸烟从她身边走过。她又深深地吸了一口新鲜的空气,正待从暖手筒里抽出手来握住门柱走回车厢的时候,一个穿军服的男子走近她身边,遮住了车站路灯摇曳的灯光。她回头一看,立刻认出了伏伦斯基的面孔。他把手举在帽檐上,向她行礼,问她有什么事,他能否为她效劳。她凝视了他好一会儿,没有回答,而且,虽然他站在阴影中,她看出了,或者自以为她看出了他的面孔和眼睛里的表情。这又是昨天那么深深打动她的那种崇敬而狂喜的表情……

"'我不知道您也在车上。您为什么在这儿呢?'她说,放下她那只本来要抓牢门柱的手。压抑不住的欢喜和生气闪耀在她脸上。

"'我为什么在这儿?'他重复着说,直视着她的眼睛,'您知道为什么,您到哪儿,我就到哪儿,我别无选择。'

"在那一瞬间,风好像征服了一切障碍,把积雪从车顶上吹下来,好像有铁片被吹落下来,发出哐啷一声,前方的火车头拉响了深沉的汽笛,凄婉而忧郁地鸣叫着……

"她抓住冰冷的门柱,跨上踏板,急速走进车厢的走廊……

"到彼得堡,火车一停,她便下了车,第一个引起她注意的人是她的丈夫。'哦,天呐!他的耳朵怎么变成那种样子了呢?'她想,望着他的冷漠而咄咄逼人的身体,特别是那对耳朵,耳骨把黑毡圆帽的帽檐边都撑了起来。"

————

"〔列文〕他沿着通往溜冰场的小路走去,不住地对自己说:'一定不要激动,要放镇静些。你怎么啦?你要怎样呢?放安静些,傻瓜!'他一个劲地恳求自己。但是他越要竭力镇静,就越是呼吸困难。一个熟人碰见他,叫他的名字,列文甚至没认出来那是谁。他向山上走去,从那里传来了雪橇被拖上来时铁链发出的铿锵声,雪橇滑动时的辚辚声,还有欢乐的人声。他向前走了几步,溜冰场就展现在他眼前,立刻,在许多溜冰的人中,他一眼就认出了她。

"凭着攫住他心灵的狂喜继而是恐惧,他就知道她在那里。她站在溜冰场那一头和一个妇人谈话。她的衣服和姿态看上去都没有什么特别引人注目的地方。但是列文在人群中找出她来,就好像在荨麻堆里找到一株野玫瑰那样轻而易举……

————

"在每星期的这一天,同一个时刻,属于同一个圈子里的熟人们就都会聚到冰上来。他们当中有大显身手的溜冰名手,也有初学者扶着装着木头滑轮的椅子的靠背,胆怯、笨拙地向前移动;还有小孩和为了健康的缘故去溜冰的老人。他们在列文看来都是一群优秀的幸运儿，因为他们身在此地，离她这么近。可是所有的溜冰者似乎都满不在乎地赶上她，超过她，甚至和她交谈，而且自得其乐地享受着绝妙的冰和晴朗的天气。

"尼古拉·谢尔巴茨基，吉娣的堂兄，穿着短夹克和紧身裤，脚上蹬着溜冰鞋，正坐在长凳上，看见列文，他向他叫起来：

"'啊，俄罗斯一流的溜冰家！来了好久了吗？这可是头等的冰——快穿上你的溜冰鞋，老伙计。'

"'我没有溜冰鞋。'列文回答，惊异自己在她面前会这样的勇敢和坦然，他没有一秒钟让她走出自己的视线，虽然他没有看着她。他感觉似乎有一轮无形的太阳正在靠近他。她站在溜冰室的转角处，脚上穿着钝头型高筒溜冰鞋，她两脚一合 [荒唐的是加尼特把这里翻译成吉娣脚尖朝外]，那双纤细的脚，带着明显的胆怯朝他的方向滑了过来。一个穿着俄式传统服的少年拼命地摆动着手臂，弓着腰贴近冰面，看样子是想超过她。她溜得不太稳；从挂在脖子上的小皮手筒里伸出两手，以防万一摔倒，她望着列文，已经认出他了，朝他笑着，同时，也是在笑自己的胆怯。当她转过弯的时候，她用一只脚用力一蹬，把自己往前一推，一直溜到堂兄的面前，她抓住了他的手，一面向列文微笑着点点头。她比他想象中的还要可爱……但是她身上总是最能打动他的是一种并非他刻意寻找的东西，是她目光中所透露出来的那份温和、宁静、诚实……

"'您来了很久了吗？'她说，把她的手给他，'谢谢您。'当他拾起从她暖手筒里落下的手帕时，她加了一句。[托尔斯泰以敏锐的眼光观察自己笔下的人物，他让人物说话、行动——但是在这个由托尔斯泰为他们一手创造的世界里他们说的话和做的事好像都是自然发生的。这一点是否明显呢？我想是的。]

"'我不知道您也会溜冰，而且溜得这样好。'

"她专注地看着他，好像要探明他如此窘迫的原因似的。

"'您的称赞很难得。人们都说您溜冰溜得最好。'她说,用戴着黑手套的小手拂去落在她暖手筒上的碎冰。[又显示出托尔斯泰冷眼旁观的能力。]

"'是的,我从前有个时期对于溜冰很有热情。'列文回答道,'我想要达到完美的地步。'

"'您做什么事都带着一股热情,我想,'她微笑着说,'我非常想看您溜冰。穿上冰鞋,我们一道溜吧。'

"'一道溜!这是真的吗?'列文心想,凝视着她。

"'我马上去穿。'他说。

"于是他去租冰鞋。

"'您很久没有来了,先生,'侍者说道,扶起他的脚,把溜冰鞋后跟拧紧,'您之后,再也没有会溜冰的先生了!可以了吗?'他说,拉紧了鞋带。"

过了一会儿,"一个年轻人,列文之后最优秀的滑冰新人,穿着溜冰鞋从咖啡室走出来,嘴里叼着一支香烟,从结了冰的台阶上一滑而下,溜冰鞋发出嚓嚓的响声。他飞跑下来,两只胳膊还是随意摆放的老样子,一面已经溜到冰上去了。

"'哦,这倒是新花样!'列文说,立刻跑到台阶顶上去试这新花样。

"'不要跌断您的脖子!这要练习的呀!'尼古拉·谢尔巴茨基对他喊叫。

"列文走上台阶,从上面老远跑过来以获取初动力,然后直冲下去,做这罕见的新动作时,他靠两手保持平衡。在最后一级上他绊了一下,但是手刚要触到冰时,就猛一使劲,恢复了平衡,笑着溜开去了。"

———————

162

吉娣拒绝了列文的求婚两年后,我们来到奥勃朗斯基安排的一场晚宴上。首先,我们把吃滑溜蘑菇的这一小段重新翻译一下。

"'我听说,您打死了一只熊?'吉娣说,她正努力用叉子叉住盘中一片滑溜的蘑菇,每次小小的叉动都使她雪白手臂上的衣袖花边颤动起来。[伟大的作家拥有敏锐的洞察力,在赋予他笔下的木偶生命力之后,往往还在继续关注他们的一举一动。]'您那地方有熊吗?'她侧过那迷人的小小的脑袋,微笑着向他补充道。"

下面我们来看一下那次著名的粉笔场景。晚饭后,有一小会儿,列文和吉娣单独待在房间的一个角落里。

"吉娣走到牌桌旁边,坐下来,然后拿起一支粉笔,开始在崭新的绿毡上画着同心圆。

"他们又谈到了吃饭时所谈起的话题——妇女的自由和职业问题。列文赞成陶丽的意见:不结婚的女人应当在她自己家里找到适合女人的本分工作……"

"接着是沉默。她还用粉笔在桌上画着。她的眼睛闪烁着柔和的光辉。在她心情的影响之下,他感到全身心都充溢着不断增强的幸福。

"'噢!我乱涂了一桌子哩!'她说,放下粉笔,动了动,想要站起来的样子。

"'什么!她要走了,只剩下我一个人吗?'他恐惧地想着,拿起粉笔来。'等等,'他说,'我早就想问您一件事。'

"他直视着她那双亲切而又惶恐的眼睛。

"'请问吧。'

"'这里。'他说,一面写下每个词的头一个字母:w,y,s,n,d,y,m,n。这些字母所代表的意思是:'你说"不",是指"永不"吗?'希望她能领悟这个复杂的句子似乎毫无可能;但是他用那样一种眼光望着她,好像他的生命就系于她是否能理解这些词。她严肃地瞥了瞥他,就把她那皱蹙的前额支在手上,开始念起来。她时而看他一两

眼,好像在问:'是我想的那样吗?'

"'我明白了。'她说,微微涨红了脸。

"'这是个什么词?'他指着代表'永不'的n说。

"'这是"永不"的意思,'她说,'但这不是真的呢!'

"他急急地揩去他所写的字母,把粉笔给她,站了起来。她写下了:t,i,c,n,a,d……那意思是:'彼时我只能那样答。'

"他询问般地、畏怯地望着她。

"'仅仅那时吗?'

"'是的。'她以微笑作答。

"'那现在呢?'他问。

"'哦,你读吧。'她说道,写下了下面三个打头的字母:f,a,f。那意思是'忘记与原谅'。"

这似乎是有点牵强。尽管毫无疑问,爱情可以创造奇迹,可以在隔了一道深渊的两个心灵之间架起桥梁,可以实现心有灵犀一点通——但是,如此详细的测心术,即使在俄语中,还是有点让人难以置信。然而,人物的动作姿态让人陶醉,场景的艺术气氛也很真实。

托尔斯泰代表的是自然的生活。自然,或称上帝,规定了人类女性在生孩子时比其他动物,比如说豪猪或鲸鱼,要遭受更大的痛苦,因此,托尔斯泰强烈反对消除这种痛苦。

跟《生活》周刊稍有点沾亲带故的《瞭望》杂志,于一九五二年的四月八日刊登了一系列照片,标题为"拍下了我的孩子的诞生",一个着实不吸引人的婴儿在书的一角傻笑。标题说明文字是:休森科夫德夫人,衣阿华州锡达拉皮兹的摄影作家(不管那是什么吧)躺在助产台上时按下相机快门,记录了她第一个孩子出生时非同寻常的场景——从产前阵痛到孩子出生时的第一声啼哭。

照片里她都拍了什么?比如说:"丈夫[戴着手工着色的俗气领带,一脸沮丧的表情]在妻子阵痛中探望妻子"或者"休森科夫德夫人拍下护士在给病人喷消毒剂的照片"。

如果托尔斯泰在世,他对这些东西是必然会强烈反对的。

托尔斯泰时代的妇女在生产的时候,除了能用点鸦片,但鸦片也起不了多大的作用,不会使用任何麻醉剂来减轻疼痛。那时是一八七五年,在世界范围内,为妇女接生的方式和两千年前没有什么不同。托尔斯泰反映的主题是双重的:第一,自然的戏剧之美;第二,这一自然的戏剧带给列文的神秘感与恐怖感。现代社会的分娩方法——麻醉与住院——会使第七部分的第十五章这一伟大章节成为不可能的杰作,减轻疼痛在基督徒托尔斯泰眼里会是一件十分错误的事。吉娣当然是在家里生的孩子,列文在房子里来回地走着。

"他不知道早晚。蜡烛全燃尽了……他坐着听医生间的闲聊……突然间从吉娣的房间里传来一声怪异的尖叫。这尖叫声令人毛骨悚然,列文竟然都没有跳起来,他只是带着惊骇和询问的目光紧盯着医生。医生歪着脑袋,留神倾听,然后赞许地笑了笑。一切都那样离奇,以致再也没有什么会让列文感到奇怪的了……他踮着脚尖走进卧室里,从接生婆[丽莎维塔]和吉娣母亲身旁挨过去,在吉娣的枕边停下。尖叫声已经停了,但是发生了一些变化。究竟是什么变化,他却既看不见,也不明白,而且他既不想看见,也不想明白……她那肿胀、痛苦的脸扭过来对着他,一绺头发紧贴在她湿漉漉的鬓角。她的眼睛搜索着他的眼光,举起来的手找寻着他的手。吉娣把他冰冷的双手握在自己滚烫的手里,把它们攥得紧紧的,贴在自己的脸上。

"'不要走!不要走!我不怕,我不怕。妈妈,摘下我的耳环,很碍事……'[可以把耳环同手帕、手套上的霜花以及其他小物品归在一起,吉娣在小说里常常摆弄这些小玩意。]接着她突然一把推开列文。'哦,这太可怕了,我要死了,走开。'她尖叫着……

"列文两手抱着头,跑出屋去。

"'没有什么,一切都很好!'陶丽在他后面喊他。[她自己有过七次这样的经历。]

"'但是,'列文想,'他们可以想怎么说就怎么说。'他知道现在一切都完了。他站在隔壁的房间里,头靠在门柱上,听到有人用一种他从来没有听见过的声调尖叫呻吟着,他知道这些声音就是吉娣发出来的。这会儿他早就不想要孩子了,他恨那个孩子。他现在甚至都不再抱有吉娣会活着的希望,他唯一的渴望就是这种可怕的苦难能够早点结束。

"'医生,这是怎么回事?怎么回事呀?上帝呀!'他一把抓住刚走进来的医生的手。

"'就要完了。'医生说,他的神态那么严肃,列文以为他说完了是指她快要死了。[当然,医生的意思是:过一会儿孩子就要出生了。]"

接下来的一部分是强调这种自然现象之美。附带提一下,整个小说史作为一个演化过程,可以说是对生命层次一个渐次加深探索的过程。很难想象公元前九世纪的荷马或者十七世纪的塞万提斯会如此详尽地描述生孩子的过程。问题并不在于某些事件或者情感在伦理或美学上是否适合描写。我想说明的问题是:艺术家,像科学家一样,在艺术和科学的进化过程中,一直在四处搜寻,并且每一代都会比其先辈知道得更多一点,以一种更敏锐更深邃的眼光更深入地洞察事物——这就是艺术的结果。

"他不顾一切地冲进卧室。他首先看到的是接生婆的脸,那张脸越发愁眉不展,越发严肃了。那里没有吉娣的面孔。取而代之的是一张吓人的脸,极度紧张扭曲,并且不停地发出声响。[接下来的就是美好的东西了。]他的头伏倒在木头床的床栏上,觉着他的心要碎裂了。可怕的尖叫声并没有停下来,却变得越发可怕了,好像达到了恐怖的极限,才陡然平静下来。列文简直不能相信自己的耳朵,但是也没有怀疑的余地。尖叫声平息了,他听见轻悄的走动声,裙撑发出的沙沙声,急促的喘息声,还有她若断若续的声音,鲜活的,既温柔,又幸福的声音,轻轻地说:'完事了!'

"他抬起头来。她两只胳膊软弱无力地放在被窝上,看上去非常美丽而恬静,她默默无言地凝视着他,想笑又笑不出来。

"突然间,列文觉得他又回到了日常的世界里,终于离开了那个他在其中度过了二十二小时的神秘、可怕、遥远的世界。这个熟悉的旧世界现在闪耀着几乎让他无法承受的新奇的幸福光辉。那些绷紧的弦猛然都断了,他没有期待过的呜咽和快乐的眼泪一起涌上来,强烈得使他浑身战栗……列文跪在妻子的床边,把妻子的手放在嘴唇上吻着,而那只手,也以手指无力的动作,回答了他的亲吻。[整个章节充满了绝妙的意象。修辞手法很少,逐渐都成为直接描写。但是,作者在最后用了一个明喻。]同时,在床脚,仿佛一盏油灯摇曳的亮光,在接生婆灵活的手里闪烁着一个以前并不存在的人的生命,一个将会……以自己的形象去生活和创造的人。"

我们也会在安娜自杀的那个章节谈到与她的死相关的"亮光"意象。死亡是灵魂的分娩。由是,孩子的诞生与灵魂的诞生(死亡)获得同样神秘、恐惧而又美丽的表达。吉娣的分娩与安娜的死亡在这一点上交汇。

列文信仰的诞生,信仰诞生时的阵痛。

——

"列文沿着大路大步走着,与其说他沉浸在一片混乱的思绪中,毋宁说他是沉浸在一种精神状态中,是他以前从未体验过的……

[一个以前曾和他谈过话的农民提到另一个农民说——那个农民——活着就是为了吃饱肚子,但这个农民说,人不能就为肚子活着,而是为真理,为上帝而活,为灵魂而活。]

"'难道我已经为自己找到答案了吗?难道我的痛苦可以结束了吗?'列文一边想,一边沿着灰尘弥漫的道路大步走着……他激动得透不过气来,于是他离开大路,走进树林里,在草地上坐下,一棵白杨树的树荫底下。他把帽子从冒汗的额头上摘下来,支着胳臂肘,躺在树林里茂盛而柔软的草地上。[加尼特夫人两只大脚踩上去,译成了"毛茸茸的草地"。]

"'对,我一定要冷静地想想,弄明白。'他想着,一边注视着一只绿色甲虫的一举一动,它正沿着一株速生草的草茎爬上去,在爬的时候被茅草的叶子挡住了。'我发现了什么?'他在心里问自己[指自己的精神状态],他把茅草的叶片扳到一边,使它不致挡住甲虫的路,又弄弯了一片叶片,使那只虫子可以从上面爬过去。'是什么使我这样高兴呢?我发现了什么呢?'

"'我不过发现了我一直都知道的东西。我从虚妄中解脱出来,找到了我主。'"

但这里值得我们注意的并不是什么思想观念。毕竟我们应该时刻牢记文学并不是观念的模式,文学是形象的模式。跟作品的意象与魔力相比,思想倒是位居其次。我们感兴趣的不在于列文想了些什么,或者托尔斯泰想了些什么,我们感兴趣的是那只小甲虫的出现,它精巧地表达了思想的转向、改变和指引。

现在我们来看关于列文这一条线索的最后一个章节——列文的最后一次对话——但是,我们还是应该把注意力放在意象上,让思想观念的东西自行堆积。词语、措辞、形象,这些是文学真正的功能,而不是观念。

在列文的农场,家人和客人都外出郊游了。现在是他们返回的时间。

"吉娣的父亲和谢尔盖,也就是列文同母异父的兄弟,坐上小马车走了;乌云聚拢来;其余的人加快脚步,向家的方向走去。

"但是阴云时亮时暗,来得那么急骤,他们必须加快脚步才能在雨落下前赶到家。最前面的乌云压得极低,乌黑如浓烟,以出奇迅捷的速度横越天际。他们离家还有两百步的光景,暴雨的大风已经刮起来了,大雨随时可能倾盆而下。

"孩子们跑在前头,惊恐又欢喜地叫嚷着。陶丽吃力地和缠着她双腿的裙子斗争着,已经不是走路,而是跑起来了,一面目不转睛地望着孩子们。男人们按着帽子,迈着大步走在她边上。他们刚上台阶,一大滴雨点落了下来,打在铁皮水槽的边缘上。孩子们激动地说笑着跑到房檐底下。

"'我妻子到家了吗?'列文一进大厅就问管家,管家正拿着头巾和披肩,想给野餐的主人们送去。

"'我们以为她和你们在一起哩。'她说。

"'孩子呢?'

"'一定是在树林里,保姆和他们在一起。'

"列文一把抓过披肩和大衣,朝着树林冲去。

"这短短的一会儿工夫,乌云聚拢来,完全遮住了太阳,天色黯然无光,好像日蚀一样。风好像坚持着要随心所欲似的,顽固地直把列文朝后面推[这里是对风的情感误植,正如安娜在那次火车旅途上碰到的风雪一样;但在这里直接意象即将成为对比的手法],椴树的树枝和花朵都被吹走了,白桦树的枝叶被吹得直往后,露出树干丑陋变形的裸体,风把所有的一切都扭曲着压向同一边——刺槐、花朵、牛蒡、长长的青草、高高的树梢。在花园里干活的农家少女们尖叫着跑到下房里去。白茫茫水帘似的倾盆大雨已经在远处的森林上方和附近一半的大地上倾注下来,而且迅速地朝着小树林涌来。雨水在即将触到地面时碎成小小的水滴,散发出的湿气充满在空气里。列文低着头,*和想要抢走他手里披肩的狂风斗争着[情感误植的继续],已经快跑到树林了,而且已经看见一棵橡树后面有什么白的东西,突然间火光一闪,整个大地似乎都燃烧起来了,头顶上的穹苍似乎裂开了。睁开被闪到的眼睛,列文透过浓密的雨帘,首先看到的就

---

* 加尼特的翻译是"列文捧着头弯着腰",纳博科夫挑剔地指出,"加尼特把列文的头切断了"。——原编者注

是树林中间那棵熟悉的橡树的葱绿树顶已经不可思议地改变了位置,他不由得心惊肉跳。[可与赛马的场景作比较,当伏伦斯基的马在跨越障碍而跌断项背时,他的感觉也是"改变了位置"。]

"'难道是被雷劈了?'列文还没有来得及想,那棵橡树的树叶就越来越快地消失在其他的树后面了,他听见那棵大树倒下的轰隆声。

"闪电、雷鸣和突如其来的一阵战栗在列文心头合成一阵恐怖的剧痛。'我的上帝!我的上帝,千万不要砸到他们。'他说。

"虽然他立刻就想到,他祷告那棵已经倒下去的树不要砸到他们是多么没有意义,但是他又重复了一遍,知道他除了念这些毫无意义的祈祷以外,再也没有别的更好的法子了……

"他们在树林那一头的一棵老椴树下;他们正在呼喊他。两个穿深色衣服的人(她们出门的时候穿的是浅色衣服)*站在那里,弯腰俯在什么上面,是吉娣和保姆。雨几乎已经停了,列文跑到她们那里的时候天开始放晴。保姆的裙子是干的,但是吉娣的衣服却湿透了,整个贴在她身上。虽然雨已经停了,但是她们站着的姿势仍然像雷雨大作时那样:两人都弯腰俯在一辆遮着绿阳伞的儿童车上。'还活着?没有事?感谢上帝。'他说道,他的靴子湿透了,踩着水塘就直打滑,一路水花地朝他们奔去……[他生妻子的气。]他们收拾起婴儿的湿尿布。"[是被雨淋湿的吗?我们不得而知。请注意朱庇特①的雨水如何转化成了心爱的婴儿的湿尿布。自然的力量屈服于家庭生活的力量。一个幸福家庭的微笑取代了情感误植。]

"婴儿洗澡的场景:'吉娣用一只手托着胖墩墩的婴儿的脑袋;他仰面浮在水上、乱踢乱蹬。吉娣的另一只手用海绵往婴儿身上挤水,她胳臂上的肌肉有规律地运动着……'"(加尼特又翻译失误了,她根

---

* 纳博科夫插入一行:"加尼特在这里显然搞混了",她的翻译是:"他们出发的时候穿的是轻便的夏装。"——原编者注
① Jove,罗马神话中的雷神。

本没有提到肌肉。)

保姆用一只手托着婴儿的小肚子把他从澡盆里抱了起来,又用一罐水给他冲了一下,然后用大毛巾把他包起来,擦干了,刺耳地哭叫几声之后,婴儿被递给了他的母亲。

"'哦,我很高兴你开始爱他了,'吉娣对她丈夫说,那时她舒适地坐在她坐惯了的位置上奶着孩子,'你记得你说过你对他毫无感觉。'

"'真的吗?我说过吗?哦——我只是说我有点感到失望罢了。'

"'你对他感到失望?'

"'倒不是对他失望——而是对我自己的感情;我期望的还要更多一些,我期望一种欣喜的情感,一份大大的惊喜,结果——反倒觉得恶心和怜悯……'

"她搂着婴儿望向他,聚精会神地听他说话,一边把在给婴儿洗澡时摘下的戒指又戴到她纤细的指头上…… [托尔斯泰从不错过任何一个手势。]

"走出育儿室,列文发现又是独自一人了,* 他立刻又回想起那个还没有完全弄清楚的思想。从客厅里传来了说话声,他没有进去,而是走到凉台上停下,倚着栏杆凝视天空。天色这会儿已经完全暗了,南方是晴朗无云的,阴云已飘移到北方,那里电光闪闪,从远处传来轰隆隆的雷鸣声。列文倾听着水珠从花园里的椴树上有节奏地滴落下来的声音,望着他熟悉的三角形星群和从中穿过的支脉纵横的银河。[下面是以爱和远景为标记的一个令人愉快的对比。] 每逢闪电一闪,不但银河,连最明亮的星辰也消失了踪影,但是闪电刚一灭,它们就又出现在原来的位置上,仿佛是被一只大手准确无误地抛回了原位。[这一令人愉快的对比意思清楚吗?]

"'哦,使我感到困惑的是什么呢?'列文自言自语道,'我在探求人类的各式各样的信仰和上帝之间的关系。我为什么要这样自寻烦

---

* 纳博科夫在一则评注里反对加尼特对这句开场白的翻译:"走出育儿室,再次一人独处。"——原编者注

恼呢？[是呀，为什么呢，一位好的读者也会这样嘀咕。]对于我个人，对于我自己，对于我的心，已经无疑得到了一种远非理性所能获得的认识，而我却顽固地一味要使用我的理性……至于其他宗教信仰以及它们和"神性"的关系问题，我没有权利，也没有能力来解决。'

"'噢，你还没有进去。'他突然听见吉娣的声音，她正路过这里到客厅去。'怎么回事？'她说，借着星光凝视着他的面孔。

"要不是一道使繁星失去光辉的闪电照亮了他的面孔的话，她不会看清他的面部。借着闪电的光芒她看见了他整个的脸，看出他是平静而愉快的，她对他微微一笑。[这是我们之前谈到的那个对比所起的后效。它的作用是使事态更明朗化。]

"'她是理解我的，'他想，'我要不要告诉她呢？是的，我要告诉她。'但是他刚要说的时候，她先开口了。'帮我个忙，'她说，'到客厅去看看，他们替谢尔盖[列文的同母异父兄弟]安排得怎样了。我没法去。看看他们是不是把新脸盆放在那里了。'

"'好的。'列文说，吻了吻她。

"'不，我还是不告诉她的好，'他想，'这个思想在严格意义上是属于我一个人的，对我来说极其重要，是无法用语言表达的。'

"'这种新的情感并没有改变我，没有使我感到幸福，就像我梦想我对儿子的感情能使我幸福而事实上并没有实现一样。这也没有什么出人意料的地方。但是信仰也罢，不是信仰也罢，这种情感已经在我心中牢固地扎下根来了。'

"'我还会是我的老样子，照样会跟车夫发脾气，照样和人脸红耳赤地争论，照样不合时宜。在我的灵魂和其他人之间，甚至和我的妻子之间，仍然会有那道沉默的墙。我还是会因为自己内心的恐惧而责备她，还会为此感到懊悔。我的理智仍然不可能理解我为什么祈祷，然后我也会照样继续祈祷；但是现在我整个的生活，任何事情都有可能临到我的身上，而且随时随刻它再也不会像从前那样没有意义。我的生活已经具有了一种善的积极意义，而我也有力量赋予我

172

> 550 ANNA KARENINA
>
> my life now, my whole life, apart from anything that can happen to me, every minute of it is no longer meaningless, as it was before, but it has the positive meaning of goodness, which I have the power to put into it."

Thus the book ends on a mystic note which is rather part of Tolstoy's own life than that of a character he created.

THE END

Now that this the background of the book, the milky way of the book — it might be a good idea to call the Levin-Kitty line the milky way. We shall now see the total pattern of iron and blood that stands in relief against this dim dusky sky.

Although I should have some more to say about Levin in connection with agriculture farming in the book

纳博科夫教学用的《安娜·卡列宁》的末页，文末是他的结语。

的生活这种意义。'"

本书就这样结束了,以一个神秘式的注释结束了,在我看来,这更像是托尔斯泰自己日记的一部分,而不是他塑造的人物。这就是小说的背景,小说的银河,列文—吉娣家庭生活的主线。接下来让我们转移到伏伦斯基—安娜的故事模式,这是一个铁和血的模式,这个模式的主人公在星尘繁密的苍穹下在劫难逃。

伏伦斯基这个人物在小说中很早就被提及,但他真正的第一次出场是在第一部分的第十四章,在谢尔巴茨基家。另外也是在谢尔巴茨基家开始了一个有趣的小线索即"通灵术":桌子晃动,招魂巫术,等等,这是当时流行的娱乐项目。伏伦斯基心情轻松,很愿意尝试一下这种时尚;但是到了后面,在第七部分的第二十二章,很有意思的是,一个法国骗子,在彼得堡找到了庇护人,一番巫言呓语之后,正是由于他,卡列宁才决定不与安娜离婚——最后的阶段,伏伦斯基与安娜关系紧张,又从电报得知这一不离婚的结果,这一切共同促成某种情绪的蓄积,终于导致了她的自杀。

在伏伦斯基和安娜相遇之前,卡列宁工作部门的一位年轻军官曾经向安娜坦陈爱慕之情,安娜沾沾自喜地告诉了丈夫;但是,自从她第一次在舞会上与伏伦斯基交换了眼神,一种命中注定的神秘的东西裹住了她的生命。见到嫂嫂后,她只字未提伏伦斯基给火车站出车祸的看路工的寡妇一笔钱的事情,这一行为在暗中确立了她和未来情人之间的一种联系,这种联系和死亡形影相随。此外,伏伦斯基在舞会之前拜访谢尔巴茨基一家时,正是安娜清晰地想念她的儿子的时候,她来莫斯科平息哥哥的麻烦事,不得不和儿子分开好几天。事实上正是因为有这个难舍难分的心爱的孩子,她后来对伏伦斯基的激情才会不断受到影响。

小说第二部分中间几个章节关于赛马的场景包含多种象征性的暗示。首先是卡列宁的倾斜。在赛马场的亭子里,卡列宁的上司,一

列夫·托尔斯泰 201

名高级将军或者皇室成员,对卡列宁开玩笑说——你呀,你不是在参加比赛;对此,卡列宁谦卑而又含糊地回答道:"我参加的比赛比这难多了。"这有两种涵义,因为它既可以指政治家的责任要比体育竞赛更困难,也可以暗示卡列宁作为一个被妻子背叛的丈夫的微妙处境,他必须掩盖他的困境,必须在他的婚姻与事业之间找到一条狭窄的出路。还值得一提的是,马摔断脊背跟安娜承认对丈夫的不忠不谋而合。

在那场风波迭起的赛马事件中伏伦斯基的行为有更深的象征意义。伏伦斯基折断了弗鲁弗鲁(马的名字)的脊背,也截断了安娜的生活,这两组行为有着内在的类比性。我们可以注意到在两个场景中都出现了"颤动的下颚":安娜经历形而上的堕落的场景,她不洁的肉体横陈在伏伦斯基面前;另一个场景是伏伦斯基自己经历的身体上的坠落,横在他面前的是垂死的马匹。整个赛马这一章节层层递进,直到达到让人哀伤的高潮,其基调与安娜自杀那些章节遥相呼应。伏伦斯基愤怒的爆发——他对着自己那匹美丽、无助、脖颈纤细的牝马大发雷霆,马是因为他的错误判断才死的,跨越障碍时伏伦斯基在一个不该下马的时候跳下马鞍——伏伦斯基的愤怒与托尔斯泰前几页描写的在赛马前"他总是冷静而自制"形成特别鲜明的对比——他还奋力咒骂那匹遭殃的牝马。

"弗鲁弗鲁躺在他面前喘着粗气,弯过头来,用她美丽的眼睛瞪着他。伏伦斯基还没明白发生了什么事,他用力拉着马的缰绳。马又像鱼似的全身扭动起来,鞍翼吱嘎作响;她的两条前腿站了起来,但后腿还是抬不起来,她浑身颤抖,又横倒下去。伏伦斯基的脸因为激愤而露出凶相,他两颊苍白,下颚发抖,他用脚跟踢马的肚子,又使劲地拉着缰绳。马没有动,只是把她的鼻子钻进地里去,用一只会说话的眼睛*凝视着她的主人。

---

* 加尼特夫人的译文是这样的:"用一双会说话的眼睛凝视着她的主人。"纳博科夫在他的讲义上批注道:"马是不能用两只眼睛同时看着你的,加尼特夫人。"——原编者注

"'唉—唉—唉!'伏伦斯基呻吟着,抓着他的头,'唉!我做了什么呀!我输了!是我自己的错!可耻、不可饶恕!这可怜的、可爱的马也被我杀了!'"

安娜在生产伏伦斯基的孩子时,差一点送命。

伏伦斯基与卡列宁在安娜的床边相遇,回去后试图自杀,对此,我不想多谈。这并不是一个让人满意的场景。当然,伏伦斯基开枪自杀的动机可以让人理解。主要的动机就是他的自尊受到了伤害,因为从道义上来讲,安娜的丈夫表现得至少看上去是一个比他更高尚的人。安娜自己也称丈夫为圣人。那个时代,一个受侮辱的绅士会向侮辱他的人挑战决斗,并不是要杀死对方,而是逼他向自己开枪,伏伦斯基向自己开枪也是出于同样的原因。把自己暴露于对手毫无退路的火力之下可以使自己所受的侮辱一扫而光。如果自己被杀死,对方的良心懊悔就是伏伦斯基为自己报的仇。如果能生还,伏伦斯基会当空放一枪,留下对方的性命,这样就使得对方蒙羞。这就是决斗背后基本的荣耀观,虽然也有两人同时想杀死对方的情况。不幸的是,卡列宁绝不会接受决斗,所以伏伦斯基只好自己和自己决斗,只好把自己暴露于自己的枪火之下。换句话说,伏伦斯基的自杀实际上是一个荣誉问题,有点像日本武士的切腹自杀。如果从这个一般意义上的道义观点来看,这一章节没有什么问题。

但是,从艺术的角度,从小说结构的角度来说,还是存在问题的。这不是小说中一个不可或缺的情节;它干扰了贯穿小说中的梦境——死亡这一主题,也在严格意义上影响了安娜自杀这一结局的美感与新鲜感。如果我没记错的话,好像在安娜走向死亡的途中并没有一处对伏伦斯基的自杀企图的回想。这是不自然的:安娜应该记得这件事,既然它与她自我毁灭的计划多少是有联系的。我相信,作为艺术家的托尔斯泰感到伏伦斯基自杀的主题有着不同的基调,不同的色彩，不同的主音，不同的风格，因而从艺术的角度上它不可能与安娜最后的思想发生关联。

　　双重噩梦：一个梦，一个噩梦，一个双重噩梦在这本书中起着尤其重要的作用。我说"双重噩梦"是因为安娜和伏伦斯基两个人都看到了同样的梦境。（这种由两个思维模式相互交织，类似图案重合一样的现象在所谓的现实生活中也不是前所未闻的。）读者会注意到安娜与伏伦斯基在心灵感应的一瞬，严格来说是经历了如同吉娣与列文一样的心有灵犀，当时吉娣与列文在绿台布上用粉笔写下首字母让对方来猜读自己的心思。但是沟通列文—吉娣思维的桥梁是一个熠熠闪光、可爱动人的建筑物，通向充满柔情的前景，等待他们的是温馨的责任和深沉的幸福。然而，对于安娜—伏伦斯基而言，他们之间的连接物是一个压抑的、丑陋的噩梦，带着可怕的预言性的暗示。

　　有些读者也许已经猜到，我对弗洛伊德对梦的诠释那一套所持的态度是既礼貌又坚决的反对；这种诠释法强调梦的象征意义，这在那个维也纳医生无聊、迂腐的大脑里也许有些意义，但对于不受现代心理分析学说左右的众多人类个体大脑来说就不一定有什么意义了。所以，我即将对噩梦主题进行的讨论是在小说本身和托尔斯泰的文学艺术的层面上展开的。我打算这样做：手持一盏小灯笼，穿过书中黑暗的通道，跟踪安娜与伏伦斯基三个阶段的噩梦。首先，我要在安娜和伏伦斯基的自我意识中追踪形成这一噩梦的各个部分和成分。其次，我要对这个梦本身作讨论，它出现在安娜与伏伦斯基生活相互交错的关键时刻——我还将指出安娜与伏伦斯基的这个噩梦的结果以及梦魇本身是一样的，虽然其成分并非完全一致，而且安娜的梦更生动，更具体。第三，我会指出这个噩梦与安娜自杀之间的关系，安娜意识到梦中那个矮个子男人对铁器所做的事同她的罪孽对她的灵魂所做的事如出一辙——打击与毁灭——从一开始死的想法就存在于她激情的背景之中，就埋伏在她爱情舞台的两翼，现在既然她意识到了，她便沿着梦的方向，选择由一辆火车，一样铁物，来结束自己的生命。

下面我们研究一下安娜与伏伦斯基的双重噩梦的材料。什么是噩梦的材料？我先把这个问题说清楚。梦是一场戏——在大脑中上演的一折戏，周围光线昏暗，面对的是一个昏头昏脑的观众。这种演出通常很平庸，演员是业余的，道具是拼凑的，戏幕也是歪歪斜斜的，所以演出随随便便再普通不过了。但是，令我们感兴趣的在于梦中的演员、道具和各个部分的背景都是做梦者从自己清醒时的生活中借来的。很多最近发生的事情留下的印象，还有一些以前的印象都会或多或少匆匆忙忙地混杂在一起，出现在梦中若隐若现的舞台上。清醒的头脑不时会辨别出昨夜梦中有意义的图案；如果这一图案非常清晰并和我们情感最深处的一些东西巧合，那么，这样的梦会被赋予意义，并重复出现，这出戏会一再上演，正如安娜的情况一样。

在梦的舞台上，会收集到怎样的印象呢？做梦的人就像是实验派导演，他未必是一个维也纳的演艺人员，但他在做梦的时候会扭曲印象、将之糅合成新的形式，显然这些印象是从我们清醒时的生活中窃取来的。对于安娜与伏伦斯基的情况，噩梦呈现的是一个可怕的矮个子男人，他长着邋遢的胡须，身子俯向一个麻袋，伸手在里面摸什么东西，说着法语——尽管他的外表是一个俄罗斯的无产者——讲的内容是关于他不得不干的打铁的活儿。为了理解托尔斯泰在这方面的艺术性，谈一谈梦境的逐步形成以及噩梦形成中零零碎碎因素的积累是有意义的——最初的因素是他们在火车站遇到一个看路工被轧死的情景。我提议把这几段再通读一遍，在这几段中，我们会找到形成这一普通噩梦的印象。我把这些能形成梦的印象称为梦的材料。

火车在倒车时轧死了一个人，对这一事故的回忆成了纠缠安娜最根本的梦魇，伏伦斯基也看到同样的梦境（不过不是那么具体而已)。那个被轧死的人有些什么主要特点呢？首先,因为严寒,他裹得严严实实,所以才没注意到倒退的火车,是这辆火车把安娜带到伏伦斯基的面前。其实在事故发生之前,这样的"裹得严严实实"的印象就已经存在了,这是当安娜乘坐的火车即将进站前,伏伦斯基对车站的印象：

通过冰冷的薄雾,人们可以看到铁路工人穿着冬天的夹克和毡靴穿越蜿蜒的路轨,很快地,当机车吞吐着烟雾驶进来时,人们可以看到机车司机鞠躬致意——司机浑身上下裹得严严实实,身上因落了霜而看上去灰蒙蒙的。

被轧死的那个家伙是个倒霉又可怜的人,留下一贫如洗的一家老小——因而是个破衣烂衫的可怜人。

附带提一点：这个可怜的人是安娜与伏伦斯基之间最早的联结,因为安娜知道伏伦斯基是为了讨好她而给了那个人的家人钱——那是伏伦斯基给她的第一份礼物——作为一个已婚女人,她是不该接收陌生男子的礼物的。

他被沉重的铁器压碎了。

下面是最初的一些印象,也是火车进站时伏伦斯基的印象："人们可以听到笨重的东西正滚滚而来。"火车月台的震动描写得很生动。

接下来我们将跟踪这些意象——裹得严严实实、破衣烂衫的人,被铁辗得粉碎,直到书的最后。

那晚乘火车回彼得堡的路上安娜的意识徘徊于睡眠与清醒之间,"裹得严严实实"这个念头却不时地在她脑中浮现。

那个裹得严严实实的乘务员身子一边落满了雪,还有她在半梦半醒之间看到的那个烧炉工好像在墙上啃着什么,发出像是有什么东西被撕碎的声音,其实他们都是那个被轧死者伪装成的——象征着在她心底刚刚诞生的对伏伦斯基的激情所带有的色彩：遮遮掩掩、羞于启齿、支离破碎、柔肠寸断。也正是那个裹得严严实实的人宣布火车到站,在站上她看到了伏伦斯基。在同样的场景中,关于沉重铁器的念头在她回家的旅途上也一直跟随着她。在车站,她看到有个身影,弯着腰从她脚旁滑过,好像在她的脚下拿着锤子在检测车轮,接着,她看到了伏伦斯基,他在同一辆车上,是跟着她上车的;他站在她的身旁,大风雪吹着一块松动的铁皮,发出叮叮当当的声音。

这样,那个被轧死者的人物特征就被放大了,深深地印在安娜的脑中。此外,为了保持"裹得严严实实"的意象,还增加了两个新的意象,一个是破衣烂衫的因素,一个是被铁辗碎的因素。

那个破衣烂衫的可怜人弯下腰,俯身在什么东西上。

他在敲打铁轮。

红色手提包

托尔斯泰在第二十八章第一部分首次描写安娜的红色提包,说它"像个玩具","很小",但是这个包会长大。在即将离开莫斯科的陶丽家前往彼得堡的时候,安娜莫名其妙地泪水涟涟,她脸颊通红,低头往那只小包里放一顶睡帽和一些麻纱手绢。等她在火车包厢里坐定之后,她会打开这只红色提包,从里面拿出一个小枕头,一本英语小说和一把用来裁小说书页的裁纸刀,然后红色提包被交到她的女佣手里,女佣随即在她身边打起盹来。这只包也是四年半之后(一八七六年五月)她在结束自己的生命之前最后放下的东西,她跳到火车底下之前想把这只红提包从手腕上褪下来,因而耽搁了片刻。

我们现在看到的是严格意义上所谓一个女人的"堕落"。从伦理道德的角度来讲,这里的场景和福楼拜笔下那个永维镇边上阳光明媚的小松树林相去甚远,松树林里上演的是爱玛的狂欢和罗道耳弗的雪茄。而这里的一幕则贯穿了对通奸与一场野蛮谋杀在伦理上所作的持续比较——安娜的身体，作为一个伦理道德的形象，被她的爱人、她的罪所践踏，碾得粉碎。她是某种毁灭性力量的牺牲品。

"在伏伦斯基的生命中几乎有过整整一年的时间，他所有的欲望只有这一个……而在安娜，这曾经是不可能的、可怕的，甚至正因为如此也是最诱人的狂喜之梦，这样一个欲望如今已经获得满足。他站在她的面前，那样苍白，下颚微微颤抖着……

"'安娜！安娜！'他不停用颤抖的声音呼喊着……当他看着这个被他夺走了生命的躯体，他体会到了一个杀人者的内心。这个躯体，被他夺走了生命，曾经是他们的爱，他们年轻的爱……因精神上的赤裸而感到的耻辱同时碾碎了他俩。但是，尽管面对受害者的躯体他感受到了杀人者内心全部的恐惧，他还是必须把这个身体砍得粉碎，把它藏起来，必须占尽因谋杀而得的便宜。

"带着愤怒，带着激情，杀人者扑倒在尸体之上，拖它，砍它。就这样，他一再吻着她的脸和肩膀。"

那辆把安娜带到莫斯科的火车曾经把一个包裹严实的看路工轧成两截，死亡的主题就是从那里开始的，并在此得到进一步的发展。

现在我们可以讨论那两个一年之后做的梦了。这是在第二章第四部分。

"伏伦斯基回到家，发现有一张安娜留的条子。她这样写道：'我病了，不开心。我出不来，但是必须见到你。今天傍晚过来。我丈夫七点去议会，要十点回来。'他震惊于她不顾丈夫的坚决反对还是要请他，这太奇怪了；他决定去。

"伏伦斯基那年冬天获晋升，现在是上校，已经离开了团司令部，一个人住。吃过中饭，他躺在沙发上，五分钟后，记忆里关于过去几天他所目睹的令人厌恶的场景〔他刚给一个访问俄罗斯的外国王孙做随从，带着他见识了声色犬马的生活之最艳俗的一面〕和安娜以及一个农民的形象混在了一起,那个农民[捕兽者]参与了某次捕猎熊的活动,派了大用场。伏伦斯基睡着了。他在黑暗中醒来[这时已是傍晚],因恐惧而瑟瑟发抖,赶紧点上蜡烛。'那是什么?怎么回事?我梦见的那个可怕玩意儿是什么?是的,是的;一个脏兮兮的小男人,乱蓬蓬的胡子,活像那个捕兽者,他弯着腰在做什么事情;然后他突然开始说一些奇怪的法语词。是的,就这些,这个梦里没有别的东西了,'他自言自语道,'但是为什么感觉这么可怕呢?'他又回忆起那个农民的活生生的模样,还有这个农民说的那些听不懂的法语单词,他的背脊因恐惧而一阵发凉。

"'什么乱七八糟的!'伏伦斯基心想,一面看了看表。[他已经不能按时到安娜家了。他走进他情妇的家门时,正好遇到卡列宁出门。]伏伦斯基低头致意,卡列宁咬着嘴唇,抬手扶住帽檐,往前走去。伏伦斯基看到他始终直视前方,进了马车,门房从车窗里把旅行毛毯和观剧镜递给他,马车走了。伏伦斯基走进大厅,他双眉紧锁,眼睛中闪着骄傲与愤怒的光……

"他仍然在大厅里,听到了她后退的脚步声。他知道她在等他,侧耳听他的脚步声,而现在她又走回到起居室里去了。[他迟到了。被那个梦耽搁了。]

"'不,'她看到他,叫了起来,话刚一出口,眼泪就涌进了眼眶,'不;如果继续这样下去,就用不了多久了。'

"'什么用不了多久了,亲爱的?'

"'什么?我已经坐立不安地等了一个小时,两个小时……不……我不能和你吵。你当然是身不由己。'她把两只手放到他肩膀上,久久地看着他,眼神深邃,满是激情,还有追问……

[注意安娜和伏伦斯基说的第一件事就隐隐暗示她会死。]

"'一个梦?'伏伦斯基重复道,几乎是同时他想起了自己梦里的那个农民。

"'是的,一个梦,'她说道,'离上次做这个梦已经有一段时间

列夫·托尔斯泰

了。我梦见我跑进自己的卧室,我要去那里拿什么东西,找什么东西;你知道梦里的感觉的,'她说道,她的眼睛因恐惧而张得大大的,'就在卧室里,在那个角落里。站着一个东西。'

"'哦,胡说什么呀!你怎么能相信……'

"但她不让他打断自己。她要说的话太重要了。

"'那个东西转过身来,我看到那是一个农民,乱蓬蓬的胡子,个子很小,看上去非常可怕。我想跑走,但是他弯腰对着一个袋子,两只手在里面乱摸……'[她用了同样的词——乱蓬蓬的。伏伦斯基在他的梦里没有看清楚是个袋子,或者说那些单词。而她看清楚了。]

"她用手比画了一下农民乱摸的样子。她的脸上露出恐惧。而伏伦斯基则想起了自己的梦,灵魂深处感觉到了同样的恐惧。

"'他在袋子里摸什么东西,不停飞快地说着话,非常快,用法语,你知道的:Il faut le batter, le fer, le broyer, le petrir [打,打铁,轧出个样子来]……我怕极了,拼命想醒过来,然后醒了过来……但是还是在梦里。我就开始问我自己,这是什么意思。科尼[一个仆人]对我说:"你会死于生孩子,太太,你会死的……"然后我就醒了。'[她不会死于孩子的诞生。然而,她会死于灵魂的诞生,信仰的诞生。]……

"但是她突然停下不说了。她脸上的表情也瞬间变了。恐惧和激动骤然被温柔、肃穆、愉悦的专注所取代。他不明白这改变意味着什么。她正在倾听自己体内那个新生命的颤动。"

[请注意死亡的命题是如何与孩子诞生的命题连结在一起的。我们应该将其与以下两个意象联系起来:象征吉娣的宝宝的那束摇曳之光,以及安娜临死所见到的光。对托尔斯泰来说,死亡是灵魂的诞生。]

现在我们来把安娜和伏伦斯基的梦作一个比较。当然本质上这两个梦是同一个梦,也都建立在一年半之前铁轨上的那些最初的印象,即被火车轧死的看路工。但是在伏伦斯基的梦里,一个农民,曾经参加过猎熊的一个捕兽者,代替了最初那个被轧碎的可怜虫。而在安娜的梦里又加入了她去彼得堡的火车旅途上的印象——那个乘务员，那个锅炉工。两个梦里的那个可怕的小个子农民都长着乱蓬蓬的胡子，都在胡乱摸索着什么——"裹得严严实实的"这一意象的残留。两个梦里这个农民都是弯腰对着什么东西，都在用法语嘟囔着什么——他俩说日常琐事的时候是用法语，而那个琐事组成的世界在托尔斯泰眼里是一个冒牌世界；但是伏伦斯基没有抓住这些法语词的意思；安娜抓住了，这些法语词裹挟的正是关于铁的意象，关于被击打、被碾压的东西——这个东西正是安娜本人。

———

安娜的最后一天

一八七六年五月中，安娜在莫斯科度过了最后几天，其间发生的事件先后顺序都十分清楚。

星期五她和伏伦斯基吵了一架，然后和好，决定下周一或周二离开莫斯科，前往位于俄罗斯中部的伏伦斯基的庄园。伏伦斯基本想晚点再走，因为他还有些公事想处理完毕，但是他让步了。（他当时在卖一匹马，还有一幢他母亲名下的房子。）

星期六奥勃朗斯基从彼得堡发来一封电报，莫斯科以北大约三百五十英里的地方，告诉他们卡列宁同意和安娜离婚的可能性已经微乎其微。当天早上安娜和伏伦斯基又吵了一架，伏伦斯基一整天都在外面处理事务。

星期天早晨，安娜生命的最后一天，她从一个可怕的噩梦中惊醒，这是一个她反复做过的噩梦，甚至在她和伏伦斯基成为情侣之前就有过。一个小个子的老头，乱蓬蓬的胡子，对着一些生铁，嘴里含混不清地嘀咕着法语词，而安娜则感觉这个农民完全没有注意到她的存在，每次做这个噩梦她都有这个感觉（这正是此梦的可怕之处），但是不管老头农民在拿这些铁做什么可怕的事，那都恰恰是针对她而做的。安娜把这个噩梦最后回想了一遍,接着她在窗边看到伏伦斯基正和一位年轻女士以及她的母亲说话,谈话简短愉快,那对母女是伏伦斯基伯爵夫人从她乡间庄园派来的,给伏伦斯基送一些文件供他签字,跟她要卖的房子有关。伏伦斯基没有来和安娜和解,直接出门了。他先去了赛马场的马厩,他把要卖的一匹马放在那里,然后让马车回家以供安娜白天使用;接着他坐火车去他母亲的庄园,要让她再签字,跟那些她让人带给他的文件有关。安娜让马车夫米迦尔把她的第一封信送到马厩,恳求他不要扔下她一个人;但是伏伦斯基已经走了,信使带着信回了家;伏伦斯基已经去了城外几里处的火车站,坐车去他母亲那里。安娜还是让米迦尔把同样的信送到伏伦斯基伯爵夫人家,同时也往那里发了封电报,恳请他立即返回。这封突然的电报要比那封可悲的信提前送到。

当天下午大约三点,她坐自己的维多利亚马车去找陶丽·奥勃朗斯基,由车夫西奥多驾驶。我们稍后就会分析她一路上的思绪。我们先继续跟踪事件的进展。大约六点她坐车回到家,发现电报的回复——伏伦斯基说他没法在晚上十点前赶到家。安娜决定坐郊区的火车,然后在奥比拉洛夫卡车站下车,那里靠近伏伦斯基母亲的庄园;她的计划是离开火车站,跟伏伦斯基取得联系,然后如果他不跟着她一起回城,她就自己继续坐火车,不管去哪里,再也不要见到他。火车八点离开莫斯科城,二十分钟后她到了奥比拉洛夫卡,那个郊区车站。记住那一天是星期天,到处都是人,节庆的气氛,粗俗的场面,种种纷乱的印象与她内心汹涌的思绪交织混杂到一起。

她在奥比拉洛夫卡遇到米迦尔,她派去送信的车夫,他从伏伦斯基那里带回第二次口信,还是说他没法在晚上十点前回来。安娜还从仆人那里获悉,那位伏伦斯基伯爵夫人曾经中意为儿媳人选的年轻女士也在他母亲家里,和伏伦斯基在一起。这个消息在她脑子里幻化成一个针对她的滚烫可怕的阴谋。就是在那时候安娜决定了要来个自我了断;她扑到了一辆正滚滚而来的货运火车的车轮底下,那是一八七六年五月一个星朗日的傍晚，爱玛·包法利死了四十五个年头之后。

整个事件的起止就是这样的；现在我们回到五个小时之前的那个星期日的下午，去看一下安娜最后一天的一些细节。

意识流，或称内心独白，是由俄国作家托尔斯泰发明的一种表达方式，早在詹姆斯·乔伊斯之前；人物大脑的自然活动，时而一阵个人情绪和回忆，时而潜入地下，时而如深隐的泉水从地下喷薄而出，映照着外部世界中琳琅满目的事物。意识流是对人物大脑不停运作的某种记录，从一个意象或主意突然转到另一个，中间没有任何作者的评论或者解释。在托尔斯泰的作品中，意识流只具雏形，作者会给读者一些帮助，而在乔伊斯那里意识流被发展到一个极端客观的记录层次。

我们回到安娜最后的那个下午。一八七六年五月，星期天，莫斯科。早晨下过小雨，此时天刚刚开始放晴。铁皮的屋顶，人行道，鹅卵石，车轮，皮革，马车的金属牌照——所有的一切都在五月的阳光下闪闪发亮。那是莫斯科一个星期天的下午三点。

安娜坐在马车车厢的角落里，舒适的维多利亚式马车，她把过去几天发生的事情回顾了一遍，想着她和伏伦斯基的争吵。她感觉到灵魂沉沦的羞辱，却只怪她自己。然后她默念起商店的招牌。接着就是意识流的写法了："办公室及仓库。牙医。是的，我要全都告诉陶丽。她不喜欢伏伦斯基。我会很丢脸，但我还是要告诉她。她喜欢我。我会听她的建议。我不会向他低头。不会让他来教我。菲利波夫点心店。有人说他们会把生面团送去彼得堡。莫斯科的水最适合揉面了。啊，那些梅季希的冰凉的泉水，还有那些薄煎饼！……很久很久以前，我十七岁，跟姨妈去过那里的一个修道院，坐着马车，那时候还没有通铁路。那真的是我吗？那双红通通的手？那时候看起来多么奇妙多么遥不可及的东西，现在却是那么一文不值，而那时我所拥有的却是如今再也无法伸手碰到的了！真是奇耻大辱。他收到我的信求着他回来,他该多骄傲多得意啊。不过我会让他瞧瞧的,我会让他瞧瞧的。那油漆的味道真是难闻。他们为什么总是在粉刷楼房?裁缝。一个男人在鞠躬。他是安·乌什卡的丈夫。我们的寄生虫。[伏伦斯基说过的。]我们的?为什么是我们的?[我和他已经没有什么共同之处了。]可怕的是我们不可能把过去一撕为二……那两个女孩为什么笑呢?因为爱情,多半是的。她们还不知道爱情有多可悲,多让人丧尽尊严。林荫大道,孩子们。三个男孩儿在跑,假装骑马。谢辽沙![她年幼的儿子。]我失去了一切,也无法再让他回来了。"

对陶丽的拜访毫无成效,还在那里碰巧遇见了吉娣,随后她坐马车回家。回去的路上意识流又开始了。她的思绪在偶然(具体)的事物与戏剧性(笼统)的事物之间穿梭。一个胖乎乎的面色红润的男士自以为认出了她,把光滑的帽子举过同样光滑的秃脑门,这时才意识到自己认错人了。"他以为他认识我。嗯,他对我一无所知,就如这世界上所有的人一样。我也不了解我自己。我只知道我的胃口,法国人是这么说的。那些孩子想吃那个脏兮兮的冰淇淋;这一点他们确实知道。卖冰淇淋的,篮子,他把篮子从头上拿下来,用毛巾擦掉脸上的汗。同样的毛巾。我们都喜欢甜的东西:如果不是昂贵的糖果,就是大街上又脏又便宜的冰淇淋,吉娣也一样:不是伏伦斯基,就是列文;我们都互相厌恨,我恨吉娣,吉娣恨我。是的,事实就是这样。[接下来她突然把一个奇怪的俄语名字和法语中的'理发师'一词放到一起,被这古怪的组合迷住了。]理发师秋特金。Je me fais coiffer par Tyutkin.[我总是请秋特金给我做头发。她对这个无聊的小玩笑越想越觉得好玩。]等他来了,我要告诉他——她露出微笑。但是她立即想起现在已经没有人可以听她说这些好玩的事了。"意识流继续流动。"也没有什么好玩的了。一切都面目可憎。教堂的钟声。那个商人那么小心翼翼地画着十字。很慢。是怕内袋里掉出什么东西来吧。所有这些教堂,这些钟声,这些骗人的鬼话。只是为了掩饰我们全都互相厌恨,就像那边那些出租马车的司机,互相侮辱谩骂。"

马车夫西奥多驾驶,门房彼得坐在他边上,安娜去了火车站,坐火车到奥比拉洛夫卡。去火车站的路上,意识流再次继续。"是呀,我刚才想得特别清楚的是什么来着?理发师秋特金?不,不是的。哦,是厌恨,把人和人连结起来的东西。去哪里都没用[在心里对一些坐着马车的人说话,他们显然是去乡村郊游的]。你带着那只狗,也不会好多少。你没法逃开你自己。喝得烂醉的工厂工人,晃荡着脑袋,他算是找到了一条捷径。我和伏伦斯基伯爵就没找到那样的陶醉,尽管我们曾经那样满心期待……

"带着孩子要饭的女人。她以为我替她难过。仇恨,折磨。男学生们在笑。谢辽沙![再一次发自内心深处的悲嚎。]我以为我爱我的孩子,以前总被自己的温柔感动,但是我没有他也就这样过了,我为了别的爱放弃了他,毫无遗憾直到那别的爱获得了满足。想到她所谓'别的爱'指的是什么,她感到恶心,她指的是自己对伏伦斯基的肉体欲望。"

她到达火车站,坐上开往奥比拉洛夫卡的当地火车,那是离伏伦斯基伯爵夫人的领地最近的一站。她在车厢里坐下的时候,同时发生了两件事情。她听到用装腔作势的法语说话的声音,与此同时她看到了一个面目丑陋的小个子男人,头发凌乱,浑身是泥,弯腰对着车厢的轮子。她立即回忆起那个噩梦,那个敲着铁、念叨着法语的丑陋农民,这一超乎自然的发现带给她几乎难以承受的冲击。法语——象征矫揉造作的生活——以及破衣烂衫的侏儒——象征她的罪,肮脏的侵蚀灵魂的罪——这两个意象在命中注定的瞬间交汇到一起。

你会注意到这辆郊区火车的车厢与莫斯科—彼得堡之间的晚班快车的车厢不是同一个型号。在这辆郊区火车上,每节车厢都更短,只有五个包厢。没有走廊。每个包厢两侧各有一扇门。由于没有走

列夫·托尔斯泰 215

廊,列车员在火车行进时如果要走动就必须使用车厢两侧的踏脚板。一辆这样的郊区火车最高车速大约是每小时三十英里。

二十分钟后安娜到达奥比拉洛夫卡,仆人带来的条子证实伏伦斯基不愿意马上赶过来——尽管她这样恳求他。她沿着站台走着,与自己备受折磨的内心说着话。

"两个年轻女佣转过头来,盯着她,说了几句关于她裙子的话。'是真的。'他们说的是她身上的饰带……一个卖饮料的男孩盯着她看。她沿着站台越走越远。几位女士和孩子来接一位戴眼镜的男人,他们说说笑笑,但是也停了下来盯着她看。她加快脚步,走到站台的尽头。一辆货运火车正在倒进站。站台震动着。突然间她想起那个被轧死的男人[她遇见伏伦斯基的第一天,四年多以前,那辆过去的列车正向她驶来]。于是她知道了她必须要做的事。她轻快地走下几阶由水箱通往铁轨的阶梯,在缓缓经过的火车边上停了下来。[她已经站在了轨道线上。]她望向车厢的底部,螺钉,铁链,巨大的车厢铁轮缓缓地滚过去,她的眼睛试图找到前轮和后轮之间的中间部分,想等到那个中间部分正对着她的时刻[中间点,死亡的入口,小小的拱门]。'在那下面,'她自言自语道,眼神陷入车厢的阴影,铁路枕木上的煤灰,'在那下面,最最中间的地方,我可以在那里惩罚他,在那里逃开所有的人,也逃开我自己。'

"她想躺到第一节经过的车厢车轮下面,等它的中间点和她持平的时候,但是她试图把那只小红提包[我们的老朋友]从手腕上褪掉的时候被耽搁了,太迟了,中点入口已经过去了。她等待下一节车厢。这感觉就像在河流洗澡时慢慢进入水中,她在胸口画了十字。随着这个熟悉的动作,年轻时代的记忆如洪水般涌来,突然,刚才还覆盖住所有一切的浓雾散开了,她看到了过去生命中那些明亮的时刻。但她并没有把眼睛从正在驶来的车轮上移开,当车轮的中间点正对着她时,她一把甩开了那只红手提包,低下头,双手向前,往车厢底下扑去,她的膝盖轻轻落下,就仿佛她还会再次站起来。就在同一瞬间,她害怕了。'我在哪里?我在干什么?'她试图站起来,转身,可是一个巨大无情的东西撞到她背上,拖着她向前。她祈祷,感觉到挣扎是不可能的。[最后的画面]那个自言自语的小个子农民打着铁,曾经为她照亮书本中的烦恼、欺骗、悲伤和罪恶的烛光亮了起来,前所未有的光芒万丈,为她照亮了所有的黑暗,发出噼啪声,黯淡了,永远消失了。"

个性描述

奥勃朗斯基的家庭里一切都乱了套,但是托尔斯泰的王国里一切井然有序。小说的主要人物们在第一部分便栩栩如生地展现在读者面前。安娜甫一登场,便扮演了双重角色,她一面以温柔机智和女性的智慧挽救了一个濒临破碎的家庭,同时又像个邪恶妖妇般摧毁了一位年轻姑娘的浪漫爱情,安娜的双重人格可见一斑。蓄着金色络腮胡、两眼迷离的花花大少奥勃朗斯基在他可爱的妹妹的帮助下,迅速从自己的困境中摆脱出来,早早扮演起了——在他与列文和伏伦斯基的会面中——各种宴会主人的角色,这正是他在小说中的主要角色。托尔斯泰通过一系列极其诗意的意象传递出列文对吉娣的既柔情似水又热情如火的爱;这份爱一开始没有获得回应,但在后来故事的进展中,这份爱逐渐成长为托尔斯泰心目中的理想之爱,排除万难的神圣之爱,迈进了婚姻和生育的殿堂。列文在一个错误的时间向吉娣求婚,也使得吉娣对伏伦斯基的迷恋获得某种特别的解脱——吉娣的这份爱恋是青春期特有的尴尬情欲,慢慢会获得人们的谅解。伏伦斯基是个非常英俊但身材粗壮的家伙,很是聪明,不过毫无天赋可言,在社交场合很有魅力,而作为一个个体则相当平庸,在他对待吉娣的行为中表现出泰然自若的麻木,也许很容易就发展成冷漠,甚至进而变作残忍。读者还会注意到的有趣之处是,此书第

列夫·托尔斯泰 217

一部分里最成功的情人不是那些年轻人中的任何一位，而恰恰是长着一对不起眼的耳朵的卡列宁；我们就此可窥见这个故事的寓意：卡列宁夫妇的婚姻，因为夫妻双方没有真正的精神上的亲密，因而和安娜的婚外恋一样是有罪的。

此处，在第一部分，我们已经隐隐看到了安娜的浪漫悲剧的开端；托尔斯泰设计了三段不同的通奸或者同居情节，为安娜的故事作主题引导，形成对照：(1) 陶丽，育有众多孩子、容颜老去的三十三岁的女人，无意间发现了她的丈夫史蒂夫·奥勃朗斯基写给一个年轻的法国女人的情书，这个女人以前做过他们孩子的家庭教师；(2) 列文的哥哥尼古拉，一个可怜的角色，和一个没有文化但心地善良的女人住在一起，他醉心于当时流行的社会改革，从一个底层妓院里带回了这个顺服的妓女；(3) 第一部分的最后一章，托尔斯泰以彼特利茨基与希尔顿男爵夫人的轻松通奸牢牢收尾，这两人的奸情中完全没有欺骗和家庭的牵绊。

在安娜的道德和情感烦恼这条主线的边缘，作者描述了奥勃朗斯基、尼古拉·列文以及彼特利茨基的三段非正常的男女情事。需要注意的是安娜的烦恼从她遇到伏伦斯基的那一刻就开始了。托尔斯泰有他刻意的布局安排，第一部分中的事件（安娜直到一年后才正式成为伏伦斯基的情妇）已经预示了安娜的悲剧命运。托尔斯泰以俄罗斯读者从未领略过的艺术力量与细腻同时引入了两个主题，暴力死亡，以及伏伦斯基和安娜生命中的暴力激情：他们两人首次相遇时赶上一场某铁路工人丧命的事故，伏伦斯基悄悄帮助那位死者的家属，就因为这是安娜想到的，这就在他们两人之间建立了某种晦暗而神秘的连结。时髦的已婚女士不应该接受陌生男子的礼物，但是伏伦斯基献了一份礼物给安娜，某种意义上就借助那个看路工之死。还需要指出的是，这一侠义之举，这一闪念的纵容（以意外死亡为意外主题），安娜事后回忆起来是感到羞愧的，仿佛那是她所迈出的对丈夫不忠的第一步，这件事对卡列宁或者爱着伏伦斯基的吉娣都是不能提起的。更具悲剧性的是，当安娜和她的哥哥在离开车站时，她立即感觉到这个意外（她和伏伦斯基的相遇，以及她为偷情的哥哥解难这两件事的巧合）是一个不祥的兆头。她莫名其妙地很难过。一个过路的人对另一个说这样死得快，倒也是最容易的死法；安娜碰巧听到了这句话；沉淀在她脑子里；这一印象是颗种子。

本书开头，背叛妻子的奥勃朗斯基的心理就是他妹妹命运的古怪模仿，不仅如此，那天早晨发生的事情也预示了另一个重大主题，即梦境中的重要意象的主题。史蒂夫本性轻浮易变，安娜则具有深刻、丰富的悲剧人格，但前者所做的那个梦在刻画个性上所具有的价值，同后者将会看到的那个命中注定的噩梦是完全一样的。

托尔斯泰的时间安排

《安娜·卡列宁》的年代顺序基于一种艺术性的时间安排，在文学史上可谓独一无二。仔细读过第一部分后（三十四个小章节，共一百三十五页），读者会感觉到很多个早晨、下午、傍晚，至少一个星期的时间里，几个人物的生活细节都被描述得活灵活现。我们即将讨论具体的时间数据，但在此之前，我建议先把吃饭的问题清理出来。

十九世纪七十年代，一个富裕的莫斯科人或者彼得堡人一天的日常生活一般是这样安排的：

早餐，大约上午九点开始，内容包括茶和咖啡，面包和黄油；面包可能是——正如奥勃朗斯基桌子上所呈现的——某种时髦的面包卷（比如，kalach，一种盖着面粉、外脆里酥的流行甜甜圈，一般用纸巾垫着趁热吃下）。中饭比较简单，在下午两到三点，晚餐很丰盛，大约五点半开始，有俄国烈酒和法国葡萄酒。大约晚上九点到十点之间是晚茶，有蛋糕、果酱、各种美味的俄式点心，之后全家休息；还有更清闲的主儿可能会在十一点以后在城里用晚餐，以此结束圆满的一天。

小说故事开始于一八七二年二月十一日（旧历），一个星期五的早晨八点。这一具体日期并没有在文中提及，但是通过以下的计算很容易推算得出：

1. 小说最后部分影射的政治事件发生于土耳其战争前夕，结束于一八七六年七月。伏伦斯基是在一八七二年十二月成为安娜的情人。障碍赛马事件发生在一八七三年八月。伏伦斯基和安娜在意大利度过了一八七四年的夏天和冬天，在伏伦斯基的庄园度过一八七五年的夏天；之后，同年十一月，他们前往莫斯科，安娜于一八七六年五月的一个星期天傍晚在那里自杀身亡。

2. 第一部分第六章我们读到列文在莫斯科度过了冬天的最初两个月（即一八七一年十月中旬到十二月的第二个星期），之后他回到庄园住了两个月，随后于二月，即眼下，回到莫斯科。大约三个月后，出现关于生机勃勃的晚春的描写（第二部分，第十二章）。

3. 奥勃朗斯基早晨在报纸上读的是关于奥地利驻伦敦大使博伊斯特公爵的新闻，他途经威斯巴登返回英国。（参见下文的评注十八）这是在为威尔士王子康复而举行的感恩节礼拜式前不久，即一八七二年二月十五/二十七①，一个星期二；那么唯一可能的一个星期五就是二月十一/二十三那个星期五。

第一部分共有三十四个小章节，前五章都是围绕发生在奥勃朗斯基身上的事情。他早上八点醒来，九点到九点半之间用早餐，大约十一点到办公室。下午两点前，列文突然不请自来。从第六章开始到第九章结尾，奥勃朗斯基被搁到一边，列文被拾了起来。这是托尔斯泰第一次在本书中以倒叙手法来处理列文这条线索。我们回到大约四个月以前，一段扼要概述之后，我们便跟随列文（第七一九章）

---

① 二月十五/二十七：前一个日期为俄罗斯旧历的日期，后一个为公历。下同。

在那个星期五早晨到达莫斯科,他住在同母异父的哥哥家里,在那里同他哥哥谈了一次话,拜访了奥勃朗斯基的办公室(重述),离开那里于下午四点前往溜冰场,和吉娣一起溜了一场冰。奥勃朗斯基在第九章结尾处重新登场:他大约五点来接列文去吃晚饭;第十、十一章是关于他俩在英国宾馆的晚饭。接着奥勃朗斯基再次退场。我们得知列文换上了晚装,正要去参加谢尔巴茨基家的晚会,我们将在晚会上等待他的出现(第十二章)。他于七点半来到晚会上(第十三章),接下来的一章描写了列文与伏伦斯基的见面。我们同列文和吉娣已经相处了大概有十二页纸(第十二——十四章);列文大约九点离开,伏伦斯基又待了一个小时左右。谢尔巴茨基夫妇在休息前有过一场谈话(第十五章),第十六章描写了伏伦斯基当晚直到深夜的活动。读者们意识到列文离开谢尔巴茨基家之后的活动会在下文有描述。与此同时,小说的第一天,二月十一日星期五,在历经十六个章节之后,走近了尾声,伏伦斯基吃过晚饭后在他宾馆的房间里酣然入睡,而奥勃朗斯基则在一家通宵饭店里结束了他充满戏剧性的欢乐的一天。

第二天,二月十二日,星期六,从上午十一点开始,伏伦斯基和奥勃朗斯基分别到达火车站,去接一辆来自彼得堡的快车,车上坐着伏伦斯基的母亲和奥勃朗斯基的妹妹(第十七——十八章)。把安娜接到家里之后,奥勃朗斯基大约在中午来到办公室,我们则跟随安娜度过了她在莫斯科的第一天,直到晚上九点半。这些章节(第十七——十八章)描写星期六的事件,共二十页。

第二十二——二十三章(大约十页)围绕三四天之后的一场舞会,那么也就是一八七二年二月十六日,星期三。

在接下来的一章(第二十四章)中,托尔斯泰使用了一种在第六——八章中曾经小试牛刀的手法,即回到过去以追溯列文的行踪,这一倒叙手法将在全书占有举足轻重的地位。我们回到了二月十一日星期五的晚上,跟随列文从谢尔巴茨基家出来,于九点半回到他哥哥

193

列夫·托尔斯泰 221

家,与其共进晚餐(第二十四—二十五章)。第二天早晨,在另一个车站(尼日戈罗德),不同于安娜周六抵达的那个车站(彼得堡),列文坐车回到他在俄罗斯中部的庄园,大概靠近图拉的地方,莫斯科以南约三百英里,第二十六—二十七章描述了他在那里度过的夜晚。

接着,我们前进到一八七二年二月十七日星期四,这是为了跟随安娜,她即将于第二天舞会结束后坐一班晚上的火车返回彼得堡(第二十九—三十一章),于二月十八日星期五早晨大约十一点抵达。(这个星期五在第三十一—三十三章中被详细描述),托尔斯泰在此故意使用精准的时间表,以嘲讽的夸张笔法来刻画卡列宁秩序井然的刻板存在,这一存在即将被彻底摧毁。在车站接了安娜之后,卡列宁立即驱车去主持一场政府会议,下午四点他回到家里,他们五点接待客人在家吃晚饭,他大约七点坐车离开,去参加一个内阁会议,九点半回家,和妻子一起喝了晚茶,然后到自己的书房,半夜十二点准时回夫妻的共同卧室就寝。最后一章(第三十四章)写的是伏伦斯基在同一个星期五回家探亲的过程。

从以上对小说第一部分的时间结构的简短论述可以看出,时间在托尔斯泰手中是一件艺术家的工具,有各种不同的使用方法,以达到不同的使用目的。前面五章里奥勃朗斯基的时间表规律均匀,目的是强调他平日里松散的生活惯例,从早晨八点到傍晚五点半晚饭时间,他妻子的悲伤是无法破坏这种动物性的自然生存法的。第一部分以这样固定的一天开始,又以奥勃朗斯基的妹夫卡列宁的更为庄重僵化的一天结束,形成一种对称。安娜的丈夫完全没有察觉到安娜内心彻底的变化,他的时间表丝毫不受影响,一个接一个的会议,繁琐的例行公事,最后他平静沉着地走向就寝时刻,去享受他应得的愉悦。列文的"时间"出人意料地打破了奥勃朗斯基平顺的一天,托尔斯泰编织的井然有序的时间之网突然受到一些奇特的冲击,这也凸现了列文高度敏感、情绪化的性格特点。最后,我们注意到第一部分中有两个特殊的场景构成一种惊人的和谐：舞会当晚吉娣意识到安娜的魅力，这一意识如梦幻般夸张；去彼得堡的火车旅行当晚安娜经历了奇怪的幻觉，这些幻觉在她脑海中若明若暗地忽闪而过。这两个场景形成两根内在的支柱，支起了一座大厦，而奥勃朗斯基和卡列宁的"时间"则是这座大厦的双翼。

————

结构

托尔斯泰的《安娜·卡列宁》是一部鸿篇巨制，要想真正欣赏这部作品的结构，关键是什么？其结构的关键在于以时间为切入点来作考虑。托尔斯泰的目的，托尔斯泰的成就，在于让七个主要的生命获得时间上的同一性，而我们如果想理性地认识托尔斯泰的魔力带来的愉悦，我们要做的就是跟随这一共时性。

前二十一章有一个共同的主题，即奥勃朗斯基家的灾难。这一主题引出了两个处于萌芽状态的主题：(1) 吉娣—列文—伏伦斯基的三角关系，以及 (2) 伏伦斯基—安娜主题的开始。注意安娜（带着炯炯慧眼的雅典娜女神的优雅与智慧）在促成她哥哥与嫂嫂的和解的同时，也通过捕获伏伦斯基的心而残忍地撕裂了吉娣—伏伦斯基的组合。奥勃朗斯基的偷情和谢尔巴茨基的心碎为伏伦斯基—安娜这一主线作了铺垫，其矛盾冲突与奥勃朗斯基—陶丽的烦恼和吉娣的耿耿于怀相比，就没有那么容易自然解决了。陶丽为了孩子原谅了奥勃朗斯基，也因为她还爱着自己的丈夫；吉娣两年之后嫁给了列文，两人幸福美满，是托尔斯泰的理想婚姻；但是安娜，书中的这位黑发美人，等待她的却是家庭的破裂和死亡的命运。

本书第一部分（三十四个章节）中有七个人物在时间上并肩共存：奥勃朗斯基、陶丽、吉娣、列文、伏伦斯基、安娜，以及卡列宁。其中有两对人物（奥勃朗斯基夫妇和卡列宁夫妇）在开篇就已经有了隔阂；之后奥勃朗斯基夫妇和好了，但是卡列宁夫妇的分裂则刚刚开始。另外有两对可能成为恋人的人物无可挽回地分道扬镳，即伏伦斯基与吉娣以及列文与吉娣。结果是，吉娣落了单，列文落了单，伏伦斯基（暂时与安娜配对）威胁到了卡列宁夫妇的关系。第一部分中有以下重要的几点是我们需要注意的：有七组关系重新洗牌；有七个人物需要照顾（这些小章节就在他们之间穿梭）；而且这七个人物在时间上是并行关系，时间是一八七二年二月初。

第二部分共三十五个章节，对所有人物来说都是从同年一八七二年的三月中旬开始的；但是紧接着我们注意到一个有趣的现象：伏伦斯基—卡列宁—安娜这一三角关系的进展节奏要比仍然单身的列文和吉娣这条线快得多。这是整部小说结构的一大特殊魅力所在——已有配偶者的存在节奏要比没有配偶者快得多。跟随吉娣这条线索，我们会发现没有配偶的吉娣在莫斯科萎靡度日，三月十五日一个名医给她会诊；尽管她满心痛苦，她还是帮忙照顾陶丽的六个得了猩红热的孩子（最小的只有两个月），直到他们一一痊愈；接着一八七二年四月的第一个星期，吉娣的父母带着她去了索登，一个德国疗养地。这些情节占用了第二部分的前三章。直到第三十章我们才真正随着谢尔巴茨基一家来到索登，在那里时间和托尔斯泰一起治愈了吉娣。这个治愈过程的描述用了五章，随后吉娣回到俄罗斯，来到奥勃朗斯基—谢尔巴茨基的庄园，离列文的庄园几英里远的地方，这时是一八七二年六月底，第二部分中关于吉娣的描述到此为止。

第二部分中，列文在俄罗斯农村的生活与吉娣在德国的生活在时间上是完全对应的。他在庄园里的活动共占用六个章节，第十二到十七章，前后的章节分别是描述伏伦斯基的生活以及卡列宁夫妇在彼得堡的生活；非常重要的一点是，伏伦斯基—卡列宁组的人物生活得比吉娣和列文快了一年不止。第二部分的前面几章里，第五—十一章，作为丈夫的卡列宁愤懑忧心，伏伦斯基则锲而不舍；到

第十一章,在追求了近一年之后,伏伦斯基终于真正成为安娜的情人。那是一八七二年十月。而在列文和吉娣的生活中,时间才走到一八七二年春天。他们晚了几个月的时间。在第十八到二十九这十二个章节中,伏伦斯基—卡列宁这一"时间组"(这是纳博科夫造的绝妙词组——"时间组";用的时候记得要注明出处)又来了一个大跃进,那场著名的赛马事件,以及之后安娜向丈夫的坦白,是发生在一八七三年八月(离小说大结局还有三年时间),接着再次穿梭:我们回到了一八七二年春天,身在德国的吉娣。所以第二部分的结尾是一个有趣的格局:吉娣的生活,列文的生活,要比伏伦斯基—卡列宁夫妇晚十四到十五个月。再重复一遍,有配偶者的前行速度快于无配偶者。

在第三部分,大约有三十二个章节,我们与列文相处了一小会儿,然后和他一起去奥勃朗斯基家拜访了陶丽,就在吉娣到来之前;终于在第十二章,一八七二年夏天,从德国返回的吉娣坐着一辆大马车从火车站回来,列文瞥见了她一眼,不由心醉神迷。接下来的几章把我们带回到彼得堡的伏伦斯基和卡列宁夫妇身边,赛马结束不久(一八七三年夏天),接着我们又回到一八七二年九月,列文的庄园,他于一八七二年十月启程前往德国、法国和英国,开始了一场目的不详的旅行。

我现在想要强调的一点是,托尔斯泰遇到麻烦了。他笔下的那对情人和那个被背叛的丈夫日子过得很快——他们在时间上把单身的吉娣和单身的列文甩出很远;第四部分的前面十六个章节彼得堡的时间已经指向一八七三年的隆冬。但是托尔斯泰完全没有透露列文在国外待了多久,而列文—吉娣这条线与伏伦斯基—安娜这条线之间一年多的时间差距也仅仅是系于第二部分第十一章里的一句话,关于安娜成为伏伦斯基情妇的一句话:伏伦斯基在安娜就范前追求了她大约一年的时间——这正是列文—吉娣落后的时间差。但是读者不会那么火眼金睛盯着时间表不放,即便是好的读者也很少会这么做,所以我们就有一种错觉,认为伏伦斯基—安娜的故事与列文—吉娣的故事是完全同步进行的,这两对人物生活中的各种事件差不多是在同样的时间里发生的。当然,读者会意识到我们在空间上的穿梭,从德国到俄罗斯中部,从乡下到彼得堡和莫斯科,然后再返回;但是读者却不一定会意识到我们也在作时间上的穿梭——快进到伏伦斯基—安娜,再后退到列文—吉娣。

第四部分的前五章里我们跟随伏伦斯基—卡列宁这一主线在圣彼得堡的进展。此刻是一八七三年隆冬时节,安娜临产,孩子是伏伦斯基的。在第六章,卡列宁去莫斯科出差,同时列文结束了国外的旅行,回到莫斯科。第九—十三章,奥勃朗斯基于一八七四年一月的第一个星期在自己家里设晚宴,列文与吉娣在那里再次相遇。按照我严格的时间记录,粉笔谈心这一场景离小说开篇正好两年时间;但是对读者和吉娣(参见她与列文在牌桌边摆弄粉笔时两人的对话)而言,却只过了一年时间。由此,我们面对的是以下这个神奇的事实:一边是安娜的物理时间,一边是列文的精神时间,两者之间存在着深藏玄机的差别。

第四部分是全书的正中部分,七个人物在时间上再次同步,就如小说开始时的一八七二年二月。此刻安娜和我的日历上显示为一八七四年一月,而读者和吉娣的日历则是一八七三年的。第四部分的后半部里(第十七—二十三章),安娜在彼得堡的产床上,奄奄一息,卡列宁与伏伦斯基暂时握手言和,伏伦斯基还有过一次自杀企图。第四部分结束于一八七四年三月:安娜与丈夫分手;她和情人双双去了意大利。

第五部分一共三十三个章节。这七个人物共时的时间并不长。又是在意大利的伏伦斯基和安娜领先。前面六章描写列文的婚姻,时间是一八七四年早春;我们再次见到列文是在乡下,然后在列文哥哥垂死的病床前(第十四—二十章),时间是一八七四年五月初。但是伏伦斯基和安娜(对他们的描写夹在列文章节之间)领先了两个月,他们多少有些忐忑不安地领略着罗马南部七月的风光。

将两个"时间组"同步连结起来的是此刻已经没了配偶的卡列宁。既然有七个人物,既然小说的情节推动基于对这七个人的配对,而七又是一个奇数,那么显然总会有一个人注定没有伴侣。最初落单的是列文,那个多余者;而现在是卡列宁。我们先回到一八七四年春天,列文夫妇的身边,然后再去跟随卡列宁的各种活动,这样我们就一步步一直走到了一八七五年三月。此时伏伦斯基和安娜已经回到了莫斯科,他们在意大利住了一年。安娜在儿子十岁生日的时候去看了他,大概是三月一日,悲惨的一幕。之后不久,她和伏伦斯基搬去了后者的庄园,与奥勃朗斯基和列文的庄园很凑巧地都在同一个地方。

瞧啊,我们的七个人物在一共三十三章的第六部分里又再次生活在了同样的时间里,一八七五年六月到十一月。一八七五年夏天的前半部分我们是和列文以及他的亲戚们一起度过的;然后七月份,陶丽·奥勃朗斯基用她的马车载了我们一程,到了伏伦斯基的庄园里打了场网球。最后的几章里,一八七五年十月,奥勃朗斯基、伏伦斯基和列文一同出场,参加农村的几场选举,一个月后,伏伦斯基和安娜去了莫斯科。

第七部分一共三十一章。这是全书最重要的一个部分,是其悲剧的高潮。一八七五年十一月,众人齐聚莫斯科:六个人物,三对,都在莫斯科,早已摩擦不断的伏伦斯基和安娜,处于哺乳期的列文夫妇,以及奥勃朗斯基夫妇。吉娣的孩子出生了,我们则于一八七六年五月初同奥勃朗斯基一起在彼得堡拜访了卡列宁。然后再次回到莫斯科。接下来的几个章节,从第二十三章到第七部分的结尾,描写的是安娜最后的几天。她的死,她的自杀,发生在一八七六年五月中旬。关于这不朽的几页,我早已作了详细阐述。

第八部分,最后一部分,是一台非常笨拙的机器,一共十九章。托尔斯泰用了他在小说里已经多次使用的那个手法,即让一个人物

列夫·托尔斯泰 227

从一个地方到另一个地方，以此将情节活动从一组人物转移到另一组人物中。*火车和马车在小说中有重要作用：第一部分中有安娜的两次火车旅行，从彼得堡到莫斯科，再回到彼得堡。奥勃朗斯基和陶丽在各种场合充当故事中的旅行媒介，将读者带去托尔斯泰想让他去的地方。事实上，奥勃朗斯基终于因为他为作者的跑腿服务而获得了一份薪水不薄的省力活儿。在最后一部分即第八部分的前五章里，列文同母异父的哥哥柯兹尼雪夫和伏伦斯基坐在同一辆火车上。由于有关于战事的各种暗示，不难确定具体时间。东欧的斯拉夫人、塞尔维亚人和保加利亚人正在和土耳其人作战。那是一八七六年八月；一年之后俄罗斯会正式对土耳其宣战。伏伦斯基是一个志愿军团的首领，正出发去前线。柯兹尼雪夫坐同一辆火车去看望列文夫妇。这样就同时照顾到了伏伦斯基和列文两头。最后几章写列文在农村的家庭生活，他的对话，以及他在托尔斯泰指引下对上帝的探索。

　　通过对托尔斯泰小说结构的这番阐述，我们发现其情节之间的过渡，与《包法利夫人》章节之间一组人物向另一组人物的过渡相比，远不如后者来得圆润自然、精巧周到。在托尔斯泰笔下，简单突兀的章节取代了福楼拜流畅的段落。但是也需要指出托尔斯泰手头的人物要比福楼拜多。在福楼拜那里，骑一次马，散一趟步，跳一场舞，坐一程马车从村庄到镇上，还有无数小活动、小走动，就可以实现章节内部场景之间的过渡。而在托尔斯泰的小说里，巨大轰鸣的蒸汽火车被用来运载甚至杀死人物——从章节到章节间用的尽是古老的过渡手法，比如在接下来一部分或者一个章节的开头用一句简单的句子说已经过了多少多少时间，现在这样或者那样一群人正在这里或那里做着这样或那样的事情。在福楼拜的诗篇里有更多的旋

---

*　纳博科夫此处曾对学生插入以下一句话，后删除："你们记得我们说过的'过滤媒介'吧。"这是指他在前一个学期讲评狄更斯时分析某些人物的结构功能，称这些人物为"杂勤"，他们的作用是让其他人物聚集起来，或者通过和他们交谈提供信息。参见《文学讲稿》，第九十八页。他也曾在别的地方称奥勃朗斯基为一种"杂勤"。——原编者注

律,他的作品是最富有诗意的小说之一;而在托尔斯泰的鸿篇巨制里则有着更多的力量。

这就是本书的活动骨架,我把它解释成一场比赛的形式,七个人物一开始并肩而行,然后伏伦斯基和安娜领先,把列文和吉娣甩在了后面,接着七个人再次齐头并进,随后伏伦斯基和安娜再次领先,动作犹如某个了不起的玩具的滑稽抽搐,但是他们领先的时间并不长。安娜没能完成比赛。而在其余的六个人物之中,最后仍然抓住作者兴趣的只有吉娣和列文。

————

199

意象

意象也许可以定义为借助词来实现的某种唤起,这种唤起旨在调动读者对颜色、轮廓、声音、动作,或其他任何类型的感触,从而在读者脑海中形成一幅虚拟生活的画面,并让他感觉画面犹如个人记忆般鲜活。要实现这些生动形象,作者可使用的手法范围广泛,从简洁而富有表现力的表述词,到细致入微的词汇画面,还有复杂的比喻。

1) 表述词。值得注意和称道的表述词例子有"软塌塌地扑通落下"和"凹凸粗糙",奥勃朗斯基在餐馆与列文一起吃饭时享用上等牡蛎,这两个词就是用来描述牡蛎的内滑外粗,精彩绝伦。加尼特夫人的英译本没有把shlyupayushchie和shershavye这两个美妙的词翻译出来,我们必须予以恢复。那场舞会上用来表现吉娣的青春可爱和安娜充满危险的魅力的形容词读者也不应错过。尤其有趣的是一个绝妙的复合形容词,字面意思是"薄纱般—丝带般—花边般—灿烂的"(tyulevo-lento-kruzhevno-tsvetnoy),用来形容舞会上的女性群体。老谢尔巴茨基公爵把一个肌肉松弛的俱乐部老会员叫做

shlyupik，"果肉蛋"，这是个儿童用语：俄罗斯复活节有一种游戏，把煮熟的鸡蛋滚起来，让它们相互碰撞，如果滚得过头，鸡蛋就会变得松松的像海绵一样，孩子们称之为果肉蛋。

2）手势。男仆在刮奥勃朗斯基上唇的胡子，他伸出一根手指回答男仆的问题（安娜是一个人来还是和丈夫一起来）；或者是安娜和陶丽说话，谈到史蒂夫那些道德空白状态时，她为了解释，在眉毛前做了个迷人而含混的擦拭手势。

3）细节化的非理性感知。安娜在火车上的半梦半醒的叙述中有许多这样的例子。

4）鲜艳的喜剧特征。比如老公爵说到做媒的事情，他一边笑得很古怪，一边行屈膝礼，他觉得这样是在模仿他的妻子。

5）词汇画面感。这样的例子不胜枚举：陶丽难过地坐在梳妆台前，为掩饰痛苦，她用低沉的声音飞快地问丈夫想要什么；格里涅维奇那些又尖又弯的指甲；还有那只昏昏欲睡、无忧无虑的老狗，它的黏糊糊的嘴唇——所有这些都是可爱难忘的形象。

6）诗意的对比。这种吸引感官的方法托尔斯泰用得很少，比如描写吉娣在滑冰场和舞会上时，曾一笔带过弥漫的阳光和一只蝴蝶，非常迷人。

7）实用性对比。这一手法与其说是吸引视觉倒不如说是吸引大脑，是满足伦理感受而非美学感受。把吉娣在舞会前的心情比作一个年轻人即将上战场的感受，这时如果去想象吉娣身着上尉的戎装，显然很荒唐；但是，作为一种理性的白纸黑字的修辞手段，这一比较恰到好处,并且具有寓言性,这正是托尔斯泰在后来一些章节中努力经营的。

在托尔斯泰的文字中,并非所有的意象都是直接意象。寓言式的比拟不知不觉地滑入说教的腔调,伴随着刻意的重复表述——这是托尔斯泰描写情景或者心境时的典型手法。从这一方面来讲,倒是应该特别注意有些章节开头的直截了当的陈述:"奥勃朗斯基在学校时学习很轻松"或者"伏伦斯基从没有过真正的家庭生活"。

8)明喻与暗喻。庭院里弯曲的老桦树,树枝都被积雪压弯了,看上去像是穿着崭新的节庆祭服。(第一部,第九章)

但是对列文来说,要在人群里发现她,就像在荨麻堆里认出一朵野玫瑰那样容易。万物因她而生辉。她的微笑点亮了周遭的一切。她站立的地方对他来说仿佛就是一块圣地……他迈步走了下去,好长一段时间刻意不去看她,就像避免去看太阳,然而也一直看得见她,就像不用望着太阳也能看见阳光一样。(第九章)

他感到太阳似乎正在靠近他。(第九章)

好像太阳躲到云层后面,她脸上所有的亲切表情一下子消失了。(第九章)

那个鞑靼人……飞快地,仿佛上了发条似的,放下手中一张卷着的账单,又拿起另一张,那是张酒单。(第十章)

———

她没法相信这件事,正如她没法相信任何时候对五岁小孩来说

最适合的玩具会是实弹手枪。(第十二章)

吉娣经历了一种感觉,有点像一个即将要上战场的年轻人会有的感觉。(第十三章)

安娜说:"我认得那蓝色的烟幕,就像瑞士山里的雾气。就是这雾气,把童年行将结束时那段美好时光里的一切都遮住了,在那个巨大的圈之外,幸福又快乐〔一条道路正变得愈来愈窄〕。"(第二十章)

那簌簌声就像从蜂房传来的不疾不徐的嗡嗡声。(第二十二章)

她那副模样就像一只蝴蝶停在草叶上,展开彩虹般的翅膀,正要再次飞起来。(第二十三章)

在伏伦斯基的脸上……她〔吉娣〕看到了曾经打动过她的那种神情……好像一条伶俐的狗做错了事的表情。(第二十三章)

但是很快,他〔伏伦斯基〕又故态复萌,回到了他一直生活的那个随意快活的世界,就像把脚滑进旧拖鞋里似的。(第二十四章)

对比可能是明喻,也可能是暗喻,或者兼而有之。下面是对比的一些样板:

明喻的样板:

在陆地与海洋之间,薄雾如纱。

这是一个明喻。"像"或者"如"这类连接词是明喻特有的:一物像另一物。

如果你接着说，薄雾如新娘的面纱，这就是一个连贯的比喻，有点诗情画意的成分；但如果你说薄雾如一个胖新娘的面纱，而新娘的父亲比她更胖，头上戴着假发，那就是一个不连贯的比喻，受到逻辑不连贯的损害，这种方法荷马用过，为了史诗叙述的需要；果戈理也用过，为的是取得一种怪异的梦幻效果。

下面是暗喻的样板：

薄雾之纱在陆地与海洋之间。

连接词"如"没有了；比较内化了。一个连贯的暗喻是这样的：

薄雾之纱有几处撕破的口子。

这个短语的结尾是合乎逻辑的延续。在不连贯的暗喻中，则会有不符合逻辑的延续。

———

功能性伦理对比

托尔斯泰的风格有一个特征，即不管他使用什么样的对比、什么样的明喻或暗喻，其中大多数是为了伦理道德而非美学的目的。换言之，他的对比是功利的、实用性的。使用这些手法并不是为了提升意象，让我们对这一场景或那一场景的美学感受有一个新的倾斜；这些修辞手法的使用是为了揭示某个道德观点。所以，我称之为托尔斯泰的道德式暗喻或道德式明喻，即以对比的方式表达出的伦理观念。我再重申一下，这些明喻和暗喻是不折不扣的实用性的，因而十分刻板，是根据一种反复出现的模式构建的。其样品，亦即公式为："他感觉像是一个……的人。"这是某种情感状态——也是公式的开头部分——接下来就是比较部分："这个人是……样的"等。我将提供一些例子。

（列文在思考婚姻生活。）他每走一步都有这样一种感受，就像一个人叹赏湖上一叶小舟如何顺利而又欢快地划行，之后他就应该自己下到船里去。他进而发现，只是坐稳、保持平衡是不够的；还要始终保持不偏离方向，不能有片刻的分心，而且船底下是水，总得要划桨，而不习惯划桨的双手还会痛；当初看着容易，可是一旦动手划起来，虽说非常愉快，却也够难的。（第五部分，第十四章）

（一次和妻子发生口角。）起初一瞬间他很生气，但是就在同一时刻，他感到不能生她的气，她和他是一体的。那一瞬间的感觉如同一个人突然在背后挨了重重的一击，他转过身，怒气冲冲，急于报复，寻找他的敌手，却发现原来只是自己意外打了自己，没法跟谁生气，他只能自己忍受着，抚平疼痛。（同上）

忍受这样不该有的责难是一种痛苦的处境，但是洗清自己，以此使她陷于痛苦之中，结果更糟。好像在半睡半醒中感到剧痛的人，真想把那痛处从身上挖出来，扔掉，可是醒过来就明白了那痛处就是他自身。（同上）

……施塔尔夫人的神圣形象曾在她［吉娣］心里保持了整整一个月，之后便消逝了，一去不复返，就像被人随意抛掷在椅子上的衣服被当成一具人形，一旦眼睛看清那只是衣服的模样，这个人形立即

就不见了。(第二部分,第三十四章)

他[卡列宁]体验到一种心情,仿佛一个人泰然自若地走过深渊上的桥梁之后,突然发觉桥断裂了,下面就是无底深渊。(第二部分,第八章)

他还体验到一种心情,就像一个人回到家,发觉自家的门上了锁。(第二部分,第九章)

他像一条垂着头的牛,驯服地等待着那一击[来自大斧子,abukh],他已感觉到高举在他头上的大斧。(第二部分,第十章)

他[伏伦斯基]很快就觉察到,虽然社交界对他个人是开放的,对安娜却是关闭的。正像猫捉老鼠的游戏[一人站在人群围成的圈子当中,另一人站在圈子外面],众多相互紧扣的手举起来放他进去,却又垂下来拦住了安娜的路。(第五部分,第二十八章)

无论他走到哪里都会撞见安娜的丈夫。至少在伏伦斯基看来似乎如此,就像一个手指头一直在痛的人,却总让自己那根痛的指头不停地擦到所有的东西,仿佛是故意的。(同上)

名字

受过教育的俄罗斯人在与人谈话时,最普通最中性的称呼不是姓,而是名加父称,伊凡·伊凡诺维奇(意指"伊凡,伊凡的儿子")或者尼娜·伊凡诺夫娜(意指"尼娜,伊凡的女儿")。一个农民或许称呼另一个农民"伊凡"或"凡卡",但除此之外,只有亲属、孩提时的朋友或者年轻时在同一军团服役的人们才会彼此以名字相称。我认识不少俄国人，与他们有二三十年的交情，但是在称呼他们时，除了用伊凡·伊凡诺维奇或者鲍里斯·彼得诺维奇之外，我根本不能想象用其他什么称呼。这也是为什么上了岁数的美国人一两杯酒下肚便互称哈利或比尔，其轻松坦然确实让一本正经的伊凡·伊凡诺维奇感到匪夷所思。

假设一个有才能的人全名是伊凡·伊凡诺维奇·伊凡诺夫（Ivan Ivanovich Ivanov，意指"伊凡，伊凡的儿子，姓伊凡诺夫"；或者照美国的说法是"小伊凡·伊凡诺夫先生"），他的熟人和自家用人会称他伊凡·伊凡诺维奇（通常简缩为"伊凡·伊凡内奇 [Ivanych]"，"y"的发音同"nudge"中的"u"）。普通仆人称他"主人（barin）"或"阁下"。如果他碰巧官职较高，他的属下也称他为"阁下"；他的上司在盛怒之下会称他为伊凡诺夫先生（Gospadin）——或者某人迫不得已要招呼他，却既不知道他的名字也不知道他的父称，那么也会这么叫他；在中学里老师称他伊凡诺夫；亲戚和孩提时的密友叫他凡尼亚；他的表姊妹会开玩笑地称他为吉恩；他温情脉脉的母亲或妻子称呼他为凡纽沙或凡纽什卡；如果他是个运动健将或浪荡公子，或者就是个好性情、有教养的普通人，人们会称他凡涅奇克·伊凡诺夫或者甚至约翰尼·伊凡诺夫。这个伊凡诺夫可能属于一个贵族家庭，但不会是很古老的家族，因为从名字派生出的姓意味着家族谱系相对较短。另一方面，如果这个伊凡·伊凡诺维奇·伊凡诺夫来自较底层的阶层——是个仆人、农民或者年轻商人——他的上司可能称他伊凡，他的同事会叫他凡卡，他那头裹方巾的温顺妻子叫他伊凡·伊凡内奇（"约翰逊先生"）；如果他是个老扈从，侍候主人半辈子了，主人的家庭会称他伊凡·伊凡内奇以示尊重；如果他是个受人尊重的老农民或老工匠，人们会用有分量的"伊凡内奇"来称呼他。

对于头衔问题，奥勃朗斯基公爵，或者伏伦斯基伯爵，或者希尔顿男爵，这几种旧俄的爵位与欧洲大陆的公爵、伯爵、男爵的所指一模一样,公爵大致对应英国公爵,伯爵对应英国伯爵,男爵对应英国的准男爵。不过应当指出,这些头衔并不意味着和沙皇家族以及罗曼诺夫王朝家族(沙皇的直系亲属称作大公)有任何姻亲关系,而且,很多最古老的贵族家庭从来就没有什么头衔。列文的贵族渊源比伏伦斯基要长。一个出身较为普通的人可能会由于朝廷的宠爱而被沙皇授予伯爵爵位,伏伦斯基的父亲有可能就是通过这种方式封爵的。

把一个俄国人姓名的十几种称呼硬塞给外国读者(对他们来说这些称呼大多数难以发音),这既不公平,也没必要。我做了一个附录,罗列出托尔斯泰在俄语原著中使用的人名全称和头衔;但在修订的译本*里,我毫不留情地简化了人物的称呼,只有在因背景而绝不可少的情况下,才保留父称。(参阅本篇末评注六,二十一,三十,六十八,七十三,七十九,八十九)

以下是在《安娜·卡列宁》第一部分出现过或提到过的所有人物名单(注意英译名字的重音与修改过的拼写):

奥勃朗斯基—谢尔巴茨基家族

奥勃朗斯基,斯捷潘·阿尔卡季奇("阿尔卡季之子")公爵;英语化的名字昵称:史蒂夫;年龄三十四岁;有古老的贵族血统;曾在特维尔服役(直到一八六九年),那是他的家乡,莫斯科北部的一个小镇;眼下(一八七二年)是莫斯科某个政府部门的头儿;上班时间:上午十一点左右到下午两点,下午三点到五点;偶尔也见他在自己居所里处理公务;他在莫斯科有房子,另有一处乡村庄园(他妻子的嫁妆),位于埃尔古索夫,距离列文位于波克罗夫斯科的

---

* 纳博科夫本想把人名的解释与本篇中被称为"评注"的部分放在一起,作为教材版《安娜·卡列宁》出版序言的一部分,这个教材还会收入新的小说英文版翻译。但是很不幸,这项工程始终没有完成。——原编者注

庄园二十英里（估计是在莫斯科以南，俄罗斯中部的图拉）。

他的妻子，陶丽（陶丽是达里娅的英语化昵称；其俄语昵称为达莎或者达申卡）；全名：达里娅·亚历山德罗夫娜（"亚历山德之女"）·奥勃朗斯基（之妻）公爵夫人，婚前是谢尔巴茨基公爵小姐；三十三岁；在小说的第一部分已经结婚九年。

他们的五个孩子（截至一八七二年二月），三个女孩，两个男孩：老大（八岁）塔尼娅（塔蒂亚娜的昵称）；格里沙（格里高利的昵称）；玛莎（玛丽亚）；莉莉（伊丽莎白）；以及婴儿瓦西亚（瓦西里）。第六个孩子将在三月份出生。另有两个已夭折，这样，陶丽共生育八个孩子。在小说的第三部分，一八七二年六月下旬，他们到埃尔古索夫的乡村住所时，最小的孩子三个月大。

陶丽的哥哥，姓名不详，一八六〇年在波罗的海溺水身亡；两个妹妹：一个是娜塔莉亚（是Nathalie的法语拼法），嫁给了阿尔塞尼·利沃夫，一位外交官，后来在宫廷做官（他们有两个男孩，其中一人叫米沙，米哈伊尔的昵称）；还有吉娣（叶卡捷琳娜的英语化昵称，俄语昵称是卡佳，卡坚卡），十八岁。

尼古拉·谢尔巴茨基公爵，一个堂兄弟。

玛丽亚·诺德斯顿伯爵夫人，年轻的已婚女人，吉娣的朋友。

亚历山德罗·谢尔巴茨基公爵，莫斯科的贵族，他的妻子（"老公爵夫人"）是陶丽、娜塔莉、吉娣的母亲。

菲利普·伊凡内奇·尼基京和米哈伊尔·斯坦尼斯拉维奇·格

里涅维奇,是奥勃朗斯基工作部门里的官员。

扎哈尔·尼基季奇(名字和父称),奥勃朗斯基的秘书。

弗明,奥勃朗斯基工作部门里被人们议论的一个事件里的可疑人物。

阿拉宾,奥勃朗斯基的社交朋友。

戈利岑公爵,绅士派头,与一位女士在英国饭店进餐。

布兰德恩先生,娶一位莎赫夫斯科伊公爵小姐为妻。

巴琳伯爵夫人,奥勃朗斯基在她家里参加了一次非公开的戏剧彩排。

加里宁夫人,寡妇,丈夫生前是客轮上的设备安全员,正在申诉上访。

罗兰小姐,曾在奥勃朗斯基家做孩子们的法语家庭教师,现在是他的情人。大概两年以后(一八七三——八七四年冬天),在小说第四部分的第七章,她被一个年轻的芭蕾舞女演员玛莎·奇比索瓦取代。

赫尔小姐,他们的英语家庭教师。

利农小姐,是陶丽、娜塔莉和吉娣的老法语家庭教师。

玛特廖娜·菲利蒙诺夫娜("菲利蒙之女"),没有姓氏;昵称:

玛特廖莎：老保姆，原先照看谢尔巴茨基家的几个女儿，现在照看奥勃朗斯基家的孩子们。她有个弟弟，是个厨师。

马特维（英语为马修），奥勃朗斯基的老男仆及管家。

奥勃朗斯基家里的其他仆人：玛雅，女仆领班之类的；一个主厨；一个厨师助手（女），主要是给下人们做饭；几个姓名不详的女仆；一个侍从；一个车夫；一个白天上门的理发师，以及每周一次上门给钟上发条的工人。

博布里谢夫一家、尼基京一家，以及梅日科夫一家：吉娣在议论谁家的舞会欢快、谁家的舞会沉闷时提及这几个住在莫斯科的家庭。科尔孙斯基，叶戈鲁什卡（杰奥尔格的昵称），他的朋友们举行舞会时他常客串乐队指挥。

他的妻子，莉迪（莉迪娅）。

叶列茨基小姐，克里温先生，以及其他一些舞会上的客人。

卡列宁家族

卡列宁（与英语"rainin"谐音），阿列克谢·亚历山德罗维奇（"亚历山德之子"），俄罗斯贵族出身，确切支系未知，曾经是特维尔省省长（一八六三年左右）；现在是政府某部级机构身居要职的政客，显然是内阁或中央级的；在彼得堡有一所房子。

卡列宁的妻子，安娜·阿尔卡季耶夫娜（"阿尔卡季之女"）·卡列宁，婚前为奥勃朗斯基公爵小姐，史蒂夫的妹妹。已经结婚八年。

谢辽沙（谢尔盖的昵称），卡列宁夫妇的儿子，一八七二年满八岁。

莉迪娅·伊凡诺夫娜（"伊凡的女儿"）伯爵夫人，没有提到姓氏，卡列宁一家的朋友，赶新潮，对天主教教派的合并（希腊与罗马）以及斯拉夫各国的统一感兴趣。

普拉夫金，面貌不清，与伯爵夫人通信的一个共济会成员。

伊丽莎白·费奥多罗夫娜·特韦尔斯科伊公爵夫人；英语化昵称为贝特西；伏伦斯基的表姐，嫁给了安娜的表兄。

伊凡·彼得罗维奇（名字和父称），没有提到姓氏，来自莫斯科的一位绅士，与安娜相识，碰巧乘坐同一班火车。

一位不知姓名的看路工，被倒退的火车轧死；留下寡妻和一大家子人。

火车上及车站上的众人，有乘客、官员等。

安奴施卡（安娜的低级昵称），安娜·卡列宁的女仆。

玛丽埃特，谢辽沙的法语家庭教师，没有给出姓氏；在小说第四部分的结尾处，由爱德华兹小姐接替她的法语课。

康德拉迪（名），卡列宁的马车夫之一。

伏伦斯基家族

伏伦斯基，阿列克谢·基里洛维奇伯爵，基里尔·伊凡诺维奇·伏伦斯基伯爵之子；昵称是阿辽沙；宫廷警卫骑兵上尉和侍从武官；驻扎在彼得堡；休假时去莫斯科；在圣彼得堡的莫尔斯卡亚大街（一个时尚住宅区）有公寓，在沃兹德维任斯科耶有一处乡村庄园，距离列文的庄园有五十英里，大概在俄罗斯中部的图拉省。

伏伦斯基的哥哥亚历山大（法语拼写：Alexandre），住在圣彼得堡，他是警卫团的指挥官，至少有两个女儿（大女儿叫玛丽），还有一个刚出生的儿子；妻子的名字是瓦丽娅（瓦瓦拉的昵称），婚前是契尔柯夫公爵小姐，十二月党人之女。他包养着一个舞女。

伏伦斯基伯爵夫人，是亚历山大和阿列克谢的母亲，在莫斯科有一套公寓或私房；另有一处乡村庄园，可从一个车站（奥比拉洛夫卡）抵达，如果乘坐尼日戈罗德线的火车，几分钟即达莫斯科。

阿列克谢·伏伦斯基的仆人们：一名德国侍从和勤务兵；老伏伦斯基伯爵夫人的女仆和管家拉夫连季，这两个人陪伴伯爵夫人从彼得堡到莫斯科；还有伯爵夫人的一个老侍从，他到莫斯科车站来接女主人。

伊格纳托夫，伏伦斯基的一位朋友，住在莫斯科。

中尉"皮埃尔"·彼得里茨基，伏伦斯基最好的朋友之一，住在伏伦斯基位于彼得堡的公寓。

希尔顿男爵夫人,有夫之妇,皮埃尔的情人。

卡梅罗夫斯基上尉,彼得里茨基的一个战友。

彼得里茨基提到过的各式各样的熟人:同僚别尔科舍夫和布祖卢科夫;一个名叫劳拉的女人;费尔京戈夫与米列涅夫,劳拉的情人们;一位尊贵的公爵夫人(罗曼诺夫家族的人称"尊贵的公爵"和"尊贵的公爵夫人",就是说他们是沙皇的亲戚)。

————

列文家族
列文,康斯坦丁·德米特里奇("德米特里之子"),莫斯科贵族家庭的后裔,比伏伦斯基伯爵家族历史更悠久;列文是托尔斯泰在这本小说中的自代人物;年龄三十二岁;在"卡拉金斯基"(Karazinski)地区的波克罗夫斯科有自己的庄园,另一处庄园在"塞勒金约夫斯基"(Seleznyovski),两处都在俄罗斯中部。("卡申省"[Kashin]——估计是现在的图拉省。)

尼古拉,列文的哥哥,一个古怪的痨病患者。

玛丽亚·尼古拉耶夫娜,这是她的名字和父称,姓氏不详;昵称为玛莎;她是尼古拉的情人,一个从良的妓女。

尼古拉与康斯坦丁的一个姐姐;姓名不详;住在国外。

谢尔盖·伊凡内奇·柯兹尼雪夫,他们的异父同母哥哥,一位探讨哲学与社会问题的作家;在莫斯科有房子,另在卡申省有庄园。

一位哈尔科夫大学的教授,位于俄罗斯南部。

杜宾,一个赌牌行骗者。

克里茨基,尼古拉·列文的朋友,左翼人士,愤世嫉俗。

凡纽什卡,一个小男孩,尼古拉·列文曾经收养过他,现在波克罗夫斯科(列文的庄园所在地)办公室供职。

普罗科菲,柯兹尼雪夫的男仆。

康斯坦丁·列文庄园的众多仆人:瓦西里·费奥多罗维奇(名字与父称),管家;阿加菲娅·米哈伊洛夫娜(名字与父称),原是列文姐姐的保姆,现在是列文家里的女管家。菲利普,园丁;库兹玛,家里的仆人;阿格奈特,车夫;谢苗,承包商;普罗霍尔,农民。

评　注
(第一部分)*

注一　奥勃朗斯基家里一切都乱了套

在俄文版本里,dom一词(房子,家庭,家)在六个句子中重复了八次。这种沉闷而庄重的dom-dom-dom的重复声,正是给注定毁灭的家庭生活敲响的警钟(也是这部作品的主题之一),是托尔斯泰刻意的安排。(第三页)

---

* 页码依据现代图书馆(Modern Library)一九三五年版本;但有时候一些关键短语是纳博科夫重新翻译的。——原编者注

注二　阿拉宾,达姆施塔特,美国

奥勃朗斯基和他的几个朋友,伏伦斯基,可能还有阿拉宾,正筹划设宴招待一位有名的女歌手(见注七十五);这些愉快的计划渗入奥勃朗斯基的梦中,也与阅读新近报刊新闻所得的印象混杂在一起;他是政治新闻大杂烩的贪婪读者。我发现,此时(一八七二年二月),位于达姆施塔特(黑森大公国的首都,一八六六年新德意志帝国的一部分)的《科隆公报》正大量报道所谓的"阿拉巴马索赔"(这是以下事件的统称:美国内战期间航运界遭受损失,美国为此对英国提出赔偿要求)。结果,达姆施塔特、阿拉宾和美国这三样东西在奥勃朗斯基的梦境中混作一团。(第四页)

注三　Il mio tesoro

《我的宝贝》。此曲引自莫扎特的《唐·吉奥瓦尼》(一七八七),由唐·奥塔维奥演唱,他对女人的态度比奥勃朗斯基有原则多了。(第四页)

注四　她在这屋里的时候,我从来没真的怎么样过。可最糟糕的是她已经……

第一个"她"指罗兰小姐,第二个"她"指奥勃朗斯基的妻子陶丽,她已有八个月的身孕(陶丽在那年冬末生下一个女婴,也就是三月份)。(第六页)

注五　车马出租行

奥勃朗斯基一家在这儿租了一辆马车和两匹马。现在租期已到。(第七页)

注六　安娜·阿尔卡季耶夫娜,达里娅·亚历山德罗夫娜

在对一个仆人说话时,奥勃朗斯基提到自己的妹妹和妻子,他用

列夫·托尔斯泰　245

名字加父称来称呼她们。在提到陶丽时，即使他用 knyaginya（公爵夫人）或 barynya（太太）称呼陶丽，与"达里娅·亚历山德罗夫娜"没有太大区别。（第七页）

注七　络腮胡
七十年代在欧洲和美国非常流行。（第七页）

注八　你想试一下
马特维琢磨他的主人是想看看自己的妻子对这新闻的反应是否会像他们还没有疏远时一个样。（第八页）

注九　船到桥头自然直
老用人说了一句令人欣慰的听天由命的老话（obrazuetsya），意思是船到桥头自然直，最后总会没事的，这件事也会了结的。（第八页）

注十　喜欢沿岸航行的人……
保姆引用了一个常见的俄国谚语的前半段："喜欢沿岸航行的人应该带上他的小雪橇。"（第八页）

注十一　突然脸红
脸红、脸绯红、脸变红、满脸通红、脸上变色等等（以及相反的脸色发白）情形在这部小说中出现之频繁可谓惊人，这在当时的文学作品中也很常见。也许不妨诡辩一句，十九世纪的人们和今天的人们比起来，脸色无论是变红还是变白都更容易也更明显得多，那时的人类是更年轻些的；事实上，托尔斯泰只是遵循了这样一个文学传统：把脸红等情形作为某种暗号或旗帜，以此告诉或提醒读者某个人物的情感（第九页）。即便如此，这一手法也有点用过头了，并且与小说中的一些段落冲突，拿安娜来说，她的"脸红"就具有个性特点的真实性和价值。

这一点还可以与托尔斯泰常用的另一个公式相比较,即他的"微微一笑",这一笑传递了一系列不同层次的情感——自娱式的屈尊、彬彬有礼的同情、狡黠的情谊,等等。

注十二　一个商人

这个商人名叫里亚比宁(第九页),他最终得到了位于埃古索夫的那片树林(奥勃朗斯基的财产);他将在第二部分的第十六章出场。

注十三　还是湿乎乎的

在俄国及其他地方使用的旧制版设备必须先把报纸弄湿,才能达到满意的印刷效果。因此,刚印好的报纸摸起来是湿乎乎的。(第九页)

注十四　奥勃朗斯基阅读的报纸

奥勃朗斯基阅读的是一份温和派自由主义的报纸,毫无疑问是《俄罗斯公报》(Russkie Vedomosti),是莫斯科的一份日报(创办于一八六八年)。(第九页)

注十五　留里克

公元八六二年,北欧人留里克——瓦兰吉(斯堪的纳维亚)部落的首领,从瑞典穿越波罗的海,在俄罗斯建立了第一个王朝(八六二——一五九八)。随后,罗曼诺夫家族在经过了一段政治混乱之后成为统治者(一六一三——一九一七),这个家族的历史远不如留里克悠久。根据多尔戈鲁科夫对俄国族谱的研究,截至一八五五年,有记载的留里克的后代只有六十个家族,其中就有奥布伦斯基(Obloenskis)家族,"奥勃朗斯基"(Oblonski)是其显而易见的有些

偷懒的模仿。(第十页)

注十六　边沁和穆勒

杰里米·边沁(一七四〇——一八三二),英国法学家;詹姆斯·穆勒(一七七三——一八三六),苏格兰经济学家。他们的人道主义理想颇受俄国公众舆论的追捧。(第十一页)

注十七　传言博伊斯特公爵曾抵威斯巴登

弗里德里奇·费迪南德·博伊斯特公爵(一八〇九——一八八六),奥地利政治家。奥地利是当时政治阴谋的老巢,一八七一年新历十一月十日,博伊斯特突然被解除首相职务而被任命为驻英国宫廷的大使,这引起了俄国媒体的大量猜测。就在一八七一年圣诞前夕,博伊斯特递交了国书后立刻离开英国去了意大利北部,在那儿与家人共度了两个月。根据当时的报纸以及他本人的回忆录(一八八七年在伦敦出版),当他经由威斯巴登返回伦敦时,正好碰上当年感恩节仪式的准备活动,要庆祝威尔士亲王康复(伤寒症),时间是一八七二年十月十七/十五日,星期二,在圣保罗教堂举行。关于博伊斯特途经威斯巴登返回伦敦的行程,奥勃朗斯基是在一个星期五从报纸上读到的;而那个唯一可对应的星期五显然就是一八七二年二月二十三/十一日——这也正是小说开篇时的那一天。(第十一页)

或许有人不明白为什么我和托尔斯泰要提这些琐事。为了使小说这一魔法看上去真实,艺术家有时会像托尔斯泰那样把小说置于一个确切特定的历史框架内,而且援引能在图书馆里查到的现实事件——幻象的堡垒。博伊斯特公爵就是一个极好的例子,可以把它引入关于所谓的现实生活与所谓的小说的讨论之中。一方面这是历史事实,是有一个博伊斯特,一个政治家、外交家,不仅确有其人,而且此人还留下了两卷回忆录,他在书中仔细回忆了自己漫长政治生涯中在不同场合所作的一些机敏应答和所说的政治双关语。另一方面，也有一个史蒂夫·奥勃朗斯基，从头到脚由托尔斯泰一手塑造的人物，而问题在于，"现实的"博伊斯特公爵和"虚构的"奥勃朗斯基公爵这两个人究竟哪一个更鲜活、更真实、更可信。虽说博伊斯特留下了一部回忆录——啰嗦冗长，满是过时的陈词滥调——但他仍然是个模糊而刻板的人物，相反，从没有存在过的奥勃朗斯基却拥有不朽的生命力。此外，博伊斯特因参与了托尔斯泰虚构世界里的一个段落而平添了几许光彩。

注十八　他们（格里沙和塔尼娅）正在拖东西，然后有什么东西倒了……一切都乱套了……奥勃朗斯基心里想。

这个因模拟火车引起的小事故正值那个奸夫的家里乱了套，因此会心的读者看得出这是个微妙的预兆，是托尔斯泰高瞻远瞩的艺术手法，隐射的正是小说第七部分那个更为悲惨的灾难。更有意思的是，在书的后面，安娜年幼的儿子谢辽沙在学校玩一种新发明的游戏，男孩子们扮演行驶的火车；家庭教师发现谢辽沙垂头丧气，但原因不是他在游戏中受了伤，而是他对家庭状况的憎恨。（第十一页）

注十九　她起床了……那么说她又是一夜未眠。

陶丽通常起得晚，从来不会这时（现在是上午九点半左右）起身，除非她没有像通常那样一觉睡到天亮。（第十二页）

注二十　塔契洛奇卡（Tanchúrochka）

"塔契洛奇卡"是"塔尼娅"或"塔耶奇卡"这两个常见昵称的进一步弱化，更奇特更亲昵。奥勃朗斯基把它和"多契洛奇卡"（dochúrochka）混用了，那是"多契卡"（dochka）的爱称，俄语里"女儿"的意思。（第十二页）

注二十一　请愿者

奥勃朗斯基与其他高级官员一样握有权力，可以加快个案的诉讼进程，或者简化公务手续，有时甚至是可以对某个模棱两可的案例施加影响。请愿者的求见类似于拜会国会议员，都是为了能得到特殊关照。自然，请愿者中更多的是普通人，不是出身高贵、有影响力的人，而奥勃朗斯基的私交或与他地位相当的人可以请他吃饭，或者通过双方认识的朋友来向他求助。（第十二页）

注二十二　钟表师

俄国绅士家庭有一个传统：请钟表师（小说里的钟表师碰巧是个德国人）每周一次，一般在星期五，上门来把家里的台钟、挂钟以及落地大摆钟调准时间并上足发条。这一段说明了故事是开始于哪一周的哪一天。在这部小说中，时间起着如此重要的作用，钟表师还真是开始故事的恰当人选。（第十七页）

注二十三　十个卢布

在十九世纪七十年代初，一个卢布大约折合0.75美元，但当时一美元（折合1.3卢布）的购买力在某些方面比今天要高得多。大体上讲，奥勃朗斯基在一八七二年从政府那里领到的六千卢布年薪，相当于那时的四千五百美元（至少相当于今天的一万五千美元，不含税）。*

注二十四　最糟糕的事情……

陶丽心想最糟糕的莫过于大约一个月后她就要分娩了。（第十八页）这是托尔斯泰的巧妙设置，与奥勃朗斯基的想法相呼应。（第六页）

---

* 在一九八〇年也许超过六万美元。——原编者注

注二十五　彻底的自由主义

托尔斯泰对"自由主义"有他自己的理解，既不同于西方的民主理想，也不同于旧俄进步团体所理解的纯粹自由主义。奥勃朗斯基的"自由主义"很明显是站在父权制的一边，我们还会发现他并非没有受到传统的种族偏见的影响。（第六页）

注二十六　制服

奥勃朗斯基脱掉身上的便装，换上了政府官员的制服（比如一件绿色的双排扣大衣）。（第二十页）

注二十七　奔萨省办公室

奔萨，奔萨省的主要城市，位于俄国中东部。（第二十页）

注二十八　Kamer-yunker

德语是Kammerjunker，在英语里（大致）是国王的侍从官的意思。这是俄国宫廷里几种官职中的一种，属于荣誉性质，有一些普通的特权，比如可以参加宫廷舞会。小说中讲到格里涅维奇时提及这个头衔只是为了暗示，与他老迈的官僚同事尼基京相比，格里涅维奇属于更显赫的社会阶层，他自己也以此为荣。（第二十一页）这里的尼基京与第八十六页吉娣提到的尼基京家不一定有联系。

注二十九　吉娣的教育

尽管早在一八五九年就有了女子中学，像谢尔巴茨基那样的贵族家庭却更愿意把他们的女儿们送到可追溯到十八世纪的"青年贵族女子学院"，或是在家受教育，请家庭女教师或上门教师给她们上课。教学内容包括对法语（语言和文学）、舞蹈、音乐和绘画的系统学习。在许多贵族家庭，尤其是在圣彼得堡和莫斯科，英语是仅次于法语的课程。

列夫·托尔斯泰

吉娣那个阶层的年青女子只要外出，总是由母亲或家庭教师陪伴，不是单个陪就是二人同时陪着。她通常会在某个合乎时尚的时间去某个合乎时尚的林荫大道散步，她身后几步之遥会跟着一个仆人——既是保护，也是显示特权。

注三十　列文（Lyovin）

托尔斯泰给"列文"（Levin）这个人物（一位俄国贵族，也代表了假象世界里的年轻的托尔斯泰）取的姓氏是来自他自己的名字"列夫"（Lev，"Leo"的俄语形式）。俄语字母"e"读作"ye"（同英语"yes"中的读音），但在很多情况下，它也读作"yo"（同英语"yonder"中的读音）。托尔斯泰把自己的名字（俄语的拼写是"lev"）读作"Lyov"，而非通常的"Lyev"。这里我写作"Lyovin"，而不是通常的"Levin"，更多是为了强调托尔斯泰此一选择具有的个人情感因素（第二十一页），而不仅仅是想避免与一个出处不同的广为人知的犹太名字相混淆（托尔斯泰显然没有意识到这种混淆的可能性）。

利沃夫（Lvov）

托尔斯泰给娜塔莉亚·谢尔巴茨基的丈夫起名为"利沃夫"（Lvov），那是一位待人接物极其成熟得体的外交官，这个名字是"列夫"（Lev）的一个常见变体，托尔斯泰之所以这样做似乎是想指出他自己年轻时性格的另一面，即让自己的行为举止绝对合乎礼节的渴望。

注三十一　奥勃朗斯基用亲密称呼

俄国人（法国人和德国人也一样）在称呼熟人时用单数的"你"（thou，法语是tu，德语是du），而不是"您"（you）。在俄语中你是ty，"y"的发音同"tug"中的"u"。尽管一般来说ty是和对方的名字一起用，但ty和姓氏，甚或名字加父称一起用的情况也并非不常见。（第二十二页）

注三十二　地方自治机构的一个活跃成员，亦即一个新式的人
"zemstvos"（地方自治机构，由一八六四年一月一日的一个政府法案创立）是地区和省一级的立法机构，其代表成员由三个团体选举产生：地主、农民，以及城镇居民。列文一开始是这些行政机构的积极支持者，但是现在他很反对，因为其中的地主成员给自己有需要的朋友大开方便之门，为他们谋得肥缺。（第二十三页）

注三十三　新外套
根据当时的时装图样，列文穿的很可能是一件裁剪合体的短大衣（"男士便装短上衣"），镶着滚边，然后傍晚时换上礼服大衣去谢尔巴茨基家。（第二十四页）

注三十四　古林（Gurin）
这个饭店名是个商人的名字，给人感觉算不上时髦，但饭店的质量应该不错，和朋友随便吃顿中饭在这里绝对可以。（第二十四页）

注三十五　卡拉金斯基（Karazinski）地区的八千英亩地
这显然是暗示图拉省（小说中称"卡申省"）的某个地区，位于俄罗斯中部，莫斯科以南，在那里托尔斯泰自己有很大一片土地。"省"（或"政府"，guberniya）由地区（uezdy）组成，这个省有十二个这样的地区。托尔斯泰造了"卡拉金斯基"地区，是取自"卡拉金"（Karazin，一个著名社会改革家的名字，一七七三——一八四二），再和他自己的庄园（亚斯纳亚·波利亚纳，Yasnaya Polyana）所在地"克拉皮文斯基"（Krapivenski）地区，以及附近一个村庄（卡拉梅舍沃，Karamyshevo）的名字组合起来（第二十六页）。列文在同省（卡申省）的塞勒金约夫斯基地区还有土地。

列夫·托尔斯泰　253

注三十六　动物园

托尔斯泰描写的滑冰场是以普瑞斯内斯基湖（Presnenski Pond）那一带为原型，在莫斯科西北角的那个动物园南面。（第二十六页）

注三十七　红袜子

根据我的考据（R．特纳·威尔科克斯《服装潮流》，纽约一九四八年版，第三〇八页），紫色和红色的衬裙及袜子在一八七〇年代是巴黎年轻女性的最爱——而时髦的莫斯科当然是跟着巴黎学样的。吉娣穿的鞋子很可能是一双带扣子的布质或皮质的半长女靴。（第二十八页）

注三十八　一个非常重要的哲学问题

托尔斯泰不愿意为找到一个合适的论题多费功夫。时至今日世上的人们仍然在讨论着有关精神与物质的各种问题；但是托尔斯泰所定义的那个问题到一八七〇年为止已经是一个如此陈旧又显而易见的问题，一位哲学教授会长途跋涉（三百多英里）从哈尔科夫（Kharkov）到莫斯科，就为了要和另一位学者就这个问题好好争辩一番，这种可能性实在不大。（第三十页）

注三十九　凯斯，伍斯特，克瑙斯特，普利巴索夫

尽管根据《常见德国人传记》（莱比锡，一八八二年），有过一个德国教育家拉蒙德·雅各布·伍斯特（一八〇〇——一八四五），以及一个十六世纪的流行歌作家海因里希·克瑙斯特（或克瑙斯特纳斯），我没能找到凯斯，更别说普利巴索夫了，我倾向于认为所有这批唯物主义哲学家都是托尔斯泰一手造出来的，在三个德国名字之后加了一个俄罗斯名字——比较可信的百分比。（第三十一页）

注四十　溜冰场

自从有了人类历史就有了最早的冰刀，那是用马的炮骨来做的，

纳博科夫画的吉娣在与列文溜冰时会穿的裙子。

男孩和青年男子们常常在结冰的河流和沼泽地上戏耍。在古代俄罗斯这种运动极其受欢迎,而到了一八七〇年则对男女都成了一种时尚活动。俱乐部的冰刀是钢制的,圆头或尖头,绑在鞋子上,用夹钳、钉子或者可以打进鞋底的螺钉固定住。当时底下带冰刀的特殊的溜冰靴还没有发明,后来滑冰好手们都会穿溜冰靴。(第三十四页)

注四十一　庭院里弯曲的老桦树,树枝都被积雪压弯了,看上去像是穿着崭新的节庆祭服

如前文所述,托尔斯泰的风格是自由地使用实用性("寓言性")的比喻,却唯独没有以迎合读者的艺术审美为主要目的的诗意的明喻或暗喻。这些桦树(还有之后的"太阳"和"野玫瑰")是一个例外。它们即将在吉娣手笼的毛皮上撒下一些带着节庆霜雪的针叶。(第三十五页)

列文在开始追求吉娣之前注意到了这些具有象征意义的大树,这可以跟另外一些老桦树(最早是他的哥哥尼古拉提到的)作一个有趣的比较,在本书的最后一部分里,这些大树在一场意义重大的夏季暴风雨中备受摧残。

注四十二　椅子后面

一个滑冰初学者可能会使用一种漆成绿色的椅子,底下装着木头的滑行装置,他可以扶着椅子背跌跌撞撞地练习。女士们则可以坐在同样的椅子上,由朋友或雇佣的随从推着在冰上滑行。(第三十五页)

注四十三　俄罗斯装束

这位滑冰的少年人,一个绅士的儿子,身上是底层阶级的冬装打扮,属于比较时髦的——高筒靴,带腰带的短大衣,羊皮帽。(第三十六页)

注四十四　我们星期四在家……"那是指今——天？"列文说

这是托尔斯泰的一个笔误；但话说回来，就像前面提到的，列文在整部书里的时间都倾向于比其他人物的时间慢一些。奥勃朗斯基，还有我们，都知道那是个星期五（第四章），后文提到的星期天也证明了这一点。（第四十页）

注四十五　英国饭店（d'Angleterre）还是爱弥塔日饭店（Ermitage）

爱弥塔日是莫斯科最好的饭店之一（根据卡尔·贝德克尔一八九〇年代写的书，也就是大约二十年之后，在那里吃一顿不算酒水的饭要花2.25个卢布，相当于以前的好几美元）。书里提到爱弥塔日，但最终落选，因为一个小说家推荐莫斯科最好的一家饭店总归不太合适。托尔斯泰将它与自己虚构的英国饭店放在一起，只是为了说明后者的饭菜水准。还要指出的是晚饭时间是在老派的五点到六点之间。（第四十页）

注四十六　雪橇

除了kareta（一种封闭式的带轮马车，像奥勃朗斯基用的那种）之外，出租的或私家交通工具大都是舒适的二人雪橇。大概从十一月到四月，莫斯科和彼得堡的大街都会被冰雪覆盖，就可以走雪橇了。（第四十页）

注四十七　鞑靼人

鞑靼人是指前俄罗斯王国里的大约三百万居民，主要是穆斯林，多为土耳其血统，是十三世纪蒙古（鞑靼）入侵后的遗民。十九世纪大约有几千鞑靼人从东俄罗斯的喀山省迁移到彼得堡和莫斯科，其中有些人就在那里专做饭店侍者。

注四十八　自助餐餐台边的法国女孩

她的工作是负责自助餐配菜，以及卖花。（第四十一页）

列夫·托尔斯泰　257

注四十九　戈里曾公爵

这是一位身份不详的绅士。托尔斯泰体内的道德家非常反感"创造"（尽管他体内的艺术家创造了很多鲜活的人物，胜过他之前除了莎士比亚之外的所有人），所以我们常常在他的手稿中发现他使用"真名"，而不是后来经过他略加伪装的名字。戈里曾是个家喻户晓的名字，托尔斯泰显然没有费事在终稿中把它改装成戈里托斯夫或者里曾。（第四十二页）

注五十　牡蛎

弗伦斯堡牡蛎：来自德国河床（石勒苏益格—荷尔斯泰因州的北海海岸，就在丹麦南面），一八五九年到一八七九年间租给一家位于丹麦边境的弗伦斯堡的公司。

奥斯坦德牡蛎：自从一七六五年起，牡蛎苗就一直从英国运往比利时的奥斯坦德。

"弗伦斯堡"和"奥斯坦德"在一八七〇年代销量都不大，这些进口牡蛎备受俄罗斯美食家们的推崇。（第四十二页）

注五十一　白菜汤和去壳谷粒

Shchi——一种以煮白菜为主的汤——以及grechnevaya kasha——麦片粥——以前是现在应该也仍然是俄罗斯农民的主食，列文也吃这样的粗饭，他是绅士农场主，大地的儿子，简朴生活的推崇者。四十年之后，亦即我的时代，咕噜咕噜地喝白菜汤就和尝试法国大餐一样时髦。（第四十二页）

注五十二　夏布利葡萄酒（Chablis），努依酒（Nuits）

勃艮第葡萄酒，分别是白葡萄酒和红葡萄酒。白葡萄酒我们叫夏布利（Chablis），是在约讷（法国南部）制作的，位于欧洲最古老的葡萄栽培区，即古代的勃艮第省。努依（Nuits是地名）圣乔治酒应

该是侍者推荐的，来自博讷北部的葡萄园，位于勃艮第地区的中心。（第四十三页）

注五十三　帕尔玛奶酪
面包加奶酪是作为开胃菜或者在两道主菜之间吃的。（第四十三页）

注五十四　英勇的战马
俄罗斯最伟大的诗人普希金（一七九九——一八三七）将《阿那克里翁集》中的颂歌五十三（从法语）翻译成了俄语，一般认为那是阿那克里翁（生于公元前六世纪的小亚细亚，终年八十五岁）所写的诗歌集，但是古代作家引用阿那克里翁的片段显示他是用希腊文的爱奥尼亚方言写作的，而这部诗集缺少这种方言的一些特殊形式。奥勃朗斯基引用普希金时错误百出。普希金的原文是这样的：
人们凭着烙印认出英勇的战马；
凭着高耸的束发带认出帕提亚人；
而我从人们的眼睛里看出他们身陷爱河……（第四十五页）

注五十五　我嫌恶地回顾我的生活，我战栗，我诅咒，我恨恨地抱怨……
列文引用普希金《回忆》（一八二八）中的片段，这是一部深刻的作品。（第四十八页）

注五十六　新兵
在一八七一年十二月二十九日的《蓓尔美尔预算》上的一周新闻综述里我找到以下这一段："圣彼得堡颁布了以下皇家法令，规定一八七二年征兵数额为全国范围每一千人征用六人，包括波兰。这是为了让陆军和海军人数达到标准的正常征兵数"，等等。

列夫·托尔斯泰　259

这一注解与我们的文本没有太大关联，但内容本身挺有意思。

注五十七　Himmlisch ist's...

"我若能克制尘世欲望，那自然无比高尚，但我若做不到，毕竟也享尽人间欢乐。"

根据莫德的翻译版本（一九三七）里的一个小注解，奥勃朗斯基引用的这几句话出自歌剧《蝙蝠》，不过这部歌剧是在这场晚饭的两年之后才首次上演的。

确切出处如下：梅哈克与哈勒维的三幕喜剧轻歌剧《蝙蝠》（这两人也是《圣诞夜晚宴》的作者，那是一出法国轻歌舞剧，改编自贝内迪克思的德国喜剧《监狱》），由哈夫纳和热内改编，约翰·施特劳斯作曲。首演是在维也纳，时间是一八七四年四月五日（见洛温伯格的《歌剧编年史》，一九四三年）。我没在歌剧中找到这句年代有问题的引文，但也许在原著里有。（第五十页）

注五十八　狄更斯小说中的那位先生……

这是指狄更斯的《我们共同的朋友》中那位自大自满的约翰·波德史奈普先生，这部小说最早是在伦敦以连载小说的形式发表，连载了二十个月，从一八六四年五月到一八六五年十一月。波德史奈普"对自己的优点和重要津津乐道，他认定无论什么事情只要抛到脑后，那也就不存在了……他的右手臂挥舞起来尤其特别，因为经常要把这世界上最困难的问题一股脑地扫到身后去……"（第五十页）

注五十九　柏拉图的《宴饮篇》

在这部对话录里，臭名昭著的雅典哲学家柏拉图（死于公元前三四七年，终年八十岁）让几位宴会参与者讨论什么是爱。其中一位口若悬河地区分了世俗之爱和神圣之爱；另一个歌颂爱和爱的果实；第三位，苏格拉底，他谈到两种爱，一种（恋爱）是出于某个特殊的目的而渴望美，另一种是富有创造力的灵魂的爱，他们相爱的结果不是生儿育女，而是善行。(摘自《大英百科全书》的一个旧版本第五十一页)

注六十　晚餐账单
书里的这顿饭加小费一共花了二十六卢布，所以列文分摊十三卢布（当时大约等于十美元）。这两人喝了两瓶香槟，一点儿伏特加，还有至少一瓶白葡萄酒。(第五十二页)

注六十一　谢尔巴茨基公爵夫人三十年前出嫁
托尔斯泰的小失误。按陶丽的年纪来算，应该至少是三十四年前。(第五十三页)

注六十二　社会风气的改变
一八七〇年，第一所女子高等教育学府（卢比扬斯基课程：Lubyanskie Kursy）在莫斯科落成。总体来说，那是俄罗斯妇女解放的一个时期。年轻女性们在争取到那时为止她们从来不曾拥有过的自由——其中包括选择丈夫的自由，而不是由父母来包办。(第五十四页)

注六十三　玛祖卡舞
当时舞会上跳的舞之一（"男士们左腿起跳，女士们是右腿，滑，滑，滑，滑，两腿并拢，跳转"，等等）。托尔斯泰的儿子谢尔盖在关于《安娜·卡列宁》(《文学的继承》，*Literaturnoe nasledstvo*，第三十七—三十八期，第五六七—五九〇页，莫斯科，一九三九年）的一些评述中这样说道："玛祖卡是女士们最喜欢的：男士们会邀请他们尤其心仪的女士跳这支舞。"(第五十三页)

注六十四　卡卢加（Kaluga）

莫斯科南部的一个镇，往图拉的方向（俄罗斯中部）。（第六十页）

注六十五　古典，现代

俄罗斯学校的"古典"（klassicheskoe）教育是指拉丁文和希腊文的学习，而"现代"（realnoe）暗示这两门已经无人使用的语言被其他语言取代，在其他学科中则比较强调"科学性"和实用性。（第六十二页）

注六十六　通灵术

第一部分第十四章有一段关于扶乩的谈话，列文批评通灵术，伏伦斯基则建议大家都试一试，吉娣就想找能用的小桌子——这一幕在第四部分第十三章里有一个奇怪的后续，即列文和吉娣在牌桌上用粉笔写字作密码交流。通灵术在当时流行一时——鬼叩桌，桌子倾斜，房间另一头乐器演奏短曲，还有其他各种奇奇怪怪的事情和幻觉，有一些灵媒拿了很高的报酬装睡，然后假装鬼附身替死人传信（第六十二页）。尽管跳舞的家具和鬼魂古已有之，但这种现代版本是从纽约州罗切斯特附近的海德斯维尔镇上传出的，一八四八年那里录下了鬼魂叩桌的声音，是福克斯姐妹用距骨或者其他解剖学响板制作的。尽管有各种谴责和揭露，通灵术还是很不幸地风靡世界，一八七〇年整个欧洲的桌子都在乱舞。"伦敦辩证法协会"指派了一个委员会调查"所谓灵异现象"，并立即就此作出报道——在一次降神会上，灵媒赫姆先生被"凌空抬高十一英寸"。在小说后半部分我们会遇到这位赫姆先生，因为作者给这个角色所作的伪装是透明的，我们会看到伏伦斯基在第一部分里建议的这个通灵游戏是如何奇怪而又悲剧性地影响了卡列宁的决定和他妻子的命运。

注六十七　传戒指游戏

一种俄罗斯年轻人玩的室内游戏，可能其他地方也都玩；参与者围成一圈，在一根绳子上穿一只戒指，大家拉住绳子，让戒指从一只手滑到另一只手，由一个坐在圆圈中间的人来猜戒指藏在哪个人的手里。（第六十五页）

注六十八　公爵

谢尔巴茨基公爵夫人招呼自己的丈夫为knyaz（公爵），这是一种老派的莫斯科作风。也请注意公爵称自己的女儿们为"卡坚卡"和"达申卡"，这是俄罗斯的好传统，也就是完全不用最新流行的英语昵称（"吉娣"和"陶丽"）。（第六十六页）

注六十九　花花公子（tyutki）

这个复数名词被坏脾气的公爵用来叫那些轻浮的年轻人，隐含愚昧和矫揉造作的意思。吉娣的父亲这会儿指的似乎是伏伦斯基，但用这个词说他并不真的恰当；伏伦斯基也许确实虚荣轻浮，但他同样也雄心勃勃、机智坚忍。读者们会注意到这个时髦词也在那个理发师的名字里有奇怪的暗示（"理发师秋特金"，Tyutkin coiffeur），安娜在她离世的那一天，坐着马车穿过莫斯科的大街，她飘忽的眼睛看到了这个理发店的招牌（第八八五页）；她觉得"秋特金"这个喜剧性的俄罗斯名字和僵硬的法语名词"理发师"之间形成近乎荒诞的对比，一瞬间她还想着要给伏伦斯基讲这个笑话逗他乐。（第六十六页）

注七十　贵胄军官学校

贵胄军官学校（Pazheski ego imperatorskogo velichestva korpus），这是旧俄时代为贵族子孙开设的军官学校，建立于一八〇二年，在一八六五年改革。（第六十八页）

注七十一　"花市",康康舞

隐射有舞台杂耍表演的夜饭店。"臭名昭著的康康舞……不过是下流人跳的一种方阵舞"(《舞蹈以及舞蹈与教育和社交生活的关系》,艾伦·多德沃兹著,伦敦,一八八五年)。(第六十九页)

注七十二　车站

尼古拉耶夫斯基车站或称彼得堡车站,是在莫斯科的中北部。这条铁路是政府于一八四三——一八五一年间所建。一辆快车从彼得堡开到莫斯科(大约四百英里)在一八六二年要二十小时,在一八九二年是十三小时。安娜大约早上八点离开彼得堡,第二天早上十一点多一点儿抵达莫斯科。(第七十页)

注七十三　啊,阁下

地位低下的人——如仆人、职员,或商人——会称有封号者(如公爵或伯爵)为"阁下"(vashe siyatel'stvo,德语是Durchlaucht)。奥勃朗斯基公爵(当然他自己也是一位"阁下")招呼伏伦斯基时称他为"阁下",这是开玩笑屈尊的用法:他模仿一位上了年纪的随从拦住一位年轻的鲁莽之徒,或者——更确切地说,可能是——以沉稳的已婚男子的身份同轻浮的单身汉说话。

注七十四　以小人之心度君子之腹

嘉德勋位的箴言,原文是"谁动坏心眼是可耻的",是爱德华三世一三四八年说的话,斥责一些绅士因见一位女士的袜带掉下来而嬉笑。(第七十页)

注七十五　女歌星(diva)

意大利文diva(神圣者)用来指受欢迎的女歌手(比如,女歌星帕蒂);时值一八七〇年,在法国和其他地方这个词常常用来指杂耍舞台上的艳丽女星；但这里我觉得是指某位受尊重的女歌手或者女演员。这位女歌手也反映在奥勃朗斯基的梦里，被复制成好几个——二月十一日星期五早上八点他就是从这个梦里醒来的（第四页）。在第七十一页奥勃朗斯基和伏伦斯基聊起第二天他们要为这位女歌星而设的晚宴，即二月十三日星期日。第七十七页，同一天，即二月十二日星期六早上，奥勃朗斯基在火车站和伏伦斯基公爵夫人谈论她（"那位新来的歌星"）。最后，第九十页，同一个星期六的上午九点半，奥勃朗斯基告诉他的家人，伏伦斯基刚刚来访，打听一下他们明天请一位国外来的名流吃饭的事情。看起来托尔斯泰还不能完全决定这到底是场正式活动还是无聊轻浮的聚会。（第七十一页）

需要指出的是在第五部分结尾处，一位著名歌星（即女歌星帕蒂，这一次她有了名字）的现身是在安娜与伏伦斯基浪漫爱情的关键时期。

注七十六　透过寒冷的雾气，可以看见那些身穿羊皮袄、脚蹬软毡靴的铁路工人穿过弯弯曲曲的铁轨

托尔斯泰从这里开始做了一系列细腻的铺垫，旨在引出那场骇人的意外事故，同时生发一些印象用来形成后文安娜和伏伦斯基两人都会做的一个噩梦。寒冷的雾气造成很低的可视度，与各种包裹严实的铁路工人的形象联系在一起，之后还有那个包裹严实、身上盖满霜花的司机。托尔斯泰铺陈的那位看路工的死出现在第七十七页："一个看路工……由于严寒裹得太严实了，没有听见火车倒车[视觉的模糊变成了听觉的模糊]，竟被轧死了。"伏伦斯基看到了血肉模糊的尸体（第七十七页），他也注意到一个揹着袋子的农民从火车上下来（可能安娜也注意到了）（第七十二页）——这个视觉印象也会有后效。"铁"的主题（在后面的噩梦里有打铁和轧铁的意象）也在这里出现，即车站的站台因火车的重量而震动。（第七十一页）

注七十七　机车滚滚而来

有一幅著名的照片（一八六九），描绘了两辆横贯大陆的火车第一次在犹他州的普瑞蒙特瑞尖峰相会，中太平洋铁路公司的火车（从旧金山向东行驶）看上去有一个巨大的喇叭形的烟囱，而联合太平洋铁路公司的火车（从奥马哈向西行驶）则有一个笔直细长的烟囱，顶上有一个网状套。这两种烟囱俄罗斯的机车都用。根据科利尼翁的《俄罗斯烟囱》（一八六八）记载，彼得堡和莫斯科之间的快车的机车高七点五米，轮子形状为o00o，它的烟囱是高二又三分之一米的直筒型，也就是比它的车轮的直径长出三十厘米，托尔斯泰生动地描述了这些轮子的滚动。（第七十二页）

注七十八　这位太太的外貌……

读者没有必要通过伏伦斯基的眼睛来看安娜，但是对于那些急于欣赏托尔斯泰艺术的全部细节的人来说，有必要清楚地认识到作者希望他的女主角长成什么样。安娜非常丰满，但是她的举手投足优雅之极，步态尤其轻盈。她的脸庞美丽、生动，充满活力。她一头鬈曲的黑发，很容易变乱，灰色的眼睛深藏在浓密的睫毛下闪闪发亮。她的目光里会亮起一道迷人的闪光，或者显出严肃而忧伤的神情。她没有涂唇膏的嘴唇红得鲜亮。手臂浑圆，腰很细，手小小的。她跟人握手很有劲儿，行动迅捷。她整个人雍容雅致，充满魅力，非常真实。（第七十三页）

注七十九　奥勃朗斯基！这儿来！

两个时髦的人，亲密朋友或一起搭伙的，可能会彼此用姓氏称呼，甚至用封号——伯爵，公爵，男爵——把名字或绰号留着在特殊场合才用。伏伦斯基管史蒂夫叫"奥勃朗斯基"，这是远比直呼斯捷潘·阿尔卡季奇的名字和父称更亲密的称呼。（第七十四页）

注八十　Vous filez le parfait amour. Tant mieux, mon cher.
你一直还在追求理想的爱情。这太好了,我的宝贝。(第七十五页)①

注八十一　不寻常的颜色,不寻常的事件
这两者之间当然没有什么实际的联系,但是这种重复是托尔斯泰小说风格的特点,他拒绝虚假的优雅,另一方面如果淳朴的笨拙是通往感官的捷径,他随时都会接受。大约五十页之后出现的"不慌不忙"和"慌慌忙忙"之间有类似的冲突。站长戴的帽子是鲜红色的。(第七十六页)

注八十二　鲍勃利歇夫家
我们可以推断这个舞会是由这户人家举办的。(第八十六页)

注八十三　安娜的裙子
仔细阅读一八七二年《伦敦画报》上的一篇文章《巴黎二月时装》我们会发现尽管散步穿的裙子刚刚及地,晚装一般都拖着长长的正方形裙裾。丝绒是最时尚的,出席舞会的女人会在罗缎裙外面穿一件黑丝绒的公主裙,镶着尚蒂伊蕾丝花边,头上插一束花儿。(第九十三页)

注八十四　华尔兹
谢尔盖·托尔斯泰在上文提到的一些评述中(见注六十三)描绘了这里提到的这种舞会上的舞蹈顺序:"舞会一般从一段轻华尔兹开始,然后是四段方阵舞,接着是花式各异的玛祖卡舞……最后是一段法国交谊舞……有大轮花式、链接花式,等等,还会插入一些舞蹈——华尔兹,加洛普舞,玛祖卡舞。"

---

① 这是小说中伏伦斯基的母亲在车站见到伏伦斯基时对他用法语说的一句话。纳博科夫把它译成了英语。

列夫·托尔斯泰　267

在多德沃兹的书里(《舞蹈》,一八八五年)列了多达二百五十种"德国交谊舞"的舞步花式。大轮花式记录在第六十三条:"由女士挑选女士;围成一个大圈,男士们手拉手形成圈子的一半,女士们是另一半;第一步向左转;男领舞右手挽着他的女舞伴,向前进,离开其他人[舞者],穿过圈子中心……[然后]他带着所有的男士一起向左转,而他的女舞伴则和所有的女士一起向右转,这样就形成了两条面对面的队伍。等到最后两位也背过去了[!]①,这两个队伍就向前进,每个男士和对面的女士一起跳。"各种"链接"——双重的,连续性的,等等——都可以由读者自己去想象。(第九十五页)

注八十五　公共剧场

根据莫德翻译版本里的一个小注释,公共剧场(或者更确切地说是私人出资的剧场——当时莫斯科只有国家剧院)最早是"一八七二年在莫斯科博览会"上成立的。(第九十五页)

注八十六　她拒绝了五个邀舞者

她几天前也拒绝了列文。整个舞会(有一个精彩的停顿[第九十五页]:"音乐突然停止了")是吉娣的心情和处境的微妙象征。(第九十七页)

注八十七　……她那挂着一串珍珠[zhemchug]的脖子是迷人的……她的活力[ozhivlenie]是迷人的,但是她的迷人之中却包含着一种可怕[uzhasnoe]而残忍[zhestokoe]的东西

这个"zh"音的重复(碰巧与"pleasure"中的"s"发音相同)——赋予安娜的美一种嗡嗡直响的不祥特质——并在这一章节的最后第二段里有一个非常艺术性的呼应:"……她的眼神和微笑中那难以

---

① 纳博科夫在此括号中加入一个感叹号,可能因为原文"passed out"(这里意思是完全转过身去)在口语里也有"昏过去"的意思。

克制［neuderzhimy］的忽闪着［drozhashchi］的光辉，像火一样燃烧着他的全身……"（第九十八—九十九页）

注八十八　领舞者
"领舞员［或者'领舞者'］应该时刻保持警觉，随时准备着去鼓励犹豫不决者，提醒三心二意者，暗示占着舞池不放者，指挥舞蹈队形的排列，确保每个跳舞者和舞伴都站位准确，而且如果有同时进行的舞步，他还要发出开始舞步的信号，等等。因此他不仅是领舞、教练、指挥，还不得不担当起'组织秘书'的职责。"这或多或少就是科尔松斯基的作用，尽管这个舞会的参与者的社会地位和跳舞专业技能决定了他的工作要比这轻松些。（第九十九页）

注八十九　有一位绅士来了，尼古拉·德米特里奇
尼古拉的情妇社会地位低微，她喊尼古拉时用他的名字加父称，一般小中产阶级家里的规矩妻子会这样称呼丈夫。（第一〇一页）
陶丽说起自己丈夫的时候也使用名字加父称，但她的用意完全不同：她是选择最正式最中性的称呼方式，以强调两人间的疏离。

注九十　还有那些桦树，还有我们的教室
尼古拉带着深深的眷恋回忆起祖上老宅里的房间，有男有女的家庭教师，曾在那里给他和他的弟弟上课。（第一〇七页）

注九十一　吉卜赛人
夜餐厅里会有吉卜赛（Tzygan）艺人表演歌曲和舞蹈。俄罗斯的风流男子尤其喜欢相貌出众的吉卜赛女艺人。（第一〇八页）

注九十二　垫着毛毯的低矮雪橇
一种乡间的舒适雪橇，看起来好像就是滑板上盖了条毛毯。（第

列夫·托尔斯泰　269

一〇九页）

注九十三　生了火
列文的庄园宅子靠烧木头的丹麦火炉来取暖，每个房间都有一个炉子，窗户是双层的，两层窗户之间垫着棉花垫。(第一一二页)

注九十四　丁铎尔
约翰·丁铎尔（一八二〇——一八九三），《热学》（一八六三，后再版）的作者。这是一八六〇年代第一本机械热学理论的普及作品，当时这些理论还没有进入教科书。(第一一三页)

注九十五　第三次铃响
俄罗斯火车站的三次铃响在一八七〇年代时已经成为全国性的惯例。第一声铃是在火车出发前一刻钟响起，让旅行的概念在即将成为旅客者的大脑中初步成形；十分钟之后第二次铃响，提示旅行已迫在眉睫；第三次铃一响，火车便呼啸着滑行向前了。(第一一八页)

注九十六　车厢
大体上来说，关于坐夜车怎样算舒服的两种不同观点在十九世纪最后三十几年里把世界一分为二：美国的普尔曼式卧车，喜欢带窗帘的车厢，把睡梦中的乘客们脚冲前带往他们的目的地；欧洲的曼恩式卧车，让乘客们在包间里侧睡；但是一八七二年莫斯科和彼得堡之间的一辆夜间快车却仍然颇为原始，介于模糊的普尔曼式倾向和曼恩上校的"包房"之间。它有一个横向的走廊，水箱，烧木头的火炉；但是也有连结车厢的露天平台，托尔斯泰称之为"阳台"（krylechki），通廊还没有发明。所以列车员和炉工从一个车厢走到另一个车厢时，就会有雪花从他们身后打开的门里飘进来。晚上过夜的铺段漏风厉害，只是和通道半隔开着，从托尔斯泰的描写来看，

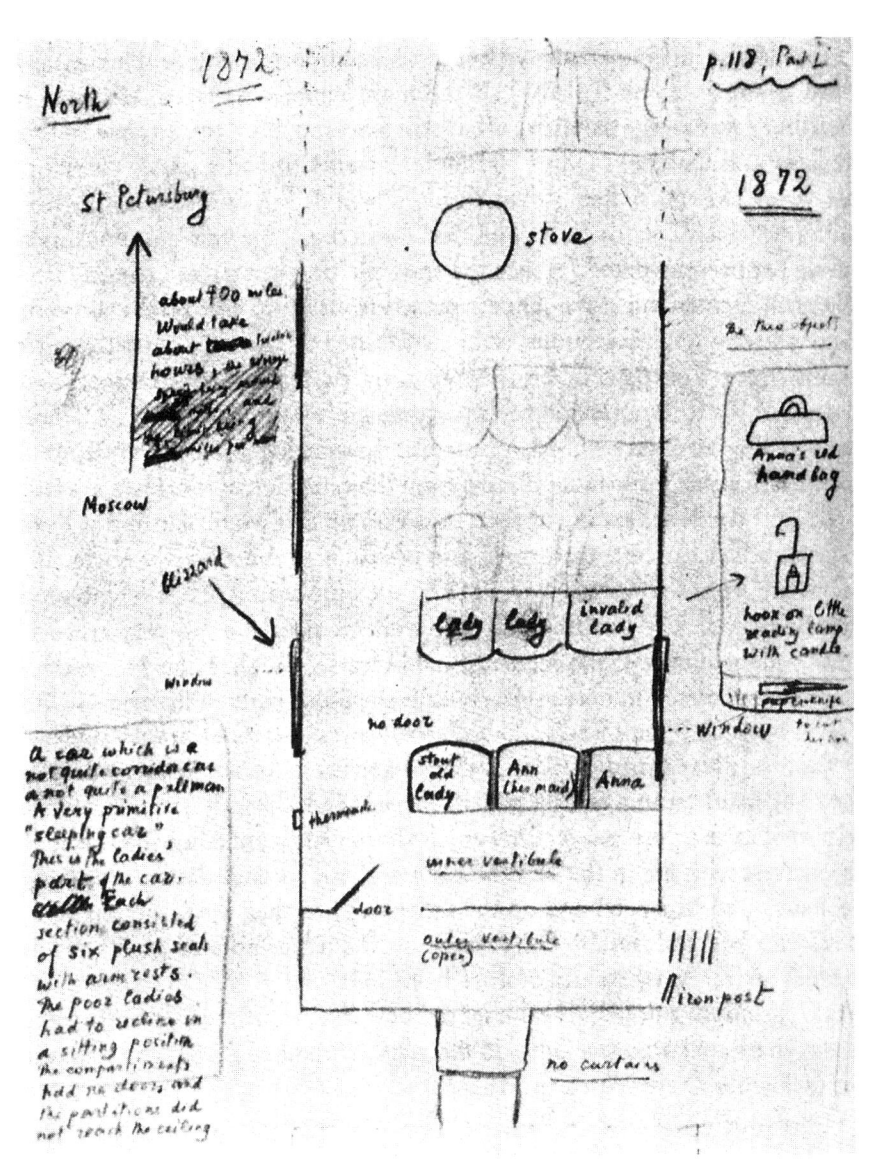

纳博科夫画的安娜所乘从莫斯科到圣彼得堡的卧铺车厢内部。

列夫·托尔斯泰　271

显然一个铺段有六个乘客（而不是后来睡四个人的卧铺车厢）。六位"卧铺"间里的女士在扶手椅里休息，三个一排，面对面，中间的间隔只够伸出搁脚板。一直到一八九二年，卡尔·贝德克尔还提到那条线路上的一等车厢里的扶手椅，说这些扶手椅在晚上可以变成床，但是他对于具体怎么变形只字未提；无论如何，一八七二年时那个全身休息的假象里肯定没有包括铺盖卷。为了理解安娜那一晚旅途中的一些重要方面，读者应该在脑子里有以下这样一幅清晰的画面：托尔斯泰不加区分地把那些豪华座椅称为"小沙发"或者"扶手椅"；两种说法也都对，因为两面两只沙发被分成了三只扶手椅。安娜朝北坐着，在右手（东南）靠窗的角落，她能看到对面左手边的窗。她的左面坐着她的女仆安奴施卡（这一次她是和安娜坐在同一个车厢里，而不是像来莫斯科的路上那样坐二等车厢），在过去一个位置，更西面的地方，坐着一位胖墩墩的女士，因为离左手的过道最近，她感受到的因冷热变化而引起的不舒适最多。安娜正对面坐着一位有病的老太太，一直在睡觉；她和她对面的另外两位太太攀谈了两句。（第一一八页）

注九十七　小旅行灯

这是一个一八七二年的非常原始的小玩意儿，里面有一支蜡烛，一个反光罩，一只金属手柄可以安在火车扶手椅的扶手上，在看书人的胳膊边上。（第一一八页）

注九十八　炉工

这里又是一系列的印象，向前可以与那个被轧死的（"有人被撕裂了"）蒙住耳朵的看路工联系起来，往后则是安娜的自杀（让人看不清的墙壁，"往下沉"）。这个可怜的炉工在梦游般的安娜看起来就像在啃墙上的什么东西，在她后来的噩梦里，这一意象会被扭曲成一个可怕的侏儒在摸索敲打着什么东西。（第一一八页）

注九十九　进站停车

这一站是博洛戈耶，在莫斯科和圣彼得堡的中间。一八七〇年代火车会在凌晨进站，停留二十分钟，略作些无趣的休整（见注七十二）。（第一二〇页）

注一〇〇　圆礼帽

一八五〇年出现了一种由英国制帽匠威廉·鲍勒（William Bowler）设计的硬礼帽，顶很低，这就是圆顶礼帽（bowler）的原型。在美国叫常礼帽（derby），这是因为德比（Derby）伯爵常戴一顶灰色黑嵌条的圆顶礼帽出席英国的赛马会。一八七〇年这个帽子已普遍流行。

卡列宁的耳朵应该算作安娜强烈感觉到的一系列"不对劲"中的第三样东西。（第一二三页）

注一〇一　泛斯拉夫主义者

主张推进所有斯拉夫人（塞尔维亚人、保加利亚人，等等）在精神和政治上结成以俄罗斯为首领的同盟的人。（第一二八页）

注一〇二　让谢辽沙睡觉

时间大约是晚上九点（本段最后）。不知为什么谢辽沙上床的时间比往常要早些（前文提到过"大约十点"是他上床的时间——对于一个八岁孩子来说是够晚的）。（第一三一页）

注一〇三　利尔伯爵的《地狱之诗》（Duc de Lille's *Poesie des Enfers*）

可能是托尔斯泰故意在隐射法国作家奥古斯特·维利耶·德·利尔-阿达姆伯爵（一八四〇——一八八九）。标题是托尔斯泰虚拟的，《地狱之诗》。（第一三二页）

注一〇四　伏伦斯基的牙齿

在整部小说中，托尔斯泰好几次提到伏伦斯基的漂亮整齐的牙齿（sploshnye zuby），他一笑便露出一排光滑的象牙白；但是当伏伦斯基在小说第八部分的书页上消失时，他的创造者为了惩罚他的出众体格，让他遭受了牙疼之苦，描写精彩之极。（第一三七页）

注一〇五　关于网球的一个特殊注解

第六部分第二十二章结尾处，陶丽·奥勃朗斯基看着伏伦斯基、安娜，以及两位男客一起打网球。这是一八七五年七月，他们在伏伦斯基的庄园玩的网球是一项现代运动，温菲尔德少校在一八七三年把网球介绍到英国，立即大受欢迎，早在一八七五年俄国和美国就有人打网球了。在英国网球常被叫作草地网球，因为最初是在槌球草场上打的，有硬地面，也有盖草皮的，也是为了把它和古代的网球区分开来，即在特殊的网球大厅里打，有时称庭院网球。莎士比亚和塞万提斯都提到过庭院网球。古代的国王会玩，在有回音的大厅里又跺脚又喘气。但是这里提到的（草地网球），我再重复一遍，是我们的现代运动。你会注意到托尔斯泰的精彩描写：打球者两人一组，在碾得很平整的槌球场上，挂在镀金柱子上（我喜欢镀金这一笔——是该游戏皇族起源的回音，以及上流社会意识的复活）的网拉得很直，两侧各站一组人。打球时的各种把戏都有描写。伏伦斯基和他的队友斯维亚日斯基打得很好很认真：机灵地注视着向他们打来的球，然后不慌不忙又毫不迟疑地跑过去，等球一跳起就准确地击球过网——大多数这些击球我估计都是吊高球。安娜的队友是一个名叫韦斯洛夫斯基的年轻人，他打得比其余三人都差，列文曾在几个星期前把这个人从他家里赶出去。这里有一个有趣的细节：男士们在女士同意的前提下，脱掉了外套，穿着衬衫打球。陶丽感觉整个过程都很不自然——成年人像孩子一样追着一个球跑。伏伦斯基是英国生活方式和时髦事物的衷心追捧者，打网球就说明了这一点。顺便提

纳博科夫画的安娜在与伏伦斯基打网球时会穿的网球装。

一句，一八七〇年代网球的打法要比今天温和多了。男士只需僵硬地拍球，球拍竖握着，在眼睛的高度；女士则是轻轻地低手击球。

注一〇六　关于宗教问题的一个特殊注解

这部小说中的人物都属于俄罗斯教会，即所谓希腊东正教——或者更准确地说是希腊天主教——教会，大约一千年前从罗马教会中分裂出来。我们第一次遇到书中的一个次要人物莉迪娅伯爵夫人时，她正热衷于这两个教会的合并事业，那个在索登温泉疗养地影响过吉娣的最虔诚的施塔尔夫人也一样，吉娣很快摆脱了她的影响。但是正如我所说的，这部书里的主要信仰是希腊天主教的教条。谢尔巴茨基一家，陶丽、吉娣、她们的父母，是把这种传统的仪式和一种自然、老派、放松的信仰结合在一起，而这也是为托尔斯泰所肯定的，因为托尔斯泰一八七〇年代写这部书的时候还没有生发出后来那种对教会仪式的强烈鄙视。关于吉娣和列文的结婚典礼，还有神父的描写都是很温情的。已经有很多年没有去教会而且认为自己是个无神论者的列文，就是在自己的婚姻中感觉到了信仰诞生时的最初的阵痛，随后他又开始怀疑了——但是在书的结尾处，我们看到一个既困惑又感恩的列文，正被托尔斯泰温柔地推向他的托尔斯泰教派。

―――――

《伊凡·伊里奇之死》
（一八八四——一八八六）

每个人的内心多多少少都在进行着这样一场两股不同力量之间的斗争：对独处的渴望，以及到人群里去的冲动。内向，亦即内心对自我鲜活的精神生活的兴趣，指向个体的思想和幻想；外向，向外的兴趣，指向外在世界里的人和有形的利益。举一个简单的例子：大学里的学者——所谓学者我指教授和学生都包括——大学学者有时候可能会同时表现出这两种相反指向的兴趣。他可能是一个书虫，也可能是所谓爱参加各种社团活动的人——也可能一个人的内心有书虫和活动家在打架。一个因为习得知识而获奖，或者希望获奖学金的学生，可能也渴望，或者应该会渴望因领导能力而获奖。当然不同的个性导致不同的决定，而且有一些大脑的情况就是内心世界不停地战胜外在世界，反之亦然。但是我们必须要考虑的事实是在同一个人体内进行的或者很可能会进行的这两个心态版本之间的斗争——内向和外向。我认识一些学生，他们在追求内心生活、热切地追求知识和自己最喜爱的学科的过程中不得不双手捂住耳朵，以抵挡寝室生活的高涨浪潮；但与此同时，他们也会充满想参与到这些欢乐活动中去的渴望，参加派对或者聚会，为乐队放弃书本。

而像托尔斯泰这样的作家，他们面临的问题同以上所举的事例真的有着很大的可类比性，即作为艺术家的托尔斯泰和作为布道者的托尔斯泰之间的斗争；伟大的内向者和积极的外向者之间的斗争。托尔斯泰当然意识到在他体内，就和在很多作家内心一样，上演着一场争斗，一面是创作的孤独，一面是同全人类发生连结的冲动——书本与乐队之间的战役。用托尔斯泰的术语来说，在托尔斯泰后期的哲学中，即他写完《安娜·卡列宁》之后，创作的孤独成了"罪"的近义词；创作就是自我主义，是对自我的溺爱放纵，因此就是一种罪。与此相反，全人类的概念用托尔斯泰的术语来讲就是上帝的概念：上帝在人群之中，上帝是博爱。而且任由人的个性消融在这种广博的上帝之爱中，这也是托尔斯泰所推崇的。换言之，他认为，如果一个综合体的人希望获得幸福，则这场在他内心进行的不敬神的艺术家和敬畏神的凡人之间的斗争应该由后者胜出。

为了欣赏《伊凡·伊里奇之死》这个故事中的哲学思想，我们必须对以上言及的这些精神活动事实保持一个清醒的认识。伊凡（Ivan）当然就是俄语里的约翰（John），约翰在希伯来文中的意思是

列夫·托尔斯泰　277

上帝是善，上帝是仁慈。我知道让母语非俄语者发伊里奇（Ilyich）这个父称的音不是件容易的事，意思当然就是伊利亚之子，而伊利亚是以利亚（Elias 或 Elijah）的俄语版，在希伯来语中的意思碰巧为：耶和华是上帝。伊利亚是个普通的俄罗斯名字，发音非常像法语的 il y a；而伊里奇的发音是 Ill-Itch（病—痒）——凡人生命的病痛与瘙痒。

我要说明的第一点是：这个故事实际上并不是关于伊凡之死，而恰恰是关于伊凡之生。故事中所描绘的身体的死亡是凡人生命的一部分，它只是人生的最后一页。对于托尔斯泰来说，凡人，个人，个体的人，肉体的人，他的肉身一路迈向自然的垃圾场；对于托尔斯泰来说，精神的人将回归广博的上帝之爱的无云疆域，那是东方神秘主义历来向往的福祉之所。托尔斯泰的公式如下：伊凡的一生是糟糕的，而既然糟糕的人生不过意味着灵魂的死亡，那么伊凡生时便犹如行尸走肉；又既然死亡之外是上帝的生命之光，那么伊凡倒从死里得了新生——一个大写的"生"字。

我想说的第二点是这个故事写于一八八六年，当时的托尔斯泰年近六十，已经牢牢地奠定了这样一个托尔斯泰式的念头，即创作杰出的小说作品是一种罪。他已经牢牢地下定决心，如果在《战争与和平》以及《安娜·卡列宁》这些他中年时造下的罪孽之后，他还要写点什么的话，那就只会是一些简单的故事，为百姓、农民、学生所写的虔诚的教育性质的寓言，弘扬美德的童话故事，诸如此类。《伊凡·伊里奇之死》中不时会出现将这一决心付诸实践的半心半意的尝试，我们也会不时在这个故事里发现一个假寓言的例证。但是整体来说还是艺术家胜出了。这个故事是托尔斯泰最具有艺术性、最完美、最成熟的成功作品。

感谢盖尔尼对这个故事如此出色的翻译，使我终于有机会来讨论托尔斯泰的风格了。托尔斯泰的风格是一副令人叹为观止的复杂而又沉重的工具。

你们也许看到过，你们肯定看到过，那些可怕的教科书，不是由教育家而是由教育学家编写的教科书——这些人讨论书，而不是在书里作讨论。他们也许告诉你说一个伟大作家的主要目标，也是判断他伟大的主要线索，就是"简单"。这些人哪里是老师，分明是叛徒。那些被这样误导的学生，男女学生都有，在他们考试时所写的关于这个或者那个作家的作文里我常常会读到这样的话——可能是对年少时所受教育的回忆——比如"他的风格简明"，或者"他的风格美丽而又简明"，或者"他的风格非常美丽而又简明"。但是记住，"简单"之说纯系胡扯。没有哪一位重要的作家是简单的。厄普顿·刘易斯是简单的。妈妈是简单的。文摘是简单的。罚入地狱是简单的。但是托尔斯泰们和梅尔维尔们是不可能简单的。

托尔斯泰的风格有一个特殊之处，我称之为"摸索中的纯粹主义者"。在描述一次冥想，一种情感，或者一个可感知的物体时，托尔斯泰会跟随这一思想、情感或者物体的轮廓，直到他对自己的再创作、他的艺术处理感到十二万分的满意。这包括我们所谓富有创造性的重复，一系列紧凑的重复叙述，接二连三，一个比一个更富表达力，更接近托尔斯泰的本意。他摸索着，他解开动词的包袱，找到它深层的含义，他剥去词组的果皮，他努力这样表达，然后再用更好的方式来表达，他摸索着，拖延着，玩味着，这就是托尔斯泰和他的文字。

他的风格的另一个特点是他总在把惊人的细节编织进故事中去，对于具体事态的描述总是那么鲜活动人。一八八〇年代的俄罗斯，没有一个人会这样写作。这个故事是俄罗斯现代主义的先驱，现代主义之后紧跟着就是沉闷保守的苏维埃时代。如果说故事中有寓言的成分，那里也不时出现温柔、诗意的语调，紧张的内心独白，以及意识流的手法，后者是托尔斯泰为描写安娜那场最后的旅行而早已

239

发明出来的。

这部小说结构的一个明显特点是故事一开始,伊凡就已经死了。然而,在尸体与活人之间并没有多少对比可言,伊凡周围的人讨论着他的死,看着他的尸体,但是在托尔斯泰看来,这些人的存在并不是生命,而是一群行尸走肉。我们在故事的开始就发现了许多条主题线索中的一条,即世俗的琐屑模式,麻木不仁,官僚中产阶级城市生活中的无动于衷的庸俗,而伊凡本人刚刚还参与在这种庸俗之中。伊凡的公务员同僚们考虑的是他的死会如何影响到他们自己的仕途:"于是一接到伊凡·伊里奇的死讯,这些办公室里的绅士们每一个的脑子里首先想到的就是,他的死有可能怎样影响到他们自己和他们的熟人的工作变动和升迁。

"'我肯定可以坐到施塔贝尔或者菲尼科夫的位子,'费奥多·瓦西里耶夫想道,'上面这样许诺我都那么长时间了,这次升职意味着除了津贴之外每年要多八百个卢布。'

"'我得马上去申请把我的小舅子从卡鲁加调过来,'彼得·伊凡诺维奇想道,'我的老婆会很高兴的,这样她就不能再说我从来帮不上她的亲戚什么忙了。'"

请注意故事开篇的那段对话是如何进行的,但是这种自私毕竟也是正常的,是人性的卑微特点,因为托尔斯泰是一个高于道德申诉的艺术家——我要说的是,注意当这些自私的想法结束的时候,这段关于伊凡之死的对话以一个玩笑收场了。第一章介绍性的七页之后伊凡·伊里奇复活了,作者又让他把自己的人生从头活了一遍,在大脑中,然后他的躯体又回到第一章所描述的状态(死和糟糕地活着是同义词),在灵魂上他则进入了另一个状态(身体的存在一旦结束,也就不再有死亡了),最后一章关于这一状态的勾画美丽之极。

自我中心、欺诈、虚伪,尤其还有麻木不仁,这些都是生命中最重要的时刻。这种麻木不仁让人等同于没有生命的物体——这也是为什么在这个故事中没有生命的物体也会行动,变成人物。不是这个或那个人物的象征,不是像果戈理作品中的象征物,而是完全和人类一样的行动体。

我们来看一下伊凡的寡妇普拉斯柯菲雅和伊凡最好的朋友彼得之间的那一个场面。"彼得·伊凡诺维奇越发深深地沮丧地叹了一口气,普拉斯柯菲雅·费多罗夫娜感激地按了按他的手臂。他们走进起居室,那里装着大花型的粉色印花窗帘,亮着一盏昏暗的灯,两人在桌子边坐下——她坐在沙发上,彼得·伊凡诺维奇坐进一张低低的软垫椅子里,弹簧因他身体的分量而痉挛般地收缩起来。普拉斯柯菲雅·费多罗夫娜差一点儿就想警告他还是坐另一把椅子,但是又觉得以她现在的情形这个警告有些不太合适,于是改变了主意。彼得·伊凡诺维奇一面坐进软垫椅,一面回忆起伊凡·伊里奇如何装修这个房间,还就这个带绿叶的粉红印花窗帘问过他的意见。整个房间放满了家具和各种小摆设,在走向沙发的时候,她身上那件寡妇的黑披肩的蕾丝边被桌子雕花的边角挂住了。彼得·伊凡诺维奇站起身去帮她解开,软垫椅的弹簧没了他的体重也弹起来,撞了他一下。寡妇开始自己解蕾丝边,彼得·伊凡诺维奇又坐了回去,把不听话的软垫椅弹簧压回到屁股底下。但是寡妇一时没能解开,于是彼得·伊凡诺维奇又站了起来,软垫椅也再次造反,甚至咯吱作响。这一切都结束之后,她掏出一块干净的麻纱手绢,开始哭起来……'您可以抽烟,'她的声音显得宽宏大量,但也很沉重,然后她转过身去跟索科洛夫讨论起墓穴地皮的价格……"

"'一切都是我自己照料。'她告诉彼得·伊凡诺维奇,翻着放在桌上的相册;看到彼得的烟灰有落到桌子上的危险,她立即给他递了一只烟灰缸过去……"

伊凡在托尔斯泰的帮助下得以重温自己的一生,看到他在这场"生命"(在他一病不起之前)中的幸福的高潮是当他得到了一个政府里的肥缺，然后给他自己和家人租了一套昂贵的中产阶级公寓。我用中产阶级这个词是取其非利士人的含义，而非其阶级性的含义。我是说那种在一八八〇年代让普通人感觉豪华适中的那种公寓，里面有各种摆设和装饰。当然，今天的非利士人可能会梦想玻璃和不锈钢，录像机和收音机，伪饰成书橱的样子，以及笨重的各类家具。

我说了这是伊凡的非利士式幸福的巅峰，但是死亡正是在这个巅峰上向他袭来。他在挂窗帘的时候从活动梯子上摔下来，伤了左肾，伤口是致命的（这是我的诊断——结果可能是肾癌）；但是托尔斯泰，他对医生和药都不以为然，便故意让事情显得复杂，暗示有各种可能性——浮游肾，某种胃病，甚至阑尾炎，虽然好多次提到是在左面，所以几乎不可能是阑尾。伊凡后来开了一个自嘲的玩笑，说自己在进攻窗帘的时候受了致命伤，仿佛窗帘是一座城堡。

―――――

241 从这里开始，自然以躯体之腐烂的伪装进入故事，损毁了世俗生活中的麻木不仁。第二章是以下面这句话开始的："伊凡的人生再简单不过，再平凡不过——因此也再可怕不过。"他的人生很可怕因为它麻木不仁、陈腐，而又虚伪——动物般的生存和幼稚的满足。眼下自然带来了巨大的变化。对伊凡来说，自然让人不舒服，肮脏，粗鄙。伊凡的世俗生活的支柱之一是得体、肤浅的庄重、生活那层优雅而整洁的表面、礼节。这些都一去不返了。但是自然的到来也不光是恶棍的面目：它也有它的好。非常好，非常甜美的一面。这就把我们引向下一个主题，盖拉希姆。

托尔斯泰一直都是一个二元论者，他在以下两种生活之间做了一个对比：世俗的、做作的、虚假的，本质上是庸俗的、表面上是优雅的城市生活，以及自然的生活，后者在这里代表就是盖拉希姆，一位干净、冷静、蓝眼睛的年轻农民，他是这户人家的一个下人，做着最令人厌恶的工作——但是他工作起来却犹如天使般不以为意。他代表了托尔斯泰体系中的自然之善，因此他也更接近上帝。他的出现首先是代表了脚步敏捷、轻柔又充满活力的自然。盖拉西姆理解也同情垂死的伊凡，但是他的同情透明而又冷静。

"盖拉西姆手脚麻利，又干得心甘情愿，简简单单，他的好性情让伊凡·伊里奇受到感动。健康、力量、活力，这些东西如果是在别的人身上他会感觉厌恶，但是盖拉西姆的力量和活力不会羞辱他，反而给他安慰。

"最让伊凡·伊里奇备受折磨的是那种欺骗，因为某种原因他们都接受了的那个谎言：说他只是病了，不会死，他只要保持安静，接受治疗，结果就绝对错不了……他意识到没有人同情他，因为甚至没有人想知道他的真实状态。只有盖拉西姆清楚他，同情他，所以伊凡·伊里奇只有和他在一起时才感觉自在……只有盖拉西姆一个人不撒谎；一切都表明只有他明白事实真相，且觉得没有必要掩饰，只是为他那位消瘦衰弱的主人感到难过。有一次伊凡·伊里奇让他退下的时候，他甚至脱口而出：'我们每一个都是要死的，我又何必在乎这一点儿麻烦呢？'——他是要说明他真的没觉得自己的工作是个负担，因为他是在服侍一个垂死的人，而且他希望等轮到他自己的时候，也会有人这样来服侍他。"

———

最后的主题也许可以用伊凡·伊里奇对自己提出的这个问题作总结："要是我这一生都错了，怎么办？"他一生第一次感觉到对他人的同情。接着就是类似《美女与野兽》那样的童话故事里的哀婉动人的结局，彻底改变的魔力，去天国的回程票的魔力，以及作为精神蜕变的回报的信仰。

"突然他的胸口和肋下感觉被某种力量击中，呼吸变得更加困

242

列夫·托尔斯泰　283

难,他的人往下掉,穿过一个洞,在洞底有一道光……

"'是的,全都不对,'他自言自语道,'但是那也无妨。可以这样。可是什么才是对的呢?'他问自己,突然安静了下来。

"这是第三天晚上的事,在他死前两个小时。他还在上学的儿子轻轻走进来,站在他的床边……

"就在那一刻,伊凡·伊里奇感觉往下掉,并看到了那道光,他得到了启示,尽管他的人生不是它应该成为的样子,但是仍然可以改变。他问他自己:'什么才是对的呢?'然后他安静下来,倾听着。接着他感到有人在亲吻他的手。他张开眼睛,看着他的儿子,为他感到难过。他的妻子也走了过来,他看着她。她盯着他,嘴巴张着,鼻子和脸颊上还挂着没擦干的眼泪,脸上现出绝望的神情。他也为她感到难过。

"'是的,是我让他们这么可怜的,'他心想,'他们很难过,但是我死了他们会好些。'他想这样说,但是没有力气开口,'再说了,为什么要说呢?我必须行动,'他想。他看着妻子,指指儿子,说:'让他出去——对不起他——也对不起你——'他还想加一句'原谅我',但是说出口只有'原了——'然后挥了挥手,他知道上帝会理解的,而上帝的理解才是真正重要的。

"突然间,他清楚地意识到那压迫着他、不肯放开他的东西全都一起从身体两边落下了,是身体的方方面面,所有的部位。他为妻儿感到难过,他为了不再伤害他们必须采取行动:让他们得解脱,也让他自己从这些痛苦中解脱出来。'多么好,多么简单!'他想着……

"他寻找以前所习惯的对死亡的那种恐惧,却没有找到。'在哪里呢?什么死亡?'没有恐惧是因为他找不到死亡。

"相反他找到的是光芒。

"'原来这就是它了!'他突然大声喊道,'多么快乐啊!'

"对他来说这一切都发生在一瞬间,而那一瞬的意义没有改变。对那些他身边的人来说,他的痛苦又持续了两个小时。他的喉咙里有什么东西咯咯作响,他骨瘦如柴的身体抽搐着,然后喘息和咯咯声间隔得越来越长。

　　"'都结束了!'旁边的一个人说道。

　　"他听到了这句话,在自己的灵魂深处重复了一遍。

　　"'死亡结束了,'他对自己说,'没有了。'

　　"他吸了一口气,叹息到一半时停了,伸直手脚,死了。"

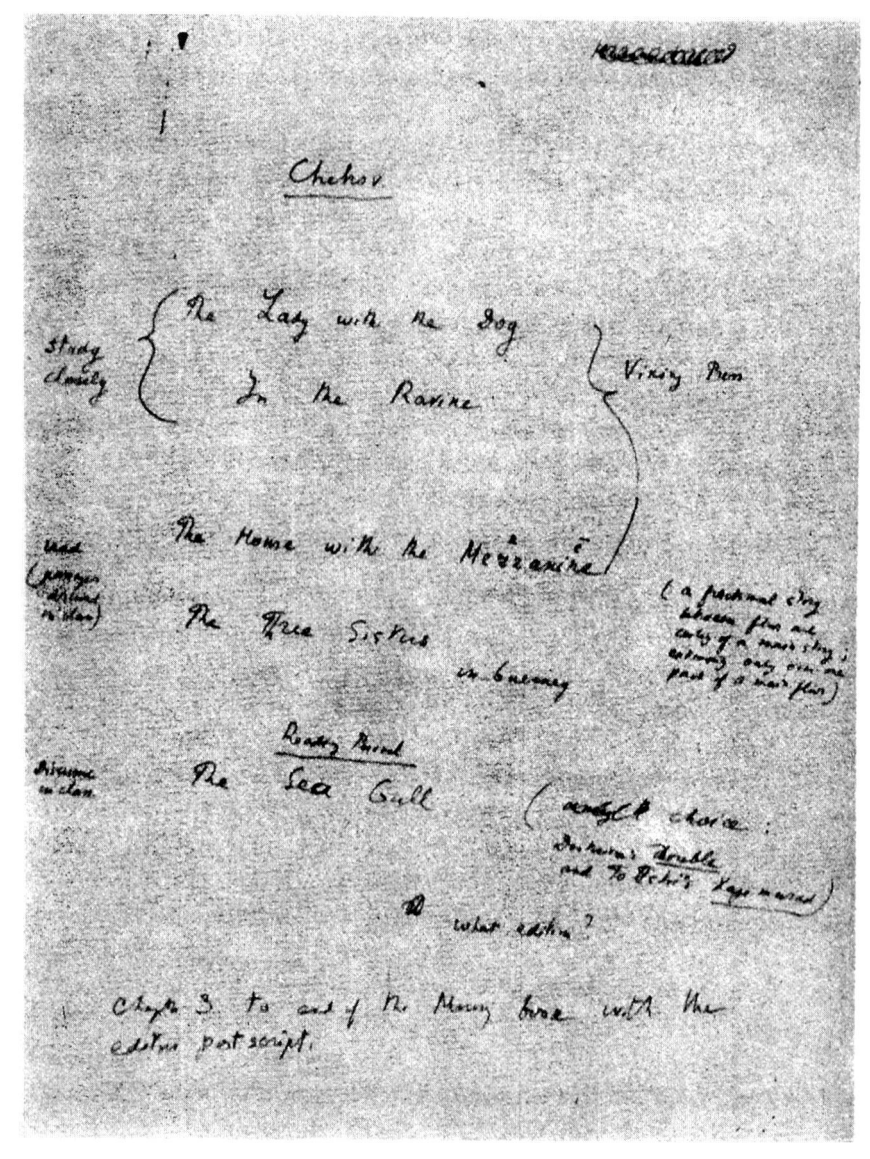

纳博科夫讲授契诃夫时所布置的作业。

安东·契诃夫
（一八六〇—一九〇四）

安东·巴甫洛维奇·契诃夫的爷爷做过农奴，后来用三千五百卢布赎回了自己和全家人的自由。他的父亲是个小商人，一八七〇年代做生意赔了本，举家搬到莫斯科，但安东·巴甫洛维奇仍留在塔甘罗格（俄罗斯东南部）完成他的高中学业。他靠自己打工谋生。一八七九年秋天，中学毕业以后他也来到莫斯科，进了大学。

契诃夫最初写小说都是为了缓解长期以来的家庭贫困。

他在大学里读的是医科，从莫斯科大学毕业以后，他在一家乡镇小医院里当医生助理。他就是在这里开始仔细观察周围的人，积累了大量素材，比如那些来他的医院看病的农民，部队的官兵（一个炮兵连就驻扎在那个小镇——在《三姊妹》中，你会看到这些军官的影子），以及无数那个时代典型的俄罗斯乡村人物，后来都在他的短篇小说中一一再现。但这一时期，他写的大多是幽默小品，会用一些不同的笔名，只在写医学论文时才署真名。他的这些幽默小品发表在各种日报上，这些报纸往往分属于极端对立的政治集团。

契诃夫自己从不参与任何政治活动，并不是因为他对旧体制里平民的生活困境漠不关心，而是因为他觉得政治活动不是他命中注定的道路；他也在服务民众，只是以一种不同的方式。他认为首先需要的是公正，毕生都在大声疾呼反对种种不公；只不过他是以作家的身份在反抗。契诃夫首先是个人主义者，是艺术家。因此，他不可能随随便便成为各种派别的"参与者"：他以个人独特的方式抗议现存的不公与残暴。通常，那些契诃夫的批评家很不理解到底是什么诱使契诃夫于一八九〇年不惧危险和艰辛到库页岛去研究那些刑事犯人的劳役生活。*

他最初的两部短篇小说集——《故事集》与《曙光里》——分别发表于一八八六年和一八八七年，立即赢得了读者大众的认同和赞誉。从此以后，他便跻身优秀作家的行列，能够在最好的期刊上发表他的小说，并放弃了他的医学事业转而全身心投入文学创作。很快，他就在莫斯科附近买下一处小小的庄园，全家住在一起。住在那里的几年可以说是他一生中最幸福的时光。他享有完全的独立，呼吸着新鲜的空气，能为自己年迈的父母提供舒适的衣食环境，能在自己的花园里自由自在地写作，宾朋好友满座。契诃夫的家庭看上去充满欢乐：充满乐趣和欢笑是他们生活的主要特征。

"契诃夫不仅热衷于把每样东西都变成绿色，热衷于植树种花，热衷于让土地增产多收，而且，他总是热衷于在生活中创造出新鲜的东西。契诃夫属于那种充满自信、精力充沛、不知疲倦的人，他不仅仅全身心地描绘生活，而且还全身心地改变生活、建设生活。他曾投身于莫斯科第一个'人民之家'的建设，有图书馆、阅览室、礼堂和剧院；他曾关注在莫斯科设立一家皮肤病诊所；在画家伊里亚·列宾的帮助下，他在塔甘罗格组织建立了绘画美术博物馆；他第一个提议在克里米亚建造一座生物研究站；他为太平洋库页岛上的学校筹集书本，然后用轮船托运到那里；他接连在莫斯科附近为农民孩子建了三所学校，同时，又为农民建了钟楼和消防队。后来他移居到克里米亚，又在那儿建了第四所学校。总的说来，他对任何建筑工程都很感兴趣，因为在他看来，这样的活动能够从整体上增加人的幸福感。他曾写信给高尔基：'如果每个人都能在属于他的那一小块土

---

* 在讲课的开始，纳博科夫插入了柯·楚科夫斯基的《朋友契诃夫》里的一段文字，《大西洋月刊》，第一百四十期（一九四七年九月），第八十四—九十页。——原编者注

地上做他能做的事,那我们的世界该有多么美好!'

"在笔记本中他记有这样一段话:'土耳其人掘井是为了拯救自己的灵魂。如果我们每个人都能在身后留一所学校、一口井或者其他类似的东西,那我们就不会什么也没留下就归于永恒了。'这些活动经常需要他付出相当多的劳动。比如,在建学校的时候,事无巨细他都参与其中,他得和工人、砖瓦匠、火炉安装工以及木匠打交道;他亲自购买所有的建筑材料,小到瓷砖和炉门,还亲自到建筑工地监工。

"再来看看作为医生的契诃夫。在霍乱流行的那段日子,他只身一人充当社区医生;没有任何助手,他单独照料二十五个村子里的人。遇到歉收的年份,他无私帮助那些挨饿的农民。他有多年的行医实践,主要是服务于莫斯科市郊的农民。契诃夫的妹妹玛丽亚·巴甫洛夫娜是受过训练的护士,是他的助手。根据她的回忆,他'在自己家中一年看了一千多个农民,义务地,还给他们每个人配药'。他曾是雅尔塔病人监护委员会的一员,如果把他这一段经历写成书的话,可以写整整一大本。"他全力以赴,事实上他自己几乎就是整个协会了。当时很多肺病患者来到雅尔塔,身无分文,他们一路从敖德萨、基什尼奥夫、哈尔科夫赶过来,只是因为听说契诃夫在雅尔塔。'契诃夫会帮我们搞定的。契诃夫会给我们安排住的、吃的,还会给我们治病。'"(楚科夫斯基)

这种大仁义充溢在契诃夫的文学作品之中,但对他来说这并不是什么设计方案,或者文学寓意,而只是他的天赋的自然色彩。他受到所有读者的喜爱,也就是说受到所有俄罗斯人的喜爱,在他生命最后的一段岁月里,他的声誉已显赫之极。"如果不是他非同一般的交际能力,不是他随时和周围的人打成一片,与歌者同歌,与醉者同醉,如果他不是强烈关注周围成千上万人们的生活、习惯、谈话、职业,那么他就难以创作出一个一八八〇和一八九〇年代庞大的、百科全书式的、丰富细致的俄罗斯世界——也就是契诃夫的短篇小说。"

"'你知道我是怎样写短篇小说的吗?'他问柯罗连科——当时

的一位激进新闻记者和短篇小说作家，此前他刚和契诃夫相识。'是这样的！'

"'他向桌子瞟了一眼，'柯罗连科告诉我们，'然后拿起一眼看到的一个东西——刚好是一只烟灰缸——他把烟灰缸放到我的眼前，说道：'如果你想要一篇小说，明天就会有了。这篇小说叫作"烟灰缸"。'"

对柯罗连科来说，那只烟灰缸仿佛就在此时此地发生着一种魔术般的变化："模糊不清的情形，尚未定型的奇遇，已经开始围着那只烟灰缸结晶了。"

契诃夫不是身强力壮的人（去库页岛的旅途艰辛也是他健康恶化的主要原因），所以之后不久他不得不找一个比莫斯科气候更为温和的地方来疗养身体。他有结核病。他走了，先去了法国，然后又在克里米亚的雅尔塔安顿下来，在那里买了一处带果园的乡间别墅。克里米亚是个很美丽的地方，尤其是雅尔塔地区，气候相对温和湿润。从一八八〇年代末直至他生命行将结束，他一直在此居住，很少离开雅尔塔去莫斯科。

著名的莫斯科艺术剧院是一八九〇年代由两位业余人士所建——一位是业余演员斯坦尼斯拉夫斯基，另外是一位业余文人涅米洛维奇-丹钦科——这两人都是舞台指挥的天才。莫斯科艺术剧院在上演契诃夫剧本之前就赫赫有名，但是，这个剧院真正"找到它自己"，并达到一个新的艺术上的完美高度则是通过契诃夫的剧本，同时剧院也让这些剧本声名远播。"海鸥"（Chaika）成了这个剧院的象征：一只海鸥的形象被永远地留在了剧院的帷幕和节目单上。同样，《樱桃园》、《万尼亚舅舅》和《三姊妹》无论对于契诃夫还是剧院来说，都是巨大的成功。契诃夫由于身患严重的结核病，只能参加作品的首演式，听一听来自观众激情澎湃的掌声，享受一下自己的成功。之后他往往病情加重，只好再回雅尔塔。他的妻子克尼碧尔夫人是剧院主演之一，甚至可以说是唯一的女主演，有时候她会到克里米亚作短暂的探望。他们的婚姻并不幸福。

一九○四年,契诃夫已病入膏肓,但他还是出现在《樱桃园》的首演现场。观众没有想到他能到场,于是他的出现引起了雷鸣般的掌声。之后,莫斯科知识界的精英宴请了他。接着是没完没了的演讲。病情使他非常虚弱,这如此显而易见,以至观众席里有人大声喊着:"坐下,坐下……让安东·巴甫洛维奇坐下。"

此后不久,他作了最后一次求医旅行,到了德国黑森林地区的巴登威勒。到那儿之后他又活了刚好三个星期。一九○四年七月二日,契诃夫远离亲人与朋友,客死异乡,在一个满是陌生人的陌生小镇上。

———

契诃夫是位真正的艺术家,他与说教式作家如高尔基之流有着本质的区别,高尔基属于那种幼稚而又神经质的俄罗斯知识分子,他们认为对俄罗斯农民只要一点耐心加和蔼可亲就解决问题了,殊不知这些命运悲惨的半野蛮状态的农民也是最深不可测的。我们不妨以契诃夫的小说《新别墅》为例。

一位有钱的工程师为自己和妻子建了一所房子;有花园,有喷泉,有玻璃球,只是没有耕地——他的目的是为了能呼吸新鲜空气,放松消遣。他还有两匹马,外形俊朗,皮毛油亮,健康强壮,鬃毛纯白。两匹马还惊人地相像,马车夫把它们牵到马蹄匠面前。

"良驹,真正的良驹!"马蹄匠说道,他一脸敬畏地凝视着马儿。

一个老农民走了过来。"噢,"他面带狡黠,含讥带讽地微笑着说道,"白是白得很,又有什么用处?要是我那两匹马儿喂饱了燕麦,它们一样光滑可爱。我倒想看看让这两匹马去耕田种地,再狠狠给抽上几鞭子会是什么样儿。"

如果是在一个说教式的故事中,尤其是那些思想与目的都正当的作品,老农说出的这句话就是智慧之言,他简单而深刻地表达了生存法则，故事再下去就会描述他是一个非常好的老头，是上升农民阶级觉悟的象征云云。契诃夫怎么做呢？很有可能，他根本没意识到自己把一个被那个时代的激进分子奉为神圣的真理放进了老农的脑袋。他所感兴趣的是，这样的描述真实地再现生活，真实地展现人的性格，作为人物而不是象征的人——一个人说这样的话不是因为他是智者，而是因为他总想让别人不舒服，想破坏别人的好心情：他恨这些白马，恨那个肥胖英俊的马车夫；他自己是个孤独的人，是个鳏夫，生活索然寡味（他不能干活，因为他有病，他管那病叫"grys"[疝气]或者"glisty"[寄生虫]）。他有个儿子在一个大镇上的糖果店工作，他从儿子那儿要钱度日，每日里无所事事地晃悠，如果遇到一位农夫带回家一根木头或者鱼竿，他就会说"这木头是烂的"，要么"这样的天气鱼是不会上钩的"。

换言之，契诃夫没有使人物成为说教的媒介，没有遵循高尔基或其他苏联作家认为的社会主义真理，紧接着把那个人物描绘成一个高大全（正如在普通的资产阶级小说中，如果你爱你的母亲，爱你的小狗，你就不可能是个坏人），契诃夫所做的是给我们一个活生生的人，而不去顾及什么政治寓意或者写作传统。*顺便说一句，我们会注意到他笔下的智者通常是一些波洛涅斯①式的无趣的人。

契诃夫笔下最好的和最差的人物似乎都有这样一个基本观点：除非俄罗斯大众具备了真正的道德和精神文化，以及健康与财富，否则，就算那些最高尚、心存最大善意的知识分子们再架桥铺路修建学堂，而伏特加酒吧比比皆是，他们的努力终将白费。他的结论是：纯粹

---

* 纳博科夫在结束这一部分时删除了一段文字："结论是：就其作品所传递的完美和谐来说，契诃夫与普希金是俄国最纯粹的作家。我觉得在同一个讲座里也提到高尔基对他本人是不公平的，但在高尔基和契诃夫之间作一个对比可以带来很多启示。到二十一世纪的时候，我希望俄罗斯会是一个比现在更美好的国家。到那时高尔基将只不过是教科书上的一个名字，但是只要白桦树、日落和写作的欲望仍然存在，契诃夫就会同在。"——原编者注

① Polonius，莎士比亚悲剧《哈姆雷特》中的人物，奥菲莉亚的父亲，一个自以为智慧过人、人情练达的迂腐老头。

的艺术、纯粹的科学、纯粹的学问，它们不和大众发生直接的联系，但最终来看，它们的成效会远远超过那些慈善家们的笨拙糊涂的努力。需要说明的一点是，契诃夫本人就是一个契诃夫式的俄国知识分子。

契诃夫可以不费吹灰之力刻画出深刻的悲剧性人物，这一点没有哪个作家能比得上他。我们可以引用他的《在大车上》里的一句话来总结这类人物："真奇怪啊，她心里想着，为什么上帝要将甜美的性情，忧郁、美丽而又善良的眼睛给了那些软弱、不幸而又无用的人们——他们又为什么如此吸引人呢？"《公差》里那个村子里送信的老头，他在雪地里走了一里又一里的路，干着无关紧要毫无用处的差事，对此他既不明白也不质疑。《我的一生》里的那个年轻人，他离开舒适的家，成了一名可怜的房屋油漆工，只是因为他再也无法忍受令人作呕的痛苦虚伪的小镇生活，这一生活的集中象征就是他的建筑师父亲为小镇建的那个张牙舞爪的可怕的房子。有哪个作者可以忍住诱惑，不作这样一个悲剧性的对比呢：父亲建房子，而儿子注定粉刷房子。但是契诃夫对这一点甚至连暗示都没有，一旦做了强调，整个故事的文学价值都会打折扣。在《带阁楼的房子》这个故事中，有一个脆弱的年轻姑娘，她的名字在英语中很难发音——脆弱的蜜修斯，在秋日的夜晚，她裹着一件棉布外衣，瑟瑟发抖，故事中的"我"把他的外套披到她瘦弱的肩膀上——于是她的窗口亮起了灯，一段浪漫情事上演了。《新别墅》中的那个老农，他几乎是恶毒地曲解那位有着徒劳而半温不热的同情心的古怪乡绅，但同时老农内心深处却又为乡绅真诚地祝福；老爷有一个洋娃娃般娇生惯养的女儿，一次因为别的村民对她不友好，她哇哇大哭，老农便从袋中掏出一个沾着面包屑的黄瓜，塞到她的手里，对这个被惯坏的资产阶级小孩说："不要哭了，小姐，要不然妈妈会说给爸爸听，爸爸就要把你打

一顿了"——这番话准确揭示出他自己的生活习惯,作者并没有对此作任何强调或者阐释。《在大车里》的那位乡村女教师,她可怜的白日梦被崎岖不平的道路所打断,被车夫那个粗俗但并无恶意的绰号所打断。还有契诃夫最震撼的小说《在峡谷里》,那位温柔、淳朴、年轻的农民母亲丽帕,她的赤裸通红的婴儿被另一个农妇泼滚水生生烫死了。前面一个场景多么精彩,那时婴儿仍然健康快乐,年轻的母亲和他一块儿玩耍——她走到门旁,又折回来,她远远地向孩子鞠一个躬,说声尼奇夫先生早上好,然后就冲过去抱住小孩,一面发出充满爱意的叫声。还是这个精彩的故事里,一个可怜的农民流浪汉向女孩讲述他在俄国流浪的经历。一天,在伏尔加的某个地方他遇到一位绅士,这位绅士也许是由于政治观点的不同被驱逐出莫斯科,绅士瞥了他一眼,看到他破烂不堪的衣服,看到他的脸,然后大哭起来,大声道,农民这样说着,"天呐!"绅士对我说,"你的面包是黑的,你的生活也是黑的。"

  通过暗示和潜台词来传递某一确定的意义,契诃夫属于最早依赖这一写作方法的作家之一。在丽帕和她孩子的这个小说中,丽帕的丈夫是个骗子,后来被判刑去做苦工。在此之前,他的行骗勾当还很顺利的时候,他常给家里写信,字写得很漂亮,但不是他写的。一天,他无意间透露是他的一位好朋友萨莫罗多夫代笔写的。在小说中,我们从来没有遇到他的这位朋友,但当他被判刑去做苦工的时候,他从西伯利亚传回的家书依然还是同样漂亮的字迹。故事就是这样,但显而易见,那位好心的萨莫罗多夫,不管他是谁,之前和他就是诈骗同伙,现在又在一起服苦役。

———

  一个出版商曾对我说过,每一位作家身上的某处都刻着一个数字,这个数字就是他每部作品的页数极限,它是作家创作长度的极限。我记得我的数字是385。契诃夫从来没有写过一篇好的长篇小说——他是位短跑选手，不是位有耐力的长跑运动员。他好像不能长时间持续关注他的天赋所感知到的周围的生活模式：他的天才的活力只能维持到完成一部短篇小说的创造，如果要变成一部长篇或者连载小说，则他的天赋便会拒绝保持鲜活。在他身上表现的剧作家的素质也只是他作为一个长的短篇小说作家的素质；很显然，如果他尝试写大部头的小说，那么剧本所表现出的缺点也会同样出现在他的长篇小说中。有人拿法国的二流作家莫泊桑（有时因某种原因也叫德·莫泊桑）来与契诃夫作对比；这样的对比从艺术角度来看是对契诃夫的伤害，但是这两个作家的确有一个共同点：他们都写不了长篇小说。莫泊桑曾强迫自己的笔跑出更远的距离，超出他自己的自然禀赋，譬如他写下了 *Bel Ami*（《俊友》）和 *Une Vie*（《一生》），但结果证明他的长篇小说充其量是一系列短篇小说被人为混合在一起，留给读者的印象是不连贯的，那股推动主题的内在洪流荡然无存；但对于天才的长篇小说家福楼拜和托尔斯泰来说，这是他们写作风格中最自然不过的一部分。契诃夫年轻时曾试图写一部长篇，但后来他再也没有尝试过大部头的写作。他最长的小说，比如《决斗》或《三年》仍然属于短篇小说。

　　契诃夫的作品对于有幽默感的人来说是让人伤心的作品；也就是说，只有具备幽默感的读者才可以真正感受到其悲哀。有些作家，他们的幽默给人感觉介于窃笑和哈欠之间——其中很多是专业幽默作家。还有一些作家则是介于吃吃的笑与呜咽的哭之间——狄更斯的作品就属于这一类。还有一类很糟糕的幽默是作者刻意设计的，目的是在一场悲剧性的场面之后取得一种技术上的松弛感——但此种幽默与真正的文学相去甚远。契诃夫的幽默不属于以上任何一种；它是纯粹契诃夫式的幽默。事物对他来说既滑稽可笑又令人悲伤，但是，如果你看不到它的可笑，你也就感受不到它的可悲，因为可笑与可悲是浑然一体的。

俄国的批评家注意到契诃夫的作品风格、他的词汇选择等没有显出诸如果戈理、福楼拜或者亨利·詹姆斯那样特殊的艺术文风。他的语汇贫乏，他的遣词造句微不足道——华丽的词藻、刺激的动词、热烈的形容词、薄荷甜酒似的表述词，用银盘托着呈上来，这些对契诃夫来说都是陌生的。从某种意义上来说，果戈理是新动词的发明者，但契诃夫不是；契诃夫的文学风格可以用穿休闲装去参加舞会来形容。这样，如果人们试图说明一个作者即便不使用华美生动的词藻，不特别在意句子的曲线矫饰之美，仍可以成为一个完美的艺术家，那么契诃夫就是一个很好的例子。如果屠格涅夫坐下来谈论一道风景，你会发现他关心的是短语上所起的褶缝；他跷起腿，眼睛留意的是袜子的颜色。契诃夫并不在意这些，并不是因为这些东西不重要——对于有些作家来说，处在一定的心情状态下，这些就都是自然而然且非常重要的事——但对于契诃夫来说不重要，因为他秉性中从不知道词的创新是怎么回事。他甚至并不在乎那些不合语法或者松散的新闻体句子。*虽然说契诃夫可以容忍一些瑕疵（一些聪明的初学者都可以避免的瑕疵），虽然说他毫不介意词语中的"普通人"，也就是"普通词"，但是他还是很成功地传递了艺术之美，给人留下深刻的印象，且远远超过了许多自认为了解文章之美的作家，这正是契诃夫神奇的魅力所在。他把文字置于同样昏暗的光线下，置于同样的暗灰色中，介于旧篱笆与低云之间的颜色。情绪之多变，智慧之迷人，人物艺术构建之风雅，细节之生动，生命之渐隐——这些契诃夫式独特的艺术特征——被隐约如虹彩般的语言的朦胧渗透着，包裹着。

---

* 纳博科夫一开始写道"不那么在乎"，然后又写下一段话，被他删掉了，但这里保留下来供有兴趣的读者参阅："譬如说与康拉德相比。（根据福特·麦道克斯·福特的说法）康拉德试图寻找一个两个半音节的单词——不是两个也不是三个，必须刚好是两个半音节——他感觉绝对有必要用这样一个音节的词来结束某一段描写。对于康拉德来说，这完全是正确的，因为这是他禀赋的本质。契诃夫在结束那个句子时可能会用一个'in'也可能会用'out'，他根本不会注意到他句子结尾时的用词情况——这就是契诃夫比那个好老头康拉德伟大得多的缘故。"——原编者注

契诃夫从容而微妙的幽默弥漫于他所创造的人物的灰色生活中。对于俄国的哲学批评家或者关心社会公益的批评家来说，他是一种独一无二的俄罗斯人物类型的独一无二的阐述者。我很难解释这种类型过去是什么、现在又是什么，因为它和俄国十九世纪整个的心理和社会历史如此紧密地联系在一起。如果说展现在契诃夫笔下的人物是迷人的但又是无用的话，这种说法不确切。更确实一点的说法是，他笔下的这些男人女人之所以迷人正是因为他们的无用。但是，真正吸引俄罗斯读者的是他在契诃夫的主人公中认出了那位俄罗斯知识分子，俄罗斯理想主义者，一种古怪又可悲的生物，对他外国读者知之甚少，而眼下在苏联也不可能存在。契诃夫笔下的知识分子是这样的一类人：他集高贵情操和软弱无能于一身，这种情操到达人类所能及的最深层次，而同时他又无力将其理想与原则付诸行动，简直无能到了近乎荒谬的地步；他投身于道德的美善、人民的幸福、宇宙的安宁，但个人生活上却做不出任何有用的事情；他在模糊的乌托邦梦想中耗费着自己身处郊县的生命；他明知什么是好的，什么是值得追求的东西，但同时又越来越深地陷入平凡存在的泥淖，爱情不幸福，做任何事都没有效果——一个做不了好事的好人。他们或是医生，或是学生，或是乡村教师，或是其他各类职业人士——这些就是契诃夫小说中的人物。

254

使那些热衷于政治的评论家恼火的是，在契诃夫的小说中，作者在任何地方都没有把这类人归属于任何一个政党，也没有给这类人赋予特定的政治纲领。但是，这正是整个的关键所在。契诃夫笔下那些无用的理想主义者既非恐怖主义者，也非社会民主主义者，既非刚萌芽的布尔什维克，也非其他俄国数不清的革命党派中的数不清的成员。重要的是，这些典型的契诃夫式的主人公是一种含糊而美丽的人性真理的不幸载体，这是一个他们既无法摆脱，也不能承载的负担。我们在契诃夫小说中看到的是一连串的跌绊，但这个人之所以跌绊是因为他总在凝视着繁星。他不高兴，也让其他人不高兴；

他爱的人不是他的同胞,不是那些与他最亲近的人,而是远在天际的人。遥远国度的一个黑奴,或者一个中国苦力,或者偏僻乌拉尔地区的一个工人,他们的困境比起他的邻居或者他的妻子所遭受的困境来说,使他有一种更深切的道德之痛。契诃夫在安排这些战前的和革命前的知识分子微妙的变化时感受到一种特别的艺术乐趣。这些人会做梦,但他们不会统治。他们破坏了自己的生活也破坏了别人的生活,他们愚蠢、软弱、无用、歇斯底里;但是契诃夫认为一个会生产这类特殊的人的国家,才是一个应该受到祝福的国度。这类人错过一次又一次的机会,他们躲避行动,度过一个又一个不眠之夜去筹划建造他们不能建造的世界;但是,这些人充满热情、自我克制、思想纯粹、道德高尚,这些人存在过,而且可能在今天那个残酷而肮脏的俄国的某地仍以某种方式继续存在着,只要这仍是一个事实,那么这个世界就仍然有着变好的希望——因为也许让人敬慕的自然法则中之最让人敬畏者恰恰是弱者生存。

　　正是基于这种观点,那些对于俄罗斯民众的疾苦和俄罗斯文学的辉煌同样感兴趣的人们,他们会特别欣赏契诃夫。契诃夫从来没有刻意在他的小说中为大家提供社会的或道德的启示,但是,他的天赋几乎于不自觉中揭示出比其他大量作家(比如高尔基,他们通过一些矫饰的傻瓜角色兜售自己的社会观点)更多的最黑暗的现实:俄罗斯农民的饥饿、困惑、卑屈、愤怒。甚至,我还可以说,如果有人喜欢陀思妥耶夫斯基或者高尔基甚于喜欢契诃夫,他肯定永远无法把握俄罗斯文学和俄罗斯生活的本质;而且,更重要的是他将无法把握普遍文学艺术的本质。俄罗斯人喜欢把他的熟人朋友分成喜爱契诃夫的一类和不喜爱契诃夫的一类,仿佛是个游戏。那些不喜爱契诃夫的往往是不对劲的一群。

　　我衷心建议尽可能地拿起契诃夫的小说(即便是那些令人难受的译本),在小说中做梦畅游,契诃夫的小说本来就是让人做梦畅游的地方。在一个属于面色红润的歌利亚的时代,读一读关于柔弱的大卫们的小说还是非常有用的。荒凉凄黯的风景,泥泞道路旁枯萎的黄花柳,灰色天际振翼而过的灰色乌鸦,在某个最寻常不过的角落里突然涌起一阵奇妙的回忆——所有这些可悲的昏暗,可爱的软弱,这个契诃夫的鸽灰色世界里的一切,在极权主义国家的崇拜者所描绘的那些强大自足的世界的虎视之下,所有这一切都显得那么弥足珍贵。

―――――

《带小狗的女人》
(一八九九)

　　契诃夫写《带小狗的女人》这个故事如入无人之地。没有丝毫的犹豫磨蹭。开头第一段就让主要人物出场,年轻的金发女人,带着一条白毛狮子狗,出现在黑海旁雅尔塔的克里米亚休假地海滨。不久,男主人公古罗夫也出现了,他的妻子和孩子留在莫斯科。他的妻子也得到了生动的刻画:她是一个身材结实的女人,生着两道浓黑的眉毛,总把自己叫作"有思想的女人"。大家可以注意到作者收集的鸡毛蒜皮的小事所焕发的魔力——在拼写时,妻子习惯略去某个不发音的字母,称呼丈夫时用最长最完整的全名,这两处对她性格的描写再加上她那长着粗眉的脸庞和僵硬的姿态共同形成了认识她的必要印象。一个硬邦邦的女人,信奉那个时代的强硬的女权主义和社会观念,但是她的丈夫在心底里却认为她心胸狭隘、单调乏味,毫无风度可言。自然而然,故事就过渡到古罗夫的不忠,他对女人的基本态度——他称她们是"次等人种",但是,离开了这些次等人种,他却没法活下去。故事暗示了这些俄罗斯人的浪漫可没有莫泊桑笔下的巴黎人那样轻松自在。这些端庄体面、优柔寡断的莫斯科人,在一开始总是慢慢吞吞、笨手笨脚,而一旦开始之后,就

Chekhov. The lady with the little dog. (1899).

Chekhov comes in without knocking. There is no dally-dallying. The very first paragraph the main character(the young fairhaired lady followed by her white Pomeranian on the seafront of a Crimean resort, Yalta) And immediately after the male character appears. His wife, whom he has left with the children in Moscow, is vividly depicted: her solid frame, her thick black eyebrows and the way she had of calling herself: a woman who thinks. the magic of the trifles the author collects -- her manner of dropping a certain mute letter in spelling and her calling her husband by the longest and fullest form of his name, both traits in combination with the impressive dignity of her beetle-browed face and rigid poise forming exactly the necessary impression a hard woman with the strong feminist and social ideas of her time, but whom her husband finds in his heart of hearts, narrow, dull-minded and devoid of grace. The natural transition is to Gurov's constant unfaithfulness to her, his general attitude towards women -- "that inferior race" is what he calls them, but without that inferior race he could not exist. The surroundings, the color and a hint that these Russian romances were not altogether as lightwinged as in the Paris of Maupassant, are rendered in the allusion that complications and problems are unavoidable with those decent hesitating people of Moscow who are slow heavy starters but plunge into tedious difficulties when once they start going.

Then, with the same neat and direct method of attack, with the transitional formula "and so..." or perhaps still better rendered by the "now..." which begins a new paragraph in straightforward

纳博科夫《带小狗的女人》讲稿的首页。

会陷入无休无止的困境,复杂的局面和重重问题就会不可避免地出现了。

接着,故事以同样简洁同样直接的方法,即约定俗成的承上启下的连接手段"那么……"*将我们重新带回到带小狗的女人身边。她的一切的一切,甚至她的发型都告诉古罗夫她是个感到无聊的女人。那种冒险的冲动——虽然他也知道在这样一个时尚的海滨城市,他对一个孤独的女人抱以这样的态度完全是在走粗俗浪漫故事的俗套,也就是假戏假做——但是,这种冒险的精神还是促使他去逗弄她的小狗,这样狗就成了他与她之间的关联。他俩住在同一家饭店里。

"他亲切地招呼那条狮子狗,等到它真的走近,他却冲它摇手指。狮子狗就汪汪地叫起来;古罗夫又吓唬了它一回。

"那个女人瞟他一眼,立刻垂下眼睛。

"'它不咬人。'她说,脸红了。

"'可以给它一根骨头吃吗?'他问道;等到她肯定地点了点头,他就殷勤地问:'您来雅尔塔很久了吧?'

"'有五天了。'"

他们在一块儿聊天。作者已暗示过古罗夫在与女人相处时很机智风趣;作者也并没有让读者将这一点作为一个既成事实来接受(你知道老一套的写法通常都是说他说起话来很"精彩",但又不会给出什么实际的例子),而契诃夫则是让古罗夫谈笑风生,充满魅力。"沉闷,是吗?一个普通的市民住在……(这里契诃夫列举了精心挑选的超级土气的城镇的名字)倒不觉得沉闷,可是一到这儿度假却看什么都没劲了,都是灰尘!人们会以为他是从格林纳达(这个名字会给俄国的读者留下太多的想象)来的呢。"他们其余的谈话只是间接地传达给读者,这里借一点侧光就可以说明问题了。下面我们

---

* 纳博科夫删掉了下面一句话:"如果译成英语的话,更好的说法是'此时',在故事另起一个新的段落时常用的手法。"——原编者注

安东·契诃夫

首先看一下契诃夫是如何通过对大自然的最简洁的细节描写来烘托气氛的:"海水泛出淡紫的颜色,柔和而温暖,水面上荡漾着一条通向月亮的金色大道";凡是在雅尔塔住过的人都知道,这个句子是多么准确地传递了此地夏日黄昏的印象。故事第一部分快要结束的时候,古罗夫一个人在旅馆房间里,上床睡觉时又想到了她,想象着她瘦弱的脖子和她那对美丽的灰色眼睛。还值得一提的是,直到这时契诃夫才通过男主人公的想象让我们对这位女士有了一个形象上的确定的认识,我们看到她的五官与她惆怅的情绪和百无聊赖的特征是多么吻合。

"他上床躺下,想起她不久以前还是个中学的学生,还在念书,就跟现在他的女儿一样;他想起她笑的时候,跟生人谈话的时候,还那么腼腆,那么局促不安。大概这是她生平头一次孤身一人处在这种环境里吧,然后被人跟随、注视和搭讪,而这个人这样做的秘密动机只可能有一个,她也不大可能猜不透这个动机。他想起她纤瘦优美的脖子和她那对美丽的灰色眼睛。

"'可是,她那样儿有点可怜。'他想着,昏昏睡去了。"

接下来的一个部分(小说分为四个小章节,每个章节只有四五页之长),开始于一周之后,在一个闷热有风、灰尘飞扬的日子,古罗夫到售货亭去,给那位女子带来了加冰的柠檬水;到了晚上,热风退去,他们来到码头,看见轮船驶进防波堤。"女人在人群中把她的长柄眼镜弄丢了。"契诃夫简短地提了一句,措辞显得很随便,和小说没有什么直接的联系——只是不经意地一笔带过——但恰与前文已建立起来的女人身上那种无助哀婉的气质相契合。

然后,回到她的旅馆房间,契诃夫又细致地刻画了她的腼腆与局促不安。他们现在成了情人。她坐在那里,长发忧伤地挂在脸的两边,沮丧的坐姿活像古画上的罪人。桌子上放着一个西瓜,古罗夫给自己切了一块,慢慢地吃起来。这现实感极强的一笔也是契诃夫又一个典型的写作技巧。

她告诉他自己来自一个遥远的城市,向他描述她在那里的生活情况,古罗夫对她的天真、迷茫和眼泪有点不耐烦。直到现在,我们才得知她丈夫的名字:冯·迪德利茨——可能是一个德国后裔。

他们在雅尔塔的晨雾中漫步。"到了奥列安达,他们坐在离教堂不远的一条长凳上,瞧着下面的海洋,沉默着。晨雾中的雅尔塔影影绰绰,朦胧难辨;白云一动不动地停在群山顶上。树上的叶子纹丝不动,知了在叫,单调而低沉的海水声从下面传上来,述说着安宁,述说着那种在等候我们的永恒的长眠不醒。当初还没有雅尔塔,没有奥列安达的时候,海水也是这样喧腾作响,如今它依然这样喧腾作响,等我们不在人世了,它仍旧会这么冷漠而低沉地喧腾作响吗⋯⋯身边坐着一位在晨曦里显得如此动人的年轻女人,又身处这神话般的环境——这海,这山,这云,这辽阔的天空——古罗夫不由得感觉平静下来,心醉神迷一般,他暗自思忖:这世上的一切在沉思中美得都是多么真实啊,唯独我们在忘记了生活的最高目标、忘记了我们人的尊严时所想和所做的事情才是例外。

"有个人——大概是守夜人吧——走过来,朝他们望了望,又走开了。这个细节也显得那么神秘,那么美。他们看见一条从费奥多西亚来的轮船到岸了,朝霞照亮了船身,船上的灯已经熄灭。

"'草上有露水。'一阵沉默之后安娜·谢尔盖耶夫娜说道。

"'是呀,该回去了。'

几天过去了,她不得不回家乡了。

"'而我,也该回北方去了。'古罗夫送走她回来后这样想着。"*这一章节就这样结束了。

第三个部分把我们直接带入了古罗夫在莫斯科的生活。俄罗斯丰富多彩的冬日生活、他的家庭事务、俱乐部和餐馆的宴请,这一切契诃夫都作了简洁而生动的描述。然后作者又花一页的篇幅来描

---

* 在页边的空白处,纳博科夫批了一句:"相当于从佛罗里达返回到伊萨卡。"他是为康奈尔班上的学生着想。——原编者注

写发生在古罗夫身上的一件奇怪的事：他无法忘掉那个带小狗的女人。他有许多朋友，他虽有把这段奇怪的经历告诉别人的渴望，却找不到倾诉的对象。而当他碰巧谈到爱情、谈到女人时，谁也猜不出他的用意，只有他的妻子扬起两道黑眉毛，说："你别装样了；你不是这块料。"

接下来的部分在契诃夫的平静型的小说中可以被称作是"高潮"。其中有些内容是贵国的某位普通公民会称为浪漫的东西，也有一些内容会被他称作是散文——但是这两样对于艺术家来说都一样是诗的素材。这样的对比在古罗夫还在雅尔塔时就有：那是个非常浪漫的时刻，古罗夫却在雅尔塔旅馆的房间里切了块西瓜，一屁股坐下，满口大嚼起来。这种精彩的对比还发生在之后一天深夜，在古罗夫一行走出俱乐部时，他忍不住脱口向一位朋友说出了他心底的话：要是您知道我在雅尔塔认识了一个多么迷人的女人就好了！他的那位官僚文官朋友，上了雪橇，马已经开始向前走了，可是他突然回过头来，对古罗夫喊了一声。"什么事？"古罗夫问道，显然他在期望这位朋友对他刚才提到的事有点反应。顺便说一句，那人说道，你刚才说的没错。俱乐部的鱼确实有股子味儿。

这就自然过渡到了古罗夫眼下的新的心境，他认为自己生活在一群野蛮人中间，这里的生活就是牌局和吃饭。他的家庭，他的银行，他生存的趋向，一切看起来都是那么庸碌、无聊、毫无意义。他告诉妻子圣诞节他要去圣彼得堡出差，事实上，他去了遥远的伏尔加的一个城镇，因为那位女人就住在那儿。

在那段所谓曾经美好的岁月里，人们对俄国国内社会问题的偏执与狂热泛滥一时，那时契诃夫的写作方式激怒了批评家们，他们认为契诃夫只是描写琐碎的、无关紧要的事情，却没有去仔细考察和解决中产阶级婚姻中的各种问题。在这个故事中，古罗夫一大早来到那个城镇，在当地的一家旅馆定了最好的一个房间，此时，契诃夫没有描写古罗夫当时的心情，也没有渲染他所处的道德困境，而是给出了语言层次意义上最高的艺术表现手法:他提到了灰色的地毯,用的是军用呢子;还有灰色的墨水瓶子,上面布满了灰尘;瓶上雕着一个骑马的人像,举起一只挥着帽子的手,脑袋已经不见了。就是这些;什么都不是,却是真正的文学。在同一行里还有一处语音变形,旅馆的守门人总是发不对那个德国名字冯·迪德利茨。古罗夫得知女人地址后就去了那里,他看了看房子。那所房子的前面立着一道很长的灰色围墙,墙头上的钉子支棱出来。这样的围墙谁也逃不出去,古罗夫暗想。我们于地毯、墨水瓶、文盲守门人所暗示代表的单调与灰色中可以得出一个结论:正是这些意想不到的转换与灵活技巧使得契诃夫比其他俄国小说家技高一筹,使他可以跟果戈理与托尔斯泰平起平坐。

不久,他看见一个老仆人走了出来,后面跟着那条熟悉的白毛狮子狗。古罗夫想叫那条狗(出于条件反射),可是他的心忽然剧烈地跳动起来,他由于兴奋而忘了那条狮子狗叫什么名字了——另一处让人欣喜的触动。随后,他决定去一家当地的剧院,那儿正在第一次公演《艺妓》。契诃夫用了六十个词就完整地描绘了地方剧院的全貌,他还没有忘记加一笔市长本人谦虚地躲在包房门帘后面,只露出两只手。接着,那个女人出现了。他这才清楚地意识到,如今对他来说,全世界再也没有一个比她更亲近、更宝贵、更重要的人了。这个娇小的女人,混杂在小镇的人群里,一点出众的地方也没有,手里拿着一副俗气的长柄眼镜。他也看到了她的丈夫,记得她曾说他是个马屁精——他的确像极了马屁精。

接下来是一个非常精彩的场面,古罗夫终于能和她说上话了,他们快步迈上一个又一个楼梯和走廊,然后又走下来,又上去,身边穿梭着穿各种制服的地方官员。契诃夫还没有忘记"有两个中学生在楼梯上抽着烟,向下瞧着他俩"。

"'您一定得走,'安娜·谢尔盖耶夫娜接着小声说,'您听见了吗,德米特里·德米特里奇?我会到莫斯科去找您的。我从来没有幸福过;我现在不幸福,将来也绝不会幸福,绝不会!不要给我多添痛苦了!我发誓我会到莫斯科去的。现在我们分手吧!我亲爱的,好心的人,宝贵的人,我们分手吧!'

"她握了一下他的手,开始快步走下楼去,她转身回头看了他一眼,从她的眼神看得出来,她确实不幸福。古罗夫站了一忽儿,留心听着,然后,等到一切声音停息下来,他就找到自己的大衣,走出剧院去了。"

第四章也是最后一个小章节刻画了他们在莫斯科秘密幽会的氛围。她到莫斯科后,通常让一个戴红帽的人送信给古罗夫。一天,他去幽会时女儿跟他在一起,她要去上学,跟他正好是顺路。天上下着大片的湿雪。

古罗夫对女儿说,温度计上的温度显示在冰点温度以上(实际上超过华氏三十七度),但还是下雪了。他解释说这只是大气表面上的温度,大气上层的温度就完全不同了。

他边走边说话,心里却一直在想:他正在去赴幽会,这件事一个人都不知道,大概永远也不会有人知道了。

使他迷惑不解的是他生活中虚伪的那部分,他的银行、他的俱乐部、他的交谈、他的社会责任——这一切都是公开的,可真实而有趣的那个部分却是秘密的。

"他有两种生活:一种是公开的,凡是需要知道这种生活的人都看得见,都知道,跟他的熟人和朋友的生活完全一样,充满了传统的真实和传统的欺骗;另一种生活则在暗地里进行。由于环境的一种奇特的、也许是偶然的巧合,凡是他认为重大的、有趣的、必不可少的事情,凡是他真诚地去做而没有欺骗自己的事情,凡是构成他的生活核心的事情,统统是瞒着别人,暗地里进行的;而凡是他弄虚作假,他用以伪装自己遮盖真相的外衣,例如他在银行里的工作、他在俱乐部里的争论、他的所谓'次等人种'、他带着他的妻子去庆祝结婚周年等,却统统是公开的。他根据自己来判断别人,就不再相信他看见的事情,老是揣测每一个人都在秘密的掩盖下,就像在夜幕的遮盖下一样,过着他的真正的、最有趣的生活。每个人的私生活都包藏在秘密里,也许,多多少少因为这个缘故,文明人才那么凄惶地主张个人的隐私应当受到尊重吧。"

最后一个场景充满了感伤,这在小说一开始就暗示过了。他们约会时她哭了,他们感觉是最亲密的情人,最贴心的朋友。他看到自己头发已经开始有些变白了,知道只有死亡才可以结束这段爱情。

"他的手扶着的那个肩膀是温暖的,还在颤抖着。他对这个生命感到怜悯,这个生命还这么温暖,这么美丽,可是大概已经临近开始凋谢、枯萎的地步,像他的生命一样了。她为什么这样爱他呢?他在女人的心目中老是跟他的本来面目不同,她们爱他并不是爱他本人,而是爱一个由她们的想象创造出来的、她们在生活里热切寻求的人,后来她们发现自己错了,却仍旧爱他。她们跟他相好的时候,没有一个是幸福的。以往他认识过一些女人,跟她们好过,分手了,然而他一次也没有爱过;把这种事情说成无论什么都可以,单单不能说是爱情。而只有现在,当他的头发开始灰白的时候,他却恋爱了,真真切切,实实在在地恋爱了——这在他的生命中,还是第一次。"

他们商讨着现在的处境,考虑着如何摆脱这种可悲的秘密生活,如何能够天长地久地在一起。他们没有找到解决问题的办法,故事以典型的契诃夫式结尾结束了,没有给出一个明确的结局,而是追随生活自然变迁的节奏。

"似乎再过一忽儿,答案就可以找到了,到那时候,一种崭新的、美好的生活就要开始了,不过这两个人心里都明白:离结束还很远很远,那最复杂、最困难的道路现在才刚刚开始。"

在这二十页左右的精彩的短篇小说中,所有传统的法则都被打破了。没有问题,没有常规的高潮,没有结尾的点题。但它却是最伟大的小说之一。

我们现在来重复一下契诃夫在这篇小说和其他小说中典型的几

个不同特征。

第一，小说以最自然的方式展开，不像屠格涅夫或者莫泊桑那样总在晚饭后的壁炉旁，而是一个人在把他生命中最重要的事向另一个人叙述，缓缓道来，但没有停顿，声音渐稀渐弱。

第二，通过精挑细选和对细微而明显特征的分类，达到对人物准确而丰富的刻画。对于普通作者那些没完没了的描写、重复、强调，契诃夫表示了鄙视。在这段或那段描写中，选用一个细节就可以照亮整个背景。

第三，在他的小说中得不出什么特别的道德说教，或者特别的寓意。读者可以拿他的小说与高尔基或托马斯·曼的作品作比较。

第四，契诃夫的小说是基于一种波浪起伏的系统，基于各种情绪的微妙变化之上。如果说形成高尔基的世界的分子是物质，那么，契诃夫的世界则是一个波浪而不是物质粒子的世界，而这恰好更接近对宇宙的现代科学的理解。

第五，小说行文中诗与散文的对比（这一对比通过惊人的洞察力与幽默感得到强调），最终是针对主人公的对比。事实上，我们感觉到，在契诃夫笔下，高雅与卑下是没有区别的，这也是真正的天才作品的特征。一片西瓜，淡紫色的海面，以及市长露出的双手，这些对于这个世界的"美丽加遗憾"来说都是一样必不可少的。

第六，故事并没有真的结束，因为，只要人活着，就不可能有具体明确的关于麻烦、希望或者梦想的结论。

第七，故事的叙述者似乎总是偏离主题而去提一些琐碎的东西，每一处的琐碎如果换成另一类小说则有可能意味着情节的转折——比如，剧院里的那两个孩子可能是偷听者，然后去散播谣言，或者墨水瓶会使主人公想到写一封信，从而改变故事发展的方向；但是，正是由于这些琐碎毫无意义，它们在这种特殊的小说中对于营造真实的气氛才显得格外重要。

《在沟里》
（一九〇〇）

《在沟里》（一般译成"在峡谷里"）这个故事发生在大约半个世纪以前——故事写于一九〇〇年。地点是俄罗斯某地一个叫作乌克列耶沃（Ukleyevo）的村庄：kley 念起来像 clay（泥土），但意思是"胶水"。人们对这个村庄所知寥寥，唯一流传至今的一件事是说某天早晨"教堂的老执事醒来看到冷菜里有些鱼子酱，颗粒着实不小，于是他就狼吞虎咽地吃起来；大家拿胳膊肘搡他，拉他的袖子，都无济于事，他好像开心得被石化了一般：什么都不管了，只顾一个劲儿地吃。一罐子鱼子酱足有四磅重，被他吃了个精光。很多年过去了，教堂执事也死了很久了，但这些鱼子酱仍然没有被忘记。也不知是因为这里的人太穷了，还是他们不够聪明，以至于除了这件发生在十年前的小事就不知道注意别的事了，总之，关于乌克列耶沃人们再没有其他什么可说的了"。或者，也许这是唯一值得一提的一件事吧。至少这儿还有一丝幽默，一点微笑，一些有人情味的东西。故事其余部分全都既乏味又邪恶——一个充满欺骗和不公的灰色黄蜂巢。"只有两幢还算像样的房子，是砖砌的，铁皮的屋顶；一幢是当地的乡公所；另一幢在教堂对面，是两层楼房，住着一个叫格利果里·彼得罗维奇·崔布金的商人，从叶皮方来。"两所房子都是邪恶的老巢。只有孩子们和童养媳丽帕是例外，整个故事从头到尾就是一系列的欺骗，一连串的面具。

面具一："格利果里开着一家杂货铺，但这只是为了掩人眼目；暗地里他什么生意都做，贩卖伏特加、牲口、皮革、粮食，还有猪；弄得到什么他就卖什么；比如有一段时间国外流行用喜鹊毛装饰女帽，他就买卖喜鹊，一对鸟赚三十戈比；他买下森林，卖做家具的木材,放高利贷,总之是一个善于谋财的机灵老头。"这个格利果里在故事中还会经历一次有趣的变形。

老格利果里有两个儿子,一个是聋子,留在他身边,娶了一个看上去和善可人实际上蛇蝎心肠的年轻女人;另一个做侦探的住在镇上,还打着光棍。你会注意到格利果里非常中意他的媳妇阿克辛尼雅:我们很快就能知道原因。老格利果里曾经是鳏夫,又再婚,新老婆名叫瓦瓦拉(Varvara,芭芭拉):"她刚搬进二楼的小房间,整个房子似乎就亮堂起来了,好像所有的窗子都安上了新玻璃似的。圣人画像前的煤油灯烧得通亮,桌子都铺上了雪白的桌布,窗边和花园里出现了鲜花,结着红苞;吃晚饭时也不再共用一个钵,而是各人有各人的盆子了。"一开始她看起来也像个好女人,很可爱,毕竟比起老头子来要善良得多。"每逢斋戒或当地为期三天的宗教节日,格利果里的商店就会把腐臭的腌肉卖给农民,味道重得让人根本没法靠近放肉的桶。醉汉们也可以去店里拿镰刀、帽子和老婆的头巾作抵押换酒。工人们喝了劣质的伏特加,昏沉沉地在泥地里打滚,空气中似乎弥漫着罪恶堕落的浓雾,这个时候只要想到房子楼上还有一个文静的、穿得整整齐齐的女人,她和腌肉、伏特加没有一点儿关系,就会让人多少感到一点安慰。"

格利果里是个冷酷无情的人,他是农民出身,尽管他现在属于底层中产阶级——他的父亲也许是富农——他自然是恨农民的。接下来是:

面具二:阿克辛尼雅无忧无虑的外表下也藏着一颗残忍的心,这正是老格利果里之所以这样欣赏她的原因。这个漂亮女人是个大骗子:"阿克辛尼雅在店里帮忙,从院子里就能听到瓶子和硬币丁零当啷的声音,阿克辛尼雅响亮的说笑声,以及上当顾客气愤的斥责声。与此同时店里非法的伏特加交易早已经开始了。聋子也在店里坐着,有时会不戴帽子走到街上,两手插在裤兜里,一副心不在焉的模样,一会儿盯着木材仓库,一会儿抬头看看天。他们一家一天会喝六道茶,坐下来吃四顿饭,傍晚他们就把进款算清,登记在账簿上,然后上床,睡得很香。"

接着过渡的一部分讲到棉布印花厂及其主人,我们可以称他们为赫雷明一家。

面具三(通奸):阿克辛尼雅不仅欺骗店里的顾客,她也欺骗自己的丈夫,和棉布印花厂的主人之一有奸情。

面具四:这只是一个比较小的面具,是一种自欺欺人。"乡公所里也装了一部电话,但很快就坏了,爬满了臭虫和蟑螂。乡长是个半文盲,他写公文时每个词的第一个字母都大写。可他看见电话坏了之后却说:'得,现在我们就该觉得没有电话有多难了。'"

面具五:这是指格利果里的大儿子,侦探阿尼西木。我们现在对故事的欺骗主题已经有了比较深入的了解,但是契诃夫对于阿尼西木的描写有很多保留。"大儿子阿尼西木只有逢年过节才回家,平时很少回去,但他常托顺路的同村人捎回些礼物和家信,信是别人的笔迹,很优美。信里满是阿尼西木说话时从来不用的词语:'亲爱的爸爸、妈妈,兹奉上白毫茶一磅,恭请二老享用。'"这里有一些之后会被慢慢澄清的谜团,比如"别人的笔迹,很优美"。

一天阿尼西木回到家,很多迹象表明他已经被警察机关开除了,但是很奇怪的是没有人在意这件事。相反,大家似乎因此而变得兴致很高,开始讨论阿尼西木的婚事。格利果里的老婆,也就是阿尼西木的继母瓦瓦拉说:"'我的天哪,怎么会这样!'她说道,'这孩子都已经二十八了,但他还到处闲逛,打着光棍……'她轻柔平和的话音在隔壁屋里听起来像是一连串的叹息声。她开始跟她的丈夫格利果里和阿克辛尼雅窃窃私语,他俩的脸上也立即出现了狡猾、神秘的表情,仿佛他们串通了要搞什么阴谋似的。让阿尼西木成亲的事就这么决定了。"

儿童主题:接着的一个过渡段是描写故事的主人公女孩丽帕(Lipa,读作Leepa)。她母亲是个寡妇,给人做女佣,她帮着母亲干各种家务杂事。"她脸色苍白,身子骨很瘦弱,五官柔和,很秀气,因为常在外干活而晒黑了;她的脸上常挂着害羞而忧郁的微笑,眼睛里有种孩子气的神色,显得真诚而又好奇。她很年轻,还是个小姑娘,胸部几乎是扁平的,但她已经到了合法的结婚年龄(十八)。她真的很美,唯一不招人喜欢的可能是她那双男人一般的大手,像两把大螯似的垂着。"

面具六:这是指瓦瓦拉,她虽然很友好,其实只是一个伪善的空壳,徒有其表,内在空空如也。

因而格利果里的家就是一个充满欺骗的假面舞会。

然而丽帕出现了。随着丽帕的出现,一个新的主题开始了——关于信任的主题,孩子气的信任。

第二章结束时我们又看到了阿尼西木。所有关于他的一切都是假的:总有什么非常不对劲儿的事,而且他的掩饰也并不高明。"那次相亲拜访结束后,婚期就定下来了。阿尼西木在家中各个房间里不停地走来走去,一边还吹着口哨,有时他像是突然记起了什么事,就会陷入沉思,一动不动地凝神盯着地板看,目光好像要穿透到地下深处去似的。他很快就要成亲了,在圣托马斯周(复活节过后),但他没有流露出一点喜悦的神态,也根本没有表达想和新娘见一面的愿望,他只是继续从牙缝里吹着口哨。而且很明显他结婚就是因为他的父亲和继母希望他这样做,也因为村里有这样的传统:让儿子结婚,家里就有个女人照料,添了帮手。他离开时也显得不慌不忙的样子,和以前完全不一样;他有些满不在乎,还常说错话。"

注意观察第三章里阿尼西木和丽帕婚礼上阿克辛尼雅的绿黄相间的裙子。契诃夫正以连贯的笔触将阿克辛尼雅描绘成一只两栖类动物。(在俄罗斯东部有一种名叫黄肚皮的响尾蛇)"裁缝们正给瓦瓦拉做一条褐色的连衣裙,带黑蕾丝边和玻璃珠,给阿克辛尼雅做的是一条淡绿色的裙子,前胸是黄色的,还带着曳地的长裙裾。"尽管书中说这些裁缝是鞭身派的教徒,但这在一九〇〇年时没什么特别的意思——这不等于说这些裁缝真的会鞭打自己——只是俄罗斯无数教派中的一个罢了,就像在这个国家里[①]也有无数的教派。格利果里甚至连那两个可怜的女裁缝也要骗:"当裁缝们做好了裙子,格利果里没有付给她们钱,而是给了她们店里的商品。她们很沮丧地离开了,背着自己根本不需要的大包小包的硬脂蜡烛和沙丁鱼罐头。走出村子来到空旷的野外,她们在一个小土丘上坐下,哭了起来。"

"阿尼西木在婚礼三天前到家,从头到脚都是崭新的行头。他穿着发亮的胶皮套鞋,没有戴领带,却挂了一根红细带,上面带着小珠子。肩上披着一件短大衣,没有把手伸进衣袖里去,大衣也是新的。在圣像前庄重地画过十字后,阿尼西木向父亲行见面礼,然后给了他十个银卢布和十个二分之一卢布;他给瓦瓦拉同样数额的卢布,给阿克辛尼雅二十个四分之一卢布。这些礼物的特别可爱之处在于它们全都是簇新的,在阳光下闪闪发亮,仿佛是精心选配出来的。"这些统统是假币。有一个名字被多次隐射,即萨莫罗多夫,他是阿尼西木的朋友,制造假币的合作者。他是个长得黑黑的小个子,写一手阿尼西木家信里的漂亮的字,萨莫罗多夫渐渐被证实是造假币的主谋。阿尼西木很喜欢自吹自擂,使劲夸自己的观察力和作为侦探的天赋。然而作为一个侦探加神秘主义者,他知道"谁都可以做小偷,只是没有可以窝赃的地方"。这个奇怪的人物从头到尾给人一种神秘兮兮的感觉。

你们会喜欢关于婚礼筹备过程的有趣描写,关于阿尼西木在教堂里的心情的描写也值得注意。"他即将在这里完婚,为了遵守规矩他必须娶个妻子。但是他的脑子根本没在想这些,不知怎么他已经完全忘记了自己的婚礼。泪水模糊了他的双眼,他看不清眼前的圣像,心情也异常沉重起来;不幸正威胁着他,随时都有可能落到他的头上,不是今天,就是明天,他向上帝祷告,恳求上帝化解这场大难,正如干旱时期有雨云掠过村庄的上空却不会落下一滴雨,他祈祷灾

[①] 应该是指纳博科夫做讲座时所在的美国。

难也会这样从他头顶有惊无险地掠过。(他自己是个侦探,所以他知道侦探是多厉害的角色。) 过去的岁月中已造下无数罪孽,想把那么多的恶行抛到身后几乎是不可能的,连乞求宽恕也显得不合情理。但他还是这样做了,他乞求上帝的宽恕,甚至大声呜咽起来,不过没有人太在意,大家都以为他是喝多了。"

儿童的主题又出现了,虽然只是一瞬间:"那是一个孩子惊慌的哭闹声。'好妈妈,带我离开这儿吧!''安静!'神父喝道。"

接着一个新的人物出场了:耶里扎洛夫(绰号拐杖),木匠兼包工头。他是个孩子气的大人,非常温和天真,有点傻乎乎的。他和丽帕一样胆怯、淳朴、诚实——他们两人虽然没有故事中其他反面人物的狡猾机智,但只有他们是真正的人。拐杖似乎多多少少有点超人的预见力,他也许曾凭着直觉试图阻止这场婚礼将导致的灾难:"'阿尼西木和你,我的孩子,你们要相亲相爱,按上帝的旨意生活,孩子们,求圣母不要抛弃你们……孩子们,孩子们,孩子们,'他飞快地呢喃着,'我亲爱的阿克辛尼雅,瓦瓦拉宝贝,咱们太太平平、和和睦睦地过日子吧,我亲爱的小斧子们……'"他喜欢用自己喜爱的工具名来称呼别人。

面具七:然而还有一个面具,又一种欺骗,是和乡长及他的一个手下相关的,"一起工作了有十四年之久,这些年里每逢给人签署公文,或者放人走出乡公所之前,总要想方设法把人诈骗或羞辱一番。(他们)现在并排坐着,同一副脑满肠肥的样子,由于在不公正和虚假中浸泡得太久太深以至于他们的脸上似乎显出一种贼忒兮兮的面色"。"浸泡在虚假中"——这是整个故事的两大主题之一。

你们会注意到婚礼上的种种细节:可怜的阿尼西木一心为自己身陷困境而烦恼,恐惧于即将大难临头;外面的农妇大声喊叫着:"你们吸我们的血,你们这些禽兽;让你们全得瘟疫!"以及关于阿克辛尼雅的精彩描写:"阿克辛尼雅有着一对天真无邪的灰色的眼睛,她很少眨眼,在那长脖子上竖着的小脑袋里,在她苗条的身体里,藏着一些类似蛇的东西;她浑身都是绿色的,胸前有一块黄色,嘴唇上挂着浅笑,看上去活像春天在嫩嫩的黑麦地伸直身子昂着头秘密注视着过往行人的毒蛇。赫雷明一家对她的态度很随便,很显然她和他们中最年长的几位早就打得火热了。可是她的聋子丈夫却一点也没看出来,他压根没有瞧自己的老婆;他坐在那里,正跷着二郎腿吃胡桃,他嗑胡桃壳的声音响得很,简直像在放枪一样。"

"可是,快看呀,老格利果里本人走到房间的中央来了,挥舞着他的手帕示意他也要跳一曲俄罗斯的民族舞,于是整个房子和院子里的人群都发出赞赏的啧啧声:

"'他自个儿也出场了!是他自个儿!'……

"舞会一直开到很晚,凌晨两点多才结束。阿尼西木踉踉跄跄地去和歌手及乐师们一一话别,给了他们每人一枚新的二分之一卢布。他的父亲倒没有摇晃,但是走起路来还是一条腿踩得很重,他一面送客人,一面对他们每个人说了一遍:'办这场喜事花了两千卢布呢。'

"大家散场的时候,有人丢下自己的旧大衣,把史卡洛瓦村的小饭铺老板的新大衣拿走了,阿尼西木突然发火了,大声嚷起来:'别忙,我立即就把它找出来;我知道是谁偷的!别忙!'

"他奔到大街上去追人,但自己被抓住送了回来。他醉醺醺的,仍然怒气冲冲,满头大汗,终于还是被推进了屋子,扣上了门,奶妈已经在里面给丽帕脱衣服了。"

五天后,阿尼西木向瓦瓦拉坦白他可能随时都会被捕,他一向尊敬继母,认为她是个正经的女人。他动身去城里时有一段很动人的描写:

"当车子开出峡谷,阿尼西木一个劲地回头眺望村子。阳光很好,天气很暖和。牛群被第一次赶出来,村姑和村妇们穿着节日的裙子走在牲口边上。棕色的公牛发出低沉的哞哞声,为重获自由而欢唱,一边用前腿不停地刨着地。远近四方,头顶脚底,哪儿都能听到云雀的歌声。阿尼西木回头看着远处优雅的白色建筑,那是教堂——最近才粉刷过——他想起自己五天前是如何在那里不停地祈祷；他又看向绿色屋顶的学校，看一眼那条从前他常在里面游泳、摸鱼的小河，他的心里不禁一阵激荡，他恨不得地上能升起一堵墙来，不容他继续往前走，让过去的岁月成为他唯一拥有的东西。"

这是他最后的一瞥。

接着是丽帕所经历的有趣的变化。阿尼西木的良心不仅压在他身上，而且已经转化成他的整个存在，因此尽管丽帕对于他复杂的过去一无所知，但她还是能感觉到那种可怕的重压。而现在阿尼西木和他的重压都被挪走了，丽帕自由了。

"她穿着一件旧裙子，光着脚，袖子撸到胳膊上，一边擦着前堂的楼梯，一边用银铃般的声音哼着小曲。当她端着一盆脏水走到阳光底下，脸上露出她那孩子气的微笑，那模样好像她也是一只云雀似的。"

接下来契诃夫即将做一件从作者角度来说比较困难的事，他要打破丽帕的沉默，让这个不爱说话的人开口，以便引出最终导致悲剧发生的事实。丽帕和拐杖一起步行去一个很远的教堂，丽帕的母亲跟在他们后面，回来的路上，丽帕说："现在我有些怕阿克辛尼雅。倒不是说她做了什么，她总是笑嘻嘻的，不过有时候她盯着窗户，她的眼神却那么凶，闪着一种绿幽幽的光——就像黑夜里关在畜栏里的羊眼睛一样。赫雷明家的年轻一辈总在撺掇她：'你家老头子，'他们对她说，'在巴特尤其诺有块地，一百英亩大，'他们说，'那里还有沙土，有水，所以你，阿克辛尼雅，'他们说，'在那儿造个砖厂吧，我们可以合股经营。'砖头现在一千块卖二十个卢布，是个赚钱的买卖。昨天吃晚饭时阿克辛尼雅就对老头子说：'我想在巴特尤其诺建一个砖厂；我会用自己的钱投资。'她一边说，一边笑。格利果里·彼得罗维奇的脸色变了，看得出来他不喜欢这个主意。'只要我活着一天，'他说，'这个家就不能分，我们必须住在一起。'她看了老头一眼,暗自咬了咬牙……油炸面团上来了,但她没有吃。"

他们走到一个界桩旁,拐杖伸手碰碰桩子看它是否结实,这是拐杖的典型动作。这一刻,他和丽帕,还有一些正在采野菇的小姑娘代表了契诃夫笔下的快乐的人们,在不幸和不公正背景下的天真、温柔的人们。他们遇到了赶集回来的人群:"一辆大车从他们身边驶过去,扬起一阵尘土,车后跟着一匹没有卖掉的马,看上去它很高兴自己没有被卖掉。"在丽帕和快乐的"没有卖掉的"马之间有一种微妙的象征性的联结,丽帕的主人也已经消失了。另一点是反映出儿童的主题:"一个老太婆领着一个小男孩,男孩头戴大帽子,脚蹬大靴子;男孩已经累坏了,因为天太热,靴子又太沉,都没法弯膝盖,但他还是一路不停地用尽全力吹他的铁皮喇叭。他们已经过了斜坡,走到大街上去了,但喇叭声还是能听到。"丽帕看到、听到那个小男孩,因为她自己也即将有孩子了。有一段说"丽帕和她的母亲出身贫寒,她们也准备就这样生活下去,除了自己饱受惊吓的、温柔的灵魂她们不在乎放弃任何东西;她们也许曾经有过这样一闪而过的念头:在这个无边无际的、神秘的世界上,在生命世世代代无穷无尽的延续里,她们俩的存在并不是完全毫无意义的",我建议你们注意以下这些词:"饱受惊吓的、温柔的灵魂"。同样值得一提的是这个夏天傍晚的美丽画面:

"他们终于到家了。收割工人正坐在离店铺不远的地上。乌克列耶沃的农民向来拒绝为格利果里干活,所以他不得不雇用外乡人,这会儿黑暗中看起来,坐在那里的人似乎都长了又长又黑的胡子。店还开着,从门口可以看到聋子正在里面和一个男孩下跳棋。收割工人正轻轻地唱着歌,声音低得几乎听不清,也有的在大声要求给他们发前一天的工钱,但是雇主怕他们第二天会走掉,所以还一分都没给。老格利果里穿着马甲和阿克辛尼雅一起坐在桦树下,喝着茶;桌上放着一盏点亮的灯。"

"'我说,老大爷,'一个收割工人在外面喊,好像是在嘲弄他,

'哪怕先付我们一半的工钱也好呀！嗨，老大爷！'"

下一页上格利果里意识到银的卢布是假的，就交给阿克辛尼雅让她扔掉，但她把假钱付给了收割工人。"你这个胡闹的娘们，"格利果里叫嚷道，又惊又呆。"为什么你要把我嫁入这户人家？"丽帕问她的母亲。第五章之后有一个很长的时间间隔。

全书最震撼人的段落之一在第六章。此时的丽帕已经对自己周围发生的一切变得完全绝对的冷漠（她的白痴丈夫罪有应得的下场和阿克辛尼雅可怕的蛇蝎行为），对所有这些罪恶丽帕完全熟视无睹，她一心只牵挂着自己的宝宝，她把自己丰富的想象力、她对生活仅有的知识都给了那个瘦小的婴儿。丽帕上下摇着宝宝，一边有节奏地唱道："你会长得这么大，这么大。等你变成一个大小伙，就让我们一起来干活！就让我们一起洗地板！"她自己关于童年的记忆就是和擦地板分不开的。"'为什么我这么爱他，妈妈？为什么我要为他难过！'她颤抖着声音继续唱道，她的眼睛里闪动着泪花。'他是谁？他是什么？轻得像一片小羽毛，像一粒面包屑，但是我爱他，我像爱一个真正的人那样爱他。他什么事都不能做，他也不能说话，但是只要我看着他可爱的眼睛，我就知道他想要什么。'"

这一章结束时传来了阿尼西木被判去西伯利亚服六年苦役的消息。接着作者加了很有意思的一笔；老格利果里说：

"'我担心钱的问题。你记不记得婚礼前阿尼西木给了我一些新的卢布和二分之一卢布？有一包我是单独放开的，但其余的我都混进我自己的钱里了。我叔叔德米特里·费来契——但愿他到了天国——还活着时，他经常去莫斯科进货。他有个老婆，他老婆趁他出去进货的时候常常勾搭别的男人。他们生了半打孩子。叔叔多喝了几杯就会笑着说：'我死也弄不明白，'他常这么说，'哪些是我自己的孩子，哪些是别人的。'他可真是个随和的人呐；而现在我也分不清哪些是真卢布，哪些是假的。它们看起来都像是假的⋯⋯我在车站买张票，给了那人三卢布，心想这别是假钱吧。我很害怕。我肯定是病了。'"

从此以后格利果里的脑子就出问题了,并且从某种程度上来说,是得到了救赎。

"他会打开门,弯弯手指头,招呼丽帕过去。丽帕就会抱着宝宝走到他面前来。

"'如果你想要什么,小丽帕,你只管说,'格利果里说道,'尽管吃你想吃的,我们不在乎那个,只要你身体好就行……'他在娃娃胸前画了个十字,'照顾好我的孙子。我的儿子已经不在了,不过总算我的孙子留下来了。'

"泪水从他的脸颊上滚落下来;他哽咽起来,转身走开了。没多久他就上了床,睡得很熟,他已经连着七个晚上睡不着觉了。"

这是丽帕最快乐的一个晚上——可怜的姑娘即将大祸临头。

格利果里想把巴特尤其诺的地给他的孙子。阿克辛尼雅想在那里造砖厂的,她顿时暴跳如雷。

"'咳,斯捷潘,'她对聋子喊道,'我们这就回家!我们去我爹娘那里;我不想和坐牢的住在一个屋檐下。收拾一下就走!'

"当院的绳子上晾着衣服;她扯下自己还湿漉漉的马甲和罩衫丢到聋子的手臂上。她怒火冲天地在挂满衣服的院子里跑来跑去,把所有的衣服都撕扯下来,不是她自己的就扔到地上,使劲地踩几脚。

"'老天爷呀,快点阻止她,'瓦瓦拉呻吟道,'这是个什么样的女人呀!把巴特尤其诺给她吧,看在上帝的分上。'"

高潮随即上演了。

"阿克辛尼雅跑进了厨房,丽帕正在那里一个人浆洗衣服,厨子到河边漂洗衣服去了。洗衣槽和靠近锅炉的大锅里冒出热气,厨房里雾气腾腾的,又昏暗又闷热。地板上堆着很多还没洗的衣服,尼奇夫正躺在靠近衣服堆的一只长凳上,蹬着他的两条小红腿,这样即使他摔下来,也会掉进衣服里,不会伤着。阿克辛尼雅进来的时候,丽纳博科夫《在沟里》教案复印件。

IN THE RAVINE

not drinking," said Lipa, looking at the horse.]
n the woman with the horse and the boy with the
walked away, and there was no one left at all. The
ent to sleep, covering itself with cloth of gold and
, and long clouds, red and lilac, stretched across
y, guarded its rest. Somewhere far away a bittern
a hollow, melancholy sound as of a cow shut up in
. The cry of that mysterious bird was heard every
, but no one knew what it was like or where it
At the top of the hill by the hospital, in the bushes
to the pond, and in the fields, the nightingales
trilling. The cuckoo kept reckoning someone's
and losing count and beginning again. In the pond
ogs called angrily to one another, straining them-
to bursting, and one could even make out the
s: "That's what you are! That's what you are!"
a noise there was! It seemed as though all these
ures were singing and shouting so that no one
t sleep on that spring night, so that all, even the
frogs, might appreciate and enjoy every minute:
given only once.

silver half-moon was shining in the sky; there wer
stars. Lipa had no idea how long she sat by the
, but when she got up and walked on everybody
sleep in the little village, and there was not a single
. It was probably about eight miles' walk home, but
er body nor mind seemed equal to it. The moon
ned now in front, now on the right, and the same
oo kept calling in a voice grown husky, with a
kle as though gibing at her: "Hey, look out, you'll
your way!" Lipa walked rapidly; she lost her ker-
. . . she looked at the sky and wondered where
aby's soul was now: was it following her, or float-
aloft yonder among the stars and not thinking of
the mother, any more? Oh, how lonely it is in the

帕刚把阿克辛尼雅的衬衫从脏衣服里拿出来浸到洗衣槽里去,正打算伸手去拿放在桌上的一只装满了滚水的扁扁的长柄勺。

"'把衣服给我,'阿克辛尼雅恶狠狠地对她说,一把把她的衬衫从洗衣槽里抓出来,'不准你碰我的衣服!你是因犯的老婆,应该识相点,应该知道你自己是个什么东西!'

"丽帕完全不知所措地看着阿克辛尼雅;她不明白是怎么回事,但是她突然看到阿克辛尼雅转向了孩子,她立即明白了,也立即浑身瘫痪了。

"'你拿走了我的地,那么这个给你!'阿克辛尼雅一边说,一边拿起装着沸水的长柄勺泼向尼奇夫。

"接着传来了一声乌克列耶沃村人从来没有听到过的凄厉的尖叫,谁也不相信像丽帕这样一个瘦弱的生灵竟能发出这样的尖叫。然后院子里突然就安静下来了。阿克辛尼雅一声不响地走进正屋,嘴角依然挂着那个天真的微笑……聋子继续在院子里走来走去,手臂上挂满了衣服,然后他把衣服重新一件件挂了起来,安静地、不慌不忙地挂着。厨子回来之前,没有人敢进厨房看看到底发生了什么事。"

敌人被消灭了,阿克辛尼雅又微笑了;土地现在顺理成章地到了她的名下,聋子不慌不忙地把衣服重新晾起来可以说是契诃夫绝妙的一笔。

儿童这一主题在丽帕从很远的医院步行走回来这一路上的描写中得到延续。她的孩子死了;她用毯子裹住孩子的尸体抱着他。

"丽帕一路往前走,快到村庄时她在一个小池塘边坐了下来。一个女人牵着一匹马在那里饮水,但是马却不肯喝。

"'你还要怎么样呢?'女人轻轻地对马说道,疑惑不解的样子,'你到底还要怎么样呢?'

"一个穿着红衬衫的男孩,坐在水边,正在洗他父亲的长筒靴。

再没有别人了,无论是村子里还是山上。

"'它不喝。'丽帕说,眼睛看着那马。"

应该注意这一小队人马。那个男孩,不是丽帕的男孩。这一切都象征着丽帕本来可以拥有的简单的家庭幸福。让我们来看一下契诃夫的不张扬的象征手法。

"后来女人牵着马,男孩拿着靴子,都起身走了,周围悄无一人。太阳也去睡觉了,裹着一层金色的绞纱般的云层,红色、紫色的火烧云一直燃到天边,保卫着太阳的睡眠。远处传来鹅鸟的叫声,空洞、忧伤的声音叫人想起关在棚里的母牛的哀号。这种神秘的鸟叫每年春天都听得到,但从没有人知道这鸟到底长得什么样,住在哪里。在山顶的医院附近,池塘边的灌木丛里,还有田野中,都可以听到夜莺在放声高歌。布谷鸟数着什么人的年纪,数啊数啊又乱套了,不得不从头来过。池塘里的青蛙赌气似的冲着同伴叫喊,用尽全力爆发出一声怒喝,几乎可以听出它们在喊些什么:'你就是这种东西!你就是这种东西!'实在好热闹呀!似乎所有的动物都在这个春天的晚上一个劲地唱啊叫啊,好像故意要吵得人无法入睡,这样即便是赌气的青蛙也能珍惜和享受春天的每一分钟;要知道生命只有一次。"想区分一个欧洲作家是好是坏,只要数他们作品中的夜莺就可以了,差的作家一般只写一只夜莺,就像传统诗歌里那样;而好的作家都会让很多夜莺一起歌唱,就像大自然中一样。

丽帕在路上碰到的两个男人也许是走私犯,但在月光下丽帕对他们有不同的感觉。

"'你们是圣人吗?'丽帕问那个老人。

"'不。我们从芬塞诺沃来。'

"'你现在这样看着我,我的心被融化了。[这在俄罗斯作品中几乎是《圣经》的语言。]这位年轻人也好斯文。我觉得你们肯定是圣人呢。'

"'你还要走很远的路吗?'

"'到乌克列耶沃。'

"'上车吧,我们可以把你捎到库兹曼奇,然后你再往前走,我们就向左拐弯了。'

"瓦维拉[那个年轻人]进了那辆载着大桶的马车,老人和丽帕进了另一辆。车子几乎以步行的速度缓缓前行,瓦维拉的车在前面。

"'我的宝宝今天一整天吃足了苦头,'丽帕说道,'他睁着一对小眼睛看着我,一句话都没说;他想说话,可又不会说。主啊上帝!天堂的圣母!我难受得一次次跌倒在地上;我站在床边,然后扑通一声又跪倒在床角。告诉我,老伯,为什么一个孩子要在死前受这样的折磨?一个大人,男的也好女的也好,他们受苦,罪孽可以得到宽恕,但是为什么一个孩子也要受苦,他可没有做过什么坏事呀!为什么啊?'

"'谁知道呢。'老人回答道。

"他们坐着车默默地行进了半个小时。

"'我们不可能样样事情都知道,怎么样啦,为什么啦,'老人说道,'一只鸟注定生两个翅膀,不生四个翅膀,因为它用两个翅膀就可以飞了;所以人注定了不能样样事情都知道,而是只能知道一半或者一半的一半。人为了生存该当知道多少,就会知道多少。'……

"'不要紧,'他重复道,'你的苦恼还不是顶厉害的苦恼。生命还很长,旦夕祸福,好日子、坏日子,什么都有可能发生。母亲俄罗斯真伟大呀,'他一边说一边环顾自己的四周,'我走遍了俄罗斯,什么都见识过了,亲爱的姑娘,相信我说的话吧。好事、坏事,都会发生。我做通信员时从自己的村庄出发去过西伯利亚,我到过阿穆尔河①,到过阿尔泰山,然后又移居到西伯利亚;我在那里做农活,后来我想家了,想念母亲俄罗斯,于是又回到我的家乡……等我回到家里,就像老话说的,家徒四壁;我有个老婆,但我把她留在西伯利亚了,

---

① 阿穆尔河,即黑龙江。

她埋在那里。我现在就是做长工过日子。我告诉你:从那以后我遇到过好事,也遇到过坏事。眼下我却还不想死,亲爱的姑娘,我要能再活二十年会很开心的;可见还是好事多。母亲俄罗斯真是伟大呦!'然后他又凝视四周片刻,然后收回目光……

"丽帕到家时牛群还没有被赶出去;所有人都睡下了。她坐在台阶上等着。老头是第一个出来的;他一看到丽帕就立即知道出了什么事,好久说不出话来,只是咂巴着嘴唇。

"'哦,丽帕,'他说道,'你没有照顾好我的孙子……'

"瓦瓦拉醒了。她举起两手合拍到一起,抽噎起来,然后立即打开毯子开始为孩子准备后事。

"'他真是个漂亮的孩子……'她说道,'哦,亲爱的,亲爱的……你只有一个孩子,你却没有照顾好他,你这个蠢东西呀。'"

天真的丽帕从没有想到要告诉别人是阿克辛尼雅杀了她的孩子。显然家里人都以为是丽帕自己太粗心,不小心把热水打翻在孩子身上。

安魂弥撒结束后,"丽帕候在桌子边上伺候大家吃饭,神父举起叉着一只咸蘑菇的叉子,对她说:'不要为娃娃伤心。他会上天堂的。'

"只有当他们都离开后,丽帕才真正意识到尼奇夫已经不在了,尼奇夫再也不可能存在了,她明白过来,痛哭不止。她也不知道该进哪间房间去哭,因为她感觉现在孩子已经死了,这个房子里也就没了她待的地方,她没有理由再留在这里,她成了多余的人;而别人也同样感觉到了。

"'你现在还嚎个什么劲儿?'阿克辛尼雅叫道,突然出现在走廊里;因为要参加葬礼,她换上了新衣服,脸上还施了粉。'闭嘴!'

"丽帕努力想止住泪水,但是做不到,反而哭得更响了。

"'你听到我说话了吗?'阿克辛尼雅狂暴地跺着脚,'我在跟谁说话?滚出这个房子,别再踏进一步,你这个劳改犯。滚出去。'

"'行了,行了,行了,'老头埋怨道,'阿克辛尼雅,别这么大声嚷嚷,我亲爱的……她在哭,这也是人之常情嘛……她的孩子死了……'

"'这也是人之常情嘛,'阿克辛尼雅模仿老头的口气,'可以让她在这过夜,但明天别让我再看到她的人影!"人之常情"……'她又一次模仿他,然后一边笑着一边进店里去了。"

丽帕失去了和这个人家的最后一点牵连,永远地离开了这幢屋子。

除了阿克辛尼雅的事,其余的真相最终还是慢慢露出水面了。*
瓦瓦拉一如既往地做着她的果酱,充分表现出她机械性的美德;果酱太多,太甜,几乎无法下咽。这让我们想起可怜的丽帕是爱吃果酱的。果酱开始和瓦瓦拉作对了。

阿尼西木的来信仍然是同样优美的笔迹——显然他的朋友萨莫罗多夫和他一起在西伯利亚的煤矿里度日,真相也是这样被揭露的。"我一直在生病;我苦不堪言,看在上帝的分上,救救我!"

半疯癫的老格利果里,凄惨悲凉,是真相自动显现的最形象的代表。

"一个晴朗的秋日的傍晚,老格利果里坐在教堂的门口,大衣领子竖着,只露出鼻子和帽尖。长凳的另一头坐着木匠耶里扎洛夫,他旁边是学校的看门人雅可夫,一个约莫七十岁的没牙齿的老头。拐杖和看门人正在聊天。

"'孩子应该养活老人,给他们吃的喝的……孝敬爹娘……'雅可夫气冲冲地说道,'但是这个女人 [阿克辛尼雅] 却把她的公公赶出了他自己的屋子;这老头没吃的,没喝的,让他到哪里去呢? 他都

---

* 纳博科夫在这部分前面加了他对学生说的一段话作为前言:"第八章和第九章间也有一段时间间隔,你可以看到契诃夫特有的精妙的细节描写,和阿克辛尼雅有染的赫雷明家的男人,可能还不止一个,他或者他们'给了聋子一只金表作为礼物,聋子常常掏出表来凑到自己的耳朵边上'。"——原编者注。

三天没吃过一点东西了。'

"'三天!'拐杖很惊奇地说道。

"'他坐在这里,一句话也不说。他已经很虚弱了。为什么不开口呢?他应该去告她,他们不会在法庭上夸她的。'

"'谁在法庭上夸谁?'拐杖问道,他的听力不太好。

"'什么?'看门人说。

"'这个女人还好,'拐杖说,'她已经尽力了。他们做的那个生意,他们不可能……不可能不骗人,我是说……'

"'被人从自己的房子里踢出来,'雅可夫继续气冲冲地说,'先存钱买你自己的房子,然后再把别人踢出去!她可真是个好人呀!简直是瘟——疫!'

"格利果里一动不动地听着……

"'自己的房子也好,别人的房子也好,只要舒服,娘们不骂人,就都一样……'拐杖说着,笑了起来,'我年轻时非常疼我的娜塔莎。她是个文文静静的小女人。她过去总是说:"买个房子吧,马卡雷其!买个房子吧,马卡雷其,买匹马吧,马卡雷其!"她已经快死了,还在一个劲儿地说:"给你自己买个敞篷马车,马卡雷其,这样你就不用走路了。"我呢,我只给她买过生姜面包。'

"'她的丈夫又聋又蠢,'雅可夫继续说着,没听拐杖的唠叨,'十足的傻瓜,就像只大蠢鹅。他什么都不明白。给蠢鹅脑袋上来一棍它也是什么都不明白。'

"拐杖起身回家。雅可夫也站了起来,两个人一块儿走了,一边还说着话。他们走了大约五十步后,格利果里也站了起来,跟在他们后面,蹒跚地走着,好像走在冰上一样。"

最后一章里出场的没牙的老门房也是契诃夫的神来之笔,暗示了存在的延续性,尽管这是故事的结尾部分——但是故事会继续发展,老的人物、新的人物不停地出场,只要生活继续,故事就会继续。

让我们来关注一下结尾处的融汇:"村庄早已沉浸在黄昏的薄暮中,马路像蛇一样蜿蜒地盘绕着山坡,只有高处还落着一些太阳的余晖。"闪着金光的像蛇一样的小路是阿克辛尼雅的象征,它渐渐消失在黑夜宁静的狂喜之中。"老妇人们带着孩子们从树林里往回走;他们提着装满蘑菇的篮子。农妇和姑娘们在车站装了一天的砖块,这会儿也在往家赶,她们眼睛下面的脸颊上都沾着砖头的红尘末。她们在唱歌。走在最前面的是丽帕,她的眼睛望着天空,高声唱着,似乎在赞颂一天劳作的结束,终于可以休息了。人群中还有丽帕的老母亲普拉丝科夫娅,她白天依然出工,手里提着用头巾包着的什么东西,像往常一样气喘吁吁的。

"'晚上好,马卡雷其!'丽帕看到了拐杖,'晚上好,亲爱的!'

"'晚上好,丽帕,'拐杖高兴地回答道,'姑娘们,婆娘们,爱你们阔绰的木匠吧!嗬—嗬!我的孩子们,我的孩子们。(拐杖鼻子一酸,哭了出来。)我亲爱的小斧子们!'"拐杖是一个不起眼的角色,可他是故事中的好人——他经常显得有些疯疯癫癫,但他在婚礼上说了祝福的话,似乎是在徒劳地试图阻止灾难的发生。

老格利果里泪如雨下——一个羸弱的无声无息的李尔王。

"拐杖和雅可夫走开了,隐约还传来他们的说话声。老格利果里跟在他们身后走过去,人群突然安静下来。丽帕和普拉丝科夫娅落在后面,当老头从她们面前经过时,丽帕深深地一鞠躬,说道:'晚上好,格利果里·彼得罗维奇。'她的母亲也弯腰行礼。老头停住了脚步,看着两人,什么也没说;他的嘴唇颤抖着,眼里含着浊泪。丽帕从她母亲打结的头巾里拿出一块荞麦饼递给格利果里。他接过去,吃了起来。

"太阳这时已经落山了:马路尽头的余晖也已消失。天变得又黑又冷。丽帕和普拉丝科夫娅继续往前走,在胸前画了很久的十字。"

丽帕还是老样子,融化在歌声中,沉浸在自己的小世界里,在黑暗的冷清中和她死去的孩子结合在一起——天真地，不经意地把脸上沾着的粉色砖末带到她的上帝面前，那些让阿克辛尼雅发财的砖块上的粉末。

《海鸥》笔记
（一八九六）

一八九六年《海鸥》在圣彼得堡剧院上演时完全失败了，但一八九八年在莫斯科艺术剧院却取得了空前的成功。

最先登场的是两个次要角色——女孩玛莎和村里的教师麦德维坚科，两人之间的一场对话把各自的举止教养和心情状态表现得淋漓尽致。这场对话让观众认识了他们以及两位主角：崭露头角的女演员妮娜·查瑞奇尼和诗人特里波列夫，他们正在公园里组织业余的话剧演出。"他们彼此相爱，今晚两人将一起实践同一个艺术理想，他们的灵魂将结合在一起。"乡村男教师用俄国半吊子文人特有的夸张腔调说道。他自己也正恋爱着，因而他的抒情不是完全没有来由的。然而我们必须承认这个开场太过突兀，契诃夫和易卜生一样，凡是碰到要解释什么的时候，总是越快越好。皮肤松弛、性情温和的地主索林和外甥特里波列夫一起出场，特里波列夫对排演自己写的剧本颇感紧张。搭戏台的工人们上来告诉他说要去洗个澡，与此同时老索林让玛莎去告诉她父亲（他是索林的雇工）晚上看好狗，别让它瞎叫唤。你自己去跟他说，玛莎断然拒绝。这是剧中一处非常自然的细节过渡，这些不起眼的点滴零碎异常真实，忠于生活——这是契诃夫天才的表现。

第二场对话是特里波列夫跟他的舅舅聊起自己的母亲，一位老演员，母亲十分嫉妒那个将出演他写的话剧的年轻女孩。人们甚至也根本不能在她面前提杜丝①的名字。我的天,你可以试试,特里波列夫叹道。

换了别的作家,通过对话来刻画这个女人肯定会落入可怕的俗套,尤其还是通过一个年轻人跟女人的亲弟弟的对话;但是契诃夫凭借他的绝对天赋硬是挺过了这一关。细节全都非常有趣:她银行里有七万存款,可是你一开口跟她要钱,她就会哭……然后特里波列夫开始评论传统的戏剧界,那一套自鸣得意的平平无奇的伦理准则,以及他自己想要创造的新的东西;这就又说到了他自己,他的自卑感,因为他的母亲总是被著名的艺术家和作家们包围着。这是一段很长的独白。接着作者又让特里波列夫比较审慎地讲到他母亲的作家朋友特里果林。有魅力,有才华,但是——读过托尔斯泰和左拉之后,人们就不想再读特里果林了。请注意特里波列夫将托尔斯泰和左拉放在一起——一八九〇年代末,像特里波列夫这样的年轻作者通常都喜欢这样归类。

妮娜出现了。她怕自己的父亲,这个住在隔壁的乡绅不许女儿出来参加演出。索林去喊自己的家人,因为月亮在冉冉升起,特里波列夫的戏就要开场了。请注意两处典型的契诃夫式的笔法:首先索林唱了两小节舒伯特的一首歌,然后停下来笑着说有人不喜欢他的声音,说过很难听的话;其二,等人群散了之后妮娜和特里波列夫接吻,刚一停下,妮娜就问:"那边那棵是什么树?"答案是榆树。"为什么这树的颜色那么深?"她又问。一个是把自己的生活搅得一团糟的老人,一个是永远都不会快乐的娇弱的女孩——契诃夫可以通过一些琐屑的细节极其巧妙地揭示出人们心底那种缠绵悱恻的无奈感,他在这一点上的功力可谓前无古人。

工人们回来了。是开幕的时候了。妮娜说起自己的怯场——她要在特里果林面前表演,特里果林可是那些无比精彩的短篇小说

---

① Eleonora Duse (1858—1924),意大利女演员,和剧作家相爱,并主演剧作家为她写的剧本。

的作者。"我不知道,我没读过。"特里波列夫轻描淡写地应道。有文学评论家(他们喜欢观察这些问题)指出老演员阿尔卡基娜嫉妒还在梦想着自己的表演生涯的新人妮娜,而阿尔卡基娜的儿子,这个既无名亦无才的年轻作家则嫉妒一位真正优秀的作家特里果林(他恰好是契诃夫本人的缩影)。观众们陆续到场。首先是老医生多尔恩和沙姆拉耶夫的老婆,两人以前是老情人,而沙姆拉耶夫是索林资产的管理人。然后阿尔卡基娜,索林,特里果林,玛莎和麦德维坚科鱼贯而入。沙姆拉耶夫向阿尔卡基娜问起一出他过去很喜爱的喜剧。"你总是问我一些老掉牙的无名之辈。"她不耐烦地回答道。

　　帷幕徐徐升起。幕后背景是一轮货真价实的月亮,舞台边就是一湾湖水。妮娜坐在一块石头上念一段梅特林克[①]风格的台词,很押韵,带点神秘感,但其实稀松平常,是晦涩难懂的老一套。("这是颓废派的东西。"阿尔卡基娜小声说。"母亲!"她的儿子哀求道。)妮娜继续表演。她演一个灵魂,地球上已经没有生命,这个灵魂正在自言自语。魔鬼的红眼睛出现了。阿尔卡基娜嘲笑了几声,特里波列夫忍无可忍了,大叫一声谢幕,转身走了。其他人都责怪阿尔卡基娜不该这样伤害她的儿子。但她自己感觉受了侮辱——那个坏脾气的、虚荣的孩子……想教我什么是戏剧……极其微妙的一点是虽然特里波列夫的确想打破旧的艺术形式,但他却没有创造新的形式的天分。还有哪个作者敢像契诃夫这样把他的主角——一个正面角色,用他们的话来说,一个要赢得读者同情的角色——谁敢把这样一个人物描写成一个不起眼的诗人,与此同时把剧中最不讨人喜欢的人物刻画成真正的天才,比如自以为是的、可恶的女演员和自我中心、超级苛刻却无比专业的作家?

　　湖面上传来了歌声。阿尔卡基娜回忆起充满青春和欢乐的旧日时光。她开始后悔不该伤害自己的儿子。妮娜走过来,阿尔卡基

[①] Maeterlinck (1862—1949),比利时法语诗人和剧作家,象征派戏剧的代表作家。

娜把她介绍给了特里果林。"哦,我一直读您的作品。"接下来一段文字是契诃夫对自己惯用的一种写作手法的模仿,即让诗歌和散文的语言形成对比。"是的,背景很美,"特里果林说,停顿片刻后继续道,"那个湖里肯定有很多鱼。"妮娜很诧异地了解到,一个用她自己的话来说是经历过创作的愉悦的人,也知道如何享受垂钓的乐趣。

沙姆拉耶夫回忆了多年前剧院里发生过的一件趣事,这和他之前说的东西没有特别的关联(这又是契诃夫的一个特殊笔法,而且又是那么富有美丽的真实感),但是显然是他自己的思维连贯运作的结果。笑话说完了,却没有人发笑,片刻冷场后,人们开始陆续散去。索林徒劳地向沙姆拉耶夫抱怨夜里狗如何没完没了地叫,沙姆拉耶夫又重讲了一遍有关一个教堂歌手的笑话,麦德维坚科问他这样一个歌手能赚多少钱,麦德维坚科很穷,相信社会主义。很多喜欢在剧本中找事实和数字的文学评论家对于这个问题没有得到明确回答感到很震惊。我记得在哪里读到过有人一本正经地说一个剧作家必须清楚地告诉他的读者剧中每个人物的收入,否则这些人物的心情和行为就不能完全被理解。但是信手拈来的天才契诃夫可以让这些琐屑的对话和谐地相互作用,他所达到的艺术高度是一味服从于原因和结果的普通作家们所无法企及的。

特里波列夫再次上场,多尔恩告诉他自己喜欢他的剧本——或者说喜欢他听到的有关这个剧本的东西。多尔恩继续阐述他本人关于生活、思想和艺术的观点。特里波列夫一开始被他的赞扬所感动,这时也忍不住打断了他两次。妮娜在哪里?特里波列夫几乎是哭着跑开的。"噢,青春,青春!"医生感叹着。玛莎反诘道:"人们不知道该说什么的时候,就说噢,青春,青春。"她吸了一点鼻烟,多尔恩感到一阵厌恶。接着玛莎突然变得有些歇斯底里,告诉多尔恩她疯狂而无望地爱着特里波列夫。"每个人都这么紧张,"医生反复念道,"真是紧张极了。每个人又都在恋爱……这个有魔力的湖。但是我能帮得了你什么呢,我可怜的孩子,帮得了什么呢?"

第一幕就这样结束了，我们也完全可以理解为什么契诃夫时代的普通观众和评论家——普通人中间的教士——感到既困惑且懊恼。没有什么明确的冲突性的对白，相反对白都很模糊，冲突也是失败的，在一个脾气虽急躁却不火爆的儿子和一个坏脾气但是同样温和的母亲之间是不可能有什么特别的冲突的，他俩总是后悔自己说的过头话。妮娜碰到特里果林，但是并没有什么进一步的情节发展，而其他人物的浪漫史也都像黑暗中的胡同一样不清不楚。对于期待好好看一场热闹戏的人来说，这样明显的没有戏唱的结尾不啻是污辱。尽管契诃夫的剧本仍然明显受缚于传统（比如平铺直叙的开场），然而他的作品中被普通评论家指摘为胡闹或错误的东西却恰恰是未来真正的戏剧的种子。我本人十分热爱契诃夫，他也的确是个真正的天才，但是他的剧本并不是完美的杰作。他的成就在于他指出了一条脱离因果决定论这一地牢的正确道路，他告诉后来者如何打破牢笼，拯救出被关押在那里的囚犯：戏剧艺术。对于未来的剧作家我不希望他们只是重复契诃夫的创作方法，因为那是他的方法，适合他的天才，是不可能被重复的。我希望未来的剧作家能找到并且实践解放戏剧的更强有力的其他道路。话到这里，让我们转向第二幕，看看它到底给那些疑惑而又懊恼的观众留了些什么样的惊喜。

第二幕。槌球草坪，房子的一部分，湖。阿尔卡基娜在向玛莎传授一些保持身材的秘方。从一句不经意的话中我们得知她做特里果林的情人已经有很多年了。索林和妮娜出场，妮娜能从家里脱身是因为她的父亲和继母外出三天。大家随意地交谈着，说到特里波列夫恶劣的心情和索林的健康问题。

玛莎：他大声朗读的时候，他的眼睛会燃烧起来，他的脸会变得惨白。他的声音美丽忧郁，他有着诗人的气质和风度。

（可以听到索林靠在花园椅子里打鼾的声音。）[多么鲜明的对比！]

多尔恩医生：晚上好，宝贝。

阿尔卡基娜：你好，彼特！

索林：嗯？怎么回事？（坐了起来）

阿尔卡基娜：你在睡觉吗？

索林：没有的事。

（停顿）[契诃夫是停顿的大师。]

阿尔卡基娜：你对自己的健康毫不在意——这可不是个事，弟弟。

索林：可其实我是想注意的——只是医生对此没有兴趣。

多尔恩医生：六十岁时看医生还有什么用。

索林：六十岁的人也不想死呢。

多尔恩医生（不耐烦地）：哦，好吧。不如试试控制神经的药。

阿尔卡基娜：我一直在想他应该去一个什么德国的疗养地看看。

多尔恩医生：嗯……嗯，是的，也许他可以去。不过也可能他不该去。

阿尔卡基娜：你明白他在说什么吗？我是不明白。

索林：就压根没什么好明白的。他等于什么也没说。

对话就是这样进行的。不明就里的观众也许会以为作者是在浪费第二幕的前二十分钟，让冲突和高潮部分在舞台两边干等着。但是一切都很顺理成章，作者知道自己在做什么。

玛莎（起身）：我想该吃中饭了吧。（慵懒地挪动脚步）我的脚都麻了。（退场）

沙姆拉耶夫出场，他的老婆和阿尔卡基娜要去镇上，他对此很恼火，因为马匹要在收割时派用场。他们吵了起来；沙姆拉耶夫大发雷霆，拒绝再当索林的管家。这能说是一个冲突吗？前面也的确有些铺垫,比如他曾拒绝过问那只晚上乱叫的狗。可是不以为然的评论家到底还是忍不住要问:"这里又是在戏仿什么呢?"[*]

契诃夫素以求新著称,但这时他却镇定自若地设置了一个老掉牙的情节:让独自留在舞台上的主角妮娜用独白的方式道出心声。她的确是一个崭露头角的演员——但这也成不了她作此独白的理由。这段话其实也稀松平常,妮娜对两件事感到困惑不解,其一是为什么一个著名的女演员会因为不能事事如愿而哭泣,其二是为什么著名的作家一整天都在钓鱼。特里波列夫打猎归来,把一只死海鸥扔在妮娜脚边,"我觉得自己杀了这只鸟实在是太卑鄙了。"他又加了一句:"不久我将用同样的方式杀死自己。"妮娜有些生气:"这几天,你不管说什么都要带点象征性。这鸟又是一个象征。(她把鸟放到长凳上)但是对不起,我是个很简单的人;我不懂象征。"(请注意妮娜的这些想法会和结尾呼应——妮娜自己也会成为一个活的象征,但她自己没有意识到,也没有被特里波列夫正确地理解。)特里波列夫对妮娜一通数落,说自己的剧本演出失败后她就对他爱理不理,十分冷漠,他还说到了自己的愚蠢。这隐约体现出一点哈姆雷特式的情结,接着契诃夫使这一情结由内而外更明朗化,他让特里波列夫对着特里果林念了一句哈姆雷特的台词:特里果林手里捧着一本书昂然上场,特里波列夫冲他大声喊道"空话,空话,空话",然后退场。

特里果林在他的书里记下一段关于玛莎的话:"吸鼻烟,喝烈酒……总是穿黑衣服。小学老师爱着她。"契诃夫自己也随身带着一个这样的笔记本,记下身边人物以备写作之用。特里果林告诉妮娜他和阿尔卡基娜将要动身离开(因为和沙姆拉耶夫的争吵)。妮娜对他说"做一个作家感觉一定非常棒",特里果林趁机做了一番有趣的演说,几乎有三页长。作家一旦发现有机会在作品中谈论自

---

[*] 即使是道德家也不可能注意到这是一个典型的腐朽阶级的悖论:雇工欺负雇主——因为这在俄国的农村不是一个普遍现象,这是发生在这些特定人物身上的特定事件,可能发生,也可能不发生。(被删除的写在页边缝上的笔记。——原编者注)

己,通常都会有些刹不住,以至于完全忘记了在现代剧院中长篇独白是很让人反感的。写作这一行的所有细节都被津津乐道了一番:"……我在这里和你说话,我自己也很感动,但与此同时我不停地提醒自己还有一篇没有完成的很长的短篇小说躺在我的书桌上等着我。比如,我看到一朵云;它看上去像一架钢琴,然后我就会突然对自己说,这个要用到我的小说里去。一片像钢琴形状的云朵。或者,比如说,花园里有向日葵的味道。我会立即抓住这个味道,浓郁而又甜美,孤零零的花朵,在描写夏日的黄昏时一定要用……"还有这一段:"我刚开始写作时常会导演自己的新剧本,我常有种感觉,好像黑头发的观众会反对我,金发的观众则对我不以为然……"还有:"哦,是的,写作是很有意思的事,写的时候……但是后来……读者读了之后说:是的,引人入胜,才华横溢……很好——但是比托尔斯泰差远了;……是的,一个美丽的故事——但是屠格涅夫要更出色。"(这完全是契诃夫自己的经历。)

妮娜反复告诉特里果林,只要能成名她愿意经受所有诸如此类的困难和失望。特里果林望着湖水,将空气和美景一一纳为己有,片刻之后说,很遗憾他必须要走了。妮娜指给他看湖对面她母亲住的那幢房子。

妮娜:我出生在那里。我一直都生活在这湖边,上面的每个岛我都认识。

特里果林:是的,这里很美。(注意到长凳上的海鸥)那是什么?

妮娜:一只海鸥。特里波列夫把它打死了。

特里果林:这只鸟很不错。我真的一点都不想走。看看,试试能不能说服阿尔卡基娜女士留下来。(他在他的书上记下什么东西。)

妮娜:您在写什么?

特里果林:哦,没什么……只是一个想法。(他把书放进口袋。)关于一个小故事的想法:湖,房子,女孩热爱湖,就像海鸥一样快乐、自由。有人碰巧经过,一瞥,心血来潮,海鸥死了。

(停顿)

阿尔卡基娜(从窗户里):喂,你在哪里?

特里果林:马上来!

阿尔卡基娜:我们不走了。

(他走进屋子。)

(妮娜一人留在前台,陷入沉思。)

妮娜:一个梦……

落幕。

关于第二幕的结尾有三个要点必须提。首先,我们之前已经注意到了契诃夫的弱项:刻画年轻的具有诗意的女性。妮娜这个角色就有一点假,她在舞台上最后那一声叹息给人过时的感觉,因为和整部戏的其他部分比起来,这声叹息显然既不自然,也不真实。我们当然也明白她是个演员,必定有些演员的矫揉造作之气,但这毕竟还是太牵强。特里果林还告诉妮娜他很少有机会结识年轻女子,而以他本人的年龄感觉很难再去想象十八岁时的甜蜜心情,因此他说凡是在他的故事里出现的妙龄女郎通常都有些失真。(我们可以像肖像画画家萨金特那样加一句,嘴巴好像有些不对劲。萨金特过去常说如果他要给谁画肖像的话,会先把模特的全家观察一遍。)特里果林的话可以说是契诃夫夫子自道,但只是剧作家契诃夫,不是小说家契诃夫;因为他的短篇小说如《带阁楼的房子》和《带小狗的女人》,其中年轻女人个个栩栩如生。但这是因为契诃夫没有让她们说太多的话。在剧本里,女人们却必须开口,因此作者的弱点也就暴露了:契诃夫不是一个多话的作者。这是第一点。

此外值得一提的是,特里果林的确是个优秀的作家,至少表面看是如此,从他对写作这一行的细致入微的描述更可以看出他深厚的观察力。不过话说回来了,他做的那些关于鸟、湖和女孩的笔记似乎不像是个特别精彩的故事。同时,我们也忍不住猜想剧本的情节发展恐怕和这个故事相去不远。于是真正让我们感兴趣的在于:契诃夫到底有没有本事把特里果林笔记里听起来老掉牙的材料编成一个一流的故事。如果契诃夫成功了,那么我们就有理由相信特里果林的确也是一个好的作家,可以从单调的主题入手,编出一个有趣的故事来。最后谈谈第三要点。妮娜没有意识到特里波列夫拿来的那只死鸟的象征意义,而特里果林同样没有意识到,他留在湖边房子里的结果是自己变成了杀死这只鸟的猎手。

换句话说,这一幕的结尾对于普通观众来说还是一样不可捉摸,因为他们仍然看不出有什么可以值得期待的情节推动。这一幕中真正发生的事概括起来就是有人互相争执了一通,有人决定要离开,然后又决定不离开了。但真正有趣的东西恰恰藏在对白的模糊性之中,以及极富艺术性的模棱两可的承诺之中。

第三幕,一个星期之后。索林乡间别墅的餐厅里。特里果林在吃早饭,玛莎对他说着自己的故事,如此这般,"你,一个作家,就可以把我的人生故事用作写作的素材"。从她最初的几句话中我们得知特里波列夫试图自杀,但他已经没有生命危险。*

显然玛莎对特里波列夫的爱已经告一段落,现在她决定嫁给小学教师,忘记特里波列夫。我们进一步了解到特里果林和阿尔卡基娜将永远离开这里。接下来是妮娜和特里果林之间的一场戏。妮娜送给特里果林一件礼物,是一块大奖牌,上面刻着特里果林一部小说的名字、某一页的页码和其中一句话的行数。阿尔卡基娜和索林上场,妮娜匆匆告辞,并请特里果林在动身前能再给她几分钟见面的时间。但是请注意,这一场没有什么爱的表白,而且特里果林

---

* 根据戏剧创作的规则,你不可以让一个人物在前后两幕之间自杀,但是你可以安排他自杀未遂,我非常讨厌这些规则;同样,你也不可以在最后一幕让人物到幕后开枪自尽作为结尾。(被纳博科夫删除的一段。——原编者注)

多少表现得有些感觉迟钝。之后特里果林总是喃喃自语，努力回想奖牌上刻的到底是哪一句话。这个屋子里有很多我的书吧？是的，在索林的书房里。他走进书房去找那本书，这是让他离场的最好的处理方式。索林和阿尔卡基娜在讨论特里波列夫自杀的原因：嫉妒，无所事事，骄傲……索林建议阿尔卡基娜给特里波列夫一点钱，阿尔卡基娜就又哭了起来，正如她儿子预见的那样。索林情绪很激动，一阵晕眩。

索林被扶下场后，特里波列夫和阿尔卡基娜开始对话。这是有些歇斯底里、不太有说服力的一幕。首先特里波列夫建议他的母亲借钱给索林，阿尔卡基娜反驳说自己是演员，不是银行家。接着特里波列夫让阿尔卡基娜为他换包扎头部伤口的纱布，阿尔卡基娜一面仔细地换纱布，一面觉得儿子让她想起自己曾经演过的一幕充满温情的戏，但具体是哪一场却记不起来了。特里波列夫诉说自己是多么爱阿尔卡基娜，但是——第三步：为什么阿尔卡基娜要受那个男人的影响？这话让阿尔卡基娜很不受用。特里波列夫又说特里果林的作品他一读就恶心；阿尔卡基娜反驳说特里波列夫自己是个充满嫉妒的无名小卒；他们于是激烈地争吵起来；特里波列夫哭了；两人再次和好（原谅你的作孽的母亲）；特里波列夫坦白自己爱着妮娜，但妮娜却不爱他；他已经无法继续写作，所有的希望都破灭了。这一段人物情绪的波动过于明显——太一览无余了——作者对每个人物的小把戏一一检验了一遍。而且紧接着作者又犯了一个大错。特里果林上场，手里翻着一本书，寻找那一行字，然后，为观众着想，他念出声来："就是这里：'……任何时候，如果你要我的生命，你只须过来拿走它。'"

显然更真实的场景应该是特里果林走进索林的书房，在书橱比较低的一层找到那本书，然后他会弯下腰，站在原地读出那一行字。而一个错误又往往会导致另一个错误，因此下一个场面就更失真了。特里果林大声地自言自语道："为什么来自这个纯洁、年轻的灵魂的呼唤让我仿佛感受到极其深刻的悲伤呢?为什么我自己的心会这样痛苦地往下坠呢?"这显然是败笔,像特里果林这样一个真正的作家是不会沉迷于此类浪漫感伤的。契诃夫面临的难题是要让自己笔下的作家突然变得非常人性化;为了让观众更好地观察这个人物,契诃夫给了他一副高跷,结果反而弄巧成拙。

　　特里果林直言不讳地告诉他的情妇他要留下来,他要和妮娜试一试。阿尔卡基娜扑通一声双膝跪地,用极尽修辞奢华的言辞恳求他:我的国王,我美丽的神……你是我生命的最后一页,等等。你是当代最优秀的作家,你是俄国唯一的希望,等等。特里果林面向观众述说自己如何没有毅力——软弱、懒惰、唯唯诺诺。接着阿尔卡基娜注意到特里果林在他的笔记本里写什么东西。特里果林说:"今天早晨我碰巧听到一个好句子——少女的松树林。也许会用得着……(他伸了伸腿脚)等待我的又将是马车、车站、火车快餐、肉片、谈话……"*

　　沙姆拉耶夫进来报告马车已经备好,一面说起了一个他从前认识的老演员。这符合这个人物在第一幕中所表现的性格,但接着却发生了一件奇怪的事情。我们之前讨论过契诃夫有一个使笔下人物更生动的创作手法,即让人物说一些无聊的笑话,开一些愚蠢的玩笑,或者作些漫不经心的回忆,并非吝啬鬼就得开口闭口金子,医生就三句话离不开药丸。但是眼下剧情的发展却让人感觉是受到伤害的决定论女神在实施报复了,本来是可以揭示人物性格的一句随便而有趣的话现在却成了人物至关重要的特点,变得仿佛是吝啬鬼的吝啬那样不可避免。特里果林的笔记本,阿尔卡基娜一提钱就止不住的眼泪,沙姆拉耶夫戏剧性的回忆——这些都成了贴在人物身上的标签,就像传统戏剧里反复出现的怪人怪事一样叫人不快——你

---

* 请再次注意,上一场景中我们看到母子两人情绪的转变,这里是特里果林又变回到一个专业作家的心态——这样的转换未免太明显了一点。接下来是另一个类似的比较突兀的人物心理转变的处理:沙姆拉耶夫……(纳博科夫删除的一段。——原编者注)

们知道我的意思——一出戏从头到尾不断被重复的某个特殊的噱头,在最情理之外也最意料之中的时刻。这让我们意识到契诃夫尽管几乎已经成功地创造了一种新形式的、更高级的戏剧,但他还是意想不到地落入了自己的陷阱之中。我可以肯定地说,如果契诃夫对于传统束缚的不同形式有更多了解的话——他以为他已经打破了这些束缚——他就不会被这些束缚所困了。此外我感觉契诃夫对戏剧艺术的研究还不够彻底,读的剧本还不够多,对于这种创作媒介的技术问题不够审慎。

在动身启程的混乱中(阿尔卡基娜给三个仆人一个卢布,相当于五十美分,一再告诫他们要平分),特里果林总算设法和妮娜说了几句话,他讲到妮娜的温顺,她的天使般的纯真,等等,总之特里果林显得口才相当流利。妮娜告诉他自己已经决定做一个演员,到莫斯科去。他们约定了在莫斯科见面的时间,并拥抱告别。落幕。虽然这一幕也不乏精彩之处,主要是台词方面,但较之前两幕却毫无疑问逊色很多。*

第四幕。两年之后。契诃夫牺牲了古老规律中的时间一致性,成全了地点一致性,因为把时间安排在次年夏天是很自然的,特里果林和阿尔卡基娜届时将再次到阿尔卡基娜弟弟的乡间别墅来小住。

一间被特里波列夫变成自己的小窝的画室——堆满了书。玛莎和麦德维坚科登场。他们已经结婚并有了一个孩子。索林害怕一个人待着,玛莎很关心他。两人谈到剧院的那个骷髅架,此刻正立在黑

---

* 请仔细注意我刚描述过的[决定论女神]的奇怪复仇。每当掉以轻心的作者自觉已经大功告成,就会遇见这样一个守株待兔的恶魔。最重要的,往往就是在这样的时刻,当从传统的角度来看作者已经恢复了信仰,类似高潮的部分隐约就在眼前,观众们正满心期待着那必然的一幕(这样要求契诃夫有点儿太过分了),或者至少是必不可少的某一幕(奇怪的是——我是想说,这样的一幕尽管并没有在期待中被有意识地如此定义,但是当它真正上演的时候感觉恰恰能满足"我们所需要的"——我们可以称之为令人满意的一幕),正是在这样的时刻,契诃夫是最让人失望的。(纳博科夫删去的一段。——原编者注)

漆漆的花园里。沙姆拉耶夫太太,玛莎的母亲叮嘱特里波列夫对她的女儿好一点。玛莎仍然爱着特里波列夫,现在就希望丈夫工作调动后,自己随他去另一个地方,可以忘记特里波列夫。

我们又意外地了解到特里波列夫在给杂志写文章。老索林把自己的床排在特里波列夫的房间里,一个有哮喘病的人想要换换居住的环境是很自然的事——这不应该和"保持舞台一致性"的手法混为一谈。接下来医生、索林和麦德维坚科之间有一场有趣的对话。(阿尔卡基娜到车站去接特里果林了。)比如,医生暗示他在国外待了很长一段时间,花了不少钱。然后他们又聊了其他事情,停顿了一会。然后麦德维坚科先开口。

麦德维坚科:医生,我能问一下吗,您最喜欢国外哪个城市?
多尔恩:热那亚。
麦德维坚科:为什么是热那亚——有那么多的城市呢!

医生于是解释道:只是感觉而已,住在那里仿佛是在游荡,在融合——就好像,他补充道,好像您剧本里的那个世界灵魂——对了,她现在在哪里呢,那个年轻的女演员?(非常自然的过渡。)特里波列夫向多尔恩讲了一些妮娜的情况。她和特里果林发展了一段恋情,生了一个孩子,孩子死了;她算不上一个好演员,虽然现在也是个专业演员了,演一些主要角色,但是表演很粗糙,没有品位,大喘气,手舞足蹈。有时候在她的大喊大叫里观众也能感觉到一点表演才能,比如她演的角色死去的时候,但只是某些时刻而已。

多尔恩追问妮娜是否有天赋,特里波列夫回答很难讲。(请注意妮娜和特里波列夫在各自的艺术事业中的处境如出一辙。)特里波列夫又继续说,他为了见到妮娜,跟随她的脚步到每一个她演出的城市,但是妮娜从来没有让他再靠近过自己。有时候妮娜会写信给他。特里果林离开她之后,她似乎有点不太正常。她的信署名都是海鸥。

（注意特里波列夫已经忘记了自己射杀海鸥那件事。）他又补充说妮娜此刻就在附近，四处晃荡，不敢过来，也不想和任何人说话。

索林：她是个很迷人的姑娘。
多尔恩：什么？
索林：我说她是个很迷人的姑娘。

接着阿尔卡基娜和特里果林一起从车站回来。（这些场景中间还夹杂了麦德维坚科被他岳父欺侮的悲惨处境。）特里波列夫勉强和特里果林握了握手。特里果林从莫斯科带了一份文学评论月刊的复本，上面有特里波列夫的一篇小说，然后特里果林以著名作者面对后辈小生特有的带点轻浮的友好态度告诉特里波列夫，人们对他的作品很感兴趣，觉得他有神秘感。

除了特里波列夫，其他人都坐下来一起玩抽数码的赌博游戏，下雨的傍晚他们常玩这个游戏。特里波列夫一边翻看月刊，一边自言自语："特里果林读了他自己的东西，可登我的故事的那几页他根本还没裁开。"我们来看抽数码游戏，这是一个迷人的典型的契诃夫场景。契诃夫的创作天才似乎必须在笔下人物最放松的时候才达到顶峰，他让他们感觉在自己家里一般，非常舒坦，尽管这样难免会产生一些枯燥的细节，晦涩的微妙感受，激起种种回忆，等等。人物的各种古怪陋习尽显无遗——索林又打呼了，特里果林大谈钓鱼，阿尔卡基娜回忆自己辉煌的舞台生涯——这些比起前一幕中虚假的戏剧化的背景要自然得多，在同一个地方，同样的人，两年之后，旧戏重演，不着痕迹地、可悲地重复，这一切都是极其自然的。有对话暗示评论家对特里波列夫这个年轻作家颇多微词。大家在游戏中高声喊出数字。儿子写的东西阿尔卡基娜连一个字也没念过。然后游戏暂停，去吃晚饭，特里波列夫没有去，他继续研究自己的手稿。独白——我们可以不顾传统真是一件好事："关于新形式我已经说得太多了——

现在我感觉自己一点点落入俗套。"（这也许可以和契诃夫本人对上号——就像剧本中大多数关于写作的专门论述——当然只是在某种程度上，比如在前一幕中他的种种失误。）特里波列夫念道："'她黑色的头发衬托出她那张苍白的脸。'真差劲，什么'衬托'，"他大声嚷起来，把手稿扔了出去，"开头应该写主人公被下雨声吵醒——其余的都去他妈的。关于月光的描写太长太具体了。特里果林创造了他自己的一套把戏，对他来说很容易。他会写一只打破的瓶子，瓶颈闪闪发亮，躺在河坝上，水车轮的黑色影子——就这些，月光的感觉自然就出来了；而我呢，我就会写'颤巍巍的光线'，'温柔地眨着眼睛的星星'，要不就是远处钢琴的乐声，'融化在这温柔的让人陶醉的夜色之中'。太可怕了，可恶……"（这里我们看到的恰恰是对契诃夫和他同时代作家之间的区别的精彩概括）

接着妮娜出场，从传统戏剧的角度来看，这可以说是全剧的关键场景，但我称之为全戏中一场带来满足感的场景。这的确是相当不错的一个场景。契诃夫没有试图描绘纯洁、热情、浪漫的年轻女子，因此妮娜此时的台词非常自然。她很疲惫、伤心，回忆千头万绪。她仍然爱着特里果林，特里波列夫最后一次努力想挽回妮娜的心，让她留在自己身边，但妮娜对他的热情不屑一顾。"我是一只海鸥，"她没有隐射什么的意思，"我现在把一切都搅乱了。你还记得你以前射杀过一只海鸥吗？一个人碰巧路过，看到这鸟，把它杀了。一个小说的素材。不……我又搅混了。""再待一会儿，我给你些吃的东西。"特里波列夫说，试图抓住最后一根救命稻草。这些处理都非常到位。妮娜拒绝了，又说到了自己对特里果林的爱，特里果林如此粗暴地抛弃了她，然后她又开始背特里果林一部戏剧中的独白，第一幕刚开始的部分，然后急匆匆地离开了。

这一幕的结尾精彩绝伦。

特里波列夫（片刻停顿后）：要是有人在花园碰见她又告诉妈妈

就糟了。妈妈会难过的。[注意这是他最后的台词,因为在冷静地销毁了自己的手稿之后,他打开右面的门,走进里面的房间,他将在那里开枪自杀。]

多尔恩(使劲想打开左面的门[几分钟前特里波列夫搬了一把椅子抵住门,以免和妮娜谈话时被打扰]):奇怪……这门好像锁住了。(他终于进了屋,推开了椅子)嗯……有点像障碍赛马。

[其他人也吃好晚饭进来了。](阿尔卡基娜,沙姆拉耶夫夫妇,玛莎,特里果林,端着葡萄酒和啤酒的仆人)

阿尔卡基娜:放在这里吧。啤酒是给特里果林的。我们一起喝酒,继续游戏吧。大家都坐下。

[蜡烛点起来。](沙姆拉耶夫把特里果林领到一排抽屉前)

沙姆拉耶夫:看,这是去年夏天你让我做成标本的那只鸟。

特里果林:什么鸟?我不记得了。(想了一会)不,真的不记得了。

(后面传来枪声。众人惊起)

阿尔卡基娜(惊慌):那是什么?

多尔恩:我知道。可能是我药箱里的什么东西爆炸了。别担心。(他走出去,半分钟后[其他人继续游戏]回来)是的,我是对的。一瓶乙醚炸开了(他哼起歌),"哦,女孩,我再次为你着迷……"

阿尔卡基娜(一面在桌子边坐下来):喔,我真吓了一跳呢。让我想起那一次……(她双手遮住脸)我的头晕极了。

多尔恩(仔细读着评论月刊,对特里果林说):一两个月前这里有一篇文章……从美国来的一封信……我那时就想问你……(他把特里果林领到前台[十分温和地])……因为,你看,我对这个问题很感兴趣。(轻轻压低声音)——能否请您把阿尔卡基娜夫人带到别的屋子里去?她的儿子开枪自杀了。

落幕。

我再次重复一下,这是一个精彩绝伦的结尾。它打破了关于后台自杀的传统,因为相关的主要人物并没有意识到到底发生了什么事,而是回忆起先前的类似事件,模仿对自杀的真实反应。还需要指出的是,说话的是医生,所以也不必为了让观众满意而把他的反应硬说成是真的反应。最后请注意,特里波列夫在第一次自杀未遂前曾说起过要自杀,而在这一幕里,他对此只字未提——但是他的自杀仍然有充足而完整的动机。*

---

* 纳博科夫删除了这最后一段。——原编者注

纳博科夫《在木筏上》讲稿的某页。

马克西姆·高尔基
（一八六八——一九三六）

高尔基在《我的童年》中描绘了幼时住在外祖父瓦西里·喀什林家的一段生活经历。这是一个阴郁的故事。外祖父是个暴君式的野蛮家伙；他的两个儿子——高尔基的舅舅们——尽管惧怕自己的父亲，但是反过来却又虐待妻儿，自己也成了暴君。整个故事的氛围充斥着无休止的暴力，无理的谩骂，野蛮的鞭笞，争夺钱财，以及没完没了的对上帝的乞求。

"在营房和监狱之间，"高尔基的传记作者亚历山大·罗斯金这样写道，"一大片烂泥地上，竖着一排排房子——黑漆漆的，绿的，白的。每间房子里，都像喀什林家一样，总有人在吵吵闹闹，要么是布丁烤焦了，要么是牛奶变坏了，每间房子里都是一样琐屑卑微的主题——锅碗瓢盆，茶水煎饼——每间房子里也都有人在煞有介事地庆祝生日和各种纪念日，他们像猪一样狂吃滥喝，直撑到肚子都要炸了。"*

这是在下诺夫戈罗德市①，描写对象所处的社会地位极其卑微——所谓的meshchane，是中产阶级的最底层，仅仅比农民强一点——这个阶层的人已经失去了与土地的健康连结，却没有得到任何可以填补这一空缺的替代品，因此他们成了中产阶级最可怕的邪行恶习的侵蚀对象，陷入万劫不复的境地。

高尔基的父亲也有一个苦涩的童年，但日后倒长成了一个善良的人。高尔基四岁时父亲就去世了，所以他的母亲才不得不搬回她那个可怕的娘家。那些日子里高尔基唯一快乐的回忆是关于外祖母的,尽管环境如此恶劣,但外祖母还是保持着一种愉快的乐观主义,以及了不起的慈善;幸而有外祖母在,童年时的高尔基才知道快乐也是存在的,无论如何生活还是幸福的。

十岁时高尔基开始为生计外出干活。他先后做过鞋店的跑腿、汽船上的洗碗工、手工匠的学徒、肖像画匠的学徒、收破烂的,还有抓鸟的。之后他发现了书,只要能弄到手的书他都读。他一开始读书的时候也不分好坏,但他很早就对优秀的文学作品有敏锐的触觉。高尔基有一种要学习的强烈渴望,但很快意识到自己根本没有机会上大学,尽管他就是为此才来到喀山市的。一贫如洗的高尔基发现自己身边是一群真正的bosyaki——俄语,意为流浪乞丐——他和这些流浪汉日夜为伍,做了大量细致的观察,后来他把这段生活经历写到书里,简直是在大都市的读者群中扔下了一颗炸弹,把他们震得目瞪口呆。

很快高尔基不得不再次工作,他在一家地下面包坊给面包师傅打下手,每天工作十四个小时。不久他开始接触一些地下革命者,总算找到了比面包坊里的工人更谈得来些的人。他还继续读书——文学、科学、社会学、医学,只要能到手的书全都读。

十九岁时高尔基试图自杀。伤口很危险,但他还是恢复了。在他口袋里发现的一张纸条是这样开头的:"我将置我于死地的罪过归于德国诗人海涅,是他发现了心脏也可以像牙那样地疼……"

他徒步走遍了俄罗斯,一到莫斯科,就直奔托尔斯泰的住所。托尔斯泰不在家,但伯爵夫人把高尔基请到厨房,用咖啡和面包卷招待他。她告诉高尔基有很多流浪汉都跑来见她的丈夫,高尔基很有礼貌地表示同意。在下诺夫戈罗德他和一些革命者同屋而居,他们因为在喀山参加学生运动被流放。警察接到命令要抓一个这样的革命

---

* 引自《伏尔加河畔》,弗洛姆伯格翻译(纽约:哲学图书馆,1946年),第11页。——原编者注
① Nizhni-Novgorod,俄罗斯西部城市,1932—1990年间曾改名为高尔基市。

者，发现是高尔基让他们逃脱了，于是就抓了他去审问。

"你是什么奇怪的革命者啊？"一位审讯他的宪兵长官这样问他。"你写诗这些玩意……我让你出去，你倒可以把你写的东西给科洛莱克看看。"在监狱里待了一个月后，高尔基被释放了，然后他按照那个警察的建议去见弗拉基米尔·科洛莱克。科洛莱克是个很受欢迎的二流作家，深受知识分子的爱戴，警察怀疑他同情革命者——他是个很友善的人。然而他的批评严厉之极，把高尔基吓坏了，以至于他很长一段时间彻底放弃了写作，跑到罗斯托夫当了码头工。帮助高尔基发现他的文学之路的人不是科洛莱克，而是一个名叫亚历山大·卡鲁兹尼的革命者，他们是在高加索的第比利斯偶遇相识的。高尔基向卡鲁兹尼绘声绘色地描述自己流浪途中的种种经历，令卡鲁兹尼十分着迷，他让高尔基一定要把这些故事写下来，就用他叙述时所用的简单明了的语言。故事真的写出来之后，也是卡鲁兹尼把它拿到一家当地的报纸，并且让它发表了。那是一八九二年，高尔基二十四岁。

但事实证明科洛莱克后来对高尔基也有很大的帮助——不仅给高尔基非常珍贵的建议，而且还帮他在一家和自己有关的报社找了一份工作。在萨马拉做新闻的这一年，高尔基全身心地投入到工作中。他学习，他努力完善自己的写作风格，可怜的家伙，他定期给报纸写一些故事。到年底时他已经是一个小有名气的作家了，得到伏尔加地区很多报社的邀请。他去了下诺夫戈罗德的一家报社，回到了家乡。高尔基在自己所有的作品中都近乎肆虐地强调俄罗斯社会的悲惨现状。然而他的字里行间又渗透了对人类的不可动摇的信念。听起来也许很奇怪，但是这位描绘生活最黑暗面和最残酷现实的画家，却恰恰也是俄罗斯文学中最伟大的一位乐观主义者。

高尔基的革命偏见是显而易见的。这让他在激进的知识分子群中更受欢迎，但也让警察对这位本来就上了黑名单的人物更加警惕起来。很快高尔基就被捕了，因为在另一个因革命行为被捕者的住处发现了一张高尔基的照片，上面还有一句他的题词。但由于证据不足，高尔基很快又被无罪释放。他回到了下诺夫戈罗德，警察则对他的一举一动密切注视。总有一些奇怪的人在他住的两层木头房子附近晃荡。其中一个坐在一张长凳上，假装悠闲地观察着天空。另一个则靠着一根路灯柱子，一副聚精会神读报纸的样子。把计程马车停在大门口的车夫行动也有些诡异；他总是极其乐意载高尔基一程，或者是任何来拜访高尔基的人，只要他们愿意，甚至可以不收费。但他从不载别的乘客。所有这些人都不过是警察所的密探。

高尔基开始对慈善事业感兴趣，他为上百个最穷的孩子组织了一个圣诞节晚会；给失业或者无家可归者开了一间舒适的会所，里面有图书馆和钢琴；发起了给乡村孩子寄剪贴簿的运动，亲自从杂志上剪下图片贴在簿子里。而且他开始积极地参加革命运动。他从圣彼得堡走私了一台蜡纸油印机，运到下诺夫戈罗德的一个秘密印刷厂。这可不是一件小事，他被捕了，进了监狱，一度病得很厉害。

舆论非常同情高尔基，而革命前的俄罗斯舆论还是多少能起点作用的。托尔斯泰站出来为高尔基辩护，一股抗议的浪潮席卷了整个俄罗斯。政府不得不向公众的呼声低头：他们释放了高尔基，改为软禁。"警察出没在他的客厅和厨房里。其中一个还会不时地闯进他的书房"，传记作家忿忿然道。但是再读下去我们就发现高尔基"开始定心工作，常常写作到深夜"，而且他在街上"碰巧遇到"一个朋友，跟他大谈革命的迫在眉睫，竟然也没有受到任何人的干扰。要我说，这样的待遇也不算差了。"警察和秘密警察想遏制他，却都无能为力。"（如果是苏联的警察，怕是眨眼工夫就给遏制了。）政府很惊慌，命令他搬到阿扎玛斯去住，那是俄罗斯南部一个昏昏欲睡的小镇。"列宁怒斥这些针对高尔基的报复行为。"罗斯金先生振振有词道,"'欧洲最前沿的作家之一,'列宁这样写道,'他唯一的武器就是言论自由,而现在政府没有开庭就判了他流放。'"

高尔基的病——是和契诃夫一样的肺结核——在入狱期间加重了,他的朋友,包括托尔斯泰在内,也在给政府施加更大的压力。高尔基被允许去克里米亚半岛。

早先在阿扎玛斯的时候,高尔基曾在秘密警察的鼻子底下积极参加各种革命活动。他还写了一个剧本《庸人》,描绘他自己童年时代晦涩、令人窒息的生活场景。但他的下一个剧本《底层》要著名得多。"克里米亚半岛上的某个傍晚时分,高尔基坐在暮色四起的走廊里,他正在构思一部新剧本,一面大声地自言自语起来:主人公过去是一个大户人家的管家,但变化无常的命运又把他带到了一个济贫所,之后他再也没能离开这里。他最珍贵的东西是一件衬衣的领子——这是唯一将他和过去的生活连接起来的东西。济贫所里十分拥挤,人人都互相憎恶。但最后一幕春天来了,舞台上充满了阳光,济贫所里的人离开自己肮脏的住所,忘记了他们互相间的仇恨……"(罗斯金,《伏尔加河畔》)

《底层》完稿时,内容要比以上这段简介更丰富些。每个人物都很生动,对于一个好的演员来说也有很大的发挥空间。《底层》在莫斯科艺术剧院上演,空前成功,成为家喻户晓的名剧。

————

在此节骨眼上我们倒也不妨就这个奇妙的剧院先来说上几句。在莫斯科剧院成立之前,俄罗斯的观众除了彼得堡和莫斯科的帝国公司下属的剧院就没有别的选择了。这些剧院势力很广,也网罗了一大批表演天才,但它们的管理还是相当保守,这对于艺术来说,往往就意味着钳制,因此即使是最好的演出通常也是极端地传统守旧。然而对于一个真正有天赋的演员来说,没有比在帝国剧院演出更大的荣耀了；私人剧院一般都很穷，在各方面跟帝国剧院都不可同日而语。

当斯坦尼斯拉夫斯基和涅米洛维奇-丹钦科创立了他们自己的小小的莫斯科剧院，俄罗斯的艺术界随即发生了翻天覆地的变化。一开始这个剧院也是走老掉牙的路子，但它逐渐开始选择自己应该走的路：成为一个真正的严肃艺术的殿堂。莫斯科剧院的运转全靠其创立者和他们的一些朋友自己掏钱，但它也并不需要大量的资金。这个剧院的基本理念是服务艺术，其目的不是为了名或者利，而是为了追求崇高的艺术理想。每一个艺术的细节都和选择剧本一样重要，整个演出的所有部分没有轻重之分。最好的演员如果被分配到最次要的角色，他们也不会拒绝，因为这些角色恰巧适合他们，这样也能保证所有的角色都演得成功。一部戏只有当舞台总监确信从艺术表现和细节处理的角度来看都达到了最完美的效果才能登台献演——无论之前已经排练了多少遍。时间不是问题。这种一切为了艺术的精神感染了剧院所有的成员；如果追求艺术的完美对某个成员来说不再是最重要的，那么他/她也就失去了在这个剧院团体中的位置。演员们受到剧院创立者深沉的艺术热情的鼓舞，每一出戏都全身心地投入，好像那将是他们一生中唯一的一部戏。他们的表演中有一种宗教的敬畏感，令人感动的自我牺牲精神。还有惊人的团队精神，所有的演员都必须把整个演出效果放在第一位来考虑，最重要的是整体表演的成功，个人的表演倒是其次的。一旦开场观众就不得入席，幕间也不允许鼓掌。

有关剧院精神就讲到这里。下面再谈谈使俄罗斯剧院发生革命性变化的一些基本概念。早些时候的俄罗斯剧院本质上是以模仿为主，亦步亦趋地学习国外的方法，而且是要等这些方法在国外的剧院已经被完全接受之后；后来俄罗斯剧院化身为伟大的艺术殿堂，很快成为国外戏剧界人士的灵感来源和效仿对象。主要的观念是这样的：一个演员必须视僵硬的表演规则，即传统的方式，为洪水猛兽；他应该把全部的精力倾注在诠释、把握他即将饰演的这个舞台角色的灵魂上。演员要使自己的表演到达真正令人信服的境界，就必须在排演的这段时间内全力以赴地以角色自居，生活在想象中，生活在符合这个角色的人生经历中；他在现实生活中的一举一动、一言一行都必须向角色靠拢，这样当他上台时，念起台词来就会非常自然，仿佛他演的就是自己本人，就像平常说话一样坦然自若。

这个方法到底是好是坏暂且不管它，有一点始终是至关重要的：如果有天赋的人带着服务于艺术的虔诚决心，最大程度地发挥出自己的才能，那么结果通常都是让人满意的。而莫斯科剧院就是这样一个结果。它取得了巨大的成功。演出前几天人们便在这个小小的大厅前排起长队买票；才华横溢的年轻人开始寻找加入莫斯科剧院的机会，帝国戏剧团体反而退居其次了。剧院很快发展了几个分支：第一、第二、第三"工作室"，尽管它们各自有不同的艺术实验方向，但也始终与母剧院保持着紧密联系。他们还成立了一个使用希伯来语的工作室，取得了独特而惊人的艺术成就，其中最优秀的制作者和几个演员并不是犹太人。

莫斯科剧院最棒的演员之一也是它的创建者和舞台导演——斯坦尼斯拉夫斯基，而且他几乎可以说是一个独裁式的人物，涅米洛维奇是他的独裁合作者，也是替补舞台导演。

莫斯科剧院的成功剧目中有契诃夫的剧作，高尔基的《底层》，当然还有很多其他剧作。但是契诃夫的剧作和高尔基的《底层》从没有下过节目单，而且可能会永远和剧院的名字连在一起。

一九〇五年初——这一年发生了所谓的第一次革命——政府让士兵向一群游行的工人开枪，他们游行的目的是向沙皇呈递一份表达和平愿望的请愿书。后来人们才知道这次游行是政府里的一个双重间谍一手策划的。很多人，包括不少儿童倒在了蓄谋的子弹之下。高尔基写了一篇言辞激烈的抗议书《致全体俄罗斯公民和欧洲诸国的公众舆论》，控诉"蓄意的谋杀"，矛头暗指沙皇。自然地——他被捕了。

这一次抗议高尔基被捕的呼声响彻了整个欧洲，有著名的科学家、政客、艺术家，而政府也再一次低头，释放了他（想象一下今天的苏联政府会不会这样低头）。出狱后高尔基去了莫斯科，公开为革命奔波，筹集资金购买武器，把自己的公寓变成了一个兵工厂。革命学生在他的住处搭起一排机枪，积极练习射击。

革命失败后，高尔基默默地从第一线退下来，去了德国，然后是法国，然后是美国。在美国他出席各种会议，继续抨击俄国政府。他还在那里写出了长篇小说《母亲》，实属二流之作。自那以后，高尔基都住在国外，主要是意大利的卡普里岛。他和俄罗斯的革命运动保持紧密联系，出席国外的革命集会，和列宁成了好朋友。一九一三年政府发布大赦令，高尔基不仅回到俄国，而且在战争期间出版了他自己创办的一份大型杂志 *Letopis'*（《历史》）。

一九一七年秋天的布尔什维克革命之后，高尔基和列宁及其他布尔什维克领导一起成为众人顶礼膜拜的对象。高尔基成了文学方面的权威，但他仍然十分谦逊，使用权力也很节制，他清楚自己由于所受教育有限，在文学方面要作出明智的判断很困难。高尔基还利用自己的关系一再为被迫害的人求情。一九二一到一九二八年之间，他定居国外，主要在苏莲托——一部分是因为他每况愈下的健康，一部分也是因为和苏维埃政权的政治分歧。一九二八年他多少是奉命回到了苏联。之后直到一九三六年去世，高尔基一直住在苏联，编了几份报纸，写了几个剧本和小说，继续像以前一样酗酒。一九三六年六月他病情恶化，死在苏联政府分配给他的舒适的乡间别墅里。很多证据表明高尔基真正的死因是饮下了秘密警察给他的毒药。

高尔基作为一个创作型艺术家的地位可谓无足轻重，但作为俄罗斯大千世界里一个多姿多彩的传奇人物，他还是颇让人感到些兴趣的。

———

《在木筏上》
（一八九五）

让我们来选择一篇比较典型的高尔基的短篇小说吧，比如《在木筏上》。*先看一下作者的叙述手法。米佳和谢尔盖正乘着一只木筏横渡辽阔的伏尔加河，河面上雾气迷蒙。木筏的主人坐在靠前的位置，可以听到他气咻咻的喊叫声，谢尔盖则咕哝着说给读者听："喊什么喊！你的倒霉鬼儿子米佳连一根稻草都折不断，你却非要让他去掌舵；这会儿你又叫得整条河都听得到[还有读者]。你小气到不肯再多请一个舵手[谢尔盖继续独白]，那么现在你就爱怎么叫唤怎么叫唤吧。"作者指出最后这些话——上帝知道有多少作者使用过这样的手法——是被大声喊出来的，声音响得前面都听得到，好像他是存心（作者补充道）要让别人听到似的（让我们也补充一句，这是存心要让读者听到，因为这段叙述和那些老式剧本的开场惊人地相似，这些剧目一开始总归是一个男仆和一个女仆一边在给家具掸灰，一边谈论着自己的主人）。

很快我们从谢尔盖喋喋不休的独白中了解到米佳的父亲先是给他找了一个漂亮姑娘当老婆，然后又把媳妇变成了自己的情妇。健康的愤世嫉俗者谢尔盖嘲笑闷闷不乐的可怜虫米佳，两人说个没完没了，且都拿腔拿调，十分做作，是高尔基为这样的情景专门设计的对话风格。米佳解释说自己将参加某个宗教组织，古老善良的俄

---

* 这句话始于一份手稿的第五页，前面有一段被删去的不完整的文字，评论考特尼所描述的高尔基那种"糟糕的廉价风格"。本页之前的手稿已遗失。——原编者注

罗斯灵魂的深度在此一览无余。场景继而转到木筏的尾端,父亲和他的甜心玛利亚,也就是他儿子的老婆在一起。他是一个精力充沛的老头,是小说中屡见不鲜的人物。而这个妩媚的女人则扭动着腰肢,就像那只经常成为设喻对象的动物——猫(猞猁是后来才流行的比喻)——半依半偎在正要发话的老情人身上。我们再次开始领教作者夸张的惯调,几乎可以看到他本人在书中角色之间来回走动,不断给他们一些表演的提示。"我是个罪人,我知道,"老父亲说道,"我知道我的儿子米佳很痛苦,但是难道我自己的处境就有多好吗?"——等等等等。米佳和谢尔盖之间、父亲和玛利亚之间的两场对话均让人感觉作者是在无的放矢,他小心翼翼如同一个过时的剧作家那样想让笔下的人物传达这样一个信息:"这个话题我们谈了可不止一次了。"要不然作者怎么可能指望读者不去质疑他到底为什么非要让两组人在乘着木筏漂浮在伏尔加河中心的时候这样一本正经地说起话来,大起冲突。另一方面,即使你接受这些一再重复的对话,你也会忍不住怀疑这个木筏究竟能不能到岸。冒着大雾行驶在一条宽广湍急的河流中时,人们通常是不会说太多话的——但是我想这个也许就是所谓的绝对赤条条的现实主义吧。

黎明来临了,高尔基在这里来了一段对自然的描写:"伏尔加河畔翡翠色的田野里露珠像钻石一般闪闪发亮"(称得上珠宝商展会)。与此同时,木筏上的父亲建议杀死米佳,"女人的唇边玩味着一抹神秘撩人的微笑"。落幕。

高尔基笔下图表式的人物和机械的故事结构让人想起中世纪的道德叙事诗,它们有着同样死气沉沉的形式。我们还须意识到文化的低层次性——在俄罗斯我们称之为"半知识分子性"——对于一个缺乏远见和想象力的作者来说是灾难性的(而一个拥有远见和想象力的作者,即便他没受过教育也一样可以创造奇迹)。但是缜密的逻辑思维以及理性的激情对智力广度有很高的要求,之后才能获得成功，而这种智力广度恰恰是高尔基完全缺乏的。他觉得必须给自己贫乏的艺术和混乱的思维作一些补偿，于是就总是追求耸人听闻的主题，追求对比、冲突、暴力和严酷——评论家所谓的"有震撼力的故事"通常能够分散读者的注意力，让他们暂时忘记什么是真正的欣赏，因此高尔基才得以给他的俄国及外国读者留下强烈的另类印象。我曾听到一些相当明理的人坚持说《二十六个男人和一个女孩》这个虚假造作的故事是一篇杰作。二十六个可怜的流浪汉在一个地下面包坊干活，有一个年轻的女孩每天都来买面包，这群粗俗不堪、满嘴脏话的男人围着她转，近乎虔诚地崇拜着她；后来女孩被一个士兵引诱，他们立即面目狰狞地侮辱她。乍一看这个故事似乎很有新意，但只要稍微深入分析一下，就会发现这个故事其实大落俗套、乏味之极，和最差劲的老派言情传奇小说有得一比。全文没有一个生动的词，没有一句话不是陈腔滥调；它充其量就是一堆粉色的糖果，沾了些为了让故事更诱人的足够多的煤灰。

这离所谓苏维埃文学不过一步之遥罢了。

非利士人和非利士主义

非利士人是指这样一类心智业已成熟之人：他们的兴趣所在皆具物质及平庸的性质，其思维由其所属群体和时代的既成思想以及保守理念所构成。我之所以把非利士人定义为"心智业已成熟之人"，盖因那个看起来俨然一副小非利士人模样的孩子或少年充其量不过是摹仿老牌庸人举止的小鹦鹉，而做鹦鹉总比做白鹭容易些。"庸人"（vulgarian）或多或少可以说是"非利士人"的同义词，但"庸人"一词并未强调非利士人的保守主义，更多的是强调非利士人某些保守观念的庸俗性。我也许还会用到"伪斯文"（genteel）和"布尔乔亚"（bourgeois）这些词。"伪斯文"意味着蕾丝边式的精致庸俗，其恶劣尤胜直截了当的粗俗。在人前打嗝也许是没礼貌，但打完嗝再说一声"请您见谅"就是伪斯文，也因此比庸俗更可恶。我所用的"布尔乔亚"的含义是沿袭福楼拜而非马克思的。对福楼拜而言，"布尔乔亚"是一种心态，不是钱袋的鼓瘪状态。布尔乔亚者即自鸣得意的非利士人，一个体面的庸人。

史前社会不太可能有非利士人，尽管非利士主义的萌芽无疑在那时也能找到。我们可以想象一下，比如有一个食人生番，他吃起人头来，专挑涂着五颜六色油彩的，就好比一个美国非利士人喜欢橘子要橙色的，鲑鱼要粉的，威士忌则要黄的。但总的来说，非利士主义的前提是一个相当发达的文明，其中某些传统在岁月中淤积成堆，已经开始发出腐臭。

非利士主义是世界性的。任何国家、任何阶级里都可以找到非利士主义。一位英国公爵和一位美国圣地兄弟会会员，一位法国贵族或者一位苏联公民，都可以是同样的非利士人。谈到艺术和科学时，斯大林他们的观念一样是彻底的布尔乔亚。体力劳动者、矿工也完全可以和银行家、家庭主妇、好莱坞明星一起布尔乔亚。

非利士主义不仅指既成思想，也指陈词滥调和乏味的老生常谈。一个真正的非利士人脑子里除了这些无聊琐碎的念头，再没有别的东西了。但必须承认的是我们每个人自身都有陈腐的一面；在日常生活中我们常常会不把词当词，而是把词当作符号、硬币、公式来使用。这并不意味着我们都是非利士人，但这确实意味着我们应该当心不要放任自己一味作机械的老生常谈。天热的时候总有人问你："你觉得这天够暖和吗？"这也不是说那个提问的人就一定是个非利士人。他也许只是一只鹦鹉，或者一个聪明的外国人。有人问候你说："嗨，你好吗？"如果你回答"挺好"，也许就是句套话，可是如果你对他做一个关于自己近况的详细汇报，则不免被人认为是个书呆子加讨厌鬼。人们也常常会把套话作挡箭牌，或是以此作为避免和傻子说话的最简便的方法。我认识一些了不起的学者、诗人和科学家，他们在咖啡馆里的你一言我一语也可以降到最平庸的层次。

我在说"自鸣得意的非利士人"时想到的不是业余非利士人，而是彻头彻尾的非利士人，即伪斯文的布尔乔亚，是集普天下陈腐与平庸之大成的产物。他往往遵纪守法，与自己所属的群体处处合拍，还有一些其他的特征：他是一个伪理想主义者，假作同情，貌似智慧。一个真正的非利士人最紧密的战友无疑就是骗子。"美"、"爱"、"自然"、"真理"这些伟大的词一旦被自鸣得意的庸人所使用，就立即变成了面具和工具。你听说过《死魂灵》中的乞乞诃夫，还有《荒凉山庄》中的斯金波尔，《包法利夫人》中的郝麦。非利士人喜欢给别人留下深刻印象，也喜欢能给他留下深刻印象的人，如此这般，一个尔尔虞我诈的世界就在他的周围由他一手建立起来了。

非利士人热衷于遵守规则，属于并参与某个团体，也因此被两种相抵触的渴望煎熬着：一方面他想和所有人一样，去崇拜，去用这个用那个，只因为成千上万的人都那样；另一方面他又渴望加入某个特殊团体，某个组织、俱乐部，成为某个宾馆的贵宾或者远洋航班的乘客（通常有身着白色制服的船长和美食佳肴），然后因得知某集团的总裁或欧洲的某伯爵坐在自己身旁而欢心雀跃。非利士人一般都是势利眼，他会为财富和官衔而激动——"亲爱的，我和一位真正的公爵夫人说上话了！"

非利士人对艺术一无所知亦漠不关心，这里的艺术也包括文学——他从根本上是反艺术的——但他需要信息，受过阅读杂志的训练。他是《星期六晚邮报》的忠实读者，且一面读一面把自己和人物关联起来。如果他是个男非利士人他就会把自己想象成某个大出风头的行政长官或任何其他大人物——冷漠超然，单身，内心却仍是一个大男孩加高尔夫球手；如果该读者是位女性——女非利士人——她会幻想自己就是那位有着一头草莓红发的女秘书，貌似调皮女生，内心却是贤妻良母，最后嫁给了那个大男孩老板。非利士人不会在一个作家跟另一个之间作何区分；事实上他很少读书，且只读也许对他有用的东西，可是他很有可能是某个读书俱乐部的会员，还会买漂亮——注意是"漂亮"——的书，比如一堆波伏瓦、陀思妥耶夫斯基、马昆德、毛姆、《日瓦戈医生》，以及文艺复兴时期的大家们的作品。他不太喜欢美术作品，但为了显明身份，他会在自家大厅里挂些凡·高或是惠斯勒为各自母亲所作肖像画的复制品，尽管私底下他觉得罗克韦尔[①]比谁都强。

由于他真心喜爱有用的东西，生活中的物质产品，他成了广告业首当其冲的牺牲品。广告也有极好的——有些相当有艺术性——

---

① Norman Rockwell（1894—1978），美国插图画家，以绘《星期六晚邮报》的封面画而闻名。

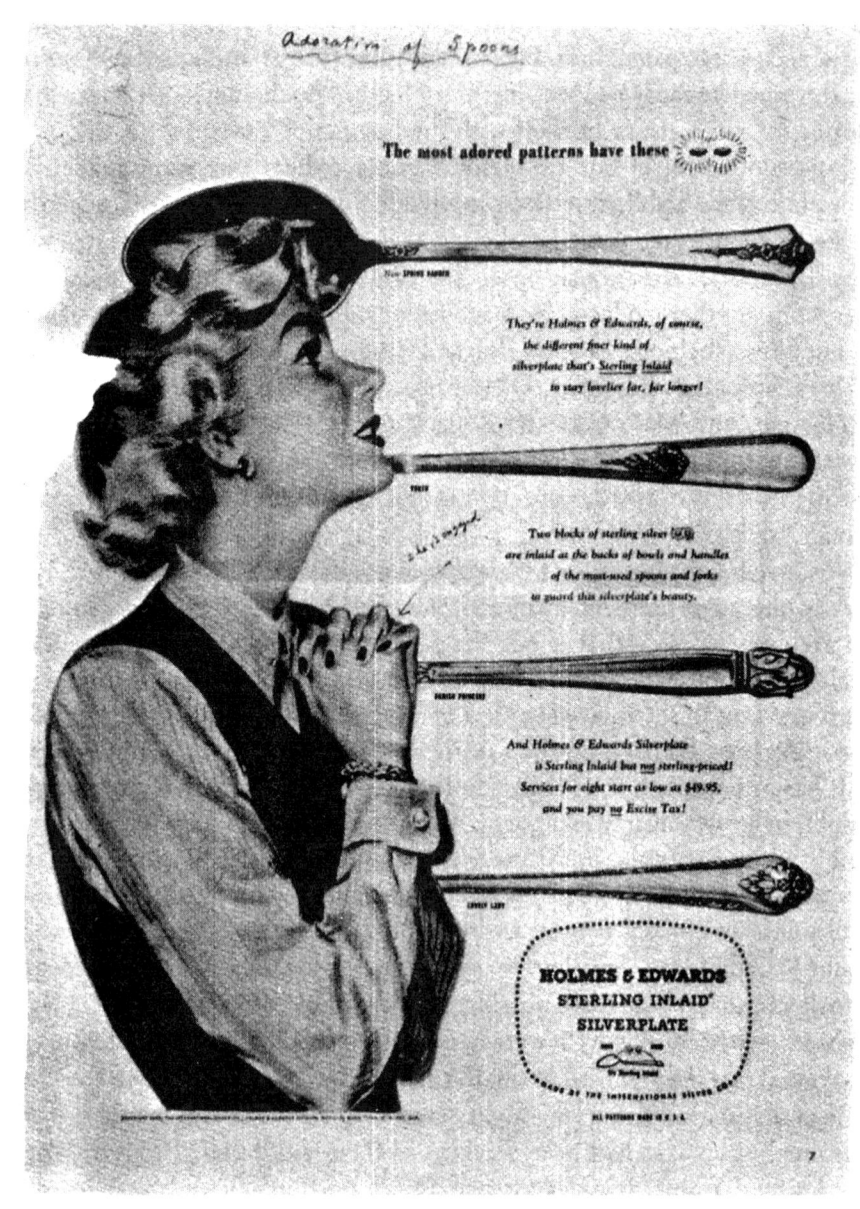

纳博科夫所选的一则一九五〇年的广告,用以说明非利士主义。

但这不是问题的关键。关键是广告能让非利士人因拥有而骄傲,无论拥有的是银餐具还是内衣裤。我所说的是以下这类广告:一台收音机或者电视机刚运进家门(或者汽车、冰箱、餐具——什么都行)。产品刚刚进家门,母亲拍手鼓掌,高兴得几近晕厥;孩子们兴奋地满地乱爬,年龄偏小的那个和狗一起使劲地够到桌边,桌上正供奉着那偶像般的商品;连满脸皱纹的老外婆也微笑着在背景的某处探头张望;而不远处站着双手大拇指插在外套腋下的得意洋洋的爸爸或老爹,骄傲的买单人。广告里的男孩、女孩无一例外都长着雀斑,最小的那个必定没有门牙。我对雀斑绝无任何成见(事实上我觉得雀斑长在活人脸上还蛮合适的),而且很有可能如果我们做一个特殊的问卷调查的话,就能发现大多数出生在美国的小美国人都是有雀斑的,或许另一项调查还会向我们揭示所有成功的行政长官和迷人的家庭主妇小时候都曾长过雀斑。我再次重申一下,对此类雀斑我真的没有任何成见。但我确实认为广告商和其他组织这样利用雀斑很大程度上是非利士主义在作祟。我听说如果让一个没长雀斑,或者只长了少量雀斑的小男孩上电视,必定会在他脸蛋正中贴一些人造雀斑。二十二粒雀斑是最小数额:两边脸颊各八粒,调皮的鼻梁上再加六粒。在喜剧片里,演员脸上的雀斑简直就像是麻疹。某部肥皂剧中雀斑干脆以小圆圈的面貌登场。但是尽管广告里可爱的小男孩们都是金发或红发,满脸雀斑,但广告里的青年男子则清一色都是黑发,长着又黑又粗的眉毛。这应该是从苏格兰人向凯尔特人的进化。

  广告中充斥的非利士主义不在于它们夸大(或是捏造)这个或那个可用产品的荣耀,而在于它们暗示了人的幸福是可以购买的,而且这一购买行为可以让购买者变得高尚。当然广告创造的世界其自身并无大害,因为谁都知道广告由卖家一手炮制,而顾客则是自愿加入这一幻想世界。这个世界里精神性的东西荡然无存,只有一群或捧着或吃着麦片,却仿佛正享用佳肴珍馐般的人们露出的心醉神迷的微笑,或者说在这个世界里人们只按布尔乔亚的规则来玩游戏,但有趣的倒不是这些,有趣的是这个世界犹如一个影子卫星城,不管是卖家还是买家,在内心最深处他们都不相信它的真实存在,尤其是在这个安静明智的国度里。

俄国人有一个词,或者说有过这样一个词,专指自鸣得意的非利士主义——poshlust。poshlism不仅指显而易见的垃圾般的废物,主要还指虚假的重要,虚假的美丽,虚假的聪明,以及虚假的魅力。给某事物贴上poshlism的标签不仅是一种美学判断,也是道义上的控诉。真实的、不加掩饰的、好的东西永远不可能是poshlust。可以这样说,一个简单的未开化的人几乎永远不可能成为一个poshlust,因为poshlism的前提是有一个文明的外表。农民要变庸俗就得先成为一个城里人。要产生poshlism就必须先用一根彩色的领带遮住那个平实的喉结。

俄罗斯人之所以发明poshlism这个有意思的词,也许是因为昔日的俄国曾一度信奉简单之美和良好的品味。今日的俄国是一个道德白痴的国度,充斥着媚笑的奴隶和面无表情的恶棍,今日的俄国已经不再关注poshlism,因为苏联有它自己的特殊招牌;而在过去的岁月里,追求真理之简洁的果戈理、托尔斯泰和契诃夫们,可以轻而易举地把事物中庸俗的部分以及伪思想的垃圾体系区别出来。但是非利士人无处不在,任何国家,在美国也在欧洲——事实上poshlism在欧洲比在这里更普遍,虽然我们有我们的美国广告。

翻译的艺术

在文字转生的奇怪世界里可以识别三个等级的恶。第一等级，也是比较低级的恶，包括因无知或误导而造成的各种明显错误。这只是人性弱点所致，故而情有可原。译者迈向地狱的第二步，则在于他故意略去一些他不愿费力去理解的词句甚或段落，或者只是因为这些词句段落可能会让想象中的读者感到晦涩或下流；如果他的词典跟他大眼瞪小眼，他照样心安理得不以为意；或者为了装正经而牺牲学术良心：他不介意自己懂得比原作者少，就像他想当然地认为自己最有头脑。第三等级，也是最恶劣的堕落，是将一部杰作辗轧拍压，按照某一大众群体的观念和偏见对作品进行无耻的粉饰美化。这是犯罪，在几百年前，会被当作剽窃者而遭受披枷戴锁的刑罚。

第一等级的错误可分为两类。对所译外语的知识欠缺可能会让一句普普通通的话变成非同一般的豪言壮语，而原作者根本没想那么说。"Bien être général"①成了男子气十足的"做将军真好"（it is good to be a general）；据说《哈姆雷特》的一个法国译者就犯过这阳春白雪的错误。同样，在一篇德语版的契诃夫作品里，某位老师一进教室就"埋头读起了报纸"，这样的翻译让一个自以为是的评论家指出苏维埃之前的俄罗斯公共教育状况很可悲叹。但实际上契诃夫指的是班级"日志"，老师会翻看这种日志以检查课程、成绩和缺席学生名单。反过来，一些在英语里很平常的词比如"第一晚"（first night）和"酒吧"（public house）到了俄语翻译里就成了"新婚夜"和"妓院"。这些简单的例子足以说明问题。这样的错误荒唐刺耳,但是他们并不包藏祸心;而且这些错译的句子往往放在原文里也说得通。

第一等级中的第二类大错是更复杂的一种错误,是译者突然染上语言色盲症而一时失明所致。译者会以意想不到的、有时候甚至是相当精彩的方式曲解某个最直白的字眼或者最温和的比喻,不知是否因为他被某个牵强的意思吸引住了,尽管显而易见的答案就在手边(爱斯基摩人更爱吃冰淇淋还是做肥皂用的脂油?当然是冰淇淋啦),或者说他无意识地把他的翻译基于一些因反复阅读而印在他脑子里的虚假含义之上。我知道这样一位非常尽职的诗人,他绞尽脑汁翻译那段备受摧残的文字,愣是把"is sicklied o'er with the pale cast of thought"②一句翻得给人留下了昏暗月光的印象,盖因他想当然地以为"sickle"③是指新月的形状。俄语中的"弧形"和"洋葱"两个词非常相像,于是一位德国教授体内的民族性的幽默感被调动起来,竟然把"一道弧形的滨岸"(出自普希金的一则童话故事)译成了"洋葱之海"。

第二等级也是远为严重的译者之罪,是将一些微妙的段落弃之不顾,如果译者本人确实深感困惑,则这样的罪竟也是可宽恕的;然而,一个明明清楚原文意思的自以为是的家伙,却担心起这样的文字会让某个笨蛋读者摸不着头脑,或者诱使哪位王公贵人堕落起来,这该有多么可鄙啊!本可以幸福地安卧在伟大作者的臂弯里,可他偏要去担心那个小小的读者会不会躲在角落里搞什么危险或是肮脏的把戏。我遇见过的"维多利亚式端庄"的最经典例子可能是在《安娜·卡列宁》的一个早期英语版本里。伏伦斯基问安娜她是怎么了。"我是beremenna 了"(译者用了斜体),安娜回答道,令外国读者

---

① 法语,很普遍。
② 此句出自哈姆雷特的著名独白"to be or not to be"(生存还是毁灭)一段,朱生豪译作"被审慎的思维盖上了一层灰色"。
③ 但原文的"sicklied"其实是"sickly"的变体,"病态"的意思。

不禁琢磨那到底是个怎样奇怪可怕的东方病;这一切不过因为译者觉得"我是怀孕了"的回答可能会吓坏某个纯洁的灵魂,所以最好就让那个俄语词原封不动吧。

但是和第三等级的罪状比起来,掩饰、调和就都是小巫见大巫了;狡猾的译者高视阔步,点缀着珠宝的裤脚翻边踢得老高,照着他自己的品位布置山鲁佐德的闺房,带着专业的优雅给他笔下的牺牲品涂脂抹粉。于是乎,莎士比亚的俄罗斯译本无一例外地让奥菲莉娅手捧鲜花,而不是她自己寻到的野草。以下这段英文原文:

There with fantastic garlands did she come(带着如梦的花环她来了)
Of crowflowers, nettles, daisies and long purples(毛茛、荨麻、雏菊和长颈兰)

其俄语版本如果倒译回英文则成了:

There with lovely garlands did she come(带着可爱的花环她来了)
Of violets, carnations, roses, lilies(紫罗兰、康乃馨、玫瑰、百合花)

这一明艳的鲜花展足以说明问题;顺便说一句,这个版本还删节了王后偏题的发挥,让她显得温文尔雅,而这恰恰是她不具备的品质;一面还随意打发了放浪的牧羊人;在赫耶或者埃文河畔怎么可能收集到这样一堆植物那就是另一个问题了。

但是严肃的俄国读者是不会问这样的问题的。首先,他不知道原文;其次,他对植物学丝毫不感兴趣;第三,因为他对莎士比亚的唯一兴趣就是德国评论家和俄罗斯本国激进分子们发现的所谓"永恒的问题"。所以没有人会在乎贡纳莉①的小狗们到底被怎么了：

Tray, Blanche and Sweetheart, see, they bark at me（曲儿，布兰奇，甜心，看呐，他们都冲我叫唤）

这样一句话竟然被无情地变形为：

A pack of hounds is barking at my heels（一群猎狗在我的脚边吠叫）

一切地方特色，一切具体、不可替代的细节都被这些猎狗吞下肚去了。

但是，复仇毕竟是甜蜜的，即便是无意识的复仇。最伟大的俄罗斯短篇小说是果戈理的《外套》（或者《披风》，或者《斗篷》，或者 Shenel②）。这个故事的本质特点在于一桩原本毫无意义的轶闻背后翻滚着悲剧的洪流，即其完全非理性的部分，这一特点又与故事的特殊风格有机地结合在一起：同一个荒诞的副词一再诡异地出现，这样的重复形成某种神秘的咒语；也有一些看似波澜不惊的描述，直至你发现彻底的混乱离你不过一步之遥，而果戈理在一些平淡无奇的句子里插入某个词，或者某个比喻，于是乎，整个段落因之喷薄成一出噩梦般疯狂的灿烂烟花。还有那笨拙的摸索，恰恰是作者在有意识地表现我们梦里的粗鲁手势。所有这一切，在那个一本正经、八面玲珑、非常实事求是的英语版本中荡然无存（请看克劳德·菲尔德翻译的《披风》——然后就再也别看了）。下面这个例子让我感觉自己目睹了一场谋杀，却又无力阻止：

果戈理：……他的［一个小官僚的］位于三楼还是四楼的公

---

① 《李尔王》中李尔王的大女儿。
② 用拉丁文转写的俄语，《外套》。

寓……放着一些时髦的小玩意儿，比如一盏灯——都是花了不少代价买来的小玩意儿……

菲尔德：……装了一些买来炫耀的家具，等等……

如此随意摆弄或大或小的外国名著，乱来一气，也许还会殃及无辜的第三方。最近，一个著名的俄罗斯作曲家让我把一首俄罗斯诗歌翻译成英语，他曾在四十年前为这首诗谱过曲。他指出英语翻译必须紧跟俄语原文的声调——不幸的是，这里的俄语原文正是 K. 巴利蒙特翻译的爱伦·坡的《钟声》。巴利蒙特无以计数的翻译作品看上去也许能算一目了然，毕竟他的原创作品无一例外地暴露出作者连一句悦耳的诗句都写不出来，几乎是一种病态的无能。他手头有足够多现成的老套韵脚，一面不管碰巧遇上什么比喻他顺手拿来就用，爱伦·坡呕心沥血经营出的诗句经他转手成了随便一个俄罗斯的打油诗人都能一蹴而就的东西。在把巴利蒙特的译本翻回到英语的过程中，我唯一的关注点就是找到与俄译本中的词汇发音类似的英语词汇。如果将来有一天，谁看到了我的这个基于俄译本的英译本，他可能傻乎乎地再把它翻译成俄语，那么这首与爱伦·坡早已毫无关系的诗就会被继续巴利蒙特化，直到也许"钟声"最后变成了"沉默"。波德莱尔那首如梦如幻的精致的 *Invitation au Voyage*①（"Mon enfant, maسœur, Songe à la douceur..."②）所受的遭遇更为荒诞。它的俄语版本出自梅列日科夫斯基之手，这一位的诗才还不如巴利蒙特。他的翻译是这样开始的：

我甜美的小新娘，
我们一起去兜兜风吧，

---

① 法语，旅行邀请。
② 法语，我的孩子，我的姐妹，想到……的美好。

翻译的艺术 369

这首诗瞬间有了嬉耍轻佻的调调，全俄罗斯的风琴师都弹唱起来。我能想象将来某一位翻译俄罗斯民歌的法国译者把它再翻成法语：

Viens, mon p'tit,
A Nijni①

如此这般，恶性循环。

除去彻头彻尾的骗子、中度白痴以及无能的诗人，大致来说，译者有这样三类——这一分类与我前述的三类译者之罪无关；或者不如这样说，其中任何一类译者都有可能犯同样的错误。这三类译者是：学者译者，他真心欣赏某一位默默无闻的天才的作品，便渴望全世界都能和他一样；好心的受雇译者；专业作家译者，在外国同行的陪伴中放松自己。我想学者都是力求精确的，有学究气：脚注——跟正文在同一页上，而不是放到书的末尾——总是越多越好，越详细越好。半夜十一点，劳碌的女士还在翻译某人全集的第十一卷，这种情况下恐怕就不会那么精确、那么学究气了；但是关键不在于说学者和苦工比起来犯的错误更少，而在于无论他还是她一概无可救药地缺乏创作的天分。无论学识还是努力都无法取代想象力和风格。

现在就剩下拥有后两项资产的真正的诗人，在写诗的空隙他会翻译一点儿莱蒙托夫或者魏尔伦以作消遣。这位诗人要么不懂原作的语言，于是就依赖所谓"直译"的版本，那往往由天赋远远不足但学识稍稍有余的人所译。或者，这位诗人也懂原文，但他既没有学者的精准，也没有专业译者的经验。然而，主要的问题还在于这位诗人

---

① 法语和用拉丁文转写的俄语，来吧，我亲爱的，／去那下边。

其本人的天赋越是高超，则越容易将那部外语杰作淹没在他个人风格的波光粼粼之下。他非但没有打扮成原作者的模样，反而把原作者打扮成自己的模样。

我们现在可以推论出译者若想将一部外国文学名著译得理想，他得达到哪些要求。首先，他必须与他所选择的作者有着同样高的天赋，或者至少有同一类型的天赋。在这个意义上，也只在这个意义，波德莱尔和爱伦·坡，或者茹科夫斯基和席勒，都是理想的搭档。其次，他必须全面了解这两个相关国家和语言的一切，并且熟知这位作者的风格和写作方法的全部细节，以及词汇的社会背景、流行用法、历史和时代的外延涵义。由此，引出第三点：在拥有天赋和知识的同时，他还必须拥有模仿的天才，也就是说，他能把原作者表演出来，通过模仿他言谈举止的各种技巧、他的作风、他的思维，还得惟妙惟肖。

我最近刚尝试翻译了几位俄罗斯诗人，他们要么被之前的翻译弄得面目全非，要么从来没有被译成过英文。我的英语比起我的俄语当然不可同日而语；事实上，其区别就好比一幢半独立式的别墅之于一所世袭的庄园，好比有意为之的舒适之于习惯性的奢侈。因此我对于自己的译本并不满意，但是我的研究得出的几项规则也许能让其他作者受益。

比如，我要翻译下面这一句，这是普希金最奇妙的诗歌之一的首句：

Yah pom-new chewed-no-yay mg-no-valn-yay

我用我能找到的发音最接近的英语来翻译音节，这种模仿的伪装让这些音节看起来很丑，但是不要在意；与"chew"（咀）和"valn"（虚）在音节上有关联的俄语单词意思多指美丽和重要的东西，丰满成熟的金色的"chewed-no-yay"在句子中间，而"m's"和"n's"在句子两头互相平衡,整个句子的旋律在俄罗斯人耳中真是既激动人心又怡神安魂——这是任何艺术家都能理解的一种悖论的结合体。

如果你找一本词典查这四个词的意思,你得到的就是下面这样一句愚蠢、平淡的大白话:"I remember a wonderful moment."(我记得一个精彩的时刻。)你打下了这只鸟,却发现根本不是什么天堂里的鸟,就是一只从笼里逃出来的八哥,躺在地上一边扑棱翅膀一边还白痴般地尖叫着,你拿它怎么办呢?凭你再怎么有想象力也不可能说服一个英语读者"我记得一个精彩的时刻"这样一句话是一首完美诗歌的完美开篇。我的第一个发现是所谓"直译"实属胡言。"Yah pom-new"是深深地义无反顾地扎进对过去的回忆之湖,而"I remember"(我记得)则仿佛一个没有经验的跳水者肚子拍到湖面上;"chewed-no-yay"里有一个可爱的俄罗斯"恶魔",一个轻轻吐出的"听"字,以及一道"阳光"的与格结尾,还有很多其他俄语词汇之间的美好关联。它在音韵和意义联想上属于某一系列的词,而这一系列俄语词同"I remember"所属的一系列英语词并不对应。反过来说,尽管"remember"这个词与"pom-new"所属的系列词汇相抵触,当真正的英语诗人使用"remember"时它总会和它自己所属的一系列词在一起。豪斯曼有一句诗"What are those blue remembered hills?"(那些被记住的蓝色群山是什么呢?),其中心词在俄语里对应"vspom-neev-she-yes-yah",一个可怕的张牙舞爪的词,满是隆起和尖角,与英语里的"remember"不同,这个俄语词不可能与"blue"(蓝色)建立起内在的关联,也因为在俄语中蓝色这一意象属于和俄语的"remember"完全不同的一系列词。

这种词与词之间内在的意义关联,以及不同语言词语系列之间的不对应性,引出另一项规则,即这一句子中的三个主要词语互为作用,增添了意味,如果单独使用或者以其他方式组合,这都是不可能的。这一秘密价值的互换之所以可能,不仅仅是因为词与词发生了接触,更在于词在句中的确切位置,排列顺序,与句子节奏的互动。

这也是译者必须要注意的。

最后，还有押韵的问题。可以与"mg-no-vain-yay"押的韵不下两千个，就如杰克玩偶匣里的杰克一般，轻轻一压就跳出来了。而看到"moment"（时刻），我却连一个可与之押韵的词都想不出来。"mg-no-vain-yay"放在句末也是很有道理的，普希金多多少少意识到这样做的结果是他完全不用为押韵多费神了。但是在英语里把"moment"放在最后就没有这样的保障了；相反，谁要是这么做那才真是冒失鬼一个。

我的面前就这样摆着这句诗，如此普希金的一句诗，如此独特而又和谐的一句诗；我小心翼翼地从以上谈及的各个角度审读它，终于把它解决了。解决的过程是整个晚上最艰难的部分。我最终还是把它译出来了；但是如果在这当口把我的翻译呈现给大家，则恐怕读者不禁要怀疑，完美岂是仅凭几条完美的规则便可实现的。

跋

我已带领着你们穿越了一个世纪的文学奇境。它是俄罗斯文学这一点对你们来说无关紧要,因为你们不懂俄语——在文学艺术中(我将其理解为一种艺术)语言是将这种普世艺术划分为不同民族艺术的唯一现实。我在这门课上——还有其他课上——一再强调的一点即文学不属于一般观念范畴,而是属于具体的词和意象的范畴。

托尔斯泰(一八二八——一九一〇)与契诃夫(一八六〇——一九〇四)是我们可以从细节出发去研究的最后两位作家。你们中有人难免注意到从他们两位到我们的时代——或者谦虚点说,我的时代——仍然有五十年的一段时间。你们中也许有人想对这五十年一探究竟。

对于美国学生来说第一个困难在于这段时期(一九〇〇——一九五〇)里最优秀的艺术家都被翻译得令人不忍卒读。对美国学生来说第二个困难在于为了能找到数量非常有限的几部杰作,这些作品大多是散文(另有几首马雅可夫斯基和帕斯捷尔纳克的诗),他不得不跋涉过一堆以政治为唯一目的的无可名状、张牙舞爪的平庸之作。

这段时期本身分为两个阶段,大致是:

一九〇〇——一九一七
一九二〇——一九五七

第一阶段所有的艺术形式明显都处于繁荣期。亚历山大·勃洛克（一八八〇——一九二一）的抒情诗，安德烈·别雷（一八八〇——一九三四）的杰出小说作品《彼得堡》（一九一六），是这一时期最光彩夺目的佳作。这两位作家在形式上大胆实验，有时即便是一位聪明的俄罗斯读者也会感觉不知所云，他们的英语版本是对原作的肢解，无可救药。换言之，你们若想专攻这两位作家，不懂俄语将异常困难。

至于这一时期的第二阶段（一九二〇——一九五七），我在这门课开始的时候给你们作过介绍。这是一个政府压力不断加大的时期，作者们被政府法令牵着鼻子走，诗人们从秘密警察那里获得灵感，这是一个文学的衰退期。专制统治在艺术上一直是保守的——所以那些没有逃离俄国的作家们创作了一种比最布尔乔亚的英国或法国文学还要更为布尔乔亚的文学。（企图让人们相信先锋政治等同于先锋艺术的宣传只存在于苏联政权的最早期。）大量艺术家过上流亡生活，在我们这个时代，俄罗斯文学中主要的好作品都是流亡者所著，这在今天已经很清楚了。然而，这是个比较私人的话题，我还是到此为止吧。

附　录

纳博科夫为一次俄罗斯文学考试所做的笔记。

150 minutes

Section I (10 min)

D. MM   1.

Section II (Psychlogical 100 min)

J.   AK Part One   2.   3.
4.   5.   6.   7.

Section III (20 min) Group A Only!

A { AK   8.   9.   10.   11.

Section IV (20 min) Group A only!

   AK   12.   13.   14.

Section V (10 min)

J. JJ   15.

Section VI (10 min)

Ch. LD   16.

Sect VII (40 min)

    JR   17.   18.   19.   20.

──────────────────────────────

B { T JJ   Section VIII (20 min) Group B only!
           8.   9.   10.   11.
   Ch. Dat Section IX (20 min) Group B
           12.   13.   14.

the twenty questions will the be distributed in the following way.

There will be only one question on Dostoevski and it will deal with ~~on~~ the Mousehole Memoirs. It will take you ten minutes to answer. This will be section one. Housewife

The next section, section two, will contain ~~seven~~ questions ~~——~~ and will probably take you about half an hour. It will deal with Part One of Anna Karenin. These two first sections must be answered by all students. The class is divided into group A, the majority, and ~~the little~~ group B that have taken my 312 course. ~~——~~

The next two sections, three and four will consist of seven questions in all, and will be answered only by group A. The question will deale with the middle and end of Anna Karenin ~~——~~ and will take another half hour or so minutes

Section V, one question on the Death of Ivan I. will be answered by everybody — have you ten minutes. The last two sections VI. and VII will deal with Chekhov, for everybody — one question from Lady with little dog and four questions from the Rav~y ~~

The alternate questions (seven questions) for group B only will be ~~for~~ ~~Sect~~ Section VIII and IX, four questions from Ivan & are three from the Duel — 20 min

~~I shall now~~

G = grade for course

M = midterm grade

F = final exam (20 answers marked each from 0 to 5) [5=pass]

~~[scribbled out]~~

$$G = \frac{M + 2F}{3}$$

However a bonus for genius (or great improvement), or a loss of marks for a boner, may alter the final exam mark considerably. I mean this formula $G = \frac{M+2F}{3}$ is fair

$$G = \frac{60 + 140}{3} = ca. 70$$

$$G = \frac{90 + 0}{3} = 30.$$

$$G = \frac{90 + 180}{3} = 90$$